ボウエン・コレクション

エヴァ・トラウト

Elizabeth Bowen
Eva Trout

エリザベス・ボウエン　太田良子 訳

国書刊行会

エヴァ・トラウト――移りゆく風景―― 目次

ダブリン
ロンドン

ケンブリッジ
ベッドフォドシャー州
ルートン
ハートフォドシャー州
ウスタシャー州
ロンドン
ブロードステアーズ
レディング
サリー州
ケント州

装幀　名久井直子
装画　勝本みつる
「ジネヴラ姫の片付け方」1998

エヴァ・トラウト——移りゆく風景——

チャールズ・リッチーに

第一部　起源

1　遠　出

「ここで私たちはハネムーンを過ごすはずだったのよ」エヴァ・トラウトは突然こう言って、水面の向こうを指さした。小さな湖の周囲を走る草の道に車を停めたところだった。彼女はエンジンを切った――ということは、みんなでしばらくその城を眺めるということだった。

車内に満席の乗客たちはあっけにとられた。この種の話が出たことはなかったからだ。ダンシー家の四人の子供たちは、後部座席でぎゅう詰めになったまま、折り重なるようにしてもっとよく見ようとした。(ジャガーの左側の窓枠に縁取られた景色だった。) 子供たちの母親は、エヴァの隣の助手席にいたので、もっとたくさん見てくれるはずだった――ミセス・ダンシーは鶴のように首を伸ばして叫んだ。「真冬じゃなかったんでしょう?」

「いいえ――春。きっと水仙がたくさんあったわね」

城は、いかにも人造湖のような湖面に姿を映し、古いものには見えなかった。その土地固有の城にも見えなかった。背景はイギリス風だったが、建物自体はどこかバイエルン風の幻想をしのばせていた。色調は淡く、湖面から垂直に立ち上がり(庭園はなかった)、城の正面はうつろい始めた一月の午後にあって、写真のように鮮明だった。窓は、その多くがバルコニー付きで、一枚といわずすべての窓は、白いシャッターが降りていて、目隠しされていた。小塔が並んだ屋根の上に険しい森がそそり立ち、冬場のセピア色に染まっていた。ねじ巻き模様の煙突から昇る煙が、木々の透明感をくもらせることはなかった。ただ一つ動くものが前景にあり、無数の白鳥が、水面に映る影を乱しながら、あてもなくジグザグの線を描いていた。

ジャガーはずっと城のほうに鼻を向けて走ってきたはずなのに（森林地帯が続き、常緑樹のトンネルをくぐってきた）、いざその城が見えてくると、突然で劇的な感じがした。それと同じことがエヴァの目的についても言えたかもしれない。ダンシー家の人々は、いったいどこへ行こうとしているのか、なぜ行くのかさえ知らなかった。わかっていたのは、ミス・トラウトが遠出に連れ出したということだけ。二時間半というもの、丘を登り、谷を下り、寒々とした風景の中を飛ばしてきた。つのる一方だった彼らの期待は、車を停めて、お茶にすること。ドライブだけを楽しむには、太陽のない冬枯れの一日だった。これでもう数週間になるが、ミス・トラウトは牧師館にいきなりやってきて、湯水のように恩恵を施し、恩恵はときに多岐にわたった。いったいこれが、とみないぶかった、いつまで続くのか？　とこしえにいつまでも？　いやそうはいくまい……。

「冬の間は閉まってるのよ、ほら」ミセス・ダンシーが言った。そして出まかせに言ってみた。「個人の持ち物なの？」

「しばらくの間、学校だったの。いまは違うけど――ええ。私たちで全部貸切にするはずだったのに」娘は気取りもなく鷹揚に言った。

「お母さま」、子供たちの一人が訊いた。「外に出てもいいの？」

「一、二分ならいいかしら、エヴァ？」

エヴァは答えなかった。本人がもう外に出ていた。外に出たあと、いま出たドアを開けたまま、車の周りを歩き、いかにも大きな身振りでドアをすべて開け放った。一月がナイフになって、暖房の効いたジャガーに突き刺さった。自由を求めてもがいていた子供が一人くしゃみをし、ミセス・ダンシーは毛皮のコートの襟を立て、その中に埋もれるようにして、宣言した。「私はいまいる所にいようと思うの」エヴァは答えなかった。すでに遠くへ歩いていた。子供たちは逆の方向に進んでいた――母親は、吹き込む風に震え上がり、子供たちの後ろから一声いなないた。子供が二人戻ってきて、ドアを全部ばたんと閉めた。ミセス・ダンシーはすぐ窓を開けて、大声で呼んだ。「あなたたち、あまり遠くへ行かないでね！」

こうして一人になると、ミセス・ダンシーは、すでに首に凝りが出ていたこともあり、これ以上お城を観察する必要はないとみた。代わりにいまこそエヴァを観察するかってないチャンスがきた、やっと邪魔されずに、安全な距離をおいて観察できる。エヴァは窓ガラスの真っ直ぐ向こうに見えた。この大女も、いまはやはり一人だった。水辺の途中まできて立ち止まり――肩をいからせ、両手を後ろで組み、履き古した高価な子羊皮の半長靴を履いた両足を開いて踏ん張っていた。ぎざぎざにカットした髪の毛が上を向いた横顔を下に流れ、顎の線にまだ思春期の重さが残っている……。いや、まだすんでいないのだろう、とミセス・ダンシーは黙ってじっと考えた。（結婚という意味だった。が、どんな結婚？　どんな結婚でもいい。）とはいえ、なぜまだなの？　エヴァは二十四歳だ。彼女はそれを考えているのだろうか？　考えていないとミセス・ダンシーは思った。一本石《モノリシック》コンクリート構造、それがエヴァの態度だった。それは、しかし、考えている人の態度ではなかった。

娘は辺りを見回した。

見ていた人は急いで目を伏せ、胡桃材のダッシュボードを見つめ、そこに並んだ多くの文字盤を見た。それから伏せた目をそのまま閉じて、かろうじて間に合わせた――ミセス・ダンシーの好きな責任逃れのポーズは、寝たふりだった。すると、案の定、エヴァが戻ってきた！　目的ありげに大またで歩き、黒い鉄板のようになった霜枯れの芝生を踏んで戻ってきた。足音は車を通り過ぎ、立ち止まらずに、先へ進んで行く。子供たちのあとを追っているのか？

まだ様子がつかめず、ドライブで疲れていたので、子供たちは何となく一箇所にかたまって立ち、足踏みをしたり、フェア・アイル編みの手袋の上から指に息を吹きかけたりしていた。明るい色の手袋（クリスマス・プレゼントだった）と、痛そうな真っ赤な耳たぶ、それに二人の少女の黄銅色のお下げ髪が、ダンシー一家に見られる唯一の色らしい色、それ以外はみな似たような身なりで、性別に関係なく、地味な濃紺のベレー帽に、ベルト付きのコートという服装だった。年齢は十三歳から七歳にまたがっていた。カトリーナ、ヘンリー、アンドルー、ルイーズ。彼らはときどき男女の別なく互いに連絡を取り合い、それも彼ら独自の方法で、唇はほとんど動かさなかった。湖が凍っていたら、スケートができたのに。だがまだ凍るまでいかず、周囲に張った薄い氷に、白鳥が立てる小波がひたひたと打ち寄せていた。城は、ここから見ると、ボール紙から切り抜いたように薄っぺらに見えた。

「カトリーナ！」近づいてきたエヴァが叫んだ。「あなたたち！　どうしてそんなにじっとしているの？」

「どこに行くにも遠すぎて」

「あのう、ミス・トラウト――」

「――ヘンリー、エヴァと呼びなさい！」

「わかった。――あのお城は本物？」

「彼が言いたいのは」、カトリーナが言った。「中身があるの？」

「そんなこと言ってないよ」ヘンリーは言って、そっぽを向いた。

「どうして私がここでハネムーンを過ごせるの、もし中身がなかったら？」

「でもあなたは、ハネムーンなんかしないんだ」

　機転の利く小さなルイーズが割り込んできた。「というか、あの中に学校なんかあったはずがないわ、そうでしょ？」

「そう、その学校だけど」、アンドルーは知りたがった。「ダメだったの？」

「実験校だったの」エヴァが大きく手を振って請合った。「男子と女子の」

「前にも試してみたことがあったな」ヘンリーが指摘した。

「それで、何が起きたの？」アンドルーが食い下がった。「誰か湖で溺れた？」

「それとも、みんなで誰かを窓から突き落とした？」ルイーズが補足した。「それとも、ボートから落ちたとか？」

「ボートなんかないよ」アンドルーが声を落とす。「あったら、漕いで渡れたのに」

「ボートが向こう岸にあったら、駄目だ」ヘンリーが言って、得点を挙げた。

「歩いて回って行ったら、漕いで帰ってこられたのに。沈んじゃったのかな、どう思う？」

「とにかく、それじゃ時間がかかりすぎよ」カトリーナはあくまで悲観的だった。そしてポケットから鼻紙《クリーネックス》を何枚か取り出し、くしゃくしゃともんで鼻をかんだ。「エヴァ、どうしてここの学校のことを知ってるの？　あなたがそこにいたわけじゃないんでしょ？」

「少しだけいたのよ」女パトロンが言った。それ以上は言わなかった。

「それで、どうなったの？」

「学校が辞めたの」

ヘンリーは、猜疑心をつのらせて建物を見ながら、追及した。「地下牢がある、とか？」

ヘンリーのために温存しておいたような熱意をこめて、エヴァが大声で言った。「まさか、怖い子ね――そんな狂気じみたものなんか！」

「ないだろうなと思ってました」ヘンリーは冷静だった。それからまたそっぽを向くぞというふりをして、それをやめ――自分の優位を心に刻んで、訊いた。「僕らはどこでお茶にするんですか？」

十二歳という年齢のわりには小柄だったが、ヘンリーは際立っていた。貧困と、血筋と、生きていく必要から、ある程度知的にならざるを得ない一家の中でも、飛びぬけた知性があった。その物腰は沈着で、ときに（いまの場合のように）辛辣だった。男の子の中ではアンドルーのほうがハンサムだったが、ヘンリーの目鼻立ちは、早熟によって繊細さを帯び、時がくればいっそう興趣を増すことが約束されていた。彼の魅力はまだ発生期にあり、ひねくれていて、かすかに冷淡だった。すでにエヴァに対応する資格を備えていた。エヴァはヘンリーのボスにはなれず、ヘンリーはエヴァを苦しめることができた――ただし、ゆえなく挑発されないかぎり、ヘンリーはエヴァを苦しめないように努めてきた。彼女を扱うときは、全体として、迷子のヘラジカと同じ扱いで、手に余ったら、シッシッと言って追い払った。

「お茶」という言葉は、いままで誰も声に出して言わなかったので、みんなは目を丸くしてヘンリーを見つめ、それからエヴァを見た——彼女が折れた。「ああ、どこかホテルで、と思って！」

「ホテルなんて、あまりなかった」ヘンリーが述べた。「ここまでずっと」

カトリーナは、クリーネックスを丸め直して、また使った。「もしあっても、お茶なんてできないわよ、着くのが遅すぎたら」

「遅くなんか**ない**」総大将が怒鳴った。

「暗くなってきてる、ほら」

暗くなっていた。愛想のない城はすでに墨のような森の中に退き、実体を失ったように見えた——湖面に映った影すら薄らいでいて、その上を氷結した水蒸気が覆っていた。哀愁の湖、にはならなかった。残照もなかった——そもそも太陽が出ていなかったから。白鳥たちももういなかった。

学校の運命について反芻しながら、子供たちは群がってジャガーに戻り、一度か二度振り向いて城を見た。エヴァは振り返らなかった——もはや出発したくてうずうずしていた。このよそ者のような背信行為にダンシー一家はショックを受けた。一人は反抗の声を上げた。「そんなにあっさり見捨てられたら、こんなのきっとすぐ崩れちゃうんじゃないかな。もう誰のものでもないの？」

「あら、いいえ、これは父の友人の持ち物よ」

「生きてるの、その人？　そうでもなさそうだけど」

「どうしたら」、彼女は反論に出た。「ある物が死んだ人の持ち物になる？」

「その人の名前は、エヴァ？」

「コンスタンティン」

彼らはいっせいにジャガーに乗り込んだ――そのはずみで飛び起きたミセス・ダンシーは、あっという間に正気になって、狂ったように知りたがった。「いま何時？」夫人はラグにすっぽり包まれ、ウソ眠りのつもりが本気で眠りこけていた。すまないと感じる反面、気分はすっきりした。ミセス・ダンシーは永遠に疲れていた。どう考えてみても、これはもう翌日だ。そして、いったい私たちはどこに**いる**の？（どうか思い出させて下さい。）とにかくエヴァがいて、すぐそばに戻っていた。エヴァは、相変わらず、飛び切り荒い息遣いをして、まさにエンジンをかけようとしていた。「みんないるわね、子供たち？」母親が問いかけた。ここがどこであれ、いずれはどこかに着く――ジャガーはひそかに始動音を発して、這うように走り出した。

2　アーブル夫妻

最近エヴァはもっぱらダンシー家で過ごしていたが、そこで暮らしていたわけではなかった。エヴァの拠点は牧師館からさほど遠くない所にある友人宅にあり、彼女は当分の間そこに滞在するかに見えた。彼女は金を払う客だった。これは彼女の後見人（管財事務取り扱いなる仕事も兼務していた）が認めたことで、金銭がからむ取り決めはすべて、いまだこの男の承認が必要だった。この大きな女相続人が遺産を享受するには、父親の遺言の条項にしたがい、二十五歳に達することが必要だった。（次の誕生日だった。）その間彼女の心身の安寧には、少なくとも名目上、コンスタンティンが関与して、経済上の諸問題を引き受けていた。アーブル夫妻のもとに住まいを定めたいというエヴァの希望は、さいわい、コンスタンティンの帳簿に合致した。実際のところ、アーブル家はコンスタンティンの目に、これだと映った。彼らの住まい、ラーキンズ荘がトラブルの遥か圏外になくてはならない。アーブル夫妻は問題を一つ解決した。コンスタンティンはしかるべく、気前よく彼らに報いた。コンスタンティンはすぐ安堵するたちだった。

そこはウスタシャー州の一画で、ほとんどが果樹農場で占められていた。ラーキンズ荘はプラムの果樹園の中に位置し、何エーカーにも広がった果樹園が屋敷の三方を取り巻いていた。屋敷自体もプラム色の煉瓦造り。四角い三階建てで、上下に開くサッシュ窓が正面に五つ（上に三つ、下に二つ）、中央にドアがあり、子供の絵のように見えなくもなかった。目はまっすぐ前を向いていた。正面は、やや奥まっており、人通りは少ないが、間道に面していた。

イズー・アーブルは、エヴァを引き受ける運命にあるようだった――彼女は何度もいぶかしく思った、エヴァを絶対に失ってはならない運命にあるのか？　あらゆるものがイズーに告げていた。彼女と夫は「エヴァ・マネー」が必要だった、生計を立てるために――これがなかったら、二人はここまで長くやってくることができただろうか？　イズーは非常に知的な人で、まだ若く、好感の持てる外観と善良な性格がありながら、謎が一つあった。彼女はなぜ自分を見捨てたのか？（明らかに見捨てていた。）エヴァの扱いなら百も承知していたはずだ、自分の元生徒だったのだから。イズーは、第一級の、まぎれもない女学校で英語の教師をしていたが、エヴァは八年前にその学校に通っていた。イズーは当時、ミス・スミスといい、あとに残る印象があった。エヴァはイズーとの連絡を絶やさなかった。イズーの感化は残った――生涯続く献身のようなおもむきが加わり、ますます消えないものになった。

イズー・スミスが信頼関係を築こうとして思い切った行動に出たのは、自分なりの理由があったからだ――エヴァの話し方に取り組みたいと申し出たのだ。この少女がナチスによる強制追放者のように自分を表現するのは何が原因なのか？　その説明――エヴァの幼少時から彼女についた世話係は強制追放者たちばかり、一定の給料でせいぜい雇えるこうした人たちとの交流がエヴァの置かれたおもな環境だった――ということは、なぜか納得できなかった。単純すぎて、理由にならない？

多くが費やされ、柔軟性を引き出そうとする努力がなされた。だがミス・スミスは登場するのが遅すぎた。諦めるしかなかった。エヴァはもう十六歳だった。その風変わりな、セメントで固めたような会話のスタイルは出来上がっていた。その上——やる気を失わせる事実が出てきた——イズーの申し出など、エヴァにはありがた迷惑だった。エヴァには、言えないことで言いたいことなど一つもなく、それも自分の言い方で十分だった。授業に費やした時間がもたらしたものは、少女の側に残った、まばゆいばかりの先生に対する畏怖の念として。それにエヴァは、ありがたいと思う気持ちに幻惑されていた。イズーがくるまでエヴァに全身全霊をかたむけて注目してくれた人間は、一人もいなかったから——あたかも愛のように見える注目だった。エヴァは愛については、それが存在するということ以外に何も知らなかった——つまり、愛を見たことがあったので、知っているはずだった。エヴァの存在は、影の下で過ぎていった。その影とは、ウィリー・トラウトがコンスタンティンに寄せた全面的な愛着という影だった。

エヴァの父親の全体的な風貌は、その刺《オブセッション》と矛盾するものであったかもしれない。それは、事実、虎視眈々と狙いをつけ、彼が成熟らしきものに到達するのを待っていた。背丈も骨格も大きく、大柄なのに身のこなしは軽く、がっちりとした開放的な顔つきだった——目の下が袋みたいにふくれていて、頬が引き攣ることが後年受けた重圧を物語っていたが——彼は本来そうではない人のように見えた。企業家で、背景に恵まれ、一流のポロ選手であり、美人の妻がいた。ずっと人気者だった。見るからに作為がないことが隠してくれる天才にも等しい慧眼を活かして、相続した遺産を三倍にした。天才には、やはりアキレス腱があったのか？　彼にはどこかズレたところがあった。それをコンスタンティンが間違いなく嗅ぎ分けた……。ウィリーの子供だけがそれに騙された人間ではなかった。ウィリーの妻が逃げたのは、エヴァが生まれて二ヵ月後のこと。このミセス・トラウトはそれとほとんど同時に飛行機事故で死んだ。ウィリーその人の死はその二十三年後、急死だったが、死に方は違っていた。それで残ったエヴァという遺産がコンスタンティンの手に委ねられ、いまようやくラーキンズ荘という解決策が見つかったところだった。

学校を出たあとエヴァは、グローバルな仕事をしていた父に同行していたが、どこであれその気になると、絵葉書を書いてミス・スミスに送った。ロンドンに戻った時は、ミス・スミスにちょっとだけだが何度か会った。結婚のお祝いに、フォートナム&メイソンから、ピクニック用のぴかぴかの道具一式がそろった巨大なバスケットを贈った。花嫁は食料品に取り替えたかったが、踏みとどまった。エヴァはしばしばラーキンズ荘を訪れた。イズー・スミスが輝かしいキャリアを捨てて選んだ意味不明な結婚は、それを風の便りで聞いただけの人々には解けない謎だった——しかしその理由は一目見れば明らかだった。この結婚は、頭でっかちの若い女性が初めて知った肉体の情熱がその根底にあった。アーブル家がアーブル家になって数年がたち——目下のところ、子供はなし。ゆえに、エヴァを置くゆとりがある。エヴァにはすでに自分なりのやり方があった。訪問には終わりがあり、訪問者は去るものだ——だから、彼女はもう訪問者ではなかった。

何が劣化してしまったのか?

城に遠出する今日という日は、はや終わりかけていた。ジャガーは闇に閉ざされ、どうやって丘を越え、谷を下る? まだラーキンズ荘にエヴァの気配はない。

イズーが時計を見始めてから、見る時間ごとに希望がふくらんでいた。遅くなる、が、遅れる、になり――ひょっとするとエリックのほうが先に帰宅するのではないか？　五分ごとにこれが確実になっていった。イズーは一人でいるときにかぎって、とことん芝居がかった所作をして、常日ごろ心の中で感じているストレスを外に漏らした。いま、暖炉わきの、本来もたれてもらうように造られた大ぶりな椅子に背筋をぴんと伸ばして座り、角度の調節が売り物のV字型ライト《アングルポイズ・ランプ》の光線からは少し外れたところにいた。仕事をすませたところだった。ルースリーフのノートと古いフランス語の辞書、それに最新作のフランス語の小説は床の上に追いやられ、ほとんど見えなくなっていた。翻訳は、エヴァ以前の日々にあっては生計を立てる（満たさんがための）方便の一つだったが、いまは体操の代わりに再開され、気晴らしにもなるし――何一つ無駄にしない主義にもかなっていた。だって、誰が知ろう？　一日また一日と、何があるかわからない……。

考えるべきか、考えないでいようか？　イズーは嘆息を仕種に出すかのように、髪の毛を後ろに払うと、濃褐色のくるくるした巻き毛が跳ね上がり、はっとするほど美しい白い額が見えた。つい癖が出て、彼女はいまいる部屋を見回した。自分で手直しできる部分はすでに手直ししてあった。手直しが与える効果は、きりがないように思えた。血気さかんな後期ヴィクトリア朝の家具は、エリックの家族からきたものだった。敷かれた絨毯は長持ち目当てに買ったもので、長持ちしていた。肘掛け椅子と長椅子のセットは、結婚に先立つ痛み《トラウマ》の頃に、エリックがホテルの競売から持ち帰ったもの。新しい暖炉は、エヴァ以降のもので、広告どおりに燃えていた。目下のところ、居間に統一感はあったが、イズー自身の「手ぎわ」は、出番に恵まれていなかった。考えた挙句に選んだ低くて白い書棚も、いざ置いてみると、中身に関係なくひしめき合っていて、安っぽく見えた。木版刷りの麻布のカーテンは、費用を惜しんだために幅が足りず、カーテンとカーテンの間にうつろな黒い隙間ができていた——部屋もまた大部分がアングルポイズ・ランプの知的な軌道の外にあり、どう見てもお化けだった。そうだ、エリックが入ってくる前に、天井灯のスイッチを点けておいたほうがいい。彼は見るのが好きだから。だがスイッチは遠く、ドアのそばにあった。針金のように尖った神経が彼女を椅子に縛りつけていた。

　気を取り直そうと、耳を澄ましてみた。道路は上下、左右ともに、果樹園の向こうにいたるまで——いったいどこまで?——無情な静寂だけが広がっていた。

　ついに、彼の足音がした。

　エリックがまっすぐ入ってきたことは一度もなかった。まず手を洗う。三、四分かかった。妻は煙草を探し回り、火を点けて、二回吸った——緊張していた。それから煙草を火に投げ込み、後ろにもたれた。

　エリックは何か言いながら入ってくる人ではなかった。さしあたりその必要がなかったのだ。むしろ逆に、出て行った意識がないままに、部屋に戻ってくるみたいだった。いったん戻れば、もうそこにいた。外に出ていた証拠は一つしかなかった。つねに変わらず夕刊を持ってきたのだ。すぐ座って読み始めることが多かった。一日外出していた男だと、はたして誰が思っただろう?——とはいえ、日中出ていた間に、起きたこと、生じたかもしれないこと、なされたこと、なされなかったことが、少しは気になっていた。しかし今夕、彼は言った。「外は寒い」——たしかに、お説ごもっとも。しかしこれで伝えているつもりもあった、彼女のおかげでここが暖かいのは、比べてみればありがたいことだと。彼は自分専用の椅子にさらに身を沈め、前に目を向けた——彼女がまたもや着こんでいる赤褐色《テラコッタ》のカーディガンは、イタリア製という触込みながら、ボタンが一つなくなっていた。別の何かもなくなっていた。「エヴァは？」彼が訊いた。

「出かけたわ」

「いったいどこへ消えたんだ？」

「知らないのよ。――何か新聞に出てない？」

「何を言うんだい、まだ読んでもいないのに」

「ときどきバスの中でお読みになると思ったけど」

「いや、読まないんだ」彼は妻に説明した。「どうしてそんなことを思うかな」

「じゃあ、いま読んだら」

彼は、文句をつけるわけでもなく、宣言した。「そう簡単にはいかない」

イズーは椅子の中で体をひねり、アングルポイズ・ランプを調節した。「よくなった？」

格段によくなった。一点に絞られた七十五ワットの閃光がエリックの上にまともに降り注ぎ、その場に釘付けにした。イズーが座っている位置から見ると、サーチライトに照らされた建物のようだった。光に眉を寄せて額が広がり、しかも顔はしかめたまま、まばたきもせず妻のほうを向いていた――引いた顎には抵抗と忍耐のあとがにじみ出ていた。赤錆色の斑点が見開いた瞳の灰色の虹彩の中に浮かんでいる。電光が赤らんだ顔全体の色調を鮮やかにし、頬と顎にかすかに見える髭が一本一本、赤銅色に輝いていた――髭剃りは徹底していたが、一日の終わりまでもたなかった。頭蓋骨の形は、いますませたばかりの手洗いの結果、元々ぴったりした頭髪があらためてぴったりと撫でつけられ、くっきりした輪郭には、背後に広がった無限大の闇のせいもあって、厳めしさが加わっていた。

こうして一分過ぎた。それから彼は言い訳するような動作をとり、座っている椅子の肘越しに体を斜めに傾けた。「そのランプにはちょっかいを出さないように」彼は妻にまたもや忠告した。「さわるとろくなことはない」それから彼は立ち上がり、ドアのスイッチのところまで行くと、部屋をいつもの明るさに包んだ。戻ってきて、また言った。「だけど、知らないでいいのかな——ええ？というか、とにかく、君はいいの？」

「何の話でしたっけ？」

「エヴァがどこに行ったかだよ」

「ああ」彼女は言って、天井を見上げた。

彼が続けた。「そういう了解だったと、僕は了解していたが」

「何の了解？」彼女は言った——まだ天井に向かって。

「僕らが彼女を引き受けたときだよ。彼女から目を離さないはずだったじゃないか。ほかに何があるんだい、こんなに金をもらっているのは？　あの結婚のことであれだけ騒動があったんだから、むしろ当然だよ、今回彼女が動揺したとしても。そろそろもう、元の彼女になったように見えるかい？」

「『元の彼女』に？　それは何とも言えないわ。一つ確かなことがある。彼女はダンシー家にいるということ——あるいは彼らと一緒にいるというか。彼女はほかにどこにいるというの、ちかごろ？……いきなりどうしたの、エリック？」

「いきなりでもないさ」彼は意見した——独り言のように、あるいは少なくともあてもなく言った。そして新聞をすくい上げ、見出しを斜めに読み、また下に落とした。その代わりに、暖炉の向こうにいる妻をしげしげと、油断なく、しかも突き放すように眺めた——それはまた、まだ正解が見つからない人の習慣的な動作とでも言おうか。「これが」、彼は続けた。「しばらく心に引っかかっていてね。だが君と僕でその話をする機会がなかったし——いや、色々とあるからね。彼女は僕らのところにいる権利があるんだ。だが、どうだ。ご本人は見てのとおりさ」

「あなたに言われなくても」イズーが言った。

「それなのに彼女がいないとなれば、大きなギャップが開いてしまう」

「私たちは二人きりになれなくて——気づいてるくせに——ベッドの中だけよ」

「そいつは大袈裟だな！　それはさておき、イジー、僕らはいま何を？」

「待ってるの」、イズーが言った。「彼女の帰りを」

「だったら、ここらでアクセルを踏んで、さっさと言ってしまおう。ダンシー家とは——牧師館のこと？　あの連中は大丈夫だ。彼女のことが好きだし。しかし、休暇がすんだら彼女はどこに出向くつもりだろう？　あそこの子供たちは学校に戻らなくてはならないし。言ってみれば、子供たちが魅力の元なんだよ」

「あの怖いヘンリー坊やも？」

「ああ、彼は年のわりには鋭いからね。——ダンシー牧師夫妻は忙しい人たちなんだ」

「軽く言うわね、エリック。あの人たちはみんな頭がおかしいの、私の見たかぎりでは——それほど見たわけじゃないけど。（イズーは地理的にはダンシー牧師の教区民だったが、教会には通っていなかった。牧師が牧会のつとめで自宅を訪れたが、成果は上がらなかった。）彼には途方に暮れるような冷たさがあって、道路ですれ違ったりすると恐怖なのよ、あの小さな自動車でエンジンをふかして走ってくるでしょ。奥さんのほうも頭が呆けていて、臆病な羊みたいにびいびい言うから。でも、嵐のときはどんな港だって」

「それ、正確にはどういう意味？」本格的なしかめ面になって彼は訊いた。「ここには嵐なんてないけど」

「嵐があろうとなかろうと」、イズーが言った。「エヴァはどこかに行ったほうがいいわ、ここにいるよりは——いまとなっては」

「それで出かけるんだな、エヴァは。だったら君は何が不満なんだい？」

「不満なんかないわ、エリック。あなたでしょう、不満なのは——『ギャップ』とか言って」

「言わなければよかった」彼が言った。「だが事実としてだね、イジー、僕は君の話なんか信用しないよ。信用できない。太陽は君に昇り、君に沈むんだからね、エヴァに関するかぎり。いつもそうだったし、これからもきっとそうだろう？　エヴァがこの屋根の下を求めたんだ。それに君が、君が彼女を好きだった——好きだったはずだ、でなければ、どうして初めに彼女に干渉した？　理由がちゃんとあったんだ」

　イズーは椅子の横についた書棚の本を眺め、ため息をついた。「そうね、そう思うわ」

「だけど」、エリックが言った。「物事は人が予想したとおりにいくということでもない——または望んでいたとおりにも」彼は言い足した。「そうなると、誰が悪いとか言っても始まらない。人なんて——みなそうとは知らずに——じつは何も考えないで始めるんだ、何事によらず、うまくいくと思って始めたりしない。間違った道路を試しに行ってみるようなものさ。だからって、試してみるのがいけないなんて、言う奴がいるかい？　試してみるしかない……。だがね」、彼はこう結んだ。

「君と僕は知るべき理由があるんだ。なあ?」

「あなたは自動車修理工場のほうがいいのね」

エリックは果実農業に失敗していた。あまりにも多くのことが彼の意に反し、初めから終わりまで資金が足りず、不作の年の挽回ができず、経験不足からくる損失を補填することができなかった。つねに果実農業に憧れていて、憧れているものと思いこんでいた。父親の残した小さな会社を売り払って得たものを資金にして、ラーキンズ・オーチャードなる企業に全力を投じた。驚くほど倦まずたゆまず働き、高望みとはいえない期待を抱いて仕事に邁進した――いや、それは抱いて当然の期待だった、イズーが介入してくるまでは。彼女は、恋に落ちた瞬間から、そうした期待とともに燃え上がった。彼女は二人の結婚と、その昼と夜を、ただひたすら夢見ていた、めくるめくばかりの何エーカーもの広がりと、雪のごとく輝く花と蜜に濡れた雄しべ、太陽にそして月光に照らされ、そののちに訪れるのは――実をつけた枝が低く、たわわに、地面に垂れ、花咲くプラムからにじみ出るねばねばしたもの、というふうに。彼女はD・H・ロレンスの愛読者で、町育ちだった。最終的には、彼がいま以上に悪くならずに切り抜けたのは幸運だった。果樹園は売れたが、買い手には不要だった屋敷は維持し、傾いた納屋と、半エーカーの土地が残った……。エリックもお先真っ暗だったわけではない。自動車修理工場を所有している従兄が地元の町にいて、たまたま現場の主任を探していた――そこでエリックが、やってみたら、渡りに船であることがわかった。その理由は以下のとおり。エリックは、いざ蓋を開けてみれば、従軍したことで実技経験があった――装甲部隊に三年在籍し、除隊したときは第一級の機械工だった。誰が見ても、生まれながらの機械工だった。(男たちとはうまくいった。)おそらくこれが最初から彼の前に敷かれていた路線ではなかったか?——つまり、彼が陸軍を除隊した当初から?　今頃は自分の工場を持っていたかもしれない、が、誰がそこまで?　とにかく、考えても何にもならない……。というわけで、彼はいまでは午前七時半のバスで町に行き、交差点でバスを横切り、だいたいいつも午後六時半のバスで帰宅した。ラーキンズ荘の納屋には旧式の車種ながら自家用のアングリアがあり、小型トラックを売って買った車だった——しかし彼がそれを使ったら、イズーは一日何をする?

　彼女は孤独について一言も口にしなかった。彼女には頭脳がある、言うまでもあるまい?　例の翻訳に取り組むその速度には目を見張るものがあり、家のことで手一杯のときほどいっそう励み、第一年目に戻ったように発奮した。そう、思い返せば、辛い時期だった。「また先生に戻ったら、しばらくだけでも?」夫が提案したこともあった。「『戻ったら』って?」彼女は大声を出した。「『戻ったら』なんて!　絶対に戻りませんから!」そして顔面蒼白。彼は震え上がり、口出しをやめた。その後、事態は好転するどころか、むしろ悪化すると、W・E・A(補助教員協会)で講師をしてみるという案が浮上した。しかしそれは夜間勤務であり、国中を回る必要があった。そしたらいつ顔を合わせるの?……そのとき、まさにそのときに、エヴァが現れたのだった。

「エヴァを待ってから夕飯だね?」彼がやっと訊いた。

「あら?——いいえ」彼女は椅子から重い腰を上げた。

「いや、あの——ちょっと待って!」彼が差し止めた。「何もそう急がなくても」そこでイズーはまた座り込み、さしたる感情も見せなかった。(家庭の主婦としての彼女の動作は、マリオネットの動作に似ていた。近頃では動く回数もその義務内容も減っていた——手伝いが午前中だけ週に五回きており、ぴかぴかのアーガ・クッカーと長期使用に耐えると称するオヴンも一台あった。)エリックは続けた。「車の修理工場と言えば、エヴァがそのことで僕に掛け合ってきたんだ、知ってるだろう? 僕らが彼女を仲間に入れると思い込んだらしい。それで彼女は『ノー』という返事を受け取るだろうか?――いや、まず受け取らないね」

「それは初耳だわ」イズーは静かに言った。「おっしゃるとおり、まず駄目ね」

「うん。もう人手は要らないし、見習いも採らない。彼女には何度もそう言ってるんだ」彼は考えた。「だけど、エヴァの目論みはわかるんだ、ちょっと」

イズーが訊いた。「どんな目論みだと思う?」

「エヴァが自分で何かしたいと思っても、それは君だって責められないよね?」

「エリック、私が誰かを責めたりする?」

「さあ、どうかな」彼は真面目に打ち明けた。「それは、僕にはきっとわからないな。――でもエヴァは」、彼は口調を変えて言った。「何かで発散しないと。さもないと何かほかのトラブルに巻き込まれる。ここには付き合いらしいものがないし――あるかい?」

「それは」、イズーは指摘した。「私にはちょっとわかりかねるわ」彼女は片方の手を上げて、爪の先を調べた。「どんな付き合いならエヴァの役に立つの?」

「立たないかな?――彼女は何かが欠けているわけじゃないし。それに、彼女の将来を見てご覧よ、これから先、何がくるか! いつまでも彼女に無謀なカウボーイとインディアンごっこをさせておく権利は僕らにはない――それともそれが彼女の狙いかな? 君だって思わないよね、僕らが小耳にはさんだこともない人間とエヴァが一緒に行くなんて?……イジー、あの結婚について、僕らは何を知ってる?」

「一言で言えば」、彼女は疲れ切って言った。「あれは蒸発してしまったわ」

「ああ。でもその時のことさ」彼は宣言した。「もっと知っていてもよかったんだ」

イズーは肩をすくめ、風が吹いてきたみたいな様子だった。それからイタリア製のカーディガンを見下ろし、ボタンがあった場所の糸のもつれを夢中になってほぐし始めた——もうたくさん！

「コンスタンティンは」、遠くから言うように彼女が言った。「満足しているみたいよ。エヴァの後見人のことだけど」

「あいつはちゃんと仕事してるのかな？」

「あなたがすればいいのに、どう？」

エリックの返事。それは沈黙だった。モケット織りの椅子の肘の上に両手を広げ、そこに全体重をかけ、前にかがみ、体を押し上げ、その弾みで椅子から出た。出て行くのか？　彼はイズーに背を向けて、窓のほうへ行った。ラーキンズ荘のこの居間は、南北の奥行きがない屋敷に沿っていた。だから窓が両端に一つずつ——彼の向かった窓が裏側つまり北側だった。外には果樹園が——手放した数エーカーがあった。カーテンの隙間から、外を見つめ、暗闇を解読しようとした。何もなかった。その無に彼は願いをかけた、息を殺して。

イズーは怖くなり、反抗的になっていた。あえて言ってみた。「ごめんなさい」

「何を謝る？」彼は口調もそのままで、振り向きもしなかった。

「いま私が言ったこと」

「言ったかい？」

「お願い、エリック！」

「何だか」、彼は黙考した。「さっぱりわからない。僕も、君だって。君も僕もさっぱりだ、もういいだろう、イジー？　エヴァはあれで意味が通ってる、普通の人と変わらないよ」彼はまた口笛を吹くような音を立てた。

もういい……。イズーは、みじめな、絶望的な声ですすり泣き、命を投げ出すように椅子に身を投げたら椅子が滑り、もたせ掛けた頭と一緒にクッションも横に滑った。彼女はしばしそのままでいた。まるで死骸。両手は生きていて、ねじれ合っている。「エリック」声はしたが、何年前に録音した声だろう？　「エリック、エリック、エリック」

「どうした、イジー？」

「戻ってきて――ねえ、戻れない？　ここへきて」

彼は言われるままにした。

彼女は結んでいた手をほどき、片方の手を哀願するように差し出した。彼は半分笑いながら、彼女の椅子の肘に腰掛け、その手を取って、親指で揉んでやった。「ほうら、いい子だ――なあ？」それから体がこわばっている妻のほうにかがみ込むと、手を彼女に戻し、哀れむようにその手を彼女の胸の上に、死んだ女の胸に置くように置いた。彼女の閉じた瞼の下から涙がこぼれ、頰を伝って落ちた。唇がわなないている。

「いけないよ、どうした、イジー？」

「見苦しいことをするつもりじゃなかったのに」

「彼女が神経に障るなら、出て行ってもらったらいい」

「そしたら、私たちはどうなるの？」

「前だって切り抜けてきたじゃないか」彼はそう言ったが、自信はなかった。

「いいえ、切り抜けられなかったわ」彼女はクッションに頭を埋めた。「あなただってわかっているくせに――私なんかお手上げだった」

彼は考えた。「じゃあ、彼女が神経に障るのも仕方ないね？」

「いつもそこなんだわ。いつもそこ、いつもそこなのよ」

「わかってる、わかってる、わかってるよ。だが、それがどうした？ あのエヴァだよ――彼女が君に何ができる？ または、彼女が何をする？」妻が突然向き直ったので――彼は突如、あるいは盗み見でもするように、妻の顔を捕らえた。亡命した顔、とり残された侘しさ、諦めのつかない疲れ。彼は闇の中に逃げ込んだ。「思い出すんだ、君に何ができるか？――君らしくしていたじゃないか、気が向いたときには？」

彼女は即座に目を開いた。涙が残っていたが、大きく見開いた目で彼を見た。「何のこと？」

「どうして僕にわかる？」

「ねえ行かないで――行かないで、愛しているわ、あなたを愛しているのよ。私たちに彼女が何をするというの？」

「僕らは大丈夫さ。――僕を見て笑ってくれないかな、イジー？」

「私たち、さっぱりわからないって、あなた言ったじゃない」

「だって、しようがないさ。――さあ、ほら。僕を見て笑ってよ、イジー！」

彼女は少女の頃のように笑った。

「ほらね？」彼は言った。軽く眉をひそめ、真面目になり、妻の手を胸からどけて自分の手に握りしめた。その手を伸ばし、彼女の心臓の鼓動に触れた。

彼女が言った。「私たち、ぜんぜんセックスしてない」

「何だって……?」

彼は彼女のほうに手を伸ばし、その手をクッションの下に入れ、クッションごと彼女の頭を持ち上げた。唇に彼の吐息を感じながら、イズーは最後にふっと息を吐いた、眠りに入ろうとでもいうように。

すると、彼がにわかに頭をそらせ、必死に耳を澄ませた。

「――エリック――?」

「聴いてるんだ」

「そのようね」

二人とも耳を澄ませた。「うん」彼が言った。「あれはジャガーだ。彼女のお帰りだ……」

3 牧師の生活

牧師館は牧師の生活のさまざまな情景を目撃してきた。建物は、古くはないが古びていて、一八八〇年代の教会改革運動の波に乗ってこの村に上陸した。色々な点でひどい建物だった。正面は狭く、四階建てで、てっぺんには尖った切妻屋根が乗っていた。窓はいかにも教会らしく、ポーチもそうだった。内部も少しもよくなかった。照明の足りない階段が中央を登り、隙間風を招いていた。隙間風は床板の隙間からも上がってきて、禁欲的な絨毯をペラペラとひるがえした。この場所が売れる望みは絶えてなく、したがってダンシー一家が平屋に引っ越すことも、僧職が晴れて移動することもなかった、だって、誰がこの僧職を買うだろう？　ミセス・ダンシーが言うとおりだった。「もしこれがアン王朝時代の建物だったら……」このどこが取り柄かと言えば、と彼女は思った、とにかくここは、ボーリー教区牧師館のように害虫どもに荒されていなかった。オカルト現象もなかったのに、建物の造りが空洞式だったので、家庭生活はもう十分に騒がしかった。

そのために、ミスタ・ダンシーの書斎は最上階にあった。あまたある煙突の周囲に群がってピーピーと鳴くムクドリに囲まれて、牧師は屋根裏部屋にぎっしり詰まった書棚をいくつも並べ、オイル・ヒーターを点けると、かび臭い匂いが流れてきた。平穏さを確保し、とはいえたいしたことはなく、わけてもクリスマス・シーズン中は、子供たちは室内におり、だいたい階下の部屋のどこかにいるか、階段に集まって何やら相談していた。牧師の部屋のドア以外のドアは閉じられたためしがなく、風が吹くとバタンというひどい音を立てるドアもあった。

昨日の城への遠出で牧師館は空っぽになり、ミスタ・ダンシー一人になった。理想的だった。それとは対照的に、今朝はひどかった。彼はただちに書斎から飛び出してくると、窒息しそうな声で吼えた。「やめなさい！」

静寂。

無駄に吼えたりするものかとの決意をかため、彼は繰り返した。「やめるんだ、さあ！」

「やめてます、お父さま」

「ああ、そうかい」彼は言ったが、人をバカにしたようなその言い方は、ヘンリーに似てなくもなかった。「どのくらいやめていられる？」

「僕らだって、どこかにいなくちゃならないし」

「何をして、たとえば？」

「エヴァを待つとか」

「それで思い出した、カトリーナ、私のクリーネックスがもうないんだが」

「そんなはずないわ、お父さま！」彼の上の娘は、階上に行こうとして、黄色いお下げ髪をうるさそうに、せわしなく跳ね上げた。

「そんなはずがあるんだよ、もうないんだ」彼はその子を、自分の性格が許すかぎりの、ほとんど憎悪に近い目で見た。そして腹いせでもするように言った。「ハンカチもこれで最後だ」

「いやだあ。何枚？」

「三枚——いや、四枚か」彼は宣言し、ポケットを探った。

「こっちにもらいます。煮沸するから」カトリーナはえらそうに手を伸ばした。

「おいおい、全部持っていかせないよ！　私はどうなる？」

「私が上げた吸入薬がお鼻を乾かしてくれるわ」

「あれは目から涙が出てね」

「またご本を書いてるの？」彼女は疑わしそうに、父親を通り越して書斎を見やった。混沌が机の上を覆っている。

「書いているつもりでいたんだがね」

「そのハンカチを全部くれたら、クリーネックスをもっと上げます」

「それまで私はどうする？」

「一分か二分くらい、我慢できるでしょ、お父さま？」

ミスタ・ダンシーはどうかなという顔をしたが、それはどうやら正しかった。くしゃみを無理やり押さえないと、と思ったとたん、死にそうになるほど体が折れ曲がった。四十二歳とはいえ、彼は自分の子供の誰よりもハンサムだっただろうに、この慢性疾患のせいで、それも形無しだった。日頃の表情も、ありのままにしていられる機会はほとんどなかった。直感力、洞察力、そして慈悲心があふれて輝いていたのに、ほとんどいつも曇った窓ガラスの向こうで輝いているような感じだった——瞼は腫れ上がり、鼻は痛々しくすりむけ、唇はふくれ上がっている。一時休止すらほとんどなかった。冬がようやく包囲を解くと、必ず花粉症に捕まるのだった――四月になって最初に花咲くスグリの茂みが、彼の発作の引き金だった。彼はこの不利な障害を悩みの種にするつもりはなく、どのみち手の打ちようがないのは明らかで（いつも重態までいかなかった）、しばしばひどく苦しめられた。職業がら、彼の心配は自分の声であり、その声はいわれなく音量を変え、まるで騒霊《ポルターガイスト》が吹く笛に踊らされるように、いきなり唸り声を発したかと思えば、ときには蚊の鳴くような声になって消えていった。そこに醸し出されるどっちつかずのサスペンスは、教会ではことに目立ち、会衆にはおおむね好評だった。つまり一人残らずミスタ・ダンシーを高く評価していた。

「何をしていたと言ったの、カトリーナ？」彼は尋ねた――その声は、予告なしに低く下がり、共犯者のような小声になっていた。

「エヴァを待っていたって。みんなで、午前中はほとんどずっと」

「きっとエヴァはまたみんなを連れて出かけるんだね？」彼は晴れやかに提案してみた。

「それはないと思うわ。今日はみんな疲れちゃって」

「疲れたような声じゃないが」ミスタ・ダンシーが言った。そして書斎に戻り、ドアを閉め、また開けて、怒鳴った。「急《い》いで！」

カトリーナが恐れたとおり、クリーネックスは底をつき、牧師館のどこにもうなかった。特別サイズの大箱が一月一日から四つも消えた！――不吉な年明けだった。この贅沢は、ミスタ・ダンシーが発案して以来、倹約主義の一家にとって数少ない息抜きの一つだった。しかしその出費は、何にも増して家計を圧迫していた。仕方なく彼の娘はコートをさっと羽織ると、キッチン用の魚を煮る大鍋《フィッシュ・ケトル》にハンカチを落として浸すふりだけすると、さっさと村の通りに駆け出していった――

長い通りは、忘れ去られた美しさが所々にあり、とりわけ今朝は霧氷が降りて、いっそう静かにたたずんでいた。その突当りのところでカトリーナは、郵便局の前に悠然と停車しているジャガーを見てあきれてしまった。牧師館など忘れたようにお尻を向けているではないか。そこへエヴァが郵便局から、さも「ご多忙」そうに出てきたが、入り口のつつましいドア枠に囲まれていると、実物以上の大女に見えた。羽の付いたロビン・フッドみたいな帽子にオセロットのコートといういでたちに、でっかい鰐皮のハンドバッグ。この装備のどれもが前に見たことがない品ばかりだった。彼女はそのハンドバッグに大金を押し込むのに一生懸命で、カトリーナが近づいてくるのに気づかなかった。「おはよう」カトリーナは意地悪く言った。

エヴァは首尾よくバッグをカチッと閉めることができた。「あら、おはよう。いまとても急いでるの」

「へえ、そうなの?」

「ええ、ロンドンに行くところ、後見人に会いに」

「そう、それはいいわね!」悲観した少女が叫んだ。「昨日の夜、今朝はじっと待っていなさいって言ったじゃない」

「昨日の夜は、まだこの手紙がきていなかったから」

「ヘンリーが」、カトリーナが口をはさんだ。「ものすごく怒るわよ」

エヴァは肩でため息をつき、それでも嬉しそうだった。「彼は私がいなくなると寂しいのかな?」

「ヘンリーが何をしたかったか、ロンドンに行きたかったのよ。もう遅すぎるけど。バスももう出ちゃうだろうし——彼の朝も行っちゃうわ!」

エヴァは叫んだ。「どうして変更できる――いまさら？　電報を打ったあとだもの。彼は絶対に二度と私を許さないでしょう。後見人のことよ」

「だって、教えてくれたらよかったのに。電話だってできたでしょ」

「あら、そんな、できるわけないわ！」エヴァは小脇に抱えていた巨大な長手袋を引っ張り出した、裏地がオセロットの手袋だった。手袋の中に指のほうを合わせて入れながら、ぼんやりと続けた。「電話？　電話するのは不可能だったの」

ナイフを隠したスパイかな？　カトリーナはあやうくこれを飲み込んでから、たんに言った。「帽子がゆがんでるけど、わざと？」

「さあどうかな」エヴァは答え、ぽんと叩いてまっすぐに直した。長い雉の羽がアンテナみたいに揺れた。

「私、急いでるんだ」カトリーナは宣告し、エヴァから目をそらして店の中を見た。「お父さまが、ほんとに頭がおかしくなりそうなの」

「ミスタ・ダンシーにくれぐれもよろしく！」

牧師館の子供は（こらえたのは、嗚咽か？）訊いた。「ロンドンまで運転して行くの？」

「いいえ、列車の駅まで。ロンドンの周囲で霧に迷いたくないから。そういう気分じゃないし」そしてエヴァは何も見ないで、長手袋の手と手を合わせて叩いた。「手が冷たくなっちゃった、冷たい、冷たい。体じゅう寒くて」

「寒い日だもん」カトリーナは鼻で空気を嗅いで言った。

「違うわ、カトリーナ。彼の手紙がきて、寒くなったの」

「どうして？　あなたを食べるわけじゃないでしょ？」

「まさかそんな！」ミス・トラウトは言った。（そうか！）

「じゃあ、彼の手紙は何て？」カトリーナは追及した。

「ただ『はい』という返事だけ、もし私が今日くれば会うって。いいえ、それは彼の言葉じゃない。きっと私の言葉だわ」

　カトリーナはかろうじて足踏みするだけにして、もそもそしたが、動きは静かだった。エヴァが嘆いた。「ああ、私、すごく心配なんだ、カトリーナ」

「まあ、落ち着いてよ」

「できないわ」

「いつもできないのね、なぜだか」

　すっかり取り乱したほうが、長手袋の下からやっと腕時計を探りあてた。「私の列車――私の列車が！」エヴァはジャガーのドアを引き開けると、ハンドバッグを放り込み、毛皮でかさばる巨体をハンドルの下に押し込んだ。開いたままのドアに手をかけ、カトリーナに伝えた。「いまいる所にあまり長くはいられないの」

「ええっ？」

「だめなの、いられないと思う」

「あの人たちと喧嘩したの？」

　エヴァは答えなかった。そして車のエンジンをかけた。「いっぱいコートがはみ出してる」子供が言った。エヴァはオセロットをかき集めると、走り去った。

白いクリーネックスは品切れとわかり——注文しないと、でも白いのが何の役に立つの？　レモン色にするかバラ色にするか、カトリーナは迷った。「どっちも父にはふさわしくないな」彼女は言った。店の人たちはやたらに同意してくれた。「だけど」、彼女は鼻声で言った。「サタンにかかったら仕方ないのよ」こうして彼女はそれぞれ一箱ずつ持って店を出た。

4　話し合い

親愛なるミセス・アーブル、

いったいこれは、どうなっているのですか？　僕はちょっと憂鬱になる訪問をエヴァから受けました、あなたからお便りがあるものと半分期待していましたのに。僕がそうしているうちに、エヴァが僕に話した状況が、実際は、彼女自身の空想の外には存在しないことを望む気持になりました。それはきわめてあり得ることでしょう。思うに、あなたは彼女のロンドン行きをご存じだったはず。その目的をご存じだったかというと、そうでもないらしい。あなたが何も疑わなかったなら、僕も安心ですが――何もないのでは？

とはいえ、ラーキンズ荘に和音ではない何かが発生したとは、初めて耳にする事態です。もしあなたがこのことを初めて耳にしたのなら、この手紙の件はお許し下さい。僕の勇み足かな？率直に言えば、僕の直感では、これが何であれ、通り過ぎるのを待つのみ、というのも、僕はある程度エヴァの言いなりなので。彼女はあなたの保護から離れたいと強く望んでいて、僕にそう言ってきました。強く望むだけでなく、そうするつもりだと。ただちに実行しようというので、出てくるかもしれません。

それは、僕がつらつら経過を見るに、大災害をもたらすやもしれません。だから、どうでしょう、この明白な重大局面についてあなたと僕で話し合ったほうがいいのでは？　つまり、お目にかかったほうがいいのでは？　僕がラーキンズ荘に出向いてもいいが、そちらにエヴァがいなければの話。もしロンドンに出るついでがあなたにあれば、ランチでもご一緒しますか？　僕としては、必ずや、先約を調整して、あなたが指定する日を空けておきます。近い将来にある一日がその日になればいいのですが。

あと一言いいかな、僕は楽しみにしています、僕らの交友関係が再開するのを。

あなたのものなる、
コンスタンティン・オルム

この手紙は、勇み足どころか、イズーには強壮剤のように作用した。手紙はカモフラージュして到着した。群青色のモノグラムが付いた便箋二枚に明快な筆跡でびっしり書かれた中身が、宛名はタイプで打った茶色の事務封筒に入ってラーキンズ荘まではるばるとやってきた。エヴァの目をあざむくこの予防策が間違いなく伝わるほど、イズーはあらゆることを考える、ごく少数の人間の一人だった。その点で彼女はコンスタンティンを買っていた。それに、共犯関係の香りがするのも悪くなかった。彼女は、弾みのついた気分になり、さんざん読んでから、また読むと、驚くほどエヴァに好感を抱いている自分に気づいた。そう、エヴァは間違いなく価値がある――あの娘は何かを奥底に沈殿させていて、しかもそれはみんなが必要としているものだ。長かったラーキンズ荘の泥沼生活も終わりが見えてきたようだ。エヴァは何を狙っていたのだろう？　イズーは、あの不器用な生徒に自分を引き寄せた、生体解剖をするような、最初のあの衝動が、また騒ぎ出すのを感じた。自分が承知で陥った憎悪の念（これはそれ以外の何ものでもあるまい？）を燃やしながら、イズーは学校で過ごした一年を再び生き、その後の年月を生き、その間、この生命体《オーガニズム》は彼女を激しく愛したのだった。イズーに後悔はなかった。もしかしたら、と彼女は思った、彼女とエヴァはいまこそついに二人の真の到達点にきたのではあるまいか？

この手紙は蘇生させただけでなく、慰めの香油でもあった。コンスタンティンから立て続けに無視されたことが、自ら認める以上にイズーを悩ませてきた。「僕らの交友関係が……」か。彼とは一度会っていた。彼が半日ラーキンズ荘を訪れ、エヴァの安置場所としての適性を自ら確認し、それから金の話をした。彼は一点（払う金）で、彼女は他の一点（もらう金）で、この上なく満足した。それきりだった。利用され、当てにされた挙句、彼女はお払い箱になった。元教師が、元果樹園にわび住まいしている。それがいま調子が変わり始めた。違うかしら？　読み手は自然にほほ笑む自分を感じた。また、英語のプロとして、この書類を分析した——何という書き方だろう、お世辞を花輪にして！　しかしさすがに彼だ、見事なパフォーマンスじゃないか。彼のこのマナーのためのマナーは、大したことではない、問題はない。しかし彼ら二人が内に抱えている曖昧さが、ある種の利点であり、ある種の約束になる——それは、あと少しでヘンリー・ジェイムズの国への入り口になる。[*1]

彼女が手紙を何度も何度も読んでいるうちに、それが配達された一日が過ぎた。エリックが帰宅すると、彼に手紙をゆだねた。彼はゆっくりと吟味した。「やれやれ」彼は宣言した。「厄介なことになったぞ！」

彼女は同意した。「爆弾ね」

「僕には違うな」彼は断言した。「僕は風向きを読んでいたんだ——覚えているだろう、君には話したよ」

「いいえ、まさか、エリック。あなたは一度もそんな話なんか」

「この前の夕方だよ、この部屋で。なに、話そうとしたら、君が動転しちゃってさ」

「あら、あのときのこと？　私、てっきりあなたが怒ったとばかり」

「ああ」彼が言った。「話そうとすると、そうなるんだよ。僕が口をつぐんでいるなんて、誰が思う？　それは別として、君は自覚がなかったんだな？」

「エヴァが私を嫌っていることが？」

「それは君が飛びついた結論さ！——それに、邪悪な結論だな。エヴァには何の害もない。ここに何が書いてあろうと——」彼は青い便箋をわざとらしく振ってみせた——「ここに書いてあることはその根拠にはならない。これはつまり、僕が君に話したことを裏書しているんだ。エヴァは失望している。ここですっかり失恋したんだ。だからなんじゃないのか？」

「だからきっと、大騒ぎを演じたんだわ」イズーは思いいたった。

「そうさ、あの男も度肝を抜かれたのさ」エリックは小気味よさそうに言った。「エヴァも誰かにぶちまけたくなってさ——僕ら以外の人に」

「だけど、エリック……裏でこそこそするなんて？」

「彼女にはその権利があるのさ、そうしたいなら。彼女はあいつの担当だし。なぜあいつは何かしないのかな――何かしたら命にかかわるとでも?」

「見当もつかないわ」イズーが言った。「その手紙を返して」彼女は、手荒く扱われて傷んだ手紙を撫で、折りたたんでもとの封筒に入れた。それからエリックに向き直った。「私はどうするべきかしら?」

「こうなってから? あいつの言うことをするんだね。あいつに会うんだ」

彼女は不吉に感じてためらった。「あなたは思ってるのね、私が会うべきだと?」

「こうなったからさ」

「あなたの言うとおりでしょうね。残念ながら、あなたの言うとおりだわ」

「よくわかってるよ、イジー、大変な要求だということが。ロンドンまでわざわざ行って、また戻ってくるんだから――列車の退屈な旅を往復して、おまけにそれだけ時間がかかる。心配してもきりがない。することはする。いいね、あいつに費用を払わせるんだよ」

「エリック!」

彼は目をむいて見せた。

彼女は目を覆い、あきれてしまった。「ああ、エリック――まったくもう!」


コンスタンティンがまた腰掛けると、彼の頭に後光が射した。そして繰り返した。「いやはや、わざわざお出ましいただくとは」彼の背後に窓があった。一月の光が射し込み、グラスファイバー地のカーテンに映えていた。彼のこのオフィスは(少なくともイズーが座っている場所からは)、広いだけで何も見えなかった。一晩のうちにナイツブリッジに出現した摩天楼群の一つの最上階に近いところだった。この地域から操作するとは、いかにも彼らしかった。

握手がすんで、彼女は彼の正面に座った。半身になって日光を避け、膝を組み、その上にハンドバッグを乗せた。首はかしげたが、何も言わなかった。コンスタンティンは、オニックスの箱を開けて、エジプト煙草をすすめた。そして間にあるオルモル鍍金を施した書き物机の上に身を乗り出して、彼女の煙草に火を点けた。ライターをカチッと閉じ、開口一番出たのはため息だった。書き物机の上にはその煙草の箱、同じくオニックスの灰皿、それにインタフォンらしき機器のほかに、トラウトXIVという文字が表紙と背に書かれたファイルがあった。いかにもオフィスを思わせるこの事務机をはさんで向かい合うと、これから始まるのが少なくとも対談だという感じは出た。「幸いなことに」彼が補足した。「今日はあまり寒くないですね。嚙むほどの寒さじゃない――というか、それほどでもないということかな」

イズーは煙草を一度ふかし、灰皿のへりに置いてから、おもむろに右手の手袋を脱いだ。手袋はかなり上質の黒のスエード、コンスタンティンの目につかないわけはなかった。間違いなく新品だ。ということは、ここへくる途中で買い物をする時間があったのか？　もう少し頭のない女だったら、帽子屋にも立ち寄っていただろう。ミセス・アーブルは自制心があったから、羽根飾りの付いたターバンで通し――数えてみれば一年か二年前のもの――まだ型崩れもなく（たぶん外出が多くない？）、例の額を忠実に目立つように展示している。旧友ほどいいものはない。

「お元気なんでしょう？」彼は新たな関心を見せて訊いた。

「とても。あなたは？」

「まあまあですよ。いまは油断のならない時期だから」

「でも春のほうが」彼女がほのめかした。「もっと油断がならないのでは、違います？　冬なら少なくとも、何を待っていればいいかわかりますから」

「なるほどそうだ。そう、そのとおりですね」

「でもエヴァは」、彼女は打ち明けた。「たちの悪い風邪を引いてしまって」

「ドキッとするな――どうしてそんなことに？　じつに温かそうな身支度をしていましたよ、ここにきたときは」

「牧師館でもらってきたんでしょう」

「牧師館で？」

「あそこで、みんなに大流行していて」

「それで彼女、静かになるかな、少なくともここ当分は。それは、この状況だから――そう思うでしょ？――いいことですよ」彼はちらりとファイルを見てから、目をそらした。「できれば、ミセス・アーブル、僕の手紙がショックでなければよかったのですが？」

「できれば」彼女は返した。「エヴァの訪問がショックでなければよかったけど？」

彼は後ろにある窓の外を見た。広い天空への興味が高まり、椅子に座った位置を少しずらしさえした。ひどく熱心で、ひどく「夢中」だったので、イズーも彼の向こうの、化繊の網戸のその先を見つめた。ヘリコプター、凧、飛び降り自殺？――イズーに答えは出せなかった。彼が急に向き直ったので、彼女は不意をつかれた。虚心をつくろう間もなく、視線が合った。「ここだけの話だけれど……」彼が切り出した。

彼の左側に、この部屋の二つめの窓があった。したがってこの男が二人存在していた。一つはやや暗いシルエット、もう一つは横からの光ではっきり浮き出している。こちらの方をイズーは合間を見て観察した。金髪と、マッサージを受けたらしい肌をしたコンスタンティンの顔は、雪花石膏《アラバスター》か、いやむしろプラスティックか、透き通ってはいないものの、下からピンク色が透けていた。その肌が下にある平らな骨格を包んでいる——出っ張りや窪み、たるみやむくみは、どこにもなかった。目鼻立ちとしては、彫りが浅く、あらかた平凡で、総じて特徴がなく、にもかかわらず妙に目立った。どこがひどく奇妙だったかというと、目鼻立ちそれぞれの関係にほとんど変化がないことだった。これほど動かない顔を見た人がいただろうか。ときおり皺が数本現れたが、それもしかるべき表情を、自ら選んだ瞬間に、皺の持ち主に与えていた——また、ときには（めったになかったが）、計算された度合いで眉を吊り上げることもあった。そのいずれもが、ただし、あっという間に拭い去られた。

画面に色彩があったとしても、わずかに使われているだけ。たとえば唇は、彩色木炭画に見るような、素朴な茶色がかったピンク色。もっと目立たぬように鉛筆で引かれたのが眉毛、まつ毛には金茶色の色鉛筆がかすかに使われていた。同じ色合いが髪の毛にも見られた。手入れはよかったが、額からは後退していた。そして目は？　これもまたしきたりのとおり。水彩画家が使う青灰色だった。この目が瞼の下で煌めくと、非凡な色に見えた。まずは、見るために使う目だった。

なぜ陰影のないこの顔が、強要もしないし、その気配も見せないのに、見たとたんに忘れがたいものとして人の心を打つのだろう。とり憑かれたことなどなさそうな顔なのに、どうしてとり憑く力を帯びているのか、言葉では説明できなかった。年は五十歳くらい？　体調は良好だった。敏速さが、めったに使われなかったが、彼の動作の特徴だった。年齢を無視して、これほど人が若く見えていいものか――いくら流れようと、時は恐ろしいまでに無力だった。何にもまして、コンスタンティンのこの永遠の若さ（何を餌に。生き血か？）と、白紙のような守勢のどこかに、何かが隠れていた。もっとも忌わしい若さの残滓。若さ固有の残酷さだった。

「ここだけの話――」彼は繰り返した。

「はい？」彼女は待っていたように訊いた。

彼は吐き出すように言った。「遺伝はこわいな！」

「つまり、エヴァのことね？」

「いやはや、ほかに誰のことだと？　あなたは真っ暗闇の中にいたんですね、その件では？　何もご存じない？」

「きっと耳にしているはずだと？」

「僕なんか話しづらくて」彼はファイルを箱ごと引き寄せ、上で結んでいた紐を引っ張ると、言い放った。「ウィリーも可哀相に！」

「あなたが何を言っても、私は動揺しませんから」彼女が客観的に言った。

「そうでしょうとも」彼は同意した――どちらにも取れる言い方だった。

彼女はきっとなって訊いた。「私って、そんな印象ですか？」

「楽しい印象ですよ、いとしきミセス・アーブル。だがそういうことではなく、時間の問題なんだ。――ここにはたっぷりありましてね」彼はそう続け、墓石でも撫でるようにファイルを撫で下ろした。「あなたと僕でわざわざ調べなくてもいいと思うものが。もちろん、すべてが関係してますよ、いま我々が直面している状況に。しかしすべてに目を通してみても、どこへたどり着きますかね？

次の週の中頃までたっぷりかかる。その頃には狙った小鳥はもう飛び去っているかもしれない。いや、この状況そのものが緊急事態なんです。この種の重大局面は初めてというわけではないが、まさにこれは重大局面ですよ」

「明白だわ」

彼はため息をついたが、今回は賞賛がこもっていた。「そうとう知的ですね。その軽妙さは！」彼はファイルを右のほうに滑らせて、お払い箱にした。それで彼女はふと思った、この人は着服してきたのでは。彼女は叫んだ。「でも私はいかにも勇み足ばかり、明らかに！」

「ミセス・アーブル、エヴァに対処するには、何が邪魔になるかというと、それは知性なんです。あなたは、それを知る人間と話しているんだ。僕はいまそれがわかった――しかし、それには長い歴史がありましてね」

「では、お訊きしていいのね――？」

「どうぞ！」

「どうしてエヴァを私のところに寄越したの？」

「あなたの夫君もおられたから。――お元気、なんでしょう？」

「とても、ありがとう」

「それに、あなたは――ご承知かな？――、あのときエヴァが一緒にいたいと思った、天地に存在するただ一人の人間だったから。彼女にそこまで打ち明けられると、反論するのが難しくて」彼は三つ目のため息をついたが、もっとも重いため息だった。「ウイリーもまったくそうだった」

イズーは身を乗り出し、テーブルをしげしげと見た。そして象嵌《ぞうがん》された渦巻き模様を目で追った。

「失望させるのが不可能な人物がたくさんいるわね」

「トラウト家の人間は」、彼が言った。「どのみち、その傾向がある」

「それでもエヴァを引き受けたのね?」

「僕なんかウィリーには、せめてそのくらいしないと」そこで彼は振り向いて、インタフォンに話しかけた。「車を」彼女は右手の手袋をはめ、撫で下ろした。「静かな所にお連れしますよ、悪くない所に」彼が説明した。「お気に召すと思いますよ」

情景の移り変わりは、運転手つきのダイムラーのおかげで、地を滑るがごとき数分間で果たされていた。クリーム色の巨大な柱廊、明かりが灯った小さな高級品店の数々がイズーの心に書き留められた。街角の売店では新聞が白く光り、花屋の窓には白い蘭の花が光る。「悪くないでしょう」、読心術師が先回りした。「ロンドンに戻ってくるのも?」彼女は謎めいたスフィンクスの微笑を返す。彼がけしかける。「『ひとたびロンドンに住めば、一生ロンドンっ子』――でしょう?」

彼女は無愛想に言った。「私はレディングで育ちました」

「あなたには驚きますな」

またしても彼女は、目的地につくなり、彼の配慮のほどを知った。てらいのない小ぶりな丸テーブルに迎えられ、椅子は向かい合わせ、こうした配置は一箇所だけだった。電話で特別に指示があったに相違ない。二人用のテーブルがいくつかバンケット・ソファに沿って並び、クッションのふくらみ具合でカップルを内側に寄り添わせ、それぞれが長椅子《ディヴァン》で親しくくつろいでいるような感じが出ていた。ここでは誰もが、恋人同士であるなしにかかわらず、そんな雰囲気を見せていた。異論を唱えそうな人も見当たらない。その満ち足りた様子がコンスタンティンにはショックだった。正視できなかった。女性が身近にいるのを嫌う性癖が、こうして外出すると歴然となり、イズーの気分がいくぶん低下した。金のかかったレストランの薄暗がりがさらに多くのものをかき消し、彼女はダイキリを注文することとしか考えられなかった――それが何だったか、流浪の身には思い出すこともできなかった。ともあれ、それもエヴァの勘定につくのだ。すぐそばに、これまた高価なコースとして、何かが燃え上がっていた。炎が高く舞い上がり、さらにブランデーが注ぎ込まれた。彼女は見とれた。彼が訊いた。「料理に興味があるんですか?」

「考えていたんです」

「ああ」招待主は諦めたように言った。

「彼女の母親はどんな人でしたの?」

「シシーのこと? 楽しい人だったな」

「あら?」

「ええ、もうほんとに――親愛なるシシーは。うっとりするほど少女っぽくて、いつもとても魅力的で。とてもおいしそうな」、――彼の目が相客の上を生気なく流れた。「ドレスを着ていたな、いつだって。僕なんか心を奪われてしまってね」

「エヴァとはずいぶん違うように聞こえるけど」

「表面的には違いましたね。――そう、最盛期のシシーは花形だったから」

「とんだ災難だったわね」

「ええと……ミセス・アーブル?」

「花形が死んで」

「ああ、ええ。そう、そうです。可哀想なシシー。言葉にできない最期で、燃え殻一つ残らなかった。——でもちょっといいですか。注文しませんか、いかが?」

担当のウェイターが大きなメニューを二枚置くと、テーブルは日蝕に覆われた。「子牛の胸肉《リ・ド・ヴォー》を」イズーは宣言して、あとは目もくれなかった。コンスタンティンはたじろいだ。「ほんとにそれで?」

「それで」「では何はともあれ、御意のままに。僕は」彼はメニューを立てた。「慎重にいきたいな」イズーはこのすきを見てさっとハンドバッグを開き、鏡を取り出し、映った自分をちらりと見て、いいと思った。「全部ちゃんとしてますか?」彼はメニューのバリケードから顔を出して訊いた。

イズーは自制心を取り戻していた。「もちろん、エヴァは——」

「——ちょっと待って。牡蠣《かき》なら『要らない』とはおっしゃらないでしょう?」

「けっこうよ」

「けっこうとは?」彼はわざと悲劇的に言った。

「けっこう、ということ。私は『要らない』なんて言いませんから」

「では目と目を見交わしましょう」ワイン担当のウェイターがきた。コンスタンティンは、いつになく気色ばんで、ワイン・リストを受け取った。「あなたは」彼はイズーに告げた。「白ワイン《シャブリ》、とおっしゃる、でしょう?」

「シャブリを」彼女は素直に言った。

「もしよろしければ、もう少々上等のでもいい、と思うんですが」ワイン担当のウェイターもそう思った、古くからの同士だし……。招待主はここでやっと手を顔にやり、レストランを見渡した。そして我に返って言った。「どこまで話が進んでました?」

「エヴァよ、むろん、憶えてないんですか?」

「やれやれ。揺りかごのときから母のない子で」

「それは私も考えてました。でも——これはご存じないのでは、ミスタ・オルム?——エヴァは母親の絶叫を聞いた憶えがあると言い張っているのよ」

「それは絶対にない」

「そう考えたいところだけど」

「エヴァは」、彼は真面目に言った。「色々と幻想を抱いているから——シシーもそうだった。幻想が、空想と言ってもいいが、シシーを零落させたんです。幻想にすがりつくしかなかったんだ! そこへあの悲しい日だ、シシーが飛び出したとたんだった」

「ミセス・トラウトは……家を出たの?」

「逃げたんですよ。脱走したんです。知らなかったなんて言わせませんよ?」

「誰も話してくれなくて」

「ダイキリを忘れてますよ。本当に欲しかったのはそれじゃなかったんだな?」彼女はダイキリをごくりと飲んだ。「ああ、それでいいや」彼は続けた。「それがある日、青天の霹靂だった。みんな絶句しましたよ。僕らはなすすべもなく、呆然自失《ブーシュ・ベアント》ってやつかな、ウィリーと僕なんか。それから、もっと悪いことになって」

「飛行機事故ね?」

「それどころか、シシーの予想を飛び越えてしまったんだ! こともあろうに場所がアンデス山の上だったから。というか、アンデス山中に突っ込んだんです。あまりにも向こう見ずで、いかにもあの人らしかった。パリはどうだったのかな?」

「何のこと?」

コンスタンティンの顔が清教徒みたいに非難していた。「彼女にはお目当てがあって。愛人との濡れ場が待っていたんです」

イズーがたじろぐ番だった——何という言葉を使うのだろう! 「でも割に合わない最期だったわね。不公平な感じがする」

「ウィリーにすごく不公平でしたよ。あの恐ろしい電報がきたんだから。彼はものすごく動揺してね。彼と過ごした時間は僕なんかたいへんだった! 信じられない話でしょうが、彼はその足で葬儀に行きたがってもう。僕なんかいっときも目が離せなくて。昼も夜も、思い出すなあ、円盤突きゲームで過ごしたんだ」

「エヴァには何か手を打ったの?」

「乳母か何かがいましたね。たしか、ラトヴィア人の」

「もうラトヴィア人はいないんですよ、ミスタ・オルム」イズーは探るように相手を見た——「私たち、エヴァをどうしましょう?」

「あなたは見事に要点を押さえますね——ほんとに、どうしましょうか?」彼は天を仰いで十字を切った。「ちょっとした事例になりますね、哀れな愛すべき少女の——さっきも前置きしましたが、遺伝はこわい! それだけじゃない、あなたには思い出させたくもないが、いまは一月。四月はすぐそこまできています。四月がくれば、あなたと僕はエヴァを世界に解き放つんですよ。拘束が終われば、コントロールを続けるのは不可能になる。全体として、名案もないし。あの法外な金だ——

彼女は、何一つ所有したことなどない人間だった、ジャガーのほかには！　それが思いのままになる。僕なんか考えても、そう、考えられない！　まないたの鯉だ――」

彼は突然話をやめ、怒ったように周囲を見た。（僕らの牡蠣は？）

「そうでもないのでは？」イズーは思い巡らせた。「どうなのかしら……私の夫は、たとえば、あなたの見解は取らないと思う。彼はエヴァを買っていますから」

「ええ、彼女からそう聞いていています」

「どんな考えなんだろう、おそらく、シシーに似た考えでしょう」

「彼女は考えがない人じゃありませんよ」イズーはいらいらして言った。

「でも、ミセス・トラウトは、『楽しい』人だったんでしょ？」

「でも正常ではなかった。――ちょっと、**ほうら！**」様変わりした男が叫び、椅子に座ったまま音も立てずに体を浮かした。「ほらきた、どうです？」テーブルに近づいてきたのは、牡蠣の大群だった。よだれが出てきたので、彼はやむなく唇をぎゅっと結んだ。体を後ろにそらし、祭事が万端整うのを愛しげに見守った。「これより少ないくらいなら――わかるでしょう？――一つもないほうがましだ……。楽しい人か、彼女はそうなれたのに。そうならいいと僕なんかずいぶん願ったのに。だけど、所有欲が強くて、執念深かったのかな？――ひと言でいうと、偏執的《マニアック》だった。シシーはウィリーをこき使って影みたいに薄くしてしまった。そんな場面がいくつもあった……。それでも……」

ここでコンスタンティンはフォークを取り上げたと思ったら、それを使って謎めいた円を描き、悪意と名のつくすべてのものを牡蠣の周辺から払いのけて悪魔祓いしてみせた。「食前の祈禱を捧げないと。僕はみんな祈禱を捧げるべきだという気がする！」

「あいにく、私は不可知論者なので」

イズーの牡蠣の味わい方は、整然としていて、しかもなまめかしいものだった。最初に喉を通ったものが変化をもたらした。食欲がその難解な美しさを和らげ、教室くささがかすかに残る美しさを霊的なものに変えていた。食べることは彼女に似合っていた――一度ならず彼女は食事をしながら恋に落ちたことがあった。彼女は身をゆだねた、悪びれることなく、自分が知った、何にもまして真実なこの官能に。メニューに目もくれなかったのは、いわば牽制したのだ。というよりも、より深い自分の本質を恥じていたのだ――それを外に出すのは酔狂であり、これまで持してきたイズー自身に反してもいたので、最初は迷い、ついで面倒になったが、しだいにそれが快感になり……。彼女がいかに食べるか、エリックは気にとめるのをやめ、コンスタンティンは気にしなかった。

彼女はもはや気兼ねなく飲んだ。彼はそれに気づいた。事実、彼女のグラスからワインがどんどん消えていくのを見ると腹が立ったが、ワインは消える、彼女は底なし。「悪くないでしょ?」彼はやむなく訊いて、自分のグラスを持ち上げた。

「悪くないわ。――あなたはフランス人ね、ミスタ・オルム?」

「それがずっと怪しいんだ」

「家系としては、ということよ。私はもっとはっきり言うべきだったわ、スカンジナビア人ですねと」彼は感情を害したようだった。彼女はさらに言った。「名前を別にして」

「ああ――そうか。『若い、たおやかな、小さな楡《エルム》の木』ですね。エルメットとか、エルミングとか。それでウィリーがどれほど笑ったか!」

「でもまさかあなたが」、大胆になった女が続けた。「フランス人のはずがないわ。愛に心理的な同情を持たないから」

「面白い人だ」彼はフォークの先を泳がせて、空になった牡蠣の殻をつついた。「あなたはそう見たわけか？」彼は牡蠣の殻が揺れて平らに落ち着くのを見ていた。「何を根拠に？」

「あなたの話し方よ」彼女は叫んだ。「あなたが下す判断も！　ミセス・トラウトはあなたを困らせた。だけど、困ったのは彼女の方では？『正常ではなかった……』なんて。彼女は愛人と駆け落ちしたわ。それはいけないことだけど、それほど異常なことでもないでしょ。軽はずみだった、でも極悪非道とは言えないでしょう。彼女が感じていたことなんて、誰にわかるんですか？　あなたではないわ、ミスタ・オルム。彼女を罵倒するなんて、彼女のことなど何もわかっていないようね。彼女は間違いを犯した、まあね。情熱は過ちを助長する——自分の命を捨てることだってできるのよ」

　コンスタンティンは眉を片方だけ吊り上げた。ゆっくりと——ゆっくりと話し手を舐めるように眺めながら。「僕なんか知らないし」彼は言った。「いや、僕は知らない——あなたは知っている、ということ？」シシーの話のすべてが、シシーを勝手に彼自身の創造物にしてきた一切のことが、いま呼び出された。人の道に外れて延期してきた哀悼の念が、ようやくシシーの上に注がれた。「シシーは」彼が言った。「おとぎ話をするために生まれたのではなかったんだ」

　イズーは乗り気になった。「私はいまでも思っているわ、彼女は運が悪かったの！」

「気高いお考えをなさる。しかし、誤解を一つ明らかにしなければ。シシーは、愛情ゆえにしたことなど、一つもありませんでしたから。復讐、それだけだった——打ち明けて申し訳ないが」

「よくわからないわ」

「そうでしょうとも！　ここで、ミセス・アーブル、僕らは空想の領域に入ります」

彼女は突然、推し量るように、テーブルの向こうの彼を見つめ、目をそらし――一連の思索に取りかかった。羽根が一枚、ターバンからこぼれ落ちて、片方の頬をくすぐった――コンスタンティンはほっとして、よそ見をした。彼女は羽根をつかみ取った。一分が過ぎた。山ほど大脳を絞ったら、ネズミみたいな何かが転がり落ちた。「その若い男って、誰だったの？」

「ジャイルズ‐ジョージ‐ジェラルド。これだけ時間が経っても、とてもじゃないが話せない。彼は終わったんです、惨めな奴だ」

「それ、たしかなのね？」

「生存者はなかったんですよ。――なぜ？」

「そういう意味じゃないの。つまり、彼は本当にいたの？　出会ったことあるの？　見かけましたか？　彼はフィクションじゃなかったの？」

「ミセス・アーブル？　雲をつかむような話ですが」

「エヴァのことを考えていたんです」

「しごく当然ですよ、ええ。しかしどんな関連が？」

「エヴァの婚約よ。エヴァの正体不明の花婿さん――それが謎だわ」

「謎とは」、彼はわかったように言った。「言いえて妙だ」しかし彼の心はよそにあった。「やつらは何をしているのかな、いったいどういうつもりだろう――あるいはどういうつもりもないんだろうか？」彼はとがめるように視線を走らせた。「ここがこんなに遅い店とは知らなかった。もう許せない。あるいは、あなたのリ・ド・ヴォーが特別仕様になっている、と願いたいものだ！……ええ、いやもちろん、そうですよ。エヴァのロマンスは」

「本当にいたと信じてるのね？」

「ささやかな夢物語、というところかな。ミスタ・Xが誰だか知りたくても、僕にはどうしようもない。彼女に訊いてみたら」

「でもあなたが彼女の後見人なのよ。あなたは訊かなかったのね」

「僕などぴりぴりしてしまって」

「あなたの承認が必要だったはずよ、違う？　認めたんですか？」

「そこまで行かなかったんですよ、率直に言って、そうはなるまいという感じでしたから。ああ！」

彼は後ろにもたれ、気分をゆるめて、ワゴンが進んでくるのを見ていた。熱波が揺れながらテーブルを覆い、蓋がいっせいにはずされる——一つわかった、コンスタンティンはヤマシギを食するのだ。「願わくは」彼が思いやりを見せた。「あなたが悔しがりませんように」

二人は食べた。

イズーは深呼吸をした。そして不吉そうにナプキンで唇に触れた——鬼ごっこに戻ってみるか？

「だけど、あなたはこれにそうとう関わってきたんでしょう、ミスタ・オルム。あなたが持っているお城とやらを、新婚旅行に使っていいと彼女に約束したとか」

「空中楼閣ですよ、空中楼閣。どこが悪いんですか？　むろん、この城は存在しない、というんじゃありませんよ。とんでもない！　あれは、僕が思うに、美しい城ですよ。どこにもない場所のさいはてにあって。楽しい学校になりました——学校ですよ、いやはや、何もかも時代を先取りしていてね。（あなたなら興味を持ったでしょう、きっと）その後は、無駄になりました。実際、ほとんど悲劇でしたね。それに地方税ときた、やれやれ！　ウィリーからの最高に寛大な贈り物でした、それに——わかるでしょう？——エヴァの最初の母校だったんだ。僕なんか彼女の空想が後ろから織り上がっても不思議じゃないですが？」彼はいちいち確かめながらヤマシギを頬張っていた。「エヴァは慢性的なロマンチストでね。それは、僕から打ち明けることもないでしょう！」彼は繰り返した。「慢性的なロマンチストなんだ。とことんそうだから、『ロマンス』が逃げていく——」

「そんなこと訊いてません。私が訊きたいのは、彼女の『婚約』のこと。当時、そのことで、ずいぶん悩みました。エヴァは私たちと一つ屋根の下にいたんですから」

「そうでした。しかし、見たところ、あれは立ち消えになりました」

「私には、あれが前兆に見えたけど」

「なるほど、そうだ——あなたはじつに鋭い！　まさに婚約が何にすり変わったのか、不思議ですよね？　そしてそれにすり変わらないかもしれないものは？　僕なんか見張っていないといけないな。ミセス・アーブル、我々の責務は四月になっても終わらない。というか僕はそう感じますね」

「感じます？」

「感じますよ。我々はこれに向き合わないと。エヴァの行為能力は、面倒を起こす、面倒を招く、面倒を撒き散らすなど、際限がない。彼女は、ええと、面倒の種だ——恐るべき才能です。余計にそうなるんだ、生まれつきだから。あなたは気づいていないかもしれないが、僕がどんなに長い間、痛いほど親しく、あの家族のことを知ってきたか。トラウト一族は、何と言うか、非現実性を相手にする天才だった。ウィリーですら、すぐ陰湿にねじ曲がる人でした。ヒステリーには、むろん、なって欲しくない。シシーのテリトリーでした。あなたの、そのう、寛大なるシシー弁護が、願わくば、あなたを完全な盲目にしないといいが、シシーの中にあるもっとも望ましくないものが、どれほどたっぷりその娘の中にあることか。エヴァは黙ってヒステリーになる。――エヴァはあなたにずっと正直でしたか?」

「最近はそうでもないわ」

「あなたの影響が群を抜いているんですがね」

「もう駄目よ」

「彼女がそれに反抗する、ということですね――しかしそれが何よりの証拠でしょう?」彼は息をついた。「あなたと僕は、ミセス・アーブル、邪悪な人間です。我々は、少なくとも、何が流儀であるかを知っている。あなたと僕は氷を砕く。我々は何かを感化するが――いいですか――それがことを悪くするとはかぎらないんだ。目を覆うのは、やめなさい」

イズーは慌てたようにターバンにさわった。そしてテーブルから体を離した。肌が光っている。「ここには空気がないわ――ねえ?」

「たぶん――ミセス・アーブル、あなたはエヴァを手元に置いておかないといけない」

彼女は反乱を起こした。「申し訳ないけど、できることはしましたから」

彼はほとんど見えない眉を片方だけ上げて、手で触れた。「あなたは人手がないわけじゃない。援助がないわけじゃないでしょう」

「エリックがいるとおっしゃるの?」

「じつに楽しい回答だ! しかし、あなたと僕は、やはり、連絡をとるようにしないと。いままで以上にもっと密な連絡をね。そのう――協力しないと」

イズーは新しい目で彼を見た。たんなる疑いだったものが不信に変わっていた。彼はあり得る人にも――ありそうな人にも見えなかった。何一つ、彼を「生きている」存在として立証するものはない。絵か何かから切り抜かれた人物で、いままた空白のスクリーンに貼り付けられているようだった。彼と同席することは、真空にいるのと同じことだ。彼女は彼に言った。「ねえ、ミスタ・オルム、あなたが何をしているのか、私は何も知りません。あなたが本当にしていること、という意味だけど」

「輸入業をしています」

「まあ、そうなの？――それに、あなたはどこに住んでいるのかも」

「ホテルですよ、おもに。――この次は何にあなたをお誘いできるかな？　ここのプロフィトロール《プチ・シュークリーム》はまあ悪くないんです。すぐへこんでしまうんだが、それも楽しいかもしれない。なぜなら、我々はもう少し密談をしてから、お別れしたいからですよ。いかがですか？　そろそろ何かをでっち上げるとか……」

＊1　「ヘンリー・ジェイムズの国」とは、莫大な遺産を継いだ女相続人が金目当てのフォーチュン・ハンターたちに狙われるジェイムズの小説によくある主題のこと。

5　二つの学校

時間は、エヴァの心の中では、ばらばらに壊れた絵のちぐはぐなコマのように散乱していた。彼女はいわば、ばらばらに覚えていたのだ。元の絵にするのは不可能だった。あまりにも多くのコマが失われ、なくなっていた。それでも、残ったいくつかのコマがまとまって、いくつかの模様になった——ともかく模様がいくつかできた。一つ一つの模様には特徴的な色があった。その一つひとつがおそらく意味があるにはあったが、彼女はそれを求めなかった。やってみると、模様ができ上がるのが面白くて、幼稚園のお遊戯のようでもあり、そんなお遊戯に似て、ある種の意味をなしていただけ。

イズーがロンドンに出かけて不在の一日、エヴァは、もやもやと、こんな風に過ごした。この娘は風邪をこじらせてラーキンズ荘で床についていた。微熱があって気だるく、それが何時間も続いた。正午が過ぎると、家にいるのは彼女一人となり（エリックは仕事で、午前中にくる手伝いはもう帰宅していた）、あとはベッド仲間だけだった。これがヘンリー王子の風邪だった。この風邪がミスタ・ダンシーの子孫であれば？　そうならいいのに。とりわけ、彼女はもう窮地を脱していた——

つまり、風邪はそうとう長引いた。風邪はまた一種の判断停止《モラトリアム》をもたらした。その間、判断は下されず、また事実、下すこともできなかった……。そして、もしイズーが戻ってこなかったらどうしよう？　彼女がもし消えてしまったら？――女はよく消えたから。そうなれば、ラーキンズ荘を離れる必要はなくなる。

ベッドに入っていると、塹壕に閉じ込められたような気持がした。「そこにいなさい」というのが命令（エリックの）だった。見せかけの思いやりでも、心が温かくなった。無類の健康がほとんどいつもの状態だったので、健康でないときも、たいして気にとめず、午前中にくる手伝いが一時間おきに運んでくるお茶がとてもありがたかった。ベッドわきに、いわば大切な思い出となって、茶色のあくが最後まで残っていた。それから曇った水差しもあった。この午後、ユーカリのドロップをいくつか舐めたが、エリックが引き出しの奥から見つけてきたものだった。彼が探したのはじつは体温計のほうで、こちらは見つからなかった。そこで彼のお医者さんごっこは終わり、あとは「温かくするように！」だけ。彼女はそうしているつもりだった。一度は熱かったゴム製の湯たんぽは、彼女が着ているビエラのパジャマの太ももに温めてもらっていた。窓には閂が下りていた。電熱のヒーターが焦げた埃のような匂いを放ち、酸素を食い尽くしていた。彼女はパジャマの上からアノラックを羽織った。

窓は北向きだった。しばらく前には田園が遠く日光を浴びて、うっすらと見えたのに、それももう終わり。天と地は輝きのない同じ灰色になり――これがきっと日光なんだ、ほらもう翳《かげ》ってきたから。室内では、ラーキンズ荘が夕暮れの陰影を取り仕切っていた。空っぽの家を制圧した静けさが感じられた。見たり聞いたり、考えたりわかったりすることで、その静けさを乱す者は一人もいなかった。キッチンだけが、ピタピタという音に耳を取られており、洗い場の蛇口からしたたる水が上向きに置かれたプラスティックのボウルに落ちて音を立てていた。居間だけが、いけたばかりの火が中でゆっくりと燃え始めているのを知っていた。火のそばの母親用の椅子が、母親らしくない座り手を迎えて喜んでいるようだった。居間に降りてくる者はいなかった。——反抗するにも、しり込みするにも相手がいない。この一日、青くなって苦しむ人はいない。こうなると、トランジスタ・ラジオを大音量にしてもいい。いや、ローラースケートをしたっていい……。人は倦怠の中に寝そべっていた。

寝室は——エヴァの寝室と呼ばれていたが、予備室のようなもので、ほぼいつも空き部屋であり、いま一泊用のバッグを急いで荷ほどきしたところだった——辺りが暗くなってきた。周囲では彼女の私物が薄れて見えなくなっていた。エヴァはヘアブラシを二本持っていて、父親のイニシャルのモノグラムがついていた。船の羅針盤のミニチュア模型、水差しに詰め込んだ色鉛筆、銀の台座に嵌めこまれた大鷲の鉤爪、まだ手をつけていないエリザベス・アーデンのクリスマス・ギフト（コンスタンティンから）、粘土製の猫とロバはダンシー家の工作の試作品、トランジスタ・ラジオは、見るからに象牙とわかるケースに入っていた。この最後の物品は、光ったおでこのように、彼女のベッドのそばに立っていた——ふと手を伸ばしてさわってみた。ショックを受けた。まるで氷みたいに冷え切っている！　怒ったように冷たく、怒りよりも冷たかった。エヴァはびくっとして拒絶された手を引っ込めたが、その手を返してそっと置き、ラジオを撫でてやった。その日の波が変わり、ラジオと彼女に逆らった。またもや巨大な悲しみが降りかかってきたが、その始まりはわからなかった。彼女は身をすくめて、乱れた毛布の下に逃げ込んだ。

何をしているの、エヴァ、暗がりに寝ているなんて？

暗がりに寝ているの。

誰かがそっと入ってきて、「元気にしてる、マイ・ダーリン？」と言ってくれたら。

彼女は誰かが言うのを聞いたことがあった、「元気にしてる、マイ・ダーリン？」と――でも、いつ？　どこで？　ほかに誰か子供がいた、重態の子が。その子が「ダーリン」だった。エヴァはコマ切れになった時間の集まりを探り、微熱のせいで鋭い断面を見せる断片を探りあて、答えを求めた。その声が聞こえたのはドアが開いたときだった――だが、どのドアか、どこのドアだったか？


エヴァが二つの学校に行ったことは、ほとんど知られていなかった。最初の学校のことはほとんど口にしなかったので、忘れたのだと思われたかもしれない。イズー（当時はスミス）ですら、大捜索をしたときも、その件についてはげんに何も出てこなかった――十分にくまなく探索しなかったのか？　ミス・スミスが赴任していたラムレイ校に送られてくる前は、その少女は、在学してまだ一学期足らずだったが、あの湖畔の城にいた二十一匹のモルモットのうちの一匹だった。

あの施設では、エヴァは寄進者の娘として名が知られていた。彼女の父はコンスタンティンに与えるためにこの城を買ったが、コンスタンティンは当時実験的な学校を設立することにひたすら心を注ぎ、そこの校長に自分の友人をすえようとしていた。この企画に要する相当な出費がウィリーにとって軽く見えたのは、これでケネスを厄介払いできればと踏んだからだった。曇ったことのない眉とパルテノンの胴体が霊感の源であるケネスは、ウィリーの悪夢と化しつつあった。ロンドンから二百マイル離れたところが彼の居場所だ。ケネスはコンスタンティンと組んで、サリー州にあるような学校を思い描いていた。だが、そうはいかない。「受け入れるか、立ち去るかだ」ウィリー（小切手帳は、ずばり、彼のものだった）が言った。「この城か、無一文か」コンスタンティンは空しく凍りついた。「いい湖だよ」とウィリーは宣告、犬のようににやりとした。「水上スポーツには。周囲もいいし、風景も、大自然とかもあるし。狂乱の群れを離れている」コンスタンティンに対する慢性的な不信感からさらに悪化した嫉妬心にさいなまれてはいたものの、ウィリーは見さかいなしではなかった——少年たちを、いきなりこんな形で正式に譲りわたすようなことは一切したくない。しかし、男女混合の学校にいてもケネスは大いに目論むだろうか？　学校が男女混合であることが大前提だった。ケネスは、将来を遠慮がちに防護壁で囲みながら、ウィリーとの交渉を最終的に最大限に行った。「共学だったらいくらでも予防できただろう……悲劇の数々を」

「君は共学ではなかった、と思ったが？」

「悲しいかな」ケネスはため息をついたが、非常に満足そうに見え、それが彼らしかった。

「僕のことを血の巡りが悪いやつと思わないように」ウィリーが言った。「そういう色々な子供たちをどこから手に入れようという計画なの？」

「そのことで心配はまずないでしょう」

「ははあ。しかも全額払える家族からだろうね？　僕はそこまで背負うつもりはないんだ、ああ」

「いやそれは当然ないですよ！」ケネスが叫んだ。「何てことを！」

「ケンは」、コンスタンティンがウィリーに言った。「世間を半分は知ってますから——あなたはつかめてないようだが」

「希望としては」、ケネスが打ち明けた。「網はそうとう広く張っておきたいものです。階級の別は

問わずに

「――しかも全額払う人じゃないと？」

「人種の区別も――」

「――ブリティッシュ・カウンシルに行くんだな」

「たまにだが」コンスタンティンがウィリーに言った。「あなたにはむかつくんだ」

「どうして？」青くなってウィリーが訊いた。「私はエヴァをやるつもりだ」

それで少女は行った。父との別れはストイックなもので、聖書で娘を犠牲にした父エフタとの別れもかくやと思われた。エヴァは自分と同種の子供たちに初めて、じかにさらされることとなった。少年少女たちは――今までは公園で遠くのほうにいたり、ホテルですれ違うだけの人種だった。この城では、彼女は当然ながら光る存在ではなかった。十四歳だったエヴァは、思春期の兆候もなく、それが寮監か寮母みたいなハンガリア人の婦人を失望させた。それに、エヴァの感情面で否定的な歴史が、ケネスには物足りない材料だった。エヴァの仲間たちは彼女にないものをふんだんに持っていた。みな金持ちの非行児童たちで、何でも知っていた。全員が一人残らず一目見てケネスを見破り、彼に対してはそれに見合った気安い態度をとった。彼がどのようにしてこの浮かれ騒ぎを続けるつもりなのか、彼らは関心を持って見守ることとなった。彼が迷惑をかけてきたら、すぐさま出て行って脅迫してやる。少年も少女も古つわものばかり、楽天主義の学校を次々と中退したり、追い出されたりしてきた面々だった。慌てた親たちが支払った賄賂でここに送り込まれ、その額が十分足りていれば滞在した。

そんな子供たちだから、手元から離し、なおかつ犯罪行為の外の外に遠ざけておきたいという願いがあって、それには、質問はほとんどしない代わりに、代価はいくらでも払うという了解があることを、人生の旅の道中でケネス自身が同情とともに会得してきた、それが、彼がこの学校を思いついた時点ですでに心に抱いていたことであった。これがあんなに大勢の人々のために彼ができる精一杯のこと、彼らはみなとてもよくしてくれた――おもに海外で。太陽は大英帝国の旗《ユニオン・ジャック》のあるところに沈み、黄金の島、海岸、湖畔、台地をなす山並みと交わした契約のもと、ケネスのあまたの友人たちによって再度帝国を築き、その領域は椰子から松の木まで広く拡張した。一つだけ影が射した。親たちの精神異常だ。よかれと願う人も物事を正しくすることができないのか？　子供たちはどうなる、ここに彼の天才がひらめいた！　若者が相手なら、その精神のほどは、ほとんど手に取るように理解できる――とケネスは言われたことがあった。若者たちとなら彼にできないことはない。純粋に彼は自分には使命があると確信した。

城はとどのつまり、願ってもない物件であることがわかった。サリー州よりいい――サリー州ではだめだっただろう。ここでは、人は実質的に外側の空間にいた。これらの森の中なら、密猟者以外は自分の仕事をしないし、カップル以外はワラビの茂みで抱き合うこともない。自分は自分、人は人。「あなたの言うとおりでした」彼は例によって気前よくウィリーに書いた。心底打ち明ければ、僕なんかコンスタンティンがいなくて寂しいと思ったことはありません。ここではみんなが人をあがめ、目まいがします。色々とドラマがありました、当然ですが。

学校は、ある、燃えるがごとき九月に扉を開けた。ケネスが仕留めてきた子供たちは、みな真っ黒に日焼けし、それぞれがプライベート・ビーチを裸で走り回ってきたあとだった――人種実験は当面回避された。階級についても同じだった。若いプロレタリア階級の正体は把握するのが難しく、人をうんざりさせた――政府もまた彼らにやかましすぎて、まるで年寄りのおばちゃんだった。それができる間は、もつれ合いの圏外にいなくては。そうにらんだ上で、前もって警告されていたケネスは、教育にも目配りしなければならなかった。いったん学校が風に乗ると、やってきたのは監察官だった――思いがけないことだったにせよ、これが人生というゝ事実だった。そこでケネスは、いままでに教職経験のある文学士二名の助けを借りた。十分注意して選んだ。かく選ばれた二人が、どこであれ、ここにきたことが幸運だったと知ったのは、ケネスが自分は承知していると彼らにうまく知らせたからだった。「僕らはここでもう一度生きようじゃないか！」彼はこう請合って、一人に、ついでもう一人に生命力にあふれた手をぐっと押しつけ、その合間に例の有名な目配せをかませ、あとは黙れ、とはっきり伝えた。「ともあれ、しっかりやってくれ！」……二人の文学士は、彼らの学歴につきものの熱狂的な世間体のよさが幸運にも子供たちを魅了し、お決まりの科目を教え、さらに霊感の源になる科目のほうはケネスが特別に担当した。子供たちは誰かがためしに何かを教えようとしても、何の反対もしなかった。子供たちは明るく三々五々、形式にとらわれない、水面が見える教室に入ってきて、着席して待っていた。

城で進行中の各種の状況について、ましてや城そのものが状況の一つであることについて、エヴァは何も気づかなかった。彼女はあらゆるものを通り抜け、前進あるのみ、壁を通り抜けるという幽霊と同じだった。トラウトの娘であるということは環境が絶えず変わるということだったので、エヴァは家が恋しくなる能力がないままに育った――だって、どこが恋しいの？――そして乱心した高電圧のウィリーと暮らしたあとでは、ここのすべてが小さな湖のように静かに見えた。自分の同士たちについて、彼女は冷静に受け入れていた。彼女は誰よりも（実際の年齢で）一、二ヵ月ほど年長だった。彼女よりも背が高い子が一人、あとはむしろ小柄だった。一番小柄な者でも、エヴァには肉体的にすばらしく完成されているように見え、というのもエヴァは未完成のままだったからだ。ではこれらが人類というもので、これがその中の一人になるということか？　苦痛はなかった。彼らとともにいることで、彼女は初めて自分自身であるとはどういうことか、考えを抱くようになった。しかしそれが苦痛なわけではなく、そのぶん彼女は心の奥で認識していた。こうした他の人々は「普通である」という御恵みを受けているとエヴァは思いこみ、彼らを一人また一人と観察し、かなりの時間をかけて、探求するのではなく反芻していると、車輪みたいに目が回った。そして何であれ、言われたことから少なくとも何かを取り込もうと努めた。しかし概して彼らはほとんど影響力を持たなかった。彼女は城を愛した。

　エヴァは他の子供たちの中にある最悪のものを引き出すことはなく、彼らは総じて、もっと感じがいいはずの子供たちよりも、もっと感じのいい子供たちだった。「トラウト、君は両性具有者かい？」一人が訊いてきた。

「知らない」

「ジャンヌ・ダルクはそうだったらしい」

「証明されてないもの」少年の一人が口をはさんだ。「どうしてそんなことがわかる？　彼女は《エル・》丸焦げになったんだから《フュ・カルボニゼ》」と最後はフランス語が出た。

「だから聖人になったのよ」ほかの少女の一人が言った。

　エヴァは考え込んだ。「私、ジャンヌ・ダルクになりたい」

「僕らはそれを訊いてるんだ」最初に話した子が言った。「それに、彼女は『御声《みこえ》』を聞いたんだから」

「私は『御声』は聞いてない、でしょ？」

「僕らはそれを訊いてるんだよ」

もしトラウトが物足りないなら、父親を見たらいい――一スー銅貨のはした金がゴミ捨て場に沈んでいくのを想像すればいい！　彼は何をそこから得ようと期待したのか。ウラニウムか？　あるいはケトル-ドラム《ティンパニ》野郎のケネスをものにしたくて？　だが子供たちは、そのゴミ捨て場をむしろ「シンパ」と見ていた。目新しい遊び、洗練されていない楽しみがたっぷり、たとえば暗がりで屋根に上り、フクロウの声を聴いて応答するとか。それともドラキュラになってバルコニーからバルコニーへ。またはオイディプスの罠を「牙《タスクス》」（あの文学士の一人のこと、もう一人は「ミルク王のジョーンズ」）に仕掛けて、彼の母親の人形を彼のベッドに隠しておくとか。またはケトル-ドラムのケネス野郎をけしかけてみんなを教会へ連れて行かせ、日曜日に二回も、それも「谷間のチャペル」として知られている遠方にある殿堂まで、ということはタクシーが三台いる、ビーチ行きのワゴンでは乗り切れないから、それに彼が言《い》うには、戸外とか、ギリシャの事物を思っているときのほうが神さまにより近いと感じるそうだ。だがみんな行ってしまったら、ゴミ捨て場は何をする？――崩れ落ちる？　地下室はすでにカビだらけ、装飾漆喰は爪やすりで簡単に削れるんだ。

エヴァは、きらきらした琥珀色の午後に到着し、城を一目見て恋に落ちた。のちに厳しい秋が木々につらく当たり、落ち葉が湖面に固まって腐っても、誠実を貫いた――霧は、夜になると、湖をいっそう大きく見せ、お化けじみてきて、明かりのついた窓が湖面ににじんでいた。その年は大きな嵐はなかった。ただヒューヒューと唸るような音がスカイラインを騒がし、夜になるとすすり泣きになって煙突を痛めつけ、まるで若死にした魂が港に入ってきたようだった。冬は、訪れるや、その場所をいっそう強く縛り、彼女の心にのしかかった。短い日が透明な林をいかに輝かせたことか！　室内では小鳥の羽音がしばしば、小鳥たちは暖かい部屋を求めて、影のような羽でパタパタと羽ばたいた。廊下と階段は、お茶の時間以降は吊りランプが灯って明るくなり、エヴァの知るどの部屋よりも親しい感じがした。――エヴァは一人、部屋から部屋を巡回した。いまはもう色褪せてしまったステンシル模様がテラコッタの壁に描かれていた。突当りは全面にペンキを塗ったドアが並んでいた――いくつかは偽物の開かないドアだった。空洞になっている城の中心部に流れてくるのは、樅《もみ》の木の松かさを燃やした匂いの名残だった。大広間は両端でいつも火が焚かれていた。しかし彼女はそこまであまり行ったことがなく、むしろ、点々と置かれた艶消し加工の籐の家具に映る炎がかもし出す豪華さを思い描く（回想する）ほうが好きだった。広間は教員控え室になっていた。そこが無人だったことはまずなかった。つまり、彼女の居場所はどこにもなかった。

　しかるべき地位を示すために、寄進者の娘には八角形で丸天井の一室が与えられた。バルコニーがついた窓があり、外に湖が見え、ベッドが二台入っていた――その二台目は妖精のような小柄な白子《アルビノ》のような子供のためのベッドで、ある理由からエルシノアと命名されていた子だった。この子の洗われたような美しさに、年齢が感じられた。十一歳だった。エルシノアは長い同じ手紙を書いてはまた書き直し、それを声に出して読み、それから引き裂き、そしてまた始めに戻るのだった。作業が進むに連れて、彼女は怒りでさらに蒼白になり、母親を罵倒し、継父をあざけり、そして愛を讃えた――彼女は日本人の執事の息子から略奪されてきたのだった。エルシノアは夜に泣き、ある夜は激しく、それは裏切られたから、ある夜は哀切に、それは官能的な寂しさからだった。そのむせび泣きは、ルームメイトの夢にオーケストラの伴奏をつけた。いやおそらく彼女たち二人の夢を誘い出していた。しかし夜明け近くなるとさすがのジュリエットも涙が枯れはて、怖い顔で眠りについた。彼女が静かになると――エヴァは目を覚まし、これでいいと思った。

というのも、これがその時だったからだ。カーテンのない窓から一日が忍び込み、ゆっくりと触手で探るように、盲目の人のように、物から物へうつろっていった。赤らみが、まだ水で薄めたインクのように淡く毛布の上に戻り始め、その毛布の下に彼女の体の輪郭が見えた。暗闇からこうして救出されることは、エヴァにとって、これ以外の場所では目にしたことがなく、この城とは切り離せない奇跡だった。彼女のベッドは窓を背にしていたが、姿見がこちらを向いていた――その鏡の中で存在がまた始まるのを見ることができた。見ることとは信じること、こうしてまた、喪失と疎外の夜を過ごしたあとに、そして意地悪く横たわるやり場のない夢、自分は誰でもなく、どこにもいない、という悪夢から醒めて、エヴァは自分がここにいることを知ることができた。ここにはまたお城があるし、私はその中にいる……。最初の頃は、太陽が早く昇り、ついで湖面を打つと、湖は明るさを天井に打電してきた――すると一羽の白鳥が水面に畝《うね》を掘り、金色の踊りの輪が丸天井の肋骨全体に広がってゆく。いまは、冬が太陽を朝食のあとまで遅らせていた。しかし窓の掛け金をはずし、一分間でも外に出て、目を覚まし始めた地上の空気に身を任せたバルコニーに立ってみれば、はっきりとわかった。後ろの情景はまだ暗くても、一番黒いセルロイドを通して見るように、一日がその場所に訪れようとしていることが。

水仙がそうだった――「あなた、ほら!」人里離れた城に咲く水仙の数の多さと見事さは、伝説だった。見る人もまれなら、話を伝える人もまれだった。「池をぐるっと回って森に入り、あの庭園のあった辺りまで、いたるところがそうなんですよ！　くる年ごとに思うわ、『こんなの初めて！』って、あなたもきっと同じでしょう」ミセス・ストウトは女予言者、ケネスに誘われて都合がつくときに城にきて、少しだけ掃除をしてくれる地元の婦人の一団のリーダーとして、床磨きモップを下に落として両腕を伸ばし、エヴァのために図解して見せた。「黄色くて、まるでもう総天然色《テクニカラー》！　きっとあなた驚くわよ——お嬢さん」彼女は、あとから思いついたように言い足した。ミセス・ストウトはケネスの小さなコミュニティのことをケネスにだけは「学校」と言い、それもただ礼儀上に過ぎなかった。学校なんて、私の目は！　彼女が見るかぎりでは、これは「ホーム」、それも問題児たちの「ホーム」だった。収容者たちは何も言わず、何もしないので、畢竟、彼女は髪の毛をかきむしった。見てのとおり、誰もが有為転変の人生を受け入れているじゃないか。このでっかいエヴァは、小さな鈍いのよりはましに見えた——なのに、なぜ彼女が追いやられる必要があったのか？何を言われても、エヴァは興味を持った。ミセス・ストウトはエヴァに語り聞かせた、白鳥に追い出されたアオサギの息詰まる話、それは運が悪かったのだし、どうしてミヤマガラスが消えたかという話は、もっと運が悪かったという意味だった。それに対して少女は答えた。「でもまだフクロウがいるわ」

「ああ」

今度はエヴァが訊いた。「水仙はいつですか、四月？」

「三月よ、いっせいに咲くわ」

「四月は」エヴァが言い、何とか歩み寄ろうとしていた。「私の誕生日です。四月二十一日」

「そのころにはもう枯れてるねえ」ミセス・ストウトは身をかがめて、モップを拾った。

「自分で想像できるといいんだけど」エヴァが言った。

「どうしてそんなことが？——見たこともないのに」

「水仙は見たことがあります」

「それはそうかもしれないけど」か弱いモップに全体重をかけてミセス・ストウトは、自分が作業に入る前に、だだっ広いだけの無愛想な床を見回した。「でもこればかりは、自分で見ないと信じられないでしょ」

「でも」エヴァはわかっていた。「私、水仙のことは信じているわ！」

信じてよかった、彼女が水仙を見ることはなかったのだから。

また、その三月までに、学校に残って水仙を見た人はなく、ただミセス・ストウトだけが、人がいなくなった建物の世話をしにやってきた。水仙が顔を出すずっと前に、学校がなくなっていた——消えうせて、跡形もなく、あとに残ったのは、多少の損傷と、ど派手な水洗塗料と、壁面装飾のしみが一つ二つ、いろいろな装置、いくつかは代金未払い、おまけに、手の打ちようもない城の運の悪さを示す証拠（あらためて必要なら）だけだった。まずエルシノアが湖に歩いて入り——溺れなかったが、引き上げられて、昏睡状態になった。それが火種になり、災難がいくつも起きた。食中毒の波状攻撃は、台所用品（銅製で、城についていた）に発生した緑青が原因と思われた。少女のうちの一人が「ミルク王のジョーンズ」の美徳にアタックを試みた。放火事件が相次ぎ——どれも大事にはいたらなかった——、そして脱走（または気まぐれな出発）が二件あった。とりわけ手こずったのは、退屈が居座ったことだった——うち続く重大局面も子供たちを楽しませることができなかった。重大局面なら自宅に山ほどあったからだ。彼らはこの城の世間体のよさが頼りだったし、ケネスにもそう言っていた――何人かは彼にきつく言いわたしていた。ケネスの芸術の夕べというロケット弾は、一つ残らず湿った爆竹になってしまった。息苦しく、太陽もなく、物憂いだけの、物が腐ったような匂いがするこの十二月、さらなる悪夢は近づくクリスマスだった――そのために、ほとんどの者がここに残る予定だった。ケネスは異教的な調子を狙おうとしていたが、この状況下でそれが有効だろうか？……警察がきた。だがそれも（目下のところは）自転車の点検だけだった。一台盗まれた、とか。

エルシノアは回復しなかった。意識不明に陥った。病気は構想外のことだったので、病室がなかった。だから彼女は例の悲しいベッドに横たわり続け、そのベッドはエヴァのベッドから窓の幅だけしか離れていなかった。エルシノアは、もはや涙は途絶え、虚弱さと哀れな静止状態に置かれたさまは、巣立ちしてすぐ見捨てられ、救助が遅すぎたひな鳥みたいだった――上を向いた目は薄い瞼の紫色の皮膜の下にあり、湿った髪の毛が、それよりも少し白い、一つしかない枕の上に広がっていた。彼女は死ねるだろうか？――やっと呼ばれてきた医者はほとんど無言だった。「こんなに不健康で、小さいのに、可哀相に」ハンガリー人の女が不満を言い、怒っていた。「そしてあなたのことだけど、エヴァ、どこに置こうかしら？　ほかに場所なんかないのよ、こんな小さなお城には」

「ありがとう、私は彼女と一緒にいるほうがいいです」

「もしかしたら、彼女は入院するかも――でもどこの病院かしら？　もう、あの馬鹿な医者ったら！」

「やめて」エヴァは頼んだ。「エルシノアをよそにやらないで！」

「彼女はすごい重症というわけじゃないからねえ」ハンガリー人の女が言った。「でもねえ……」彼女はエヴァを査定した上で、馬鹿にしていた。「あんた、神経質にならない？」

「エルシノアには慣れてるから」間抜けな子が言った。

「絶対にさわらないでよ、エヴァ。わかった?」

エヴァは両手を背中の後ろでしっかりと組み、禁断の印とした。そしてうなずいた。「私を呼ぶのよ——いい?——万が一、何かあったら。でも私はすごく忙しいんだから。大変なことになったもんだ、ケネスには!」ハンガリー人の女(ケネスをひどく賛美していた)は嘆いた。そして、いやらしい、感情的な、薄情な目をくるりと回した。「彼はほら、性格が美しいから、つけこまれるのよ。こんなに不健康な子が送り込まれてくるなんて、この子は日本人の男の子と一緒にベッドに入りたがってね、言っちゃ悪いけど」

「彼女はお母さんが欲しいんだと思う」

しかし誰も聞いていなかった。寮監だか寮母だか、靴のかかとの鋲がこつこつと音を立てて、やかましく階段を下っていた。

そうして寝ずの番が始まった。もはや朝が部屋を変容させることはなく、間に合わせの不滅のカーテンが窓の上部にたくし込まれ、湖を隠した——いまはただ、バカラ風の模様が浮き上がる布地に当たる光が、夜と夜の間にある短い空間をしのばせたものの、どれもが互いに似ていて区別がつかず、昼間とは思えなかった。時計がどの時刻を告げようと、天井はただ雨傘のような形をした天蓋の影にすぎず、時間がたつにつれて、その影は蜘蛛の巣のように、濃く重なった——だが、果たして時間はたっていたのか? 八角形の居室は、窓からの景色がなくなると、ドアの鍵がおろされていなくても、おとなしい囚人たちを監禁しているように見え、時ならぬ暗闇によって中世風になり、造りはボール紙風ながら、歴史の一場面のようになった。部屋は、城の中央に位置しているのに、あり得ないような雑音が聞こえ、小さな塔のてっぺんに浮遊しているようだった。なぜエヴァはこれを結婚の部屋と思ったか？　部屋の環境が固まるにつれて、すべてが大切になった。エルシノアを覆っている毛布に手を休めると、その手のひらに原初の震動が伝わってきた――自分のではないもう一つの心臓が脈動している、と思うと、エヴァは張り裂けそうな熱い思いで、自分ではないものが存在することを感じていた。何ものもこの愛を禁じることはできない。死んだようでも生きているこの静寂は、共有される、二人のもので、不即不離のこの関係は、いままで抱いてきた切なる願いのすべてに報いるものとなった。運命の終わりなき感覚が部屋を満たしていた。

侵入者はまず皆無だった。医者がまたきたが、用心深く、猜疑心を抱き、自分が言葉にした以上のことを知っていた。不定期な間隔を置いて、寮母は、内心びくびくしながら、エルシノアを「看病」し、ときには、子供の頭を引き起こして、動かない唇の間にコンソメスープを流し込もうとした。エヴァは、たまたま思い出してもらったときだけ、階下に降り、授業とか食事にしに行かされた。そんなとき、彼女の座席を占めていた少年は、エルシノアを湖から引き上げ、それ以来、自己分析に頭を惑わしていた――「エルシノアは自分のしていることがわかっていたが、僕は？　反射作用だった。やりきれない。僕は根本的にいえば何者なのか、ボーイスカウトか？」

「あら、違うわ」エヴァはそう言うのに慣れてきた。

彼はすると親指の爪をかじった。「僕が彼女にしてやったことを見ろよ――彼女は生きるかもしれない、ああ！　だが、彼女が僕にしたことを見ろよ。僕をこの状態に放り込んだんだ。彼女は正気で決断したんだし、ちょっと疲れたからやってみた……。彼女を見てごらん――オフィーリアの出来損いじゃないか！」

「あら、違うわ」

しかし彼は彼女のベッドにもたれては、エルシノアの髪のうぶ毛のところに手加減しながらフッと息を吹いた。すると子供の頭が、まるでのっぺらぼうのように、彼のほうに転がった。やがてその午後がきて、彼はエヴァに言った。「彼女の堕落した母親が呼び出されたんだ。知らなかった？」

「知らなかった……」

「それが今日のひそひそ話さ。君は上のこんな場所にいたら、何も聞こえないよ」

エルシノアの母親の入室をもって、ここのすべてが終わった。その瞬間から、忘却が垂れ込めた——アスベストのカーテンが。エルシノアが死んだのか生きているのか、誰もエヴァに教えなかった。教えてくれないので、エヴァは訊けなくなった。それに、このお城の学校がどうしてそれほど突然に、それほど密かに、それほど完璧に、終わってしまったのか、それも何も訊かなかった。

いくつかのよくある醜聞については、ケネスが寄せつけなかったが、予想外の醜聞があって、これが命取りになった。「だって僕なんか」彼は電話でコンスタンティンにめそめそと泣きついた。「何から何まで考えられないよ！」

「考えられるようにしたほうがいいよ、この次は」スポンサーが答えた。

「やられた、背中を刺された！」

「誰も君一人を責めてないだろ、いまのところは、だろう？」

「僕なんか知るかぎり、いまのところは。でも、僕なんか全部は知らないから、でしょ？　すべてがすごく怖くてたまらないんだ。あの悪徳医者ときたら——」

「いいかい、エヴァを家に送りなさい——一番で」

「哀れなウィリーが僕らのことをどう思うかな？」

「ウィリーは僕が丸め込むから。それからほかの連中は追い出して、状況がいいうちに——まだいいんだろう、一日や二日なら？——それから君が消えるんだ」

「それって、何だか怪しくない？」

「これは怪しいんだよ」

エヴァは、とウィリーは考えた、当座はこれで十分な教育を受けた。彼は娘をメキシコに連れて行き、そこでコンスタンティンと合流した。その後、仕事が彼を極東に呼んだので、娘を香港でバプティスト派の宣教師の家に落としていき、それからまた娘を引き取り、サンフランシスコでは彼の行きつけの手足専門治療家《カイロポディスト》のどこかの親戚に置いていき、そのせいでニューヨークにいた彼のもとには飛行機でこさせることになり、またハンブルクに飛び、あとでそこから娘を拾い、犬の訓練係《ケネル・メイド》になりたくないかと訊き、娘はパリに行ったほうがよさそうだと決めて、いろいろな方面でその件の段取りをしていた矢先に、娘がイギリスの寄宿学校に行きたいと言い出した。女学校に、と。この間に二年が経過し、彼の娘が十六歳になる前夜のことだった。

「何のためにそんなことがしたいの？」彼は訊いたが、上の空だった。

「勉強したいの」

「どうして前はそう思わなかったんだ？」

「思ったわ、お父さま」

「だったら、なぜそう言わなかった？　それにはちょっと年が行き過ぎてるよ、いや、考えてみるべきだったな」

「どうしても勉強したいの」
「じゃあ好きにしなさい、いい子だ」ウィリーはため息をつき、あやすように、本音はそれ以上の気持だった——不本意な、空虚な真似事で、娘のために感じてやりたかった気持に勝るものでも見せたかったのか（感じていたかもしれない？）。娘のためにできそうな最上のこととは、娘に関するかぎり出し惜しみを一切しないことだった。「探してみよう。つまり、段取りをつけておくからね」
そういうことになった。強い反感をものともせずに。ウィリーは女学校は女子を探し回っているものと思っていたが、その逆だった。女学校はみな野良猫のように奮戦して、彼の娘を入れまいとした。ラムレイ校がついに根負けし、彼はそこに娘を押し込んだ……。エヴァは、ある朝起きたら、白い、がらんとした寄宿舎にいた。

雨模様で風が出た、緑がまぶしい晩春のことだった。少女たちはおそろいの防水服の黄色いのを着て、クラスからクラスへと向かい、というのもその学校のほとんどが、庭園に点在する小屋を使って運営されていたからだ——小屋は明かりが灯され、ほぼガラス製だったので、中にいてもまだ戸外にいるような感じがし、新たに植えた桜の木から花びらが嵐のように舞い、クリーム色、ピンク、真紅の嵐が舞う中にいる感じがした。エヴァの目は、いったん授業が始まると、もううろつくことはなかった。しっかりと、熱心に、力がこもり、探求したいばかりに非難しているように見えたが、どの教師が教壇に立とうと、焦点ははずさなかった。教師の中には、おかげで催眠術にかかりそうだと思う者がいた。ミス・スミスは違った。

この素晴らしい教師は群を抜いて際立っていた。彼女は何でも教えることができた。その黒っぽいスーツは、どこかの修道会の衣服《ハビット》だったかもしれない。大枝が揺れる窓に背を向けてまっすぐに立ち、身じろぎ一つせず、ときたま手を額にかざすのだった――そんなときは指先を頭に持っていき、それで電信回路が完成するみたいに見えた。授業の間、彼女の声が手綱を引き、興奮を制しているようだった――知識を伝えながら、その高揚感を伝授していた。彼女が書く文章の知的な美しさは、ある種の輝きによって伝達され、彼女が語る言葉は新しく鋳造された、誰も聞いたことのないコインだった。事実としての事実に寄せる忍耐強い、ときには皮肉なこだわりが、彼女特有の反抗する能力とでも呼ぶべきものと共存していた――意見とか憶測を解き放ち、無制限に飛翔させる能力だった。

打ち切ることを恐れない彼女は、何度も中断を入れ、その間に自分が考えたり、本を一冊取り上げたりしては、何気なく、ほとんど気まぐれにページをめくったりした。その間、ガラス張りの教室は宙吊り状態。誰も動かなかった。

ある日の午後――雨が間もなく上がろうとしていたのに――太陽がいきなり出てきて、学校のお茶のあとの三十分の休憩時間を勝手にぶんどってしまった。それ（太陽のこと）が、芝生を横切るレンガの小道の一つを半分ほど進んでいたエヴァを捕らえた。そこでミス・スミスが目に入った、学校の防水服を着てまっすぐやってくる――防水服はブカブカで、半透明になって先生を包み、まるで中に明かりがついた黄色いテントみたいだった。その映像が一筋の光線に乗って進んできたので、エヴァは目がくらんだ。本能的に道を譲ろうとして、少女はさほど狭くもない小道を一歩はずれた。足が片方、水浸しの芝生に取られた。

「そんな必要はありませんよ！」相手が大声で言った。

「ごめんなさい」エヴァは言った。そして小道に戻った。

「私は王室の人間じゃないのよ」

「目が」、エヴァは説明した。「見えなくて」

「そうね――まぶしいわ、突然だったし！」ミス・スミスは、まだ雨が降っていたので、濡れないように防水服の下に持っていた二冊の本を取り出して光にさらし、エヴァから遠からぬ辺りで静止すると、おもむろに周囲に目をやり、きらきら光る芝生を見つめ、蹂躙《じゅうりん》された桜の木々がプリズムのような水滴をたたえて揺れているのを見た。「虹が出るはずよね？」彼女はちらりと空を見上げた。

「ありませんか？」エヴァはそう言って、失望を分かち合った。

「あなた、急いでる？」ミス・スミスが訊いた。（そうは見えないけど。）

「カタツムリを探していただけです」

「集めてるの？」

「授業の自然観察で」

「いますぐじゃないのね？」エヴァは首を振った。「では、私たち、会えてよかった。――ちゃんとやってる？」

「何とか努力は」少女はきもち熱意をこめて言った。

「あなたはとても集中して聴いているわ。でも本当はどうなの、あなた、ここにいて楽しい？――それとも、『ここ』がまだ変に見える？」

エヴァは小道のレンガの仕上がりを調べた。それから小道の突当りと、近くの芝生を調べた。

「もしかしたら、それがやはり問題なのね？」ミス・スミスが訊いた。

「どこだって――」エヴァが思い切って言った。もう一度言った。「どこだって私には変に見えるんです、それが」

「エヴァ、私をよく見て！——よそ見しないで」

「太陽が目に入って」

「そうね、そうだったわ」相手は急いで言い、後悔していた。「私が行くほうに一緒に行きましょうか、そうすれば、太陽が後ろになるわ」こうして二人は緒についた。前方に快適な屋敷、何も隠すもののない屋敷があった。これが本来のラムレイ・コート、いまは学校の本部だった。その方向に、歩く者たちの前に立って二つの影法師が進んでいた。エヴァはそれしか目に入らなかった。ミス・スミスもそれを見ていた——「そうね、私たち、いまから始まる行事みたい！　だけど」彼女が続けた。「さっきあなた、何て言った？　どこだって私には変に見えます、それが……どうしたの？」

「変に見えなくても」

「ずいぶん複雑な考えね」

「私には」エヴァが言った。「どの場所も変に見えません、いまはもう——少しだけ」しかしそこでエヴァは城のことを思った。「ほとんどどこも」

「なんて湿っぽいの、いきなりなんだから！」相手が叫んだ。憂鬱になり、息苦しくなって、彼女はエヴァから離れた。「熱帯みたい。あなたは熱帯地方にいたことがあるんでしょ？——ずいぶん旅をしたそうね」汗が額に出てきた。「これ持っててくれる？」——彼女は二冊の本を少女めがけて投げた——「で、これを脱ぐのを手伝ってくれない？」彼女は防水服を引っ張った。エヴァは、あっけにとられ、あやうく本をつかみ、片方の手で防水服まで引っ張っていた。ミス・スミスはそれを脱ぐと、エヴァに持たせて、言った。「ありがとう」そして言い足した。「窒息しそうね、こういうのって。これでだいぶよくなったわ」

「デリケートなんですか、ミス・スミス？」

「いいえ、鋼鉄製よ。ただね、閉所恐怖症なの」彼女はこの警告が勝手にしみ込むにまかせた。二人は歩き続けた。「どうして」、ミス・スミスは回顧するように訊いた。「あなた、『いまはもう』なんて言ったの？　旅をしすぎたという意味かしらと思うけど？　飽きあきすると、誰でも非現実的な感情が湧いてくるものだけど」

「私にその感情があるんですか？」

「あなたはそう言おうとしてたわよ。お父さまと一緒にあらゆる場所に行くんだって、誰かが私たちに教えてくれたの――いつもお父さまだけ？」

「父だけです」

「お父さまはきっとあなたがいないと寂しいのね」ミス・スミスは穏やかに憶測した。

　さっきの素敵な家が近づいていた。そしてある意味、二人はその中にもう入っていた――二人の影がベランダに届いていた。赤と灰青色《スレート・ブルー》がモザイク模様になったベランダだった。つまりラムレイ・コートは、現代建築に囲まれてはいても、ヴィクトリア朝様式だった。ベランダは、なぜか、空っぽだった――誰もおらず、エヴァの表現によれば、世界がいまや終わりにきたことを見届けた人は一人もいなかった。だって、世界は終わったんでしょ？「ダイニング・ルームから入れるわ」ミス・スミスはフランス窓に話しかけていた。「だけど、それを習慣にしないでね、エヴァ！」

「私が一緒に入るんですか？」

「入らないの？」

彼女らは屋敷を通って図書室に行った。そこは空っぽだった。「何のために本があるのよ?」英語の教師は物思いにふけった。さっきの二冊の本をもとに戻し、別々の書棚からほかの本を三冊を引き出したが、選書に迷いはなかった。「何が本の目的ではないか、それは、じっと見つめられること!」彼女はエヴァに言った。エヴァは書架の各セクションを順に回り、まさにじっと見つめながら、反面、ゆるぎない畏怖の念に打たれていた。「あなたは本を読むの?」

「読むのが怖いんです」

「なるほど。それが乗り越えられる?」

少女は美しいモロッコ皮の本を取り出して、撫でてから、悲しそうに見つめた。何も言わなかった。

「声に出して読んでもらったことは? お話とか、まず手始めに? 詩は? どうなるか見てみましょうか?」

「ミス・スミス……?」

「試してみましょう?」

「ミス・スミス……どうしてそんなによくしてくれるんですか?」

そこへ少女が一人入ってきた。この最初の顕現は、図書館の時計で、夕方の五時十分に行われた。後ろを振り返る人には(エヴァは一度も振り返らなかった)、ここに結ばれた協定にどこかオカルトめいたものがあったと思っただろう。しかしすべてがこれを見えなくしていた。たっぷりした広い窓、五月のブナの大枝がいくつもの田舎風の壺に扇型に活けられ、金色の版木の床は足に踏みごたえがあり……。隠されたものは何もなかった、書物の中にあるものをのぞいて。何かがミス・スミスの肉体を借りて現れていた。当初もそれ以降も、エヴァはミス・スミスを美しいとは思わなかったし、いかなる意味であれ、肉体をまとった存在とみなしたこともなかった。ミス・スミスの「我に触れるな《ノリ・メ・タンゲレ》」は、エヴァとの関わりにおいて、求められるまでもなかった――誰が彼女に触れることができただろう？　事実、あのとき、まさしくあの春にラムレイ校で、かの若き教師は恩寵と、光り輝く無垢の状態にあり、自らが持つ種々の力をそこから自覚するようになった。そうした力は彼女の限界を超えていた。彼女は畏怖と驚異の念に満たされ、その畏怖と驚異の念が与えたのは、ある種の純粋さ、若き芸術家の中に見るような純粋さだった。これらが力になり得るという思いは、その前兆もふくめて、彼女の畏怖と驚異の念を弱めることも、損うこともなかった。イズー・スミスの周囲には、エヴァと出会った時まで、そして出会ったあとも、しばらくの間は、断続的ながら、「堕落以前の自然」のようなものがあった。イズー・スミスはまだ蛇ではなかった――エデンの園に最初の蛇を置いたのは何か？　エヴァについてイズーが熟考するのは、もっとあとのこと。「エヴァは私が何をしているか知らなかった。だが私は？」

五月という月は、終わってみれば、もう夏だった。エヴァの言語障害の一つは、書くという作業に出た。「もう、それでいいから！」とミス・スミスは命じ、すべてを片付けてしまった。「あとでやりましょう。パニックになるんだわ――そうでしょう？――どうにも手が出ないのね」

「永久にもういいんですか？」エヴァは悲しげに訊いた。

「あら、いいえ――あなたがもう少しはっきりしたらね」

「でも、私の筆跡ははっきりしてますよね？」少女は明るくなって言った。

「銅版書体《コパープレート》ね！　誰に教わったの？」

「女家庭教師に」

「そうだと思った。何人いたの？」

「たくさん」少し思い出してから、エヴァは言った。「新しいところに着くたびに、もしそこが数時間以上滞在するような場所だったら、父がフロントに電話して一人呼び寄せて、すぐあとにはそうやって速記者を呼んでました。父は気をつけてくれていたんです」

「すごいホテルばかりだったのね」

トラウトの娘は冷やかすような気配を嗅ぎ取った。そして挑むように続けた。「ええ、ホテルでは私のために馬を、父のお友だちのためにマッサージ師を見つけてきました、催眠術師は父を眠らせてくれたわ」彼女は抵抗をやめた。「それって、ただ私が異常だからですか？」

「あなたはそうじゃないわ――だけど、あなたはぜひ考えないと。あなたには色々な考えがあるでしょう、ええ、それに、ときどきちょっとドキッとするような考えがあるけど、まだ考えがつながっていないのね」

「ドキッとするのが？」考えの持ち主は満足して尋ねた。

「あなたもドキッとするでしょ？――でも、何とか物事を結びつけるようにしなさいよ。これ、それからあれ、それから次と。それが考えるということ。とにかく、それが考え始めるということなの」

エヴァは握りこぶしをつき合わせた。それから眉をひそめて見下ろした。「それから、どうするんですか？」

「それから続けるのよ」

「いつまで?」

「何かに到達するまで。あるいは何かが見つかるまで、あるいは何かに光が当たるまで。あるいは何か結論が出るまでね、よくても悪くても。そして、それから?――そしたらまた始めるの」

「なぜ、どうして?」エヴァは訊いたが、理屈をこねているのではなかった。

ミス・スミスは手の指を額の辺りでくるくると回した。追い詰められたときのパロディだった。大声で笑い、諦めがたい思いを晴らした。「まったくもう、あなたにはどうやって話したらいいのかな? 何がなされたか、なのよ、エヴァ。努力して――」

――鐘が鳴り始めた。

「あれは」エヴァは敬虔な思いをこめて言った。「教会の鐘ですね」

彼女は種々の戒律に心酔していた。それに、ここでの日課は流れ作業として、スムースに休みなく動いていた。学校の高い水準に感動しただけでなく、熱烈な共感すら覚えた――エヴァに解釈の自由が認められていたのは、いくぶん外国人だから(この件は不問に付されていた)、それにいくぶんハンデがあるからだった。何があって、あるいはどんな理由でエヴァがこの後者の範疇にくくられたのかは、誰も探らなかった。ラムレイ校の長所の一つは、一つか二つなら「事情」を許容するゆとりがある点だった――学校の怖いもの知らずの方針の程度を示す、これ以上の指標があるだろうか? したがってエヴァは、違和感もなく、熱狂的とまでいかないが、よいマナーを身につけた仲間たちに同化してしまい、仲間の一人ひとりをなかなか識別できなかった。ふわふわした清潔な髪の毛、学校のシャンプーの匂い、長方形の腕時計、アイルランドのコネマラ編みのセーター、そして鼻歌を歌う習慣などが、万人共通に見えた。セーターはめったに脱がないし、少女たちはみな

「寒がり」で、これがイギリスの夏だった――セーターを脱ぐと、その下にはストライプのシャツ、みんな同じ型紙で誂えてあった。ではシャツの下は？　それもまた似たりよったりだった。

　エヴァとともに白い学寮にいた五人の寄宿生は、エヴァを何とか絵の中に入れてあげようと、できるだけのことはした。指針が示されていて、「私は決して――しません」とか、「もし私があなただったら、私は――しないと思います」という文章になっていた。彼らは精一杯のことをやり、そのあとは（ああよかったとばかりに）エヴァなどまるでいないも同然に振舞った。そのために、彼女たちが悪いのではなく、巨万の富の相続人であるエヴァは、話すことができない――おしゃべりも、理解してもらうことも、対話することもできない自分を感じて心を痛めた。彼らを身震いさせる新事実があった。そのための指導をエヴァがミス・スミスから受けているなんて？　いまや重大な試験が少女たちの数人を待ち受けていて、みんな目がやぶにらみになるまで勉強したが、はたして一人でもそんな恩恵に浴しただろうか？　だが、ともあれ、彼らは羨望を背後に隠していた。そして決めた、授業が治療に違いないと。しかし、ミス・スミスのことだ……。憐れみはどのくらい続くだろう？

　それはエヴァもいぶかっていた――やがてじわじわと信じる方に傾いていった。そして、また巡ってきた真夏の夜は、昼の光が天空から消えやらず、周囲を取り巻く小部屋のカーテンは白い円柱のごとく、彼女は感嘆と悦びのあまり眠れなかった。オーロラが北に見えた（と思った）。愛は大きな蛾のようにベッドの周囲を飛び回り、舞い降りた。旋律が千草の草原からエヴァの枕べに届き、その草原は、エヴァが一人ぼっちではなく、うっとりして歩いた所であり、流れのほとりにしばしたたずんだおりに、イグサかミントか土のような湿った香りが戻ってくる所だった。建物群と庭園の静寂が、ふと洩らすため息でかき乱された。

　彼女の精神はこの新たな信念のもとで苦闘し、息もできぬほどだった――手に余るものがあった。

「私にはできない！」彼女は一度、眠っている寄宿舎に向かって叫んだ。昼間は、憔悴して歩き回った。表情には、服従と、戸惑いと、宿命観が加わり、ますます父親の造りに似てきた。彼女の中で起きた変質が目立つようになった。

「あなたはまるで幽霊でも見たような顔をしているそうね」ある夕刻、ミス・スミスはそう言って、そのとおりなのかどうか見ようとしてエヴァを探った。

「私に文句を言う人がいるんですか？」少女は訊いた――彼女にしては、急いで。「私を追い出すんですね？」

「なぜあなたを追い出さなくちゃならないの？」

「私はどうなるの？」エヴァは悲鳴を上げ、わけがわからなくなった。

　ミス・スミスは、手のひらを前後に動かし、空気を鎮めようとした。「みんな知ってるし、褒めてますよ、あなたが必死に努力しているのを――そうよ、私は知ってるわ！　私だけよ、あなたがどんなに必死か知っているのは。もしかして、必死になりすぎじゃないかしら？――そうなの、私も疲れました。お互いに相手をへとへとにしてはいけないわね、エヴァ」

「どうもすみません」少女は言ったが、なぜか無情な口調だった。

「あなたは本当にすまないと思っていないわね。私も同じよ」ミス・スミスは体をそらし、自分の言ったことを考えたが、修正はしなかった。テーブルに着くと、その上にあった練習帖の山がいっせいに泣きついてきて、開いたまま、注意を引こうとした――一番上のものは、書かれた文章が見えるように、大理石のかけらを重石にして広げてあったが、これは、どこの墓から、どこの寺院からきた石だろう？　ここはミス・スミスの部屋の一つ、一方の壁に沿って長椅子があり、彼女はその上で眠っているものと思われた。枕を置くほうの場所に、知りたがり屋のコウノトリのように首がねじれたアングルポイズ・ランプがあった――まだ点灯していなかった。書籍は学校から支給された白くて低い書棚に収納されていた。誰に、または何に、それらが、つまり、書籍が所属しているのか、それは未解決案件だった。サクランボ色のカーディガンと――放り投げられ、長椅子に届かないで床に落ちた――ミス・スミス本人がいなかったら、この部屋に人が住んだという事実を漏らすものはないも同然だった。「あなたはもう少し表面に出てくる、どう？」彼女の声が聞こえた。

「そうして欲しいわ」

「はい、出ます」

「だけど、ときどき思うのよ、あなたはむしろ水面下にずっといたいのかなって。ときどき、深い水の中にすがりついているじゃないの。何が怖いの？」

エヴァはこうも言えた。「最後までくれれば、きっとあなたにわかってしまう、私には何一つ申告するものがないことが」と。むろんそうは言わなかった――代わりに彼女は下にかがみ（窓のそばのウィンザー・チェアに腰掛けていた）、モカシンの靴を片方脱いだ。そして、大変な集中力をもって、靴の皮に刺繍してあるビーズの一つをつつき始めた。糸が緩んで取れそうになっていたのだ。

「そのビーズの怪物はどこからきたの？」

「アルバカーキー。――あなたは私を湖の底から引きずり出してくれますね、ミス・スミス？」

「誰も『引きずり出し』たりしないわ。自分で上がってくるか、さもなければ、いた場所にいることね」

「だけど、私、すごく重たくて」少女は言って、ビーズをぎゅっとねじった。

「あなたが『だけど』と言うたびに、六ペンスの罰金をかけようかしら！」

「父がお小遣いをもっと送ってくれますから！」ビーズがはずれた――理由はともあれ、エヴァは晴ればれとした笑い声を上げた。それから、「いったい」、と続けた。「『だけど』のどこが問題なんですか？」

「あら、もったいぶってるし、不自然に聞こえるし、木で鼻をくくったようだし、死んでるみたいだし、希望がないし、締め出しているし――あなたはそういう使い方をするんです！　出来損いの！」

「私と同じですね」エヴァは指摘し、それから足を何かと操作してモカシンの中に戻そうとした。これに時間がかかり、その間、顔を隠してくれた。「どうしてあなたは私のことが好きなんですか？」

ミス・スミスは椅子をさらにテーブルの中に引いた。大理石のかけらを一つどかすと、書き取りの一行か二行を分析し、また重石を戻した。そして半ば笑いながら言った。「何という質問をするの！」

「一つは」、エヴァが宣言した。「私、しました」

「あら――何を？」

「あの宗教詩を憶えました」

「宗教詩？」

「神さまにささげる詩だと思いますけど」

「ああ、形而上詩のことね。では言ってみて」

エヴァは必死になった。「できるかどうかわからなくて……最後を言います」

「早く」イズーは我慢して言った。
「……されど汝は光……」エヴァは始めた――。

「――されど汝は光にして、また闇なり。
もし我らが、かの蜂の暗きが見えざりしならば、
太陽は木よりも暗く、
汝はいずれよりも暗し。

しかし汝は、さまで暗からず、我はこれを知る、
ただ、我が闇は、汝の闇にあるいは触れるを、
また、そに輝くを教えんことを望む、
汝の闇は、光なればなり。

ああ、我が魂を解き放ち、その鍵を我は引き渡さん
感覚なき夢の手に、
そは汝を知らず、汝の光線を吸い込み、
また汝とともにとこしえに目覚めん」[*1]

不安そうな声がとまった。

「そうね」ミス・スミスは言った、無関心に——とりあえず辛抱強く。彼女は辺りを見回した。「今日のこの時間に、ほんとにふさわしいわ。どうなのかしら……。あなたには意味がわかっているの、エヴァ?」

「何を言っているかですか? はい」

「面白いわ、これがあなたの空想を捕らえたなんて。私は好きよ。ほら、言葉はいくらでも純粋になれるのね? 二音節以上ないでしょ?——どの言葉も」

「わかりません」無力な子供は認めた。

「数えてみたら、たまには」ミス・スミスは鉛筆を取り上げ、親指で何気なくその先端にさわって試した。「途中から始めたのは残念だったわ。でも——ありがとう」

「どうして」エヴァはまだ申し訳ないと思って訊いた。「あなたを怒らせたんでしょう?」

「それはないわ、私が怒るなんて。私は忙しいだけ」教師は注文の多いテーブルを手で払った。

「どうして私があの詩を、いま理解するはずがないと言うんですか?」

「あら、いつ理解してもいいのよ? 本当にわかって欲しいな」ミス・スミスは気軽に言い足し、気軽すぎて追い払っているように聞こえた。「私があなたを理解した、ということは」

「あなたが私を理解しない? ——そんなの、ありえないわ。私が自分について知っているのは、全部あなたから習ったことです。どうして想像できるんですか、何か私が隠すとか、隠せるなんて? いったい何を想像しているんですか?」

「もう、もう、もう、そんなにわめかないで!」ミス・スミスが言い渡した、その声はとがめているのか、エヴァの声とは対照的な、抑揚のない、やたらに低い声だった。彼女は額を撫でた。「道理で私たち、二人とも、もうへとへと」

「すみません」不屈の少女は言った。「でも——あなたは私のことが好きなんですよね?」

「できるかぎり」

「だったら、それで十分です」エヴァは椅子から立ち上がり、行こうとした。だが部屋をじっと見つめた。「セーターは要らないんですか?」彼女が訊いた。「床に落ちてますけど」それからテーブルすれすれに通り過ぎ、カーディガンを取り戻すと、捧げ物をするように差し出した。ミス・スミスは、それが必要だったと思ってふと身震いをし、さっと羽織り、袖と袖を結び合わせた。「先生のランプは?」とエヴァ。「ランプはすぐには必要がないのでは、そばにありますけど、先生の……ソファの?」

「いいの、あれは誰にも動かしてほしくないの」

エヴァはドアのほうに進んだ。ドアのノブに手を置いたところで立ち止まり、振り向かなかった。「ご存じですか、私、涙を流したことも、泣いたことも一度もないのを? 一度も。子供のときだって。泣けないの。だめなんです、なぜだか」

「泣きたいと思ったことは?」

「今夜までありませんでした。私、すごく嬉しい」

「静かに下に降りてね。ほかの人たちは勉強中だから」

「これは終わりませんよね、ミス・スミス?」

相手は、結んで垂らしたカーディガンの袖の下で腕を組み、強情に、正直に、黙っていた。あるいはこれは、彼女の中に流れが生じ、すでに遠くへ彼女を押し流しているのかもしれなかった。

「私、誤解なんかしてませんよね」エヴァが言った。「いま幸福ですよね？」
「時間って、とても長いのよ」イズー・スミスは答えたが、彼女はまだ時間に悩んではいなかった。「とても長くて、とても危険で――どうしたら私にそれが伝えられるかしら？」彼女は空になった椅子の向こうを見やり、窓の外を見た。庭園の栗の木が、花の時期を過ぎて色濃くなり始めており、夜と、そして夏が訪れていた。仕事をしたいという思いで身震いしながら、書類を手元に集めかけた。一分後には、ランプを手元に引き寄せているのに。エヴァが出ていくのが嬉しくて、イズー・スミスは、ほんの一瞬、閉じかけているドアのほうに、地上を離れたような顔を向けた。ドアが完全に閉じて、壁の一部になる直前に、エヴァは目にしていた、思わず洩らしたその美しさを。

イズー・アーブルはロンドンから疲れて帰ってきた。持ち物はなく、列車を下りてプラットフォームを重い足取りでのろのろ歩き、重荷を背負っているようだった。化粧がはげて固まり、長かった一日のせいで、デス・マスクを顔にかぶせられたような感じがした。羽根つきのターバンが鬱陶しく、鉄の輪をはめたようだった。そこにエリックが立っていた。「無事だった？」――彼は返事を待たなかった。二人で駅を出て、アングリアに乗り込んだ。「そうだよ、一晩泊まってくれればよかったのに」彼は彼女をさとした。「君が関わってきて、一芝居終えたんだから――残念だな、僕らのほうでそこまで思いつかなかったとは」「『一芝居』って？」彼女が言った。「ランチそのものが一芝居だったけど」「じゃあ、もてなしてくれたんだね？」「ええ、牡蠣とか何か――エリック、いま話さないでもいい？」「すべて内緒、かい？」「ねえ、私を見て！」「見えないよ、いまは」（彼らは暗がりに並んで座り、ラーキンズ荘におんぼろ車で帰るところ。彼が運転していた。霧が氷点下のもと、車のヘッドライトに渦巻いていた。）彼がさらに言った。「いつもいい帽子かぶってるね、しかし」「ええ、あなたこれが好きね、もう何年にもなるけど」彼は苦笑いして、それでもこう訊かないではいられなかった。「何か段取りはついた――つまり、結論が出たの?」「エリック、いま話さないでいいかしら?」「ごめん……」彼はワイパーを始動させた。

がたがたと走る。

彼女が訊いた。「エヴァはどう? ――あら、いやだ、あなたは知らないのよね。一日中お出かけだったんだから」「ああ――そうだ。車があったんで、仕事がすんだあと、ラーキンズ荘まで一走りしてさ、様子を見にね。彼女は大丈夫だった」「くしゃみしてた? トランジスタをまたかけてた?」「いや、僕が見るかぎりは。少しだるそうだった。まだ少し熱があった」「熱が、エリック――いったいどうしてそれがあなたにわかるの?」

エリックは言った。「彼女は頭の中でさまよっているんだ。彼女ときたら、暗がりの中にいて――もうドキッとしたよ。気をつけてドアをそうっと開けたのに、ちゃんと聞いていたに違いない。暗い中で飛び起きて、何と言ったと思う? 『元気にしてる、マイ・ダーリン?』ときた」

「それであなた、笑ったの?」

「いや、それほどのことじゃない。だろう?」

「知らない」

彼は車を操作して凍った箇所を通過し、その間、無言だった。

イズーは、さらに数分進んでから、言った。「変ね」

車はいつもの角を曲がり、ラーキンズ・ロードに入った。「それで、どうだったんだい」エリックがうっかりしてまた訊いた。「我らの誠実なるオルム氏は？」

「エリック、いま話さなくてもいい？」

「わかったよ。しかしここ半分はもっぱら君が訊いてきたんじゃないか。まあ、好きにしなさい、イジー、――どっちでもいいさ、僕は」

「ええ」と彼女。「ええ、そうでしょうね」

ラーキンズ荘に着くと、車を納屋に回し、キッチンのドアから家の中に入った。そこで聞き耳を立てた。洗い場の蛇口からぽたぽたといって、上向きに置かれたボウルに水滴が落ちていた。それ以外は何もなかった。階段の下まで入ると、また聞き耳を立てた。「寝ているんだよ、もう」とエリック。「別に驚くことじゃないさ」

「彼女は、いるのね？」

「何を言ってるんだ？」

「別に。でも彼女は出て行ってもいいし――もう出て行ったかもしれない」

「気でも狂ったのか、イジー。あの子は病気なんだよ」

＊1　ジョージ・ハーバート　George Herbert（一五九三―一六三三）イギリスの詩人、聖職者。
"Evensong"の一節。

6　土曜日の午後

「どうやってジャガーを売るべきかしら?」

「どうやって買ったの?」ヘンリー・ダンシーが訊いた。

「コンスタンティンが買ってくれたの」

「彼、がまた売り歩いてくれるかな?」

「まさか、このお馬鹿さん!」

素知らぬ顔でヘンリーは続けた。「だったら、ミスタ・アーブルはどう、彼の車の修理工場とか何かは?」

「いまのあの状況では、だめ」エヴァが重々しく言った。

それを聞いてヘンリーの繊細な顔立ちがぱっと輝き、それまであった孤高のサムライのような感じが消えた。そして我知らず、どこか投機師めいた微笑を浮かべた。それでも、こう言っただけだった。「いや、どうやらあなたは、くる店を間違えたみたいだ」彼は客観的な目で牧師館の応接間を見回した。

彼とエヴァはクレトン柄のカバーがかかった貧相な長椅子の両はじに座り、暖炉の火のほうを向いていた――気まぐれな二月の風が煙突の煙を逆に吹き降ろしていた。背後にある部屋には疲れ果てた証しが種々あり、ミセス・ダンシーと同じだった。しかしまた、その数々の傷跡――カーペットを横切る野原のあぜ道のような足跡とか、家具からはげ落ちたベニヤ板のかけらとか、こき使われてきたといわんばかりの窓辺のラジオ――がおのずから伝えていたのは、夫人の子供たちが持つ、疲れ知らずのエネルギーだった。精神面の熱意のほどは、普段のテーブルの上を流れる本の滝と、椅子の上にできた定期刊行物の山崩れに現れていた。ミセス・ダンシーの口癖は、生活感のある部屋が好きなの、で、これがそうだった。これはまた間違いなく、埴生の宿も我が宿、の見本の一つだった。だからヘンリーはやむなくそこから目を転じ、ここがジャガーの市場を提供することはないと指摘した。

　牧師館は、この土曜日の午後、不思議なほど静かだった――ミスタ・ダンシーは二階にいて宣教を二つ組み立てているところ、ミセス・ダンシーはルイーズを連れて町へ出かけ、その子に歯肉炎の治療を受けさせることになっていた。カトリーナとアンドルーは朝の集まりに自転車で出かけ、まだ戻っていなかった。ヘンリーは、二十マイル先にある週日制の寄宿学校《グラマー・スクール》の通学生で、自宅にいる日に訪問者を迎える栄誉を楽しんでいた。彼は何もしないほうが好きだったし、できればどこにも行きたくなかったが、それが許されていた。土曜日に牧師館に立ち寄ってでもヘンリーを確保したいというエヴァの願いには、そういうわけがあった。

「思い切って言うけど」、彼は決意した。「僕が探して上げてもいいよ」

「それを考えていたのよ」エヴァは感謝するような口調で言った。

「代理をしてあげてもいいんだ。委任してもらってね、むろん」

「何て、ヘンリー？」

「それがしきたりなんだ。そのほかのことは、訊かれないから」

「わかった」彼女は不満だった。

ヘンリーは手短に言った。「この取引のことはラーキンズ荘は蚊帳の外にしておきたいんでしょう？」

「あの人たちは私が何をするか知らないもの！」

ヘンリーは疑わしいという顔をした。

彼女はぶちまけた。「絶対に知らないのよ、ヘンリー、絶対に！」

少年は考えを読みとった。「あなたの後見人はどうなの？　あなたは彼に打ち明けるところだったんでしょう――あるいはカトリーナがそう思ったのかな」

「ジャガーのことは決して。それに、ヘンリー、いまから私が行く場所のことも」

「あなたがまだ知らないんだから、とうていわかりっこないよ」

「コンスタンティンには、とりわけ、何一つ見つからないようにしてね。これでわかってくれる？」

「まあね」ヘンリーはしぶしぶ言った。

「私のことが理解できない？　誰にも関係ないわ――私のジャガーよ」

「あなたの名義で登録してある、わけね。とんとん拍子に行くはずだけど。でも、ないと寂しくない？」

「寂しい！」エヴァが叫んだ。握りこぶしで胸をたたき、ヘンリーのほうにもたれかかった。「あれと別れるなんて、恐ろしい苦痛よ――二つと同じものはないから」

「じゃあ、なぜ?」ヘンリーがいつもの論理を持ち出して訊いた。

「いまから教えてあげる——」

毒気を含んだ煙が吹き出してきて、中断した。二人は咳き込んだ。ヘンリーはやや激しく、エヴァは身をよじり、とまらなかった。経験からヘンリーはソファの隙間に手を突っ込んでクリーネックスを一枚掘り出し、エヴァに目を拭くようにと手渡した。目を拭きながら彼女が言った。「何を教えてあげるかというと——」

「——その必要はもうないかな。トンずらするんでしょう?」

エヴァは雷に打たれたみたいだった。「それはすごい秘密だったのに!」

「あなたがカトリーナに郵便局の外でそう怒鳴ったんだよ、何週間も前に。あなたがどうしてまだここにいるのか、僕らは不思議だったんだから」

「へえ——不思議だったの、あなたとカトリーナが? それはありがとう。まず風邪を引いちゃって、それが気管支炎になった(あなたからお見舞い一つないなんて、ヘンリー!)。それから私、考えたの。出て行くときは、どこかにいるためにはお金を払わないと——払えるまでは、払えない。それではっきりする?」

「つまり、このジャガーの収益で生きていくということでしょう?」

「ほんの四月まで。そのあとは**全部**、私のお金になるから!」

「さすが億万長者の跡取り娘でいらっしゃる」ヘンリーはやや軽蔑して言った。「あなたは四月まで辛抱できないの?」

「辛抱って何のこと、ヘンリー?」

「最後までラーキンズ荘にしがみついていたら？　まだいまのところあなたを食っていないようだし。二月、三月、四月……」彼は指折り数えた。「ほら見て――」彼は紫のクロッカスの貧弱な四重奏にエヴァの注意を引いた、ラジオのキャビネットの上に置かれた石と水の入った鉢の中で苦労して咲いたものだった――「春がきてる感じがする！」

「私は自分のしていることくらいわかってますから――このお馬鹿さん！」

「もし僕が馬鹿なら、どうして僕にジャガーを売れと頼むのかな？」

「家を手に入れたいからよ」

「へえ。住むために？」

「どうやって家を手に入れたらいい？」

「不動産屋だね。どの辺に欲しいの？」

「どこでもいい、ここから一番遠いところなら。海のそばなんか、どう？」

「それより遠くへ行かないほうがいいな。あなたがいないと、僕らは寂しくなる」

「あなたたちが？――あなたたちが、本当、ヘンリー？」彼女は彼のほうをじっと見て、かつてないほど感動していた。「だって、遊びにきて泊まれるじゃない？」

「それはどうかな。――広さは？」

「私向きの広さよ」彼女はいつもの堂々とした言い方をした。

いやもおうもなくヘンリーはこのプロジェクトに燃えてしまった。「じゃあ、もし僕だったら」彼は声を大にして言った。「断然、外に出るな！――ラウンジ・ホールにサン・ラウンジ、それからプールだ」

一方エヴァは陰気になっていた。「どうやってそこまで行くの、ジャガーなしで?」

「列車で行くのさ。向こうに着いたら、自転車を買って……。だけど、ちょっと待って、僕らは何を考えているんだっけ? あの城だ、あの気高いお城を僕らみんなでよく見たっけ——あそこに住んだらいい!」

「だめ!」彼女は雷を落とすと、目をぎゅっと閉じた。

「お好きなように」ヘンリーは言った——退屈し、またよそよそしくなり、そっぽを向いた。しかしやや折れて、訊いた。「だけど、なぜだめなの?」

「『なぜ』じゃない。たんに、だめ、なの」

「やっぱりあそこも」、彼が結論を出した。「つまらないんだ、お婿さんがいないと」

エヴァは何も言わなかった。

「それに、もちろん、あれはあなたの邪悪な後見人どもの所有だから」

「あの人たちにわかってしまう!」彼女は叫び、ひどく興奮して、ソファの壊れたスプリングの上でむやみに飛び跳ねた。「みんなで推測して——私を探しにあそこに行くんだ」

「あなたは」彼は顔がまた明るくなっていた。「追っ手どもを避けたいんでしょう?」

「あなたには私の居場所を教えるわ」

「それはどうも」ヘンリーは諦めたように言った。彼は空中のある一点を(未来でもあるかのように)こちらから見つめ、あちらから見つめた。「あなたの足取りは僕が隠すから」

「それはご親切なことで」

「——シーッ!」

指令はおよそ不要だった。こだまが玄関ホール全体に響きわたっていた。戦いが正面のドアで開始され、ドアは断固として開くのに逆らっていた。攻撃側が勝った――ミセス・ダンシーとルイーズは意気揚々と、ドアの内側のマットレス目がけて、脱いだ靴を蹴った。ミセス・ダンシーが張り切った足取りで階段の下までくるのがわかった。それから大声で上に叫んだ。「アラリック、ただいま！」上からきたのは沈黙だった。「ルイーズがとても勇敢だったの！（お父さまには聞こえないと思うわ、この風のせいで。）」

「お小遣いの一シリングはどうなるの？」

いまミセス・ダンシーは半開きの応接間のドアに話しかけ――ドアの半開きはいつものとおりだが、ドアを回って中へ入りはしなかった。「誰かいるのかしら？」彼女は独り言を言った。彼女はサスペンスを長引かせるのが好きだった。家庭生活は予期せぬことに満ちているが、彼女がそれ以上に評価するものはなかった。「もしかしたらヘンリーが？」彼女は部屋に入った。「ああ、いたのね、ヘンリー。それに、エヴァ！」（エヴァは立ち上がり、じっとしてキスを受けた。）「よかった、ここにあなたがいて、でも何て悲しいニュースでしょう！――ヘンリー、火があまり楽しくなさそうよ。もっと焚いてもよかったのに、ダーリン？」

「くべたものをまだ食ってないんです、お母さま」

「あら？　湿気が多いのね、厭だわ」

ルイーズは、母について応接間に入ってきていて、歯肉炎の穴を舐めてから、議論をふっかけてきた。「まだ消えるはずないわ。煙がすごく出てるじゃない」

「もういいじゃないの。――誰かおやかんをかけた？」

「カトリーナは」弟が不平を言った。「まだ血を見るスポーツに熱中してるらしいけど」

「じゃあ、あなた、ルイーズちゃん――おやかんをかけられそう？（この人、とても勇敢だったのよ。）――エヴァ、うちのクロッカス、可愛いでしょ？」

「ええ」エヴァは同意した。「お茶までいていいですか？」

「あなたを追い出そうなんて、夢にも思ってないわ！　とくに、たまたま耳にしたんだけど――あなたも知ってると思うけど――ラーキンズ荘には誰もいないのよ。ミセス・アーブルとはバスでご一緒だったわ、乗り込んでらしたの」

「僕は」、ヘンリーが言った。「彼らがいいかげんな車を持ってると思ってた」

「車は煤をとってもらっているところだって、説明なさっていたわ。彼女がたまたま私たちの前に座ったので、一言二言お話を――とても親しく。でも、エヴァ、これは一番悲しいニュースだわ！」

「何のことですか？」

「あら、あなたが出て行くとか！――ヘンリー、あなた、聞いた？　エヴァはラーキンズ荘を離れるのよ。いまにも、明日にも、とミセス・アーブルが。彼女はご主人ともども、言うまでもなく、とても残念がって」

「彼らが知っているのを僕が話しておけばよかった」ヘンリーはエヴァに言った。二人は敵意に満ちた目でにらみ合った。

「ヘンリーが目を丸くしてる」母親が言った。

「そんなことないよ」ヘンリーが言った。「僕にはさっぱりわからない、誰も彼もがどうしてダチョウの見本になりさがるのか」彼はこれがエヴァへのあてつけだということを露骨に示した――エヴァは、追い詰められた大女《アマゾン》さながら、暖炉の敷物の上に長く伸びて、にらみ返していた。

「ねえ、エヴァ、あなたはこのニュースを私たちに最初に知らせたかったのね？　私、何を考えていたのかしら！」ミセス・ダンシーが叫んだ。「だけど、みんな静かに座りましょうよ、さあ、おやかんがいまに沸くから」自分の提案で動けるのが嬉しくて、夫人はソファのはじに深々と腰を下ろした。「こちらへどうぞ、エヴァ、あなたもくつろいだら！」エヴァはそれに従った。ミセス・ダンシーの隣に腰を下ろすと、長くて頑丈な、模様入りのファンシー・ストッキングをはいた足を前に突き出した。ヘンリーはそっぽを向き、チキショーといわんばかりに応接間を出て行った。火格子から出る一陣の風がしばし凪ぐと、石炭の黄ばんだ煙が、ねじれて上に昇っていった。内気をもてあまして唐突に、母親はこの孤児に言った。「寂しいんじゃないかしら、行った先では？」孤児は全身を硬くした。ミセス・ダンシーは身を引いた。そして大声を出した。「何てきれいなストッキングでしょう、真っ赤なのね！　誰かが編んでくれたの？」

「誰がそんな？」

「ああ、そうじゃないわね。では、何て気が利いたお店でしょう」

「ミセス・ダンシー、私、学校でカッコウのことを聞いたんです。私って、カッコウみたい？　よその人の巣を勝手にもらっちゃうみたいですか？」

「いえ、いえ――ただ、カッコウは飛び去っていくわね。私はいつも不思議に思っていたのよ、一人っ子ってどんな感じがするのかと。一人っ子だったこともないし、一人っ子を持ったこともないし――カトリーナ一人だけは、ほんの少しの間だけ『一人っ子』だったわ。私たちって、あなたにはときどき馬鹿みたいに見える、エヴァ？」

「いいえ」

「私たちだけでちんまりくるまってるみたい？　あなたはとても……独立してるわね」

「ヘンリーは独立してますけど」

「ええ。みんなそうよ、それぞれに。でもそれとはちょっと違うの。さぞかし変な感じでしょうね、自分だけしかいないのは。誰もいなくて、自分みたいな人は一人もいないなんて……。私にもっと想像力があればいいのに！　でもあなたはもう出て行くのだから、何もかも遅すぎる——これからもずっと残念に思うでしょう。どこへ行くの？」

「まだ決まってません」

「そう。あなたのことはお祈りしますよ、もしよかったら。そして忘れないでね、いい、私たちはここにいてあなたを愛しているし、ここはいつもあなたの家だということを。帰ってくるわね？」

ミセス・ダンシーはそう言いながら、初めて敢然としてエヴァをまともに見た。話しかけられたほうの顔はうつむいていて、髪の毛に隠れていた。髪の毛の間からうめき声が漏れた。「だけど私はあなたに嘘をつきます！」

「あなたは生まれつき、真昼のように正直なのね！」

「でも、人の生まれつきは、あとはどうなるんですか、ミセス・ダンシー？」

ルイーズが入ってきて、聖人のように言った。「お茶の支度ができました」

「ねえ、ヘンリーを探して伝えて、お父さまに言いなさいって。——マカロンは出したの？」

「出すって何から？」

「袋からよ。——マカロンを買ったのよ、エヴァ」

「私はどうしようかな?」この不思議がり屋の子《ワンダー・チャイルド》は不思議に思った。「まだ何も噛めないし、あの歯医者さんがとくに私におっしゃったのよ、熱いものは何も飲まないようにって」

7　キャセイ邸

エヴァが手に入れた家は、ノース・フォーランドにあって、キャセイ邸と呼ばれていた。ラウンジ・ホールとサン・ラウンジはあったが、プールはなかった。一九〇八年頃に建てられ、一九二〇年代初めに現代的な装備を入れた。サン・ラウンジは、一九三〇年代の好景気によって増築され、その後爆弾で吹き飛ばされたが、戦時災害対象となって改良できた。キャセイ邸は家具付きの貸家で、長い長い間、一人の借り手もないままに、何軒もの不動産屋の帳簿に載っていたが、すべての不動産屋がそろそろ抹消するところを、一社だけが残していた物件だった。そのデンジ＆ダンウェル商会は、まださささやかな、できたばかりの会社で、ビジネス・チャンスをしつこく狙っていたので、遅ればせながらキャセイ邸を取り扱い物件としたのだった——これを片付けた際に彼らが見せた大変な感動のほどは、どんな客でもこれは怪しいと感づいただろうが、エヴァは違った。エヴァが聞かされたかぎりでは、キャセイ邸はまさに彼女が求めていた物件だった。そしてそれは、ある意味で、そのとおりだった。

住まいを得たいと願うあまり、ジャガーについて何らかの報告がくる前に住んでしまい、ジャガーは、成果のほどを待つ間、ヘンリーの学校の角を曲がったところに鍵をかけて隠してあった。未払い分の二七三ポンド一一シリング七ペンスは深刻な危機にはならず、彼女の銀行残高を調べた結果、四半期分の手当てがまだ支出されずに残っていることがわかった。彼女は一ヵ月分の家賃を小切手で前払いし、それから銀行に残っている分を現金で引き出し、それを自分で持ってケント州のブロードステアーズに行った。駅でミスタ・デンジと待ち合わせていたが、小柄なこの男は、この件でそわそわしていた。火曜日の午後三時、もう三月だったが、下車する人は多くなかった。そうした人たちの中から彼は消去法によってエヴァを見つけ出した。プラットフォームの遥か先に、空を背にして、彼女は心細そうにじっとたたずんでいた。オセロットを着ていた——だが、彼女は大振りなコートの袖の形のせいか、猫族というよりは、予備役の軍人に見えた。彼女を見ると、一九一四年の夏遅くに、列車に雪を残したまま、イギリスを通過したというロシア軍のことが思い出された。ミスタ・デンジは、帽子を上げ、用心して近づいた。「ミス・トラウトですね？　ようこそ！」

「ようこそ」エヴァは上の空で言った。荷物を数えるのに必死だった——七個のうち一個は変身用のスーツケース、一個はダッフル・バッグだった。あとは紐で縛った包みに、メッシュのバッグで、そこには新聞紙で包んだ物が詰め込んであった。彼女は荷物を前もって別送したことは一度もなかった。トランジスタ・ラジオは、カトリーナが不思議そうに見つめた、ちょっとばかりでかすぎる爬虫類のバッグと一緒に手で抱え込んでいる。ミスタ・デンジは運がよかった。ポーターを確保したのだ。三人は会社の車、伝統的なローヴァーのほうへ進み、荷物を積み込んだ。ミスタ・デンジは車をがたんと揺らしてギアを入れた。「そうとうありますか？」彼のお客が訊き、車は出発した。

「距離なんてものじゃありませんよ！」商売上の楽天主義者が歌い上げた。「私どものいるこの辺りはお馴染でないんですね、ミス・トラウト?」

「ええ。ですから」

「わかりました」彼は言ったが、いかにも物慣れた調子だった。「いまにおわかりと思いますが、この辺りはさまざまなゆかりがありまして、著名な方々は、いうまでもなく昔も今もいまして。チャールズ・ディケンズとか――」

「――はあ。どこで自転車が買えますか?」

「いま、すぐですか?」

「ええ」

ミスタ・デンジはコースを変えた。「で、ミス・トラウト、食料品店とかは? いい機会ですから。皿やリネン類はお持ちいただいたと存じますが? 二十三日付の私どもの文書でご注意しましたように、そういったものはあなたのほうでご用意なさるものでして。ご了解済みと存じますが?」

「いいえ。どういうものですか?」

「あ、あのう――シーツとか、そういったものですよ。スプーンとか、あ、あのう、フォークとか」

「どうして私がそんなものを持っていなくてはならないの?」エヴァはむっとして訊いた。「買わなくちゃいけないの? 高いんでしょう?」

「いや必ずしも。そうとわかっていたら、ミセス・デンジを連れてくるんでした――彼女の都合さえついていたら。火曜日はご婦人方の午後のブリッジがありましてね。数ある社交的な集まりの一つで、あなたも参加したくなりますよ。ブロードステアーズは夕刻がまた賑わうんです、観光シーズンがはずれたほうが賑やかなくらいでして、観光客が減るぶん、我々で独占しますから。町の要所要所にはホテルがあり、国際的な料理も出るし、むろんレストランなどいくつもあるし。こういった場所には、ミセス・デンジと私とか、同じ仲間の人たちが、おりにふれてよく出かけるんですよ――いや、しょっちゅうなんです。ミセス・デンジは、この私が請合って、喜んでご案内しますし、そればかりか、どんなお買い物でもお手伝いを……。それはそうと、そんなこんなで、お連れしましょうか？　ミス・トラウト、ご指示はありませんでしたが、私どものほうでガスを再開してもらいました、電気も。水道も、むろんです。しかし、電話は手続きはまだでして――それは、ご自分で申し込んでいただかないと」

「わかりました」

エヴァはたちまちパニック状態に陥った。「電話は**絶対に**引きませんから！」

彼らは自転車を入手し（エヴァは紐をかけてローヴァーの後ろに積んだ）、花柄のシーツと枕カバーを一組、フランス国旗の三色のバスタオル、スプーンとフォークとナイフを一本ずつ、ミスタ・デンジとその友人の食料品屋が不可欠だと思った食品、牛乳一本とスイス・ケーキ（ジャム入りのロール・ケーキ）を買った。ミスタ・デンジはせかせかとエヴァの足元を何度も往復した。「オレンジは、ミス・トラウト、リンゴ、ナツメ、バナナなんかは？」

「いいえ。もうずいぶん使ったから」

「わかりました。そうすると、何もないですよ、あ、あのう、飲み物が？」

エヴァは返事をしなかった。道路を横切って、ディケンズのミスタ・ミコーバーのクリーム・ジャグを調べに行った。「さあ」彼女は御者を探し出して告げた。「もううちに帰りたいわ」

「うちに？」彼はすべてがご破算かと案じて大声を出した。

「私の家はどこなんですか?」

ローヴァーは町を出た。道路は、左側にテラス・ハウスがずらりと並び、やがて平屋の家々に縁取られ、右側にはときどき海が見えた。ミスタ・デンジはキャセイ邸が近づくと緊張した。「きっと」、彼は勇を鼓して言った。「お気に召しますよ。キャセイ邸は評判のお屋敷ですから」

「家ネズミとか、ネズミがいますか?」

「その点ではご不満はありません、それはもう絶対に!」

「空き家にはいると思ってました」

「それは間違った情報ですよ。気になりますか、ミス・トラウト、齧歯目の動物が気になりますか?」

「いいえ。動物は好きです」

「犬は飼っておられない?」

「ええ――でも飼うかもしれません」(それもいいじゃない?)

「犬に勝る友はなし、と。しかし職業上の話をすれば、ご注意しておきませんと――犬は被害甚大です」

車は両側を草道にはさまれて路面がでこぼこになった道路に入り、混迷しているような印象があった。どこにも誰もいないし、動いている乗り物もなかった。海側は樹木もないまま高い崖が続き、岬は内陸側に格別な秘密でもあるのか、すべてが要塞のような生垣の中に沈んでいて、覗くことも見渡すこともできなかった。威勢よく茂った生垣の下から、木製の柵がところどころに突き出していた。生垣の木々と同種の樹液の多い葉をした常緑樹が庭園を覆いつくし、息苦しいほど茂っていた。これは植物園ではなかった。発育不良のカエデはもう葉がなく、ブナの木はツタに絞殺されつつ、負け戦を戦っていた。その中に何棟か荘園風の邸宅がそびえていた。それぞれにバルコニー、二重勾配のマンサード屋根、破風《はふ》、窓のある塔がついていて、人待ち顔のヒマワリのように、不在の太陽のほうを向いていた。辺りは静まり返り、シャッターが降りたもの、板を打ち付けたものもあった。「多くの人が」、とミスタ・デンジ。「お留守なんです」

太陽はなかったが、空は広く、春の陽光が射していた。カモメが内陸をかすめて旋回している。白墨のような白い灯台が、一人離れて専用の小塚の上に立っていた。

ローヴァーは曲がりくねった道路をたどり、突然がたんと乗り上げて停車した。ミスタ・デンジは男らしく車から下りて行き、息を吸ってから重い門扉をやっと開くと、車に戻ってそこを通過し、アスファルトの坂を進んだ。アスファルトの割れ目には冬の雑草がしがみついていた。キャセイ邸だった。エヴァは目を上げた。広々としていて、話に聞いたとおりだったが、まだ倒れていない。ひさしに細かい装飾が施されたポーチの上に鉛製の枠がついた窓があり、外壁の配管と配管にはさまれていた。「いまは北側にいますが」ミスタ・デンジが言った。「もっとお気に召すような部屋はもう一方の側に面していまして」放置された庭園が南に続いていた。イギリス海峡がときどき姿を見せ、断崖すれすれに建てられた住居の後部の間隔がときに大きく途切れることもあった。今日の海はまるでスティールのように煌めいていた。

エヴァは、大急ぎで偵察をすませて戻ってくると、ミスタ・デンジの案内にまかせてキャセイ邸に入った。彼がすぐ帽子を脱いで休憩室用のようなテーブルにぽんと放り出したところ、家のあるじ然としたその態度がエヴァは気に食わなかった――テーブルはエヴァの目を引いたキャセイ邸の備品の第一号だった。この内部、つまり玄関というかラウンジ・ホールは、くすんだサーモン・ピンクで、造りはオーク材ではなく、古びているというよりただ黒ずんでいるだけだった。鹿の枝角と鋳物細工（蠟燭立て）が壁に取りつけてあった。かび臭い匂いが鼻から入り――エヴァはたちまちこれが好きになった。「ちょいとばかり息苦しいかな、ここは？」ミスタ・デンジがつぶやいた。彼は窓の一つをいじって、開け放った。

エヴァは彼に出て行って欲しくなり、もう待ちきれなかった。きっぱりとした足取りで彼から離れ、各部屋を回る見学ツアーに出発した。部屋は、奥行きのないアーチで互いに通じ、多くの出窓と補助的な窓がいくつか、そのいくつかは鬱蒼と茂った葉をガラス窓に押しつけている常緑樹によって完全に見えなくなっていた。サン・ラウンジは、ダイニング・ルームの南側に漆喰塗りでつながっていたが、あいにくそれが裏目に出て、いまでは納骨堂のそばの控え室じみた代物だった。座るものが一つもなくても、目をつぶるしかなかった。ダブルサイズの応接間は家具付きだった。絨毯と寄木細工の床に点々と置かれているのは、つづれ織りをかぶせた肘掛け椅子とソファが数脚、あとは三つ葉のクローバーの形をしたテーブルが数台、スタンダード型のランプはどれも擦り切れた布の笠の傾いたのをかぶっていた。すべてに歴史があることが見ればわかった。椅子の背にできた黒っぽい油じみた丸い跡は、たくさんの頭がもたれたから、椅子の肘とテーブルと床板には点々とさまよい歩くシミで地図ができ、こげ茶色の穴が無数にあるのは、煙草の焼け焦げ……。どこかで生活していたとき、エヴァは組み立て途中のドールズ・ハウスを見せてもらったことがあり（ベランダの上に建っていたんじゃなかったっけ、どこだったかな？）、膝をついて奥のほうにあるドラマチックな部屋を覗き込んだ。それが欲しくてたまらなかった。というわけで、エヴァはいま自分を取り巻いているものに魅了されていた――いっそう気分が高ぶった。これを私が所有するのだ。

荘園風のダイニング・ルームの続き部屋《スイート》があった。新しい家主が、出てこようとしないサイドボードの引き出しと格闘したら、いきなりガタンと開き、中にあったコルク栓が転がった。支那製の戸棚の中身は、三枚の不ぞろいな受け皿と、四個のかけたカクテル・グラス、これには時を告げる雄鶏が付いていた。キッチンを見てからエヴァは戻ってきた。ミスタ・デンジは、荷物を落とす音を聞きとどけてからキッチンに入り、ガス器具にマッチで点火しようとしていた。ボンという音ばかり続き、一度など爆発したような音がした――怖くなったエヴァは、階上に向かった。ここにはさらに出窓と、折りたたんだままの三面鏡と、裸にされた大きなベッドがあり、ベッドにはまだ何かのにおいが残っていた。ミスタ・デンジはエヴァを階下へ追い立て、やっとのことで、黒いタイル張りのバスルームに入ったら、これはいいと彼女は思った。「すべて最高の状態です、このとおり！」彼は得意になって言った。

「ありがとう」エヴァはつまらなそうに言った。

「ではいまからちょっと行って、空気が詰まってないか確かめてきます」彼がバスタブの黒ずんだ蛇口を力まかせにひねると、蛇口は二度咳き込んでから、黒い錆びた水を吐き出した。「いまに透明になりますよ、すぐに」

「熱くもなる？」

「ちょっとヒーターの機嫌が悪くて――私の言ったことをお聞きになっていたとばかり？――いや、私が点けておきました。もうそのままにしておいたほうが、そうなんです、勝手に作動しますから」

「私も、もう」エヴァが指摘した。「そのほうがいいわ」

「ところで、冷蔵庫は、けっこう最新型で――」

「――ありがとう。あなたはもう帰らないといけないのでは?」

「トイレットは大丈夫かな?」彼はエヴァのそばを通り抜け、水洗のチェーンを引っ張ってみた。その結果出てきた唸り声と大洪水に押し流されたエヴァは、彼を押しのけ、乱暴に突き飛ばして、逃げ出しながら叫んだ。「もうけっこう! 帰って――すぐ出てって! 勝手なことばかりして!」

ミスタ・デンジは負けずに怒った。真っ赤になった。いったい何を想像したのか、どんな想像ができるんだ、この女コサックめ! 警戒項目が彼の脳裏を駆け巡った。彼の職業はエロティックな危険でいっぱいだったが、いままでのところ彼がおびき出されたことは一度もなかった。はめられたか? 強迫か? これで終わりだ。これで町中に知れわたる。ミセス・デンジもいないのに、この女と一緒にシーツなど買うべきではなかった。ミセス・デンジは正しかった――「それはわからないわよ」とよく言うことで夫人は世に知られていた。だが別の場合には、こう言うことで知られていた。「いったいどうしたというの?――彼女だってあなたをとって食べるわけじゃないでしょう」誰もミセス・デンジに勝てなかった。

「あなたはやかましい音を立てすぎるのよ、私の家で」エヴァは、離れたところから、かたじけなくも説明した。

「お好きになさいませ」彼はどもり、詰まったエンジンみたいだった。

彼女は一大至上命令を大振りなジェスチャーで示した。「出ていけ!」無言の指令だった。

彼は指を一本中に入れて襟もとをゆるめた。「ずっとお尋ねしたかっただけですよ。燃料は?」

「いいえ、いまはけっこう」

「暖房設備には必要な――」

「——私の自転車は降ろしてくれましたか、私の新しい自転車は？」

「ミス・トラウト……？」

「私の自転車を縛った紐をローヴァーからほどいてくれたの？」

彼はむっとして言った。「玄関ホールにありますが」

「自転車用のガレージはないの？」

ミスタ・デンジは、あてつけるように黙り込み、「ガレージ」というラベルを貼った鍵を取り出し、腕を長さいっぱいに伸ばして手渡した。エヴァは階段の一番上で彼を見送った——ひょいひょいひょいと頭が一段ずつ下がっていく。曲がり角のところで彼は、仇討ちでもするように言った。「では、よい午後を！」

「待って！——もう一つ見せてくれないと！」

「いったい何でしょうか？」

「どうしたらやかんが沸くのか」

やかんはなかった。備品の明細書の中にはたしかにありました、とミスタ・デンジ、しかし事務所でそれを見落としたようです。やかんは事務所にあるの？　いえ、明細書に——明日調べますから。その間、ミス・トラウトはソース鍋でしのいでいただけますか？

「それで、どうやってやかんの沸かし方が学べるんですか？」

彼がようやく去ると、エヴァは自転車を転がしてきて、アスファルトの坂で8の字走行をした。四段変速のギアを試し、ブレーキをテストし、呼び鈴をためしに鳴らしてみた。春めいた夕方で、夕闇が降りていた——呼び鈴から親指をどけてみたら、鳥たちが、いっとき声をひそめ、また笛を吹くように啼き始めていた。隣近所のどの部分からも何一つ聞こえない……。エヴァはやっと空腹を覚え、自転車から降りた。しかるべき一角に自転車をしまうと——自転車にも本人にも、今夜は新しい経験になった——エヴァは家に帰ったという感じで中に入った。

応接間の先の海よりの出窓には、二人掛けのラヴ・シートが置いてあった——もとは金色の椅子だった。エヴァは買った物を運んでくると、そのままこの宿営地に持ち込んだ。カクテル・グラスを一つ使ってミルクを飲み、ナイフを何度もスイス・ケーキに押しあてた。しだいに心の奥から満足感が湧き上がってきた。イギリス海峡に日輪が落ち、スカイラインは消えていた——すると、一瞬、部屋の向こうの窓がかすかに光り、遠いところが明るくなった。街灯が、ねじ曲がった木陰を走るかすんだ無人の道路に沿って、またたいている。かすかに見える窓の形が枝を映して編み目模様を作り、離れた椅子と寄木の床に影を落としていた。

エヴァはそのあと、文明が放つお化けじみた残光が家の階段にも映っているのを見て嬉しかった。その残光だけが寝室に行く道を照らしてくれたからだった。スイッチが見つからず、電気が点けられなかった。

三日後の朝、一通の手紙が郵便受けがわりの針金の籠にやかましく落ちた。

手紙がくるわけがない、ヘンリーからでなければ……。

親愛なるエヴァ、

いままで一言の便りもせず、申し訳ありません。でも心配しないで、色々と動き始めていますから。金持の未亡人が僕の探しているもの、ここにいる男の子の一人にそれらしい伯母さんがいます。でもどうでしょう、僕が広告してみるというのは、暗号でも使って？　そのときは、僕に現金を送って下さい。君はいつまでもちこたえられますか？　君を非難する声は、いまのところ、上がっていません、僕の聞くかぎりでは、というよりも僕が聞かないかぎりでは。先の週末（試合は勝ちました）は帰宅しなかったけど、母は手紙にも何も書いてきませんでした。もし警察が君の骨を捜してラーキンズ荘の庭を掘り返していたら、母はそう書いてきたでしょう。オールド・キャセイ邸ではうまくやってる？　デンジ&ドウーザボーイズにこれ以上別料金を吹っかけられないように。どんな型の自転車を探しているの？　ぜひ聞かせて。いまはこれ以上何もないけど、何か報告することが出てきたら書きます。

あなたのものなる、
ヘンリー

エヴァはこれを読んでから、無造作にポケットに入れた。目下のところ朝食が一番の関心事だった。ミスタ・デンジは、傷ついて何も書いてこなかったが、特別の使者に託してやかんを送ってきた。しかしやかんには説明書がついていなかった。となると、あの不機嫌なガスレンジに何かをのせてみるという神経は、エヴァにはまだなかった。水道の蛇口からじかに水をがぶ飲みしてダイジェスティブ・ビスケットの食事をすませ、それから、いまや習慣になっていたが、ブロードステアーズ目指して、自転車をよろよろと走らせた、サネット島から吹いてくる突風に身をさらしながら。厚いセーター二枚の上にアノラックを着ていた。メッシュのバッグの一つを空のまま、自転車のハンドルの片方にのんきにぶら下げ――帰り道ではこれがもう、のんきではいられなくなるはずだった。

ブロードステアーズでエヴァはヘンリーのために絵葉書を一枚選んだ。ノース・フォーランドの絵（しかし、ああ、キャセイ邸はいずこに？）がついたものだった。書いて、切手を貼り、投函した。葉書がポストに落ちるや否や、激しい不安にとらわれた。これがもし敵の手に落ちたら？ 自分の居場所をバラしてしまった、ヒントを与えてしまった……。彼女は知るよしもなく、それはすでに確認されていた、しかもやすやすと。ラーキンズ荘からあわてて逃げ出したとき、エヴァはベッドわきの引き出しの奥に突っ込んでおいた書類を見落としていた。相談事を下書きしたもので（ヘンリーの筆跡だった）、エヴァ-デンジ間のやり取りのエヴァ側の記録であり、あの「ぎりぎりの」手紙のほかに、デンジ＆ダンウェルが急いで寄越した返事などがあり、手紙のレター・ヘッドには会社の住所やその他の詳細が麗々しく書かれていた。ヘンリーが「J」を譲渡する件で書いてきた色々なメモがあり、彼自身が受け取るべき手数料の歩合のことも、「J」が希望通りに処分できたら……。イズーは、水面に急降下する鷲さながら、すぐさま引き出しに直行した。彼らがとるべき行動が、もしあるとして、果たしてそれは何かについてアーブル夫妻の間で討議された。同意は達成できなかった。かといって、各自がとる行動を阻むこともなかった。

今日の金曜日、エヴァが午後にふらりとブロードステアーズから戻ると、キャセイ邸の庭にいたエリックが挨拶してきた。

エヴァが所有したいま、屋敷の門扉は開け放してあった。滑るように門をくぐり、自転車を降りようとしたところで、屋敷の横手にある常緑樹の茂みからエリックが出てきた。彼女は足を片方だけ自転車から降ろした。それからゆっくりともう片方の足を降ろしてから、ようやく彼を見た。二度目に見て、エヴァはあきれて見た目を疑った。黄色の小枝が、エヴァのレンギョウが、図々しくも彼のボタンホールに挿してあった。彼が着ているチェックのツイードの上着は、二着あるうちの派手なほうだった。「ちょっとした財産を」、彼は余裕を見せた。「見つけたじゃないか」

彼女はよそを向いている。

「あまり歓迎してくれないんだ」彼はわがままを言った。

自転車にしっかりつかまったままエヴァは話した。「私を連れ去るためにきたのね」

「君を連れ去る?」――こいつはお笑いだ! 彼は近づき、口が開いた買い物籠を調べた。「何を買い占めてきたんだい、町の半分でも?」

「牛乳、と……」彼女は健忘症に襲われた。「わからないわ……。どうしてここにいるの?」

「牛乳の配達はないの?」

「どこに、い、い、い、いるの、イズーは?」

「どこにいるやら?――中に入らないか、エヴァ? 庭はもう見たから」

「まず自転車をしまわないと」

彼はその儀式に参加した――楽しそうでもなく、というのも、ガレージはだだっ広く、あるのはガーデニング用の鋤だけ、思わず彼は叫んでいた。「君のジャグはどこに? あの何とかいうチビは、あれをどうしたんだ?」

「安全にどこかにあるわ」

「ちゃんと気をつけないと」彼は苦々しく言った。

　エヴァは不当な非難にひるんだ。返事はしなかった。

「君はおかしな人たちを信頼するんだね」彼は嫌味を言った。

　ガレージから出ると、エヴァが鍵を掛けた。「どうやってきたの?」彼女が訊いた。

「運転してきたんだ。ほかにどうする?　一晩近くかかった」彼は思い出したようにあくびをした。

「私はわざわざ高い列車でこなくてはならなかったの」

「辛い運命だったんだ」エリックは皮肉に言った。

「それで、アングリアはどこなの、エリック?　見当たらなかったけど」

「見せるつもりはなかったから。(そこを回ったところに、角を回ったところだ。)」

「へええ。もし見たら、私が逃げ出すから?」

「そうだね……」

　彼女は屋敷のほうへ戻り、玄関ホールに入った。「見て!」彼女が誘いかけた。そう言う本人が辺りを見回し、夢中になっていた。

「男爵のお住まいみたいだ」彼は言ったが、ほかのことが頭にあった――彼は片方の腕でエヴァを抱き、引き寄せるようにしてキスした。彼女の頬は風に当たって火照っていた。「痛くなかった?」彼は訊き、彼女を放した。

　彼女は考えを見せず、痛いのかどうかわからなかった。

「僕に会えて嬉しい?」

　言うだけ無駄だ、明らかに。

「君には一発やられたよ、ああ。僕らは度肝を抜かれた」

「ほら、あれ」、彼女は、まるでサイレンが誘うような声で言った。「海を見てよ」

「もう見た」

「窓から見て」彼女はさっさと歩いてアーチを通り、彼はついていった。

エリックは応接間を見ても、何も言わなかった。見てくれの悪さがとくにショックだった。さらには、場所全体が薄い埃の膜をかぶり、まだ寒くはないにしろ、すでに使い果たした日光で空気がよどんでいた。出窓の周りには、おびただしい量のパン屑がこぼれていた。それを見ると、もう抑えられなかった――「これじゃあネズミが出るだろう」

「『出ない』って、ミスタ・デンジが」

「彼はこの辺では、顔が利くの？」

「顔はあるけど、すごく小柄」

話が途切れた。ともかく会話を成立させようと、エリックはエヴァのアノラックの肩に手を置いた。二人は並んで立っていて、海のほうを向いていた。「さて、僕にはよくわからないが」数分たって彼はやっと言った。

「イズーがあなたを、よ、よ、よ、寄越したの？」

「いいや。僕の考えできたんだ」

「彼女は、あなたがどこに行ったかと思っている？」

「彼女は知ってるよ――当然でしょう」彼はエヴァの肩から手を離したものの、迷ったような、不満そうな、足場がないような様子だった。

エヴァは、いつになく認識が働いたのか、それも自分がもてなす側だと感じたのか、前に進み出た。「そろそろ座りましょうか?」くたびれた女みたいな大きな椅子が数脚、エリックは選ぶまでもなく勝手に座った。エヴァはラヴ・シートのほうに向かった。その籐の部分にこぼれていたパン屑を拾うと、気を取り直して質問した。「どうやって私がいる場所を知ったの?」

彼は話した。彼女は悔しがった。そして叫んだ。「ヘンリーが言うわね、『バカだなあ!』って」

ヘンリーの味方をするまいとして、エリックは塩をすり込んだ。「君は物事を把握できないんだ。この僕が君に代わってずっとやってきたんだよ、君がしなくてはならない仕事を引き受けて――はっきり言わせてもらう。そのお返しに、君から頬を一発ぶたれるとは。僕がいるんだから、いつでも僕のところにくればよかったのに。僕はいるんだから、いつだって。――僕のどこがいけなかった?」

「私の番人でいたから」

「僕は気違いどものために働いているんじゃない――もっとましなことをしているんだ」

「あなたは私の番人と結婚した」

「いいかい、イジーはこの件からはずしなさい。君たち二人の間で何がどう間違ったのか、知らないし、訊くつもりもない。僕は君が好きになれたのに――僕はほんとに君が好きなんだ、エヴァ!」

「私は思うの」、彼女は言った――情状酌量するように――。「私はきっと特別な育ち方をしたのよ」

「僕が君を責めていると思わないで。ただ君に話しているだけだから」言っていることを強調しようと彼はエヴァを真正面から見た――彼女はそこにいて、窓から身をねじるようにして、イギリス海峡のスカイラインを夢中になって監視していた。意味がわかってない? とにかく口が利けないんだ、まるで岩だ。彼の神経に石がかぶさってきたようだった。彼は逆らい、立ち上がって彼女のほうに大またで近づいた。「君は僕のいい子《マイ・ガール》なんだ、ああ――ある意味では。または、そのはずだったんだ」

「まさか」エヴァは確信を持って言った。「私は誰かのいい子だったことなど一度もないわ。だから、どうしてそんなはずがある?」

「さあ、さあ。君は君のお父さんのいい子だった——違う?」

「違うわ。いつもコンスタンティンがいて。イズーは彼と、は、は、は、話した?」

「君がどこに行ったかを? さあどうかな——それは僕にはわからない」

「ああ、ああ、ああ」彼女はこぶしで不器用に目をこすった。

彼は治療法を思いついた。「出よう!」彼が命じた。

「私の家から出るの?」

「ひとっ走りしよう。ここは寒くて、墓みたいだ!」

そのとおりだった——太陽はもう傾いていて見えなかった。無人の冷気の中で、ブロンズのラジエーターはあざ笑うだけの、動こうとしない存在だった。ダブルサイズの応接間の精緻な造りの暖炉は、もっぱら煤煙を吐き出しては、暖炉の石に落としていたが、どのくらいの間、いったいいつからそれを?「どうしたら君は死なないでいられたのか……」彼はいぶかった。「いまは冬だ、どこから見ても」

「あら、違うわ。いまは三月。三月は春よ」

「誰か修理をする人はいないのかい、責任者は?」

「ミスタ・デンジは帰りました」エヴァは、得意満面だった。彼女の多幸症はエリックにとって、いま初めて、ほとんど狂気と重なり合った。エヴァのこの生き方が彼を打ちのめした——彼は怖くて訊きそびれた。どうしたら、まして、どこまでいけば、訊かないですむようになるのだろう？　彼女はどうやって暮らしていたのか、この三日から四日を。その時間が何をしたのか？　エヴァは桜草を二輪見つけていた。それが窓枠の上に置いたカクテル・グラスから彼をにらんでいる。さらに白骨化したカモメの頭蓋骨、マテガイの貝殻、その他もろもろの海岸漂流物が、三つ葉の形をしたテーブルの一つに並べられていた。だからどうだと？　常習者、とイズーは言っていた。エリックは歩き出し、そのまま歩き続けた――追い立てられることで生き続けてきた人のように。

「ああ」エヴァは同意した。「出かけましょう」そして立ち上がった。「どこへ？」

エリックは腕時計と相談した――がっくりした。まだ一時間ある！　一時間しないと、何も始まらない。六時か。最近までかなり禁欲的だった男は、もう彼のどこにもいなかった。エヴァがラーキンズ荘から逃げ出して以来、どんどん酒量が増えていた。どっちを向いても彼は落ち目だった。そしていまが最悪だった。別れぎわのイジーとのいさかい、夜中のドライブ、庭で待たされたこと。キャセイ邸、エヴァ――いっぺんに全部が、あらゆることが生じてきて、彼に降りかかった。喉がからからだった。アルコール中毒患者のように、乾いていた。一目見てたまらなくなった、ダイニング・ルームのアーチを通して酒瓶の棚が並んでいる……。

「君は」彼は言った。「中に何か置いてないの？」

「『何か』？」

彼は右手をグラスの形にすると、想像したものを飲み干した。雄弁な無言劇。彼女は意味はわかったが、ただ首を振った。

「それはそれだ、では」

「どうして私にわかるの、エリック、あなたがくることが？」

「僕に訊かないでくれないか。僕だって知らないよ！　一度か二度、考えて、『やめておこう』と考えた――自分が間違っていたか、あまり自信はないんだ」彼女を見てしばたたいた彼の目に、疲労と疑念がにじんでいた。「だが困ったのは――」

「ええ？」エヴァは関心を示した。集中しようと身を乗り出し、顔と顔が合った。彼女は突っ立ったまま、睡眠不足と再三立ち寄ったパブで赤らんだ目のふちと、旅がもたらした荒廃を見てとったが、ヘンリーにはおなじみのヘラジカのような誠実さがともなっていた。「ええ？――何が問題だったの？」

「もうよそう」彼は不安そうに言った。

「だって、お願いよ、エリック！」

「君が問題だったんだ。どうしても知りたいなら！」

「そんな」彼女は有無を言わせぬ優位さを見せて宣言した。「馬鹿な！」

エリックはエヴァのアノラックの前のふくらんだところをつかんで揺さぶった。彼女の関節の造りの柔らかさが、これに応えた――頭が両肩の上でぐらぐら動き、両腕がぶらぶらと揺れた。歯はかたかた鳴らずに、歯茎にしっかり座っていたが、小銭と鍵が体のいたるところでジャラジャラと音を立てた。髪の毛は四方に広がり、振り回したモップのよう。重大局面が実験になった。彼は彼女を揺さぶるテンポを落とし、左から右、右から左、片方のかかとからもう片方のかかとへじわじわと移動させ、その間自分は口笛でも吹くように唇を小さくすぼめ、しかめ面をして、考えあぐねているようだった。この実験にエヴァも興味を持った。彼女を喜ばせすぎたか？――彼はいきなり手を放した。「これで終わり」彼は言った。「だが余計なことはしないように、この次は」

「はい。——私たち、今度は何をしましょうか？」

「車を出して、ひと回りしよう。いいじゃないか？」

彼らはアングリアを捜索した。車は角を曲がったところで、草地のへりに乗り上げていた。「隣人がいるの？」エリックが訊き、生垣を珍しそうにじろじろ見た。彼女は何も知らなかった。「もしいても」、彼がまぜっかえした。「みんな死んでるよ」アングリアは、謎めいた迷路をおそるおそる這うように進み、外に出ると速度を上げた——灯台を過ぎ、幾重にも曲がった道路を一気に滑り降りて、キングズゲイト湾に出た。海面から一段上に、白いペンキで塗られた二頭のライオンが、白い大きな閉鎖された家の前に向かい合って座り、潮が引くのを見つめていた。船は一艘も見えなかった——道路は、潮の香りのするこの夕刻、明るく果てしない冷気の中で、やはり空っぽだった。風すら去っていた。引いていく潮が波打ち際を舐めて引きずりながら、音は聞こえなかった——「ここが君の貝殻を見つけた所かい、エヴァ？」

その少し前方の、東によった辺りに、狼煙《のろし》のように見えるのは、湾を区切っている、のこぎりで切ったような岬の頂きを飾るバー、キャプテン・ディグビーだった。いま建物と断崖は、幻のような残照に包まれて一つになっていた。B-A-Rという文字が、かろうじて判読できた。（あと三十分だ。）エヴァは、キャプテン・ディグビーなどは思い及ばず、車の後ろの窓から、道すがら置き去りにしてきたものを目で追っていた。キングズゲイト城だった。まがい銃眼の付いた硬い火打ち石の要塞が、シルエットになって海面から立ち上がり、フランスをにらんでいる。彼女は見飽きることがなかった。

「あなたはあまりものを言わなかったわ」、彼女が感想を述べた。「あのお城を通り過ぎても」

「じつのところ、僕は何も言わなかった」

「でも、なぜ?」

「何を言うべきか、わからなくて。君が城について、最近どう感じているかがわからなかった」

「あら、私の新婚旅行のせいで?」

「多少は、そうだね」

「だけどエリック、あれは私が取り決めたのよ」

「へえ、君が?」彼はそう言ったが、どこか関心が薄かった。「だが、ああいうことはしないように。僕らは心配させられたよ」

彼は車の速度を落としていた。やがて停めて車を降り、道路を横切って、海岸に突き出した、そう高くもない手すりのところに行った。そこから調べるように海岸に目をやった。彼は何を見たかた——または何を見たかったのか?——それで彼は数段下に進むことになった。流木が流れついていた——エヴァは彼のあとを追いかけてきて、叫んだ。「何なの—?」彼が叫び返した。「これで君に焚き火をして上げる!」彼らは漂流物を拾い始めた。エリックは一度、背中をまっすぐにして、辺りを見回し、風景を心に刻んだ。彼と彼女は三日月の形をした海岸に二人きり、あとはカモメが舞い戻っては、何が起きているのかを見ているだけだった。悠久の小石が悠久の砂に梳かれ、寄り集まって馬糞のように見える海藻とともに固まっていた。黒ずんだ海藻がべったりと張りついたむき出しの岩が前方に伸びていて、どこにも通じていない踏み石のようだった。去年の夏の子供のバケツの底が抜けたのが、上向きに突き刺さり、どこか遠くの遊星から派遣された物体みたいだった。

色のないかすみが海に集まっていた。「わかるかい?」彼が叫んだ。「僕は不思議なんだ、君がお月さんまでかき集めるんじゃないかと!」エヴァの短くちぢんで見える後ろ姿からくる返事はなかった。結果として、さほどの失態はなかった。アングリアのトランクを開けて拾得物を詰め込みながら、彼は算段した。「今夜はこれでいいはずだ」

「どのくらい長くいるの」、彼女は突然はっとして不思議に思った。「あなたのホリデーは?」

「『ホリデー』だって? ——よくもそんなことを考えるなあ。いや、一日だけ僕がひねり出したんだ、それが今日さ——いや今日だった」彼はそう言って周囲の夕闇を見た。

六時頃にはキャプテン・ディグビーも遠くなり、内陸に入ったあとは、暮れてゆくサネット島の平地を進んだ。名もない地面が続き、広大な失われた空に駆り立てられて、エリックの心に明るい光を求める願いが湧いた。最初に車を停めたところで、彼はこれからくる夜について概略を述べた。すぐ、と彼は言った、どこかしゃれたところで食事にしよう——いいじゃないか? だって、とエヴァが言った、すごく高くつくわよ。だからどうした?——それは僕が言うことだ、僕が君を誘ったんだから。(「さあそいつを飲んで。いや君は、それが何のためだか知らないのかい?」彼女にはエールとレモネードのシャンディ、彼は相変わらずビール——ということで。)エヴァが言った、埠頭まで行くといいお店が二軒あるけど。どちらも分量がたっぷりで、私は代わり番こに行ってるの。彼はそう、と言った。だが、僕がわざわざここまできてフィッシュンチップスを食べると思った?

彼は遠慮なく言った、僕は思わない。今回だけだ、散財したっていいじゃないか? いったいななぜエヴァはブロードステアーズの高級地区に逆らうんだ? 君にふさわしくないとでも? でもないけど、やはり……。

「私は絶対にふさわしくない」エヴァはこれを機に言った。

「だから、どうだと？　やつらはもう二度と僕らを見ることはないんだから」エリックは斜めに身を乗り出して、エヴァの頭の先から足の先までを見た。「とにかく、君は大丈夫だ。君は見目うるわしい《ハンサム》娘さん《ガール》だ——だけど、櫛を持ってる？」

彼はついに彼女の反対意見の出どころを突き止めた。ブロードステアーズの高級地区のナイト・ライフの風景はすべて、国際的な料理で名を馳せており、エヴァには立ち入れないところだった。ミスタ・デンジがいるかもしれないし。

「いや、そんな馬鹿な」

しかし彼は彼女を揺さぶることができたか？　だめだった。だから埠頭しかなかった——何度も車を停めた挙句だった。

彼らは人ごみをわけて進み、湿っぽいカフェに入った。二、三台あるテーブルのうち、人がいないテーブルはもうなかった。エリックとエヴァは曲げ木仕立ての椅子に互いに向き合って座り、同じように座っているもう一組のカップルに並んだ。エヴァは辺りを見回し、楽しそうだった。エリックはソースの瓶をつまみ上げ、穴が開くほどじっと見た。「さてと……」彼はさりげなく言った。隣のカップルは食べている最中で、無言だった。容器が触れ合う音、フライパンで焼く音、瀬戸物のぶつかる音、さらにそのバックに、バックグラウンド・ミュージックが流れていた。「それでも——せいぜいのところ、誰にわかる？」彼は思いを声に出していた。

「何て言ったの、エリック？」

「こう言ったんだ、『口数は少ないほど、訂正しやすい』って」

「何が？」

「何を君に言おうとしていたかというと――」

いや、よそう。暖房が効きすぎていて、エヴァはセーター一枚になっていた。そして脱いだ物を背後の椅子の背に放り投げた。

8 真夜中のラーキンズ荘

イズーは指をキーボードの上で屈伸させた。ランプの角度を変えてタイプライターの上に低く下げ、語りかけてこようとするものをもっとはっきり見つめて、作業にとりかかった。

「というわけで彼は行ってしまった。一時間になるか？ もっと前か、もっとあとか？ 私は時計を見なかった。彼は自分がしようとしていることを自分自身にどう言っているのだろう、彼女を説得して連れ戻すとでも？ 彼は私にそう言った。彼は何かというと誤魔化すし、とりわけ自分を誤魔化す人だ。何はともあれ、またページが一枚めくられた。私はこれが起きたりしないなどと、一瞬たりとも信じなかった――いや、私は信じていた、そんなことは起きたりしないと。人間は何と鈍感なのか。狂っていると人は言うだろうが、私は自分がしていることは知っていた。しかし、人が関心なしにしていることを知るのが、人がしていることを知ることになるのか？ 私は自分の人生を殺し、誰であれ私を弁護する人を敢然と無視する。私はその罪ゆえに自分を首吊りに処する。

しかし私は少なくとも、ほかの人にはないような生き方で生きている、つまり、根源的には退屈しないで存在している。金はどうあれ、エヴァをここに置いておく必要はない。置いたのはよかったとは思っている。エヴァが彼と私の間に発火させた反感が、まず一つ。私がエリックに抱いた情熱は、思い出以下になりつつあったが、いまは思い出以上になっている。最高潮に達した情熱は、障害物をことごとく排除する。この場合の障害物とは私の人生だった、かつての人生——なるはずだった人生、かつての私という『私』だった。だから……私は彼を犯罪に巻き込まなかった。彼はそれに気づいていないし、それを認めようともしないだろうが。彼がいまもしなければならないことは、その結果とともに生きること。いまはわかる、彼はかつての私を望んでいた。私を望んだのは、私が彼の同類ではなかったから。私は美しかった、私の死はそれを帳消しにした。私は彼を興奮させたが、それは私が見るからに目立ったから。私の書物かぶれと教師という身分が、アポロの巫女ピューティアの秘儀のように、彼を魅了した。だから、私が殺したのは無駄だった。いいことはなかった。

そこにエヴァがきた。エヴァがまた現れた。引っ越してきた瞬間から、彼女は存在を感じさせた——だがどうやって？　この屋根の下では、彼女は一貫して、一歩、また一歩と後退していき、ついにここにいたエヴァですら、もう痕跡もない。あれは彼女が仕掛けた復讐だったか？　だが何のための？　私は生まれつき愛さない人間で、彼女はそれを知っていた——それとも知らなかった？　私が思ったことが彼女の中で可能だったかどうか、私には思い出せない。私はラムレイ校ではどんな様子だったのか？　想像するだけだが、私は自分がなし得ることを見てみたかった。あるいは、自分がなし得ないことがあるかどうかを見たかったのか？　私がしたことは、エヴァを無視することだった。彼女の意志、それは我慢強い、待ち構えている、取り囲もうとする、怪物《モンスター》の意志。誰かが私に忠告してくれるべきだった。危険信号はあった。エヴァが私の行く道をよけたときに太陽が顔を出し、彼女はいかにもへつらうように道をよけたではないか。私はどっと汗が噴き出し、そのまま二つ並んだ影を踏んで歩かなければならなかった。私は盲いてしまい、何も見えなかった。彼女は愛という主題で溝にはまり込んだ、おそらくもう一人の犠牲者、彼女の父親がはまり込んだように。私は犠牲者たちを疑う。長い目で見れば彼らが勝つのだ。彼女は引っ越してきたいと願い続けた。そして引っ越してきた。彼女はラーキンズ荘を占領した。あの食い尽くすようなまなざし、あの突進するジャガー。しかも彼女には彼女なりの使用目的があった。エリックがいま彼女のあとを追いかけているとしても、私が彼を行かせたのだ。十一時四十分。あと二十分で真夜中。彼はどこまでやりとげたか？　長い追跡だ。『とにかく気をつけて』私は言った、『ハンドルを持ったまま眠らないでね』と。

エヴァは陰謀に長じているなどと、誰が思っただろう？　あの二人の周囲で暮らしていて、彼女は彼らのやり方を学んだ。何という環境で育ったことか、嫌われる愛。何という孤独が彼らを取り囲んでいたことか。それでも私はコンスタンティンを高く評価している、彼には嘘の同情がない。ときどき空涙を流すだけだ。私が疑っているのは、残酷さがすべて好意から出たのかどうか、それに、たしかに残酷さは無駄に費やされない——残酷さは何かを構築する。明らかにCは満ち足りた男だ。明らかに彼はあの哀れなウィリーを慕い、明らかに誰にも増してウィリーを理解していた。餌食を慕うのは、私の想像では、その周囲に優しさと同等のものが必ずあるからだ。私の想像では、苦しみを許容するウィリーの能力は無尽蔵だった。そういう存在は、おそらく苦しめる者を慕うようになり、しかも我々の多くが恋人を慕う以上に永く続く。ウィリーには目を見張るような鋭いビジネス・センスがあった。あり得ることだろうか、コンスタンティンが彼を賞賛したなんて？　それでCの残酷さにおける忠実さの説明がつく。みなが言うには、ウィリーはスケールの大きい気質をしていた。大陸は大部分、沼地やジャングルに乗っ取られていたが、富の源泉は残った。どういうこと、全土を人目にさらすなんて。報いはあった。どうして私にわかるのか？――わかるからだ。くたばれ、コンスタンティン、あのレストランでの非礼ときたら！　それでも彼は私に会い、私を盟友として利用した。彼は間違ってはいなかった。私は万能だから。私は千回以上の命を生きて、汚れている。書物を通して生きてきた。私は内的に生きてきた。

陰謀は彼女には自然な空気。ラムレイ校にいたとき、彼女はどんな出会いでも約束した逢引のように見せることができた。あの間抜けのエリック。誰だって彼に明かしただろうに。彼は彼女に無関心ではない、彼が無関心だと誰が言うのか？　私は彼女に無関心ではいられず、それが癪の種だ。なぜなら、私はもう彼女とは縁が切れていて、私は過去の遺物、それがエヴァには何だというのか？　彼女のドラマチックな軌道はもう一つの方向に向かっている。いや向かっていた。いま彼女は、窓から逃げた小鳥のように飛び去り、彼があとを追っている。――忘れていた、私が彼を送り出したのだ。

エヴァ、コンスタンティン。彼女は彼によって石にされたかのように振舞うが、私は騙されない。正確には、何が続いていたのか？　彼女が父親の自殺を彼に結びつけているのは疑いもないが、疑いもなくそれは正しい。しかし私は疑っている、Cはそれを引き起こすつもりだったのか、あるいは、あんな破局を想定していただけか。スキャンダルはさておき、あれは彼の利益に反していた。こう考えるべきではないか、彼は足元をすくわれるとは予想もしていなかったと。残酷がほんの小さなひとかけらだけ多すぎた？　ウィリーは反乱を起こした――それは、この年月が過ぎてみれば、その他のことと同じくらい、Cには衝撃だったに違いない。ウィリーのしたこととは、さらに言うべきことをあとに残さなかったことだ。ある意味、畢生の大技だった。残ったCはエヴァが、あの生ける記念碑が、足枷になった。彼女はどのくらい知っているのか、彼女が知っていることがいかに犯罪がらみであるかを彼女は知らないのか、彼はどうやって探り出すのか？　じれったい。彼は彼女を我々に、切羽詰まって、やけくそ気味に押しつけてきた、彼女に会うまい、できるかぎり彼女に関わるまい、ぞっとするような法的な関係にも一貫して関わるまい、とする彼の絶え間ない心労が考えられる。嫌悪、苛立ち、退屈、彼はこのすべてを露呈している。だが――？　彼女が欲しいものをすべて彼から得ているのを私は知っている。ジャガー、想像上の新婚旅行のために借りた城の賃料、などなど。だがもう終わりが見えている。彼は彼女から手を引こうとしている。四月、誕生日を迎える娘が彼女を丸ごと乗っ取るからだ。彼女の財産。ウィリーの山のような金――いや、かつて思ったことは認めるが、いまはもう思っていない、その件でCが何か狙っているなどとは。Cは、一マイル向こうからでもわかることだが、しこたまもらっている。しかし人が不思議に思ったのも無理はない――彼はどれほど不安だったことか！　あの金はどうなるのか、もしエヴァが消えたら？　彼女は絶対に消えたりしない、それは動かない。彼女は永遠だ。

『率直な話』と言って彼はいつも切り出した。そうとう無理をして、毎回、率直であろうとしていた。そのつど、私に対する憎悪が彼を押しとどめた。それでもなお、あの侮蔑するようなテーブル越しに行われていたのは、裏返しの求愛だった。彼は私に求愛して彼の激しい嫌悪を返そうとした。彼の意図は、もしかしたら、仲直りだったのか？　親密さ、とでも？　私は実際には、彼の見積り以上に彼のものだった。私の気分を彼は読めなかったが、じつは私は、彼の恐ろしい人生の詳細には目をつぶってきた。彼が私に言えないこと、私に見せられないものは何もなかった。げんに私はそう言った。勇み足、これに彼はやたらにうるさい。だがそれで蓋をして終わりではなかった。彼は相も変わらず『率直な話』という言葉に勝手にこだわり続け、それからそっぽを向いて、そう言ったばかりの唇をすぼめた。そうまでして彼は何をしゃべりたかったのか？　彼が食道楽だという自己満足は、本物ではなかった——ごく近かったし、いいところまで行っていたが、本物ではなかった。

　あれは一月で、いまは三月。あれからひと言もなく、ひと言が必要だとも思っていない。私には私の順序があった。ロンドンのぞっとするような美しさ。あの写真をどの大きさに引き伸ばそうか？　自分が覚えていると想像して、人は絶えず想像している。プルーストがそう言っている。（いやそれは、自分は想像していると想像することが、人が憶えているということか？）あの風景をもう一度再現したい。この次はもっとしっかりつかまえておかないと。いまや状況はこうしてさらに変化した。彼女の逃亡先を書いた私の手紙を信じて彼は行動するだろうか？　そうするべきではないか？　私が彼に卵を投げつけて、けしかけないと？

　海辺はどんなだろう？　新鮮な空気、内陸のあとだから？　彼女がいる場所の近くに、地図の上では、グッドウィン砂州があって、水夫たちが遭難する区域だ。彼らを詠んだドイツ語の詩がある、教室で習った詩で、砂州を一匹の蛇になぞらえていた。『砂州はうねる、ゆっくりと、一匹の蛇となって、さも重々しげに、あちらこちらに』[*1] 類似性は？　しかし私は、彼女がそこに行ったのは、ここから消えたかった以外に理由はないと結論している。だから明日は（あと一、二分で今日だが）、エヴァはさぞかし驚くだろう。あるいは違うかも？　彼女があした書類を置いていったのは、果たして偶然だったのか？　そう、私は怒りで頭がおかしくなっているが、これが怒らずにいられようか？　さあ、イズー！　燃やせ、イズー・スミス——あなたの珠玉のような炎を！　知性のどこが恐ろしいかというと、何の役にも立たないこと。窓に飛沫がかかるのかしら、何か食べるものは？　エリックは隠し事をすると私は言ってはならない。そうすれば彼はその極端な正直さを隠そうとする、反感を招くと知りつつ。『僕は行かなくてはならない』と彼は私に言った。『行くべきだ。行かねばならない』と。ぴかぴかの鎧——私が彼を送り出した？——お互い**率直**にしようよ、コンスタンティンのように。私は猜疑心から彼を送り出した。『ぜひ行って』と私は言い、不信のあまり煙草に火を点けた。という次第。

　あの過剰な飲酒、私には耐えられない。——もう時間か？　真夜中、そう真夜中になった。赤道。明日が今日に。我々はよりよい世界に目覚める、チェホフの芝居の終わりのように。このドジ。いまこそ私が行くべき瞬間だった。この瞬間が皿に乗って手渡されたのに。そうだ、しかし車は海に行ってしまった。車がない。かまうものか、私は行かないのだから。行く意志なし。ここにいて、どこへも行かない《イル・ヌ・パスロン・パ》。私は結婚した、これが私の結婚。これが私の犯罪、私は生き抜くつもり。もう引き返せない、道が私の後ろにできている。私はかつて何者だったか？——誰が気にする。私が二度となれないものは？　手付かずの処女。

　もう寝ようか？　触れることがすべて。触れることは一匹のヒル。階段を上がって、冷たい枕のそばに横たわり、誰も吐息をしていないのを聞く？　このままでいたほうがいい、これらは少なくとも言葉だから。エリックには魂がある、と私は思うが？　そう、探らないこと。エリックには魂があるに違いない。牧師館に電話して、それが何か訊いてみる？　夜の夜中にお騒がせしたら、くしゃみがとまらなくなる。でも、牧師は病人の呼び出しに応えるべきでは？
エヴァは泣くことができない、彼女が私にそう言った」

＊1　テオドール・フォンテーヌ　Theodor Fontane（一八一九―一八九八）ドイツの作家、詩人。
“Goodwin-Sands”の一節。

9　遅い訪問

窓を覗いた人は――しかし誰が覗く?――いつもの部屋を知っていれば、火がいかに部屋を変容させたかがわかっただろう。積み上げた流木は、いま火が点いて、エーテルのようにめらめらと燃える炎はブランデーの炎のような青色をしていた。火はさらに薪がくべられた。火花がつぎつぎと飛んでは落ち、熾き火になって、さらにはじけていた。どこか献身的なものを漂わせながら、二人は火の前にある敷物の上にうずくまり、この火をじっと見守っていた。互いに結ばれているように見えたが、火という元素に対する畏怖の念と彼らの義務だけで結ばれているのではなさそうだった。楽しげな炎はまだ若く、火床を暖めるというよりは照らしているだけ、遠からぬところにある二つの素朴な顔に戯れていた。ときどき手と手がぶつかり、肩が触れ合う。

あらゆるものの次元が改まっていた。家具が、遠くでぼんやりと、床置きランプに照らされていた――このランプは、向こうの片隅にあり、ゴースト・シティでただ一つ生き残った街燈のようだった。瓶のような形をした包みがテーブルの上にあった。とっぷり暮れた夜が窓を満たし、鏡の代わりをしていた。

カーテンが一枚も引かれていないのは、引いても動かなかったから。この反抗にエリックが抵抗したが無駄だった——タフタ地のカーテンは潮風で朽ちはて、触れただけで裂けてしまい、フックはカーテン・レールに錆びついていた。足りないことでエヴァは悩んだことはなかった。「これじゃ誰でも」彼が反論した。「覗きこむな」彼女は安心させた、この岬は二人で独占していると——という触込みだった。だから彼も忘れてしまった。キャセイ邸という宇宙は帰還した者たちを、またもや絶対的で侵しがたい空白の沈黙に連れ戻し、しかもカフェの馬鹿騒ぎのあととあって、有無を言わせぬような沈黙だった。圧倒されて、彼らは声を低くした。流木をこっそり運んだ、二人の泥棒が戦利品を運ぶように。そもそも火を起こすことも、心を合わせ、ひたすら黙って、なし遂げられた。いま燃えているのはシルクのように柔らかく、一つ洩れたため息のよう、それも音のないため息だった。そしてため息がついにエリックからも洩れた。「君、わかるかい？　帰らないでいいなら、どんなにいいか」「帰らないで」エヴァも同意し、いっそうむきになっていた。車が一台、ゆっくり走るのが近くで聞こえたが、向きを変えてまた通り過ぎ、まだ迷っていた。探していたものが見つかったのか、やがて聞こえなくなった。彼らの耳にはまず入らなかった。彼ら二人と車道の間には、要塞のような生い茂った生垣が続いていた。

しかし車は心的な航跡を残した。エリックが述べた。「ある意味、僕は君に嘘をついた、エヴァ」右の手のひらを伸ばして炎に手相を読ませながら、エヴァは運命線の上にかがみこんで、何が書いてあるのか読もうとしていた。「そう？」彼女は訊いたが、あまり関心はなかった。

「僕は君をさらいにきたんだ」

「だと思った。私、そう言ったじゃない」

「僕は何だったんだ、結局のところ？　ラーキンズ荘では、世界の底が抜けてしまった。いまではそれも何でもないが」

「だったら、あなた」彼女は反駁を封じるように言った。「ここにいたら」

「はは――なるほど。僕は仕事をやめるんだね？」

「ここで私たちで、車の修理工場をやったらいいわ。素晴らしいのを」

「君がそう言うなら」

「あるいは飛行場とか、私のお金を考えてみて。チャーター便でも」

「君は僕が何者だと？」

「またはヘリコプターでもいい、ここしばらくは」

「やめなさい、恋人《スウィートハート》よ――馬鹿だなあ。僕を傷つけるだけだ」

「私のことを何て呼んだ？」

「恋人《スウィートハート》よと。楽しい一日だったから、そうだろう？　百万日に一回しかない一日だった――君も同じ意見でしょう？」

「もう」、彼女が言った。「私を見捨てるのね」

これを聞いてエリックは洞穴が唸るような大あくびに襲われ、最後に身震いが続いてやっと終わった――疲労、憤慨、欲求不満、神経的な絶望であった。彼は、嘔吐でもしたかのように、みじめだった。「すごく疲れた」彼は呆然として彼女に言った。「どうかな、僕は今夜を楽しみにしていたんだ、また道路に出てみる？　昨夜なんかひどいもんさ。走って、走って、走り続けるだけで、いっぱいだった。誰がそこまで考える？――僕の柄じゃないよ、はっきり言って。しかし、あらゆるものが真っ暗がりの砂漠になりやがって、何一つ見えやしない、あの真っ暗な砂漠の野郎ときたら。おまけにまた独りきりさ――君はまだ行こうと思わない？」

「戻るの？」

「僕が言ったのは、ドライブのことさ。嫌かい――ドライブしたくない？」

エヴァはただこう答えた。「あなたはまず眠らないと」

「何だって――ここで、と？」

「お利口だから寝るわね、エリック」

「うたた寝しろと、ええ？」誘惑が勝ちを制した。のしかかるような無感覚が、脳髄を貫く煙となって、彼の大半を圧倒した――彼は逆らい、その件についてあれこれ吟味してみた。「どうするかな……」彼は用心してエヴァに言った。「君が正しいかもしれない。一時間くらい、いいかな」身震いがぶり返した。

「私が起こしてあげる」

「どうだか！」

「私に『スウィートハート』と呼びかけながら、私を信用しないのね」

「どうだか……」彼の額にさっと痙攣が走った。「もうどのくらい遅い？」

「見れば」エヴァが堂々と言った。

腕時計をはめた手首を確かめ、彼は見る努力をした。お化けのような怪しげな明かりが時計のガラス面に反射して踊っている。エリックはやむなく重い足を持ち上げると、宣告を受けるためにランプのところまで行った――エヴァはこの程度の出発にも傷ついているようにじっと見つめた。「弱ったな」彼は報告した。「あと五分で十時か。オーケー、だったら、エヴァ。一時間だけもらうよ。きっかり――一時間だから。わかった?」

「あなたの時計をもらっておくわ」

「君のはどこに?」

「列車の中に置いてきちゃった」

彼はむずがゆい思いがした。「何だって時計を外したりするのさ?」彼は腕時計のベルトを外しながら、もう眠りかけていた――景品獲得者が近づいてきて、彼から時計を取り上げた。「さて、どこで?」彼は立ったまま知りたがった。「上かい?」

「ええ。ベッドがたくさんあるから」

「一台で間に合いそうだ。最初にたどり着いたやつで」

「見つからないのも何台かあるわ、部屋がみんな暗闇の中だから」

「じゃあ、一緒に上がってきてよ――マイ・ガール。君が案内してくれないと」


エヴァが階段の途中を曲がろうとしたとき、ベルが鳴った。玄関のドアのベルに相違なかった。かすれたような荒れた音で、まったく馴染のない音だった。前に鳴ったことがなく、鳴らねばならぬ原因もなかったから。ベルは怒っているようだった――そのベルは、憶測では、といってもエヴァの憶測では、キャセイ邸のほかのほとんどすべてのベルと同じように、調子が外れていた。その代わり、キャセイ邸は長く邪魔が入らなかったために、このベルで仰天してしまった――三途の川《ステュクス》で区切られたはずの使用人棟がもっとも敏感で、まるでスズメバチに刺されたような騒ぎになった。

そのほかの場所では、男爵風な木造部分がパチパチという音を立てた。振動が起きて、鹿の枝角の間にある電気のキャンドルがちらちらと瞬いたように見えた、本物の瞬きだったかもしれない。家の所有者は、その持ち物ほどには、この無礼に憤慨していなかった。彼女は、いったん立ち止まり、階下を攻撃するように見下ろした。ベルのこの攻撃——だが、誰がベルを攻撃したのか？

ミスタ・デンジか？

いや——彼のやり口はもっと回りくどい。それにいくら彼でも、夜中のこんな時間にはミセス・デンジに包囲されているのではないだろうか？　電報か？　昼も夜もウィリーと暮らしたので、彼の娘は電報とはどんな時間であれ爆発するダイナマイトだと教えられていた。もしそうなら、送り手は誰だ？　ヘンリーか、ジャガーが売れたと言いたくて？　エルシノアか、まだ死んでないと言うために？……あるいはドアにいるのは死者たち自身か？

ベルは権利を意識したのか、また鳴った。しかも今度はねじこむように深く鳴った。やめる気は毛頭なさそうだった。

その裏をかこうと、エヴァは下へ降りてドアを開けた。

「今晩は」コンスタンティンが言った、ポーチの奥から。ロンドン仕立ての外套の暗黒を吸収している暗黒の上に、怪奇現象のように彼の顔がぶら下がっていた。非常灯みたいだった。「ちょっと遅れた？　君のお城《シャトー》は大きいな、やはり」

「こんな予想はしなかったわ」エヴァは出鼻をくじくように言った。

「やや遅かったかな」彼は同意した。「しかし、僕なんかが見るに、君はまだ起きていたから」

「どうやって見たの？」

「君のチャーミングな応接間の明かりで。僕なんか入ってもいいかな?——ここは隙間風があって。長くはいませんよ」

「どのくらい長くここにいたの?」

「第六感はないの? もしよかったら、中で話させてもらえないかしら。僕の用事?——君と話すことですよ、ほんの一言二言。さあ、さあ、エヴァ、いまさら『鉄衛団』を演じることもないでしょう! もちろん、女性は注意深くないといけない、一人ぼっちのときは。君は一人なんでしょう?」

「ええそうよ——コンスタンティン」

エヴァは一歩下がった。コンスタンティンは敷居をまたいだ。「そうか……」彼はそう言って、内部を心に留めた。大きなダイニング・テーブルを調べたら、埃がフェルトのように積もっている——ここに帽子は置けない。彼がその件に対処している間に、エヴァは帽子をさっとひったくると、鹿の枝角の一つに引っかけた。それと同じ運命が、彼の予測どおり、彼の外套の運命でもあった。それでも(すべてを考慮して)見事な忍耐のもと、彼は説明した。「キャセイ邸を見つけるのに苦労しましたよ。僕が乗ったタクシーの運転手は、そんなものは存在しないと言い張るし、車を停めて訊くたびに、僕なんか空籤を引く始末で。こう思うしかなくってね、キャセイ邸は人間の記憶から消え果てたと。——眠れる森《ボワ・ドルマン》ね」彼がフランス語で、わざわざ言い足したのは、彼らが応接間に近づいたときだった。「いや、僕なんか君ともっと早く一緒にいたかったな。アルビオン・ホテルで急いで一口食べて。そこに滞在しているんです——運の悪いことに、ブロードステアーズを一目見ることもなくて。まったくもって急襲したみたいになったのは、僕などの意に染まないことでね」彼はファベルジェの金細工の小箱を取り出し、錠剤を二錠飲んだ。エヴァは小箱が彼のポケットに戻るのを見ていた。ウィリーの持ち物だった。

「それでも」彼が言った。「ここにやっと着きました。『邪悪な後見人』きたる。――椅子は腰掛けられるものなりや？」返事はなかった。彼は座り、エヴァは座らなかった。彼は両肘を鷲のように広げて椅子の肘にだらりと置き、頭をそらせ、瞼を下げ、一分間経過させた。飲んだ薬の出番がきて、効き始めた。周囲の状況に異論がないこと、あるいはそれについては少なくとも中立であることが――船のサロンかホテルのロビーにいるときのように――明らかにされ、周囲の状況は彼が思い描いた程度のものだった。というわけで、ともあれ、彼はそれで満足だった。彼のあの、玄関で口にした「そうか」という言葉は、キャセイ邸に対する総括的なコメントで、あとで賞賛することが出てきたとしても――これ以上のリアクションを期待してはならなかったし、賛辞をひねり出せというのも無理だった。彼がこれ見よがしに応接間を無視したことほど、エヴァの憤りをかき立てたものはなかった。彼女はそれを侮辱以上のものと見た。天邪鬼、見え透いたやり口、行き当りばったりじゃないか。それにまた、もっと悪いこともあり得るという感じもした――この部屋は彼にとって新しいものではなく、すでに下見をしていたのではないか。「下見」だって？　ものは言いようだ、ひそかに「偵察」していたのだ！

エヴァは彼の椅子の近くにたたずみ、問いただした。「あなたは劣化しつつあるのね？」

「いや、こう言っては申し訳ないが――僕がどういう意味で劣化できますか？」

「あなたは薬を飲んでる」

「ああ。いや、僕なんかいつもこれを持ち歩いているだけですよ、エヴァ、覚えていないの？」

「多くのことが人間の記憶から消えるわ。でも、全部じゃない」

「まったくです」一分が終わり、コンスタンティンは目の覆いを上げてエヴァを見つめ、胴体をせり上げて姿勢を正した。するとたちまちその態度は、どこか裁判官のような、清教徒のような雰囲気をおびた。エヴァは法廷で審問されていた。「人間の記憶から消えるのが君の目的ですか？　君のやり方を見ていると、僕なんかそう思うけど」

エヴァは反芻した。「あーあ」彼女はやっと言った。

「君の友人たちは、関心があるどころか、はらはらしてますよ」

彼は使える、と彼女は思い返していた。「私、すぐに見つかっちゃった」

「当然です」彼がやり返した。「いつだって見つかりますよ。消えたいなら、君が持っていないものが必要になる。だから、そんな幻想は頭から追い出したほうがいい。とはいえ、それは、いまは置いておきましょう——君の居場所なんて、今回であれいつであれ、心配するほどのものじゃないんです、君の、そのう、心の状態にくらべれば。そっちのほうは、懸念が増す一方だ。そして恐ろしい災厄がそこまできているのよ、わざわざ言うまでもないけれど——君はいったい僕らに何を考えさせたいのかな？　どんな結論に僕らはたどりついてはいけないのかしら？　君の振舞いはおよそ正常だったことがないが、まあ許されてきました——いま僕らが直面しているのは、何かもっとたちの悪い可能性なんですよ」彼はここで一息ついた。「残念だが、君はそういうことなんです」

「本当に残念なの？」

コンスタンティンは片方の手で表情を崩した。「僕も人がいいな」、彼が指摘した。「ここまでくるなんて」

「夜の」、彼女はむっとして訊いた。「夜中にくるのが？」

「君のお守りは僕の専門じゃありませんよ、時間によらず。だけど、数々の重大局面でこれが至上命令になって——僕なんかこうするしかなかったんだ」

「だったら、あなたのどこが人がいいの？　重大局面って、何が？」

「気づいてないのかな、君は地元に不安を撒き散らしているでしょう？」彼女は真っ青になった。「この周囲に」彼はやや我慢して説明した。「この近辺に」

「撒き散らしてなんか」

「僕はそう聞いています」

「撒き散らしてないわ。ミスタ・デンジだけには」

「いいですか。ミセス・アーブルは、さんざん悩んだあげく、今日の午後、僕に電話してきましたよ。長距離電話をもう一本すませたところで、その内容を僕に申し送ってきたんです——僕なんかそれも無理ないと思った。彼女が、何でも、君がラーキンズ荘に残してきた書類に名前があった不動産屋を呼び出したのも、完全に自然で単純な動機から、君がキャセイ邸に到着したことを確かめたかったからでしょう。『はい、ごもっともです』と言われたとか、彼女のほうがびっくりするような変な口調でね。彼女は続けて言ったんだ、すべて大丈夫なんでしょうね？　その返事が妙にはぐらかすようなので、問題ありと感じて、すべてを知ることが自分に委譲されたものと感じたんでしょう。彼女は自ら君の『代理人《イン・ロコ・パレンティス》』だと名乗った——それでも、彼女は、極端な警戒心というか、ええと、まあ、好戦的な職業上の慎重さに接して、あれほど面食らったことはなかったそうです。相手が費やした多くの言葉の中で、口から出さなかったことを中心にして彼女が推論してみたところ、この不動産屋は理由があって疑っている、どの不動産にしろ、借り手として君がふさわしいかどうか、あるいは、監視なしで滞在させていいものかどうかと。何が、と彼女は彼に訊きましたよ、そんな印象を与えたんですか？　彼は白状しました、ミセス・アーブルの圧力に負けてね、暴力的な言動があって彼はその地所から逃げ出したが、君のほうは家の中にやはり暴力ずくでバリケードを張り巡らせたと。それから、ほどなくして彼からやかんを託されて派遣された使者は、やかんをでんと置いたはいいが、尻尾を巻いて退散してきたって、窓から見るも恐ろしい『あっかんべー』の顔ですごまれたとか、それ以来君からはいかなる種類の連絡も途絶えたままだと。一方、ブロードステアーズへの出撃は、高性能の自転車を不完全に操作して敢行されたと、何度か報告されています。この不運な不動産屋の不安はもとより少なからず、君が、ええと、複雑きわまるガス器具をいじくってキャセイ邸を吹っ飛ばすのでは、あるいは燃やしてしまうのでは、と――彼は、マッチをすったときに、火を見ると興奮する君の中に放火魔を嗅ぎとったそうだ。いや、ミセス・アーブルがはっきりほのめかしたわけではないけれど、彼が嗅ぎつけた酔狂ぶりはそれだけじゃない――僕なんかよく知らないが」コンスタンティンは不機嫌そうに言った。「つまり、彼の印象は……不安定さでした。彼はそれ以来――不思議もないでしょう？――心痛で消耗し、何をするべきか、誰に相談するべきか、それがわからなくなっています。彼は自ら言ったそうです、ミセス・アーブルに話せてよかったと」

「イズーにもいいことだったのよ」エヴァは感想を述べた――この独演会に耳を貸したことを示す唯一のしるしだった。その間に彼女はテーブルのほうに移動していて、そこには小型海洋博物館ができていた。指を一本だけ使って貝殻を動かし、カモメの頭蓋骨を取り囲むような模様を作った。「そして今日のことが彼女は心配なのね？　彼女は今日、電話する？　へーえ」

「なぜ、『へーえ』と?」

「『へーえ』だから」

貝殻とエヴァは、コンスタンティンの右手からやや離れたところに位置し、しかも、彼の少し後方にいた。彼女をじかに見える位置に置いておくには、彼がそう望んだわけだが、自分の位置だけでなく、なんと、椅子の位置も動かさなくてはならなかった。どこか判事みたいだった立場が、損われたような結果になった。この移動作業がまたもや彼の振舞いを不機嫌なものにした。「どうして君は」彼は不満をぶちまけた。「ミセス・アーブルに逆らったんですか? あれですよ、僕がこの前訊いたでしょう、ロンドンで。君は返事をしようとしなかった。何があって彼女に逆らうの? 彼女が何をしましたか?」

「私は変わるの」エヴァは十分考えて言った。

「それにしても、いきなり無情な敵意とは!」

「いきなりじゃないわ」

「君はまさか――いまさら――彼女に嫉妬しているわけじゃないでしょうね、理由はともあれ?」

「私は変わるの」彼女は木で鼻をくくったように繰り返した。「いけませんか?」彼女は貝殻で作った模様をばらばらに壊し、テーブルを見捨てて戻ってくると、こだまを返した。「いけませんか?」

「でも君は、ほら、発作的に変わるから。カオスみたいに、リズムも理由もなく――ほかの誰にも真似できませんね、エヴァ。誰も君の真似はできない。見ていて憂鬱になる。それ自体がほのめかしているんです、ある種の……混乱を。何一つ一貫していないでしょう?」

「一つだけ一貫しているわ」エヴァは宣言して、コンスタンティンをまともに見すえた。

彼は中途半端な、満足そうなふくれっ面をしたが、すぐそれを捨てた。「しかし、気をつけなければ」彼は格別優しくさとした。「でないと、これは最後にどうなりますか？ だから君のことは僕らが気をつけないといけない。『不安定』とは優しい言葉でね、いや言葉はそうしたものだ。僕なんかお祈りしてますよ、どうかこれ以上追い立てられませんようにって。だけど、人間は怖いですよ、エヴァ。他人は怖い。わかってるでしょう、君は目立つから、この金のせいで。世間は君が勇み足をやって、つぶれて、世間のお情けにゆだねられるのを、ひたすら待っている。自分で用心して下さいよ、たのむから。いつまでもいまのままではいられないし、狂った夢想とでっち上げた記憶に閉じこもって、何も見せないなんて。それでいて君ははっきり見せているんです。しかも君はのべつ自分をさらけ出している……どうしてそんなにびくびくするんですか、たとえば、たったいま、ドアに出たときなんか？」

「びくびくなんか――びくびくしてた？」

「恐怖が顔中に出てました」

「どうやって私にわかるの、あれが人殺しでないと？」

「ほらそれだ」彼は言った――だが、それほど不機嫌でもなかった。

「それに私、心配だったの。私のベルだったから。きっとそのせいね」

「罪悪感じゃなかったら？」

「お願い、私のことは**放っておいて！**」エヴァは叫んだ。「私は父じゃないんだから！」

「神さまのおかげで」、彼は思いにふけった。「ウィリーはもう圏外にいる。彼はこれで殺されていたでしょう」

「それに、神さまのことも放っておいて！」――そして言い足した。「あなたに忠告しておきます」

「君の言うとおりかもしれません」コンスタンティンが言った。彼は競売で言う「セリ」がもう少しかけられそうな話題を探した。「あの楽しい火が」、彼は述べた。「消えてしまいました」

気流が暖炉からまだ漂っていて、海の潮が引いたあとに甘い辛味が残っていた。だが、それがすべて、あとは鉛色の灰がふわふわと舞いながら熾き火の上に落ちるだけだった。陶然とするような炎は失せて、おのれを存在せしめた無の中に返っていた。もともと存在しなかったのか。エヴァは感情を外に漏らさなかった。両肩をすくめる――前に進み、灰の中心部分を一度蹴ってみた。火花がそれに応え、束の間、真紅の火花が無数の疑惑のように散り、エヴァはそれをじっと見ていた。「どうして」、彼女は問いただすように言い、コンスタンティンのほうに目を向けた。「どうしてあなたに、これが楽しい火だとわかるの？」

「火はいつもそうでしょう、一年のこの時期だし？」

「寒いの？」

「僕などはストイックですから。遅れてきた者は選り好みできません」

「その逆でしょ、あなたは自分で選んだ時間にきたのよ――自分の好きな時間に！　遅いほどいいのよ、人を苦しめるには！　私、夜中のあなたの声がわかるの、いつまでもいつまでも続くの。壁越しに聞いたわ」

「変な夢でも見たんじゃないの」コンスタンティンが言った。

「夢じゃない」エヴァが言った。

あらがいがたい沈黙。

彼の手が習慣から顔まで上がる——またもや想像上のお清めだろうか？　今度は違った。その表情に足りないものは何もなかった。最高の状態だった。エヴァに向けられていたのは、無表情の最高傑作の一例だった——薄く刷いたような眉が重く垂れた瞼の上でじっと動かず、両眼は彫りの浅い蠟細工の眼のように何一つ反射せず、色のない光沢のかけらが針の先で突くように瞳を捕らえていた。そして上下の唇は、艶消し仕上げをした周囲の肉と対照的にかすかに湿り、これも動かず、微笑するときのように横一文字に重なり合いながら、笑ってはいなかった。死人のような口元がいま見せているどっちつかずの形が、エヴァの視線をこれまでになく長く捕らえた。前にもコンスタンティンが「消えた」のを見たことがあったが、彼女を「狙って」消えたのではなかった。その演技はつねにウィリーのためだった——ウィリーには演技の仕返しなど、できない相談だった。

彼の娘はそうではなかった。ポケットから特大の香港製の竜の絵が描かれたハンカチをひらりと取り出すと、コンスタンティン目がけてひらひらさせ、二人の中間でひゅうひゅうと空気を鳴らし、大声で怒鳴った。「それはやめて！　私には通用しないわ！」

かすかな微笑が現れた。

「それはやめて！」

「喜んで。だが、何をやめるんです？　僕にはすべてが謎だ」

「いいえ、あなたに謎などないわ」

「否定につぐ否定ですか」コンスタンティンは嘆いた。「僕なんかたどり着くところがない。君はもう少しましなことができないんですか？　何か声明を出すとか、エヴァ、じっさいそれくらいしないといけませんよ。僕なんか君の言い分を聞きにきたのに——君はそれを『苦しめている』ととるわけ？　僕などがこれだけは知りたいと思ったのは、君が何をしようと考えているのか——もし、とにかく、君が考えたと仮定してだけど？　いったいどのくらい前から、そして、もし僕などが思い切って訊くとして、どういう理由でこの籠城生活を続けるつもりになったの？　この、そのう、崩壊寸前の大邸宅が君をずっとかくまってくれるんですか？　いつまた、というのももう見え見えだけど、君の次なる遁走が実行されそうですか？　僕なんかここで確認させて欲しいんだ、親愛なるいい人よ《マイ・ディア・グッド・クリーチャー》、君は、そのう、心配されていたほどには、あちこち漂流していないでしょう？君にはこれが把握できないかもしれないが——僕なんか心配でね。我々みんな心配ですよ」

「あなたはご心配なく。私は私のお金をとりに行くから」

彼は吐き出すように言った。「それで、君が現れるのをよく見ておけですか！」

「もしも」、彼女はそう言って、じっと彼を見た。「そのとき私が死んでいたら？」

「そうなると、ちょっと厄介だな！　おまけに、僕には一文にもならない——君はそうと気づいていましたか？　君は知っているはずですよ、エヴァ、僕は分け前をもらいましたよ」

「それでも、あなたは私が死んだほうがいいのよ」女相続人は断定した。彼女はハンカチを下のポケットに押し込もうとしていた。「永遠に沈黙して、私は墓の中に」

「ああ、そうか。大理石と蔦と天使ですね」

「私は冗談なんか言ってません」

彼は言い返した。「だったら君は医者に診察してもらわないと」彼はもううんざりしていた。彼女の正体がわからなくなり、腰を下ろすどころか、うろうろと歩き回ったり、メロドラマか何かのように（彼の目には）立ちすくんだりした。いまや彼女は変身して桁外れに巨大な九本柱になり、ともあれ全部なぎ倒せと要求していた。「もっと正確に言うと、診察してもらうことです。精神分析医に。ミセス・アーブルの言うとおりだ、やはり。彼女が見るところ、これは何年も前になすべきことだったんですよ。そう、僕がその意見に反対したばかりに――」

「――私にその医者と話せと？」

「――僕は面倒を恐れたんだ、それが何かの引き金になるのを恐れたんです。それには僕に理由があって――ほら、僕は君のお母さんを知っていたから。それで躊躇したんですよ。『治療』なんて、過激だと思って。僕の間違いだったかな？　いまになって、考えてしまう」

「狂っているほうが、おそらくいいのよ」エヴァは即答した。「死んだ人が言ったことって、あとになって人に聴かれてしまうときがあるわ。でも、狂った人が何を言っても、誰が聴く？　だから、都合がいいのよ――あなたには」

コンスタンティンは深く考えていた。「あの刺さえ伏せておけば、あの刺だけは！」彼は半眼にした視線を肩越しに投げたが、背後にいる誰かと協議するか、少なくとも分かち合って、自分の失意を和らげようとしたのだろうか。「僕なんか君を助けたいんですがね、エヴァ」彼は戻ってきて言った。「ぜひとも君をお助けしたい」

またもやエヴァは、もといた場所にいなかった。「あら、そう？」彼女は関心のない、空気のような答えを返してきた――どこかから。たまたま暖炉の敷物から一、二歩踏み出したら、彼女の映像が動いているのが見えた。部屋の向こうの、窓の一つの中で。「ハンサム・ガール！」とエリックが言っていた。ハンサム・ガールか……。あそこに、そのエヴァがいる！　強化された感じがした。二人のエヴァたちは一度うなずき合い、それからうっとりとして見つめ合った。これはそのまま続くはずだった、いつまで？――もしもコンスタンティンが、この映像から抜け出して、少なくとも肉体上の決定なるものを下さなければ。彼は、いまも意のままになる連続動作を見せて、肘掛け椅子から一気に体を引きはがして、ぱっと立ち上がった。その反動で椅子がキャスターに乗って、でこぼこの寄木の床を這い、後方に転がっていった。エヴァが振り向いて、自分の家具がどうなったのかを見た。「もう帰ろうというわけ？」彼女は、さもがっかりしたように訊いた。

「帰ろうかなと思って、ええ」

その考えに深く沈むあまり、彼はまだ行動に出ていなかった。彼が出て行く道が、アーチをくぐって玄関へ、玄関からポーチへと、待ち受けていた。だが肘鉄を食わされた。彼が取ったのは、南に下るコースで、この部屋が尽きるところまで進んだ――出窓はもうイギリス海峡を包む暗闇の中に包まれていた。出窓のラヴ・シートまできて立ち止まると、彼はそこに立ちつくし、じっと外のほうを見た。「明かりが点々と海に」彼は感想を述べた。「残念ですよ」明かりを見つめながら彼は言った。「色々なことが僕らの間でどんどん悪くなるのは、エヴァ。悪化する必要などないのに――僕らは一人ぼっちでいる必要はないんです。悪くないときもあったんだから。君は憶えていないでしょうが、まだ子供だった頃に、一度君は僕を雪の中の散歩に連れ出したことがあった。『あなたはくるのよ』と君が言ってね。ドロミテ山だったかな、あれは？　村はずれの。夜の帳が、とにかく、あっという間に降りてきた。激しい雪で、積もってはいなかったが、降り止まなくて。二人の足跡が消えてしまった。明かりが見えても僕らには関係なくて、あそこに見えている明かりと同じだった。全体がじつに奇妙で、くるくる渦巻いていた。君は頭巾をかぶっていた。僕がもし君を誘拐していたらどうなっていただろう？――もっと変な話がいくつもあったし。だが実際は、話はなかった。

ただ、僕らは散歩しただけ」彼は言いそえた。「もっと多くのことが埋もれたままになっていてね、君の知らないことが。僕をあまり悪く思わないで、近頃の君はそうらしいが。それはやっぱり残念だもの。何か僕のために弁護できることがあったかもしれない……。では、また会いましょう、四月二十一日に?」

「ええ」彼女は言った――そっけなく。

彼が訊いた。「聴いてるの?」

しかし、彼の話ではなかった。活動が上の階ですでに始まっていた。大胆な闊歩と狂ったような停止が交互に繰り返されている。何かが――靴は片方だけ履いているのか?――落下し、何かが押しやられ、何かがまたぶつかった。こうした音のすべてが、キャセイ邸の空虚な廃絶状態のせいで増幅し、ただ聞くしかなかった。選択の余地はなかった。コンスタンティンは、ドスンという音の下にいて、何も聞こえない人になりすましていた。イギリス海峡の監視を続けている。エヴァは、拍子抜けがして、頰をすぼめた。ドアが力まかせに開けられる音がした。短い仕事が廊下でなされた。降りてくる音が反響しながら、階段で始まった。――「ああ」コンスタンティンは共鳴した。「そらきた!」沈黙のカウントダウンが始まった。そこへエリックが、予想どおり、応接間に入ってきた。まだ多少衣服に乱れがあり、髪の毛は枕で押され、ぶら下がっていただけのネクタイをエヴァゆえにまっすぐに直してから、彼が言った。「起こしてくれなかった」

「いま何時?」彼女が知りたかった。

「もうたのむよ、それは僕が訊きたいよ! わかっているのは、今週の日曜日だということさ。君は僕の時計を袋の中に隠しただろう。いや、君にはうまくはめられたもんだ!――スウィートハート」彼は意地悪く言い足した。

「僕が悪かった」コンスタンティンは、いつもの遠い洞穴になって向き直り、自分自身と人格を見るも鮮やかに取り戻していた。

エリックはショックでぶっ倒れそうになり、体中の力が抜けてしまった——大げさに身をすくめ、大声で笑った。「あれ? 連れがいたの? では、もう今週の日曜ということ?」このはしたなさにエヴァは腹が立った。「いいえ」彼女は自重して言った。「コンスタンティンがいるだけ」彼女の後見人は、礼儀正しく前に進み出ると、やさしく応対した。「私を覚えていませんか?」

「お目にかかってはいませんね」

「行きずりにお目にかかっただけかな。お探しですか——そうでしょう、出口をね?——僕は途中でラーキンズ荘を訪ねてきました。とても楽しい一日でした。あちらではすべて順調なんでしょう? このところ、ミセス・アーブルと連絡を取っていまして。彼女と僕はエヴァを共有していますから。彼女は僕の話をしますか?」

「しょっちゅうですよ」エリックは言ったが、自制しているのが見て取れた。

「では、ご存じですね、僕とエヴァの、そのう、関係を?——というか、僕の職務を?」

「彼女の金を動かしているんでしょう。——何が起きたんです? 金でもすったんですか?」

「何をおっしゃる!」コンスタンティンはさとすように言い、楽しんでいた。

「いや、ちょっと考えられないんですよ、それ以外に何があなたをここまで連れてきたのか、こうしていきなり、夜の夜中にエヴァを急襲するなんて。彼女は夜は遅くまで起きていないんですから」

「起きてない?」コンスタンティンが言った。「起きてない、か」彼は考えこんで言った。「しかし、彼女は君と僕のためにそこを曲げてくれているんです。僕らは人も羨む身分なんですよ——しかしこれだけは不運だな。火が消えて、もうないとは。ほらね？　お悔やみ申し上げますよ、エヴァにも同じく。悲劇、と言うのかしら。面倒な灰が残っただけだ」

「どうなんでしょう」エリックが言った。質問というよりは、世間を非難するような口調だった。

「『より美しいものほど、運命はますます過酷』、とおっしゃりたい？」

「申し訳ないが、フランス語は、わかりません。——僕はもう行かないと！」エリックはエヴァにすがりついたが、彼女は何の反応も見せなかった。その場にたたずみ、これまでどおり身じろぎ一つしなかった。運命論は、いま起きていることに鈍い反論が入っただけで未完に終わったが、その対話が続いている間、エヴァはもといた場所から動けなくなっていた。「争いの原因」であるという楽しみが消えたことが、彼女の負け犬じみた態度のあらゆる線に現れていた。彼女は浮かない目をしきりに周囲に配り、踏みにじられた応接間を見ていた。「あのう？」エリックがすねて言った。エヴァは自分を奮い立たせて口を開き、疑わしげに言った。「もう行くの？」

「ああ。だから、そこに突っ立ってないで、僕の時計を返してよ！——それとも、君がどうにかしてしまったのかい？」

　彼女は自分の体を調べ、心配が目を覚ました様子だった。「止まってないといいけど、エリック。音が聞こえない」

「振り子の時計じゃあるまいし！」彼女が時計を取り出すと、彼は引ったくった時計を手に、もう一度ランプのほうへ行った。そこで彼の渋面が解けた。「まだ今日だった」

「それなら教えて上げたのに」コンスタンティンが言った。「残念無念」

「それでもやはり、もう僕が道に出ているはずの時間です」

「まことに遺憾なことです」コンスタンティンはため息をつき、エリックが腕時計をつけ終わるのを見ていた。「君を追い出すなんて。僕ももう出て行くところでね、エヴァに訊いて下さい。僕の訪問は時間を間違えていると言うんですか？　さて、どうも、そのようでした。しかし、まあ、親愛なる、そのう、君、どうして僕などにそんなことが前もってわかったかな？　僕がなぜここにきたか、それを君は訊きたい？　君がなぜきたか、じゃないかしら。このショッキングなお嬢さんへの関心ですよ。どうしても知りたくてね、彼女がどうしていらっしゃるか、彼女があれこれ策を弄した挙句の果てに。もう、何もかも、僕なんかお見通しですから。これからする以上のことも見えますよ。彼女がこれほど愛らしく見えたことって、ありましたか、どうです？　まったく、変身しましたね。入ってきたとたん、ついさっきだが、僕は思わず息を飲みました。海の空気が合うんだね、僕なんかそう想像するしかないなあ。——ほら、うつむいていないで、エヴァ、この慎ましきスミレの君よ！」

「スミレにしてはやや大きいが」というのがエリックの腐食性のコメントだった。「あなたのお好きなところで降ろしますが？」彼はコンスタンティンに訊いた。

「ご親切、恐れ入ります。しかし、タクシーを待たせていますので」

そこでエヴァに電気が走った。「いままでずっと？　すごくお金がかかるのに」

「そうとうかかるのがわかるでしょうよ」冷徹な人が答えた。「さて、僕など、いやでももうお暇《いとま》しないと。君も」——疑ぐり深いコンスタンティンがエリックのほうを向いた——「本当にそのつもりですか？　残念だな、どうも。しかし、となれば、二人で一緒に出かけましょうか、あるいは、やめておきますか？」

「僕はどちらでも」エリックが言った――もうどうでもよかった。手に唾を吐いて、それで頭の片側の髪を撫でつけた。目をぎゅっと閉じ、旅に備え、それからまた開いた目で、エヴァのほうをきつくにらんだ――エヴァはそれに応えて、居心地が悪そうに、一方の足から別のほうの足へ体の重心を移して見せた。突然、彼がそれにからんできた。虚勢だった。エヴァに近づくと、思いきりふざけて、彼女の肩に斧を振り下ろすような一撃を食らわせた。「じゃあね！　気をつけるんだよ！　会えてよかった！」彼は部屋から出て行った。

コンスタンティンも続いた――節をつけてこう言いながら。「それでは、四月に？」

二人は去った――予見できない野蛮な形で、きたときと同じだった。何の痕跡も残さず、ただエヴァの体制が損われ、それに、テーブルの上に包んだままの酒瓶があった。やっとあくびが出た。退去命令のような大あくびに、わき腹が広がってぽきぽきと砕けたが、顎が外れるところまでいかなかったのは、神のお恵みだった。静寂を確かめ、もう一分待ってから、ポーチのドアに錠を下ろそうと部屋を出た。鍵を二度回して二重鍵を掛けた。それから長い間忘れられていた軸受けに閂を押し込み、先端が球体になったドアの鎖を閂の溝に巻きつけた。この仕事を査察して完了したものとみなしたものの、まだ不満だった――バリケードを増築しておくべきだった、できることなら。

エヴァが誰かのことを考えていたとしたら、それはヘンリーのことだった。

10　夏の日

イズーは、ブロードステアーズにある荒涼館《ブリーク・ハウス》のディケンズの部屋に一人で立っていた——一人で、といっても、館の住人は別にして。六月のある午後だった、あの六月の。くる理由はいくつもあった。彼女はいま、フランス語で書かれたディケンズ再評価の近刊本、『偉大なる歴史』を翻訳中で、エヴァにそれを吹聴し、かなり熱中していた。評判ほどに革新的ではなく（いまどき誰が革新的になれる？）、そう評価したせいで彼女は主題のほうに立ち戻っていた。ディケンズその人が彼女を燃え立たせた。いまや彼の作品と手紙に首までどっぷり。大いなる意味がブロードステアーズ時代を取り巻いていた。「私はいずれそちらにいるはずです」彼女はキャセイ邸に手紙を出しておいた。「だから、あなたに近いし、私たち、会えませんか？　でもお好きなように、言うまでもなく」

エヴァはわざわざ反論しなかった。彼女はここでイズーを出迎え、あとでノース・フォーランドに連れて行くつもりだった。この計画は、当の訪問者によって工作され、すべてを考慮した上で、列車で出会うという神経がすり減るようなことは取りやめ、さらに練り上げたあとで、確かになった出会いは、実行するときは、第三者（実質的に）の立会いのもとで行われることになった。イズーはメモ帳と数冊の本と、入り口のホールにあったパンフレットを持参していた。彼女はこれらをテーブルの一角にまとめて置き、結局、二度と見ることはなかった。嬉しいことに、ほかに部屋に入ってくる人もなく、耳にするかぎりでは、屋敷は——ざわめく町と混み合った海岸の上に位置していたのに——抜け殻のような、停滞した静寂に包まれていた。

この部屋は「書斎」として設計されていた。書斎らしく勤勉だった証拠もなければ、気が狂ったような創作活動が続いていた証拠もなかった。狭い部屋だった。半円形になっていて、明かり窓《ランタン》が付いていた。暖炉もなかった。温熱は自家発電？　窓は、他のすべてにそぐわないほど大きく見え、空中に突き出し、真下には海と、小さなエプロンのような庭があり、窓の内側は全体が演壇になっていて、テーブルと椅子が置いてあった——この配置はきっとすぐ乱されただろう、だってあの男は、興奮すると、きまって椅子をさっと後ろに引いたから？　椅子が落ちる危険にそうとう気が散ったのでは？——それを耐え忍ぶなんて、職人らしくないではないか。その防止のためか、演壇のおかげでテーブルは、さもなければ高すぎる窓枠の高さと同じになっていた。だからテーブルはどちらにしろ危なかった——それにしても、これは彼の生前からそこにあったのだろうか？　じつは、いまこの部屋には何もなく、すべては後日、敬慕の念によって集められたものばかりだった。椅子はまずは本物で、それがここへたどり着いたのは（ここに戻ってきたことにしよう）、彼の邸宅だったギャッズ・ヒルかその他の場所で行われた競売のあとだった。この椅子は、ごく最近退位して、いまはそばの壁にかかった絵の中にあった。「空っぽの椅子」——ギャッズ・ヒル、一八七〇年六月九日。死去した日だ。木製の（梨の木か？）肘掛け椅子は、背に木彫が施され、座席は籐製で（破損していた）、脚にはキャスターが付いていた。いまは白いロープが、当然ながら、十文字に結んでわたしてあった。

ディケンズの挿絵画家のサー・ルーク・フィルズもまた、誰もが欲しがる彼の絵が一枚、複製画になって壁に掛かっていることもあり、このテーブルを本物らしくするのに一役買っていた――どうだろう？　演壇の上に置かれたテーブルは、その絵にあるのと瓜二つだった。重厚な木彫は、一世紀に少し足りない時間が経過して、くすんでいた。革張りの表面（さわってもよかった）はすり減って、しみが付き、かさぶたになり、腐食していた。疑いもなく潮風によるもの。だが、潮風以外に何が？　ともあれ、このテーブルで書かれたのだ。

テーブルの周囲を回ると、どちら側からであれ、明かり窓の向こうが見渡せた。イズーは見渡してみた。彼の生前は、ここからキングズゲイト湾まで続く崖の上は、一面の小麦がそよいでいた。当時は小麦畑、いまは窓の下の三角形が庭になっていた。「小波が戯れて」、と彼は書き、彼女は思い出した。「崖の上の熟れた小麦を揺らし、思い出の中でひそかに海を真似ようとしているようだ。そして二十日大根の畑の上を舞う一群の蝶々は、それなりにひらひらとせわしなく、カモメはそれなりに悠々と、吹く風に乗って舞っている。しかし海洋は煌めきつつ陽光の中にうねり、まるで眠たいライオンのよう――鏡のような海面は、ほとんど曲線を描かずに浜辺に寄せ――」それにもう一通の手紙が。「君が見たうちでもっとも輝かしい日です。太陽が水面に煌めき、ほとんど直視できません」そしてもう一通、六月の手紙――それがここにあり、額に入って壁に掛かっていた。「僕は僕のお気に入りの家にいます、崖の上にとまっているようにぽつんと立っていて、青い麦畑がその周囲を取り巻き、雲雀が姿を見せずに、一日中囀《さえず》っています」彼は若い麦が好き、青い麦が好きだった。

それが今日は、麦畑も消え、蝶々も一緒に連れ去っていった。蝶々のような帆船が、それでも、まぶしい水面の遥か彼方で踊っていた。真紅、黄色――ことに青色の帆船が美しい、海の青とは違う青だったから。太陽がすべてを炎のように揺らめかせていた。雲雀は囀っているだろうか？――聞こえるはずがなかった。イズーはそこで向きを変え、その場を離れて隣の寝室へ行った。目覚めた目が見るものを見たかった。ここの窓は西向きで、ヴァイキング湾に沿っていた。砂浜は黄褐色、まださほど見捨てられずに人が出ていて、走り回る人たちや寝ている人たちはまるで色ビーズのよう、砂浜は、固まった蜂蜜より濃い色をしていた。（誰が銀色の砂浜がいいなどと？）ロバたちは仕事中で、口をもぐもぐさせながら真面目な乗り手を運んでいた。低くなった三日月形の崖の上には、「きれいな淡い色合いの小さな家々が立ち並び、木製の桟橋から次第に先細りになって海に消え……」早朝なら光が降り注ぎ、家々を真珠に変えたことだろう。

　だがこれ自体、侮りがたい屋敷だった――周囲のものと矛盾していた。自分自身の矛盾から、彼はこれを探し当てたのだ。「高く、孤立していて」、とのちに伝記作家が記述することになる。「問題の屋敷は、四角い不機嫌な構造で――堅苦しく、荒涼としていた」人はそれを外から見た形で考えた。見た目には、なるほどそれは「暗い塔」だった。城砦屋敷《フォート・ハウス》というのが彼のいた時代の正しい名前だった――彼がその標札の下を通って出るのを家は見たのだ。増築されて荘園風に格が上がり、屋敷を囲むスカイラインがぎざぎざのこぎり状になるのは、もっとあとのこと――それに再度これに名を付けた奇抜な発想も、同じくもっとあとだった。家族の楽しみや夏の集いはあっても、彼は自分がこの荒涼とした家に住んでいることは自覚していた。「荒涼とした屋敷」が、不実にも、彼の意識から抜け出した。そして本のタイトルとして卓越していると強く感じた。『荒涼館』は、ハートフォドシャー州の温和な風景をともなって、ここで胚胎された。それが彼の苦境を救った――ドイツの楽団（不満をもたらした）とか、むせび泣くヴァイオリンではなかった。『デイヴィッド・コパフィールド』を完成させてから、「私は座って、つれづれに新しいストーリーを考え、それが育ちかけてくると、どこかほかの場所に行きたくてたまらなくなるが、私はここにいる。行き先も知らず、行く理由も知らないのに、行くということが私を捕らえ、まるで追い立てられているようだ」。彼はそうだった。それでここも終わった。

激しい海嵐がつねに襲ってきた。七マイル向こうにグッドウィン砂州があった。（そう、グッドウィン・サンズが。）何週間もあとに家畜運搬船が遭難し、動物たちの膨れ上がった死体が上がり、その多くは腐敗して腹が裂け、「ぶつかり合って形を成さなくなっているのに、一種異様な人間性を髣髴とさせて」、ヴァイキング湾に次々と打ち上げられた。フロベールなら、とイズーは思い返した、きっと面白がっただろう。ヘンリ・ジェイムズはそれほどでも。いまになって考えてみれば、ジェイムズにあったものが、本当にディケンズにはなかったのか？　いや、もしあったなら、何に結実したか？

彼女は書斎に戻った。まだ無人で、足音もしなかった。彼女ははじけた泡ぶくのような午後に感化されていた。輝くばかりの。彼女は床の上でたたずみ、美しさのただ中にいるような感じだった――これでよかったのだ。彼女の新しいドレスは素晴らしかった。色はピンク系で、その日が求めたように透明で、いまなお彼女そのものである若い娘にふさわしかった。汽車旅行には合わないかしら？――ごく薄いのに、しわにならなかった（現代科学の成果だ）。ゆったりとしながら、素直に彼女の周囲にしっかりと落ちて、古典的なひだを作っている。女信奉者の衣裳、舞踏会のドレスの風合いすらあった……。「空っぽの椅子」のそばの壁には、小さな（貴重な）ミス・エレン・ターナンの写真があった、かの運命の十八歳、「若い女性の友人」であった。イズーはその豚みたいな微笑を調べ上げ、夢見るような食い意地を磨き上げただけの表情を見た。「私が相手では、彼には年を取りすぎていたに違いない」と彼女は思った。「何歳であれ、つねに――でも、ああ、残念」彼女は振り向いて、陳列ケースを覗いてみた。

　初期の頃の版。色褪せたペーパーバック本が蛆虫に食われた扇のような形に並べられて。『荒涼館』が週刊分冊で出たときのシリング本だ。その他もろもろ。全体として、何たる文学――何を語る？憧れ。忘却のリリシズム。あてどない情熱という悪夢。「喜劇」の遅々として進まない自嘲。愛の卑下。失われた男の計りがたい動揺、偽りの誓いを立てた男の癒されぬ罪。孤立無援。頭髪崇拝。人間を塩の柱に変える。川面に投げられ、流れ去る薔薇の花束。ロンドンの教会墓地に立つ教師の、むかつくような場面。彼らはこの男のために生き、彼らはこの男とともに死んだ。灰皿に記念され、クリーム・ジャグに記念され。「彼は我らの自然をその身に引き受けた」――まさか、それはイエス・キリストだ。何という背信。というか、背信すれすれじゃないか！　不可知論者は、と彼女はときに感じていた、両方の世界の最悪のものをつかんだ。その男の胸像が――困ったようなふくれっ面、凶暴な赤ら顔、その下は髭に覆われ、芸術的に混乱している――ショーケースの中で立っていた。そう、これぞ歴史的確証。

　鏡のような海はひっそりしていた。だが砂浜から聞こえる音は、大きな窓も完全に遮ることはできなかった。

　相変わらず、訪れる人はいなかった――死者のテーブルを見にくる者はいない。ドアを出たら、誰もがあまりにも幸福だった。戸外は、あまりにも輝かしく、あまりにも快適だった！

やっと足音がして、エヴァがやってきた。大柄な人間にありがちな、まぎれもない重々しい足取り、そのくせ、手順の悪い人にありがちな慎重さがあった。この場合は、ぐずぐずしたり――まだ時間前だと考えて――ぶらぶらしながら足をとめて、ドアの中を覗き込んだり。そしてやっと、コットン・ドレスを素朴にあっさりとまとった体で、ドアをいっぱいにふさいだ。芍薬の花のプリントが彼女を覆い尽くし、ワニのハンドバッグの夏場の代用品である、白のエナメル革に似せたプラスティック・バッグが、片方の肩からぶら下がっていた。外に出ている体の各部分は同じ程度に日に焼けていた。髪の毛はなんとなく脱色されている。足元は赤いキャンバス地のビーチ・シューズとあって、頭の先から足の先まで田舎娘、その拡大版だった――いや、田舎娘そのものだっただろう、エヴァであるという以外は。イズーがエヴァに会うのは、エヴァが相続権を取得して以来、これが初めてだった。この四月二十一日以来。彼女は落ち着いて見えた。「結構なことで《ビアン・ポルタント》」とコンスタンティンならフランス語を使っただろう。

ディケンズはエヴァという日蝕の影に入るようなことはなかった。やってきた娘には明らかにそんなつもりはなかった。それとは逆に、うやうやしい想いが表情に浮かび、その色艶は学校時代の礼拝堂を連想させ、エヴァは、こうした環境の中、はたしてイズーに世俗的な挨拶をしていいのかどうか、決めかねているようだった。彼女は悩んでいなかった――おそらくさほど深刻には。

「まあ！」イズーは叫び、急いでキスした。

「列車の旅は快適でした？」

「とっても。やっとここを探し当てたのよ」

「私のほうから会いに行ったのに」

「そうね、エヴァ。でも私はこのほうがよかったの。この場所をまさか見逃すはずがないんですもの。ここはすごく……異常だから。すごく見かけ倒し、ぞっとするほど陽気で、まるで一時しのぎ、ものすごく乱雑で絶望的で、すごく無節操で、すごくあくどい――すごく手ごわいのよ。天才ね。ただの詐欺じゃないわ――違う?」

「ずいぶんあれこれ考えるんですね」

「時間があったから。――あなたはどうやってここへ?」

「雨が降ると、ここにくるんです」エヴァは壁のほうを向き、「空っぽの椅子」に向かって話していた。「私は」とエヴァ。「あそこに座ったことがあります」彼女は振り向いて演壇の上にある椅子を確認した。

「そんな余計なことを!」

「紐をほどいたら、また結んだらいいんです」

「私に会えて嬉しい?」

エヴァは、みんなそれを訊いてくるなと思った。「ええ」彼女はお世辞を言った。「でも。なぜきたんですか?」

イズーは、わざと素知らぬ顔をして椅子の上をたたいた。「エヴァ、なぜ私がここにいるか、わからないはずがないでしょう! あなたに会って、お礼を言うためじゃないの。書くのって、絶望的に遠いでしょ。私が書いたあの手紙だけど――お互いにわかるわね?――弱々しかったわ。私はあれ以外の手紙にする努力はしなかったと思う。完全に動転《プールヴェルセ》してしまい、半分怒っていたから。それは出ていたんじゃなかった？　想像もつかないわ、あなたがしでかしたこと以上に予想できないことって、というか――これは気づいてくれないと？――誰もそこまで望んでいないってこと。これはぜひわかってね、あなたがラーキンズ荘を出て、もう戻らないらしいという事態に直面したあと、コンスタンティンがすべてにねじを巻いてね、見事どころじゃなかったわ。『償い』と彼は呼んでいた。私たちは不平は一切言わなかった。それ以上考えられなかったし――だって当然でしょ？　ところがそこへ、この……この打撃でしょ、十二分に痛い思いをさせてもらったわ。どうしてそこまで？　許されるとでも？」

「それは」、エヴァは宣言した。「私以外の誰かが説明することじゃありません」

「私たちが間違ってるのかしら、それでいい思いをするのは？」

「私だって」、娘は言った。「償いをしたかった」エヴァが両手を後ろで組み、ショーケースにかがみこむと、陳列品がぐらぐらと揺れた。

「だけど、エヴァ、コンスタンティンはあなたのお金で私たちの手切れ金を払ったのよ――委譲する前に彼があなたの代理で行う最後の仕事として。『償い』ですって？　それにまだどんな意味があるとあなたは言うの？　というか、何の償いなの？」

「まあ損害があったから」娘は、例によって反芻するような間を置いてから、はっきりと言った。「私の小切手は、あなた宛だったでしょ、イズー」

相手は髪の毛を額からすっきりとかき上げた。「まあ、大した額で。それはもう莫大な金額だったわ、そう！」

「そうよ」寄贈者は同意したが、どこか不機嫌だった。

「嬉しいわ、それを聞いて！」ミセス・アーブルは興奮し、衝撃を受けて大声になり、ミス・スミスを髣髴とさせた。「もしあなたが『あなた宛ではない』と言っていたら、きっと私は小切手を送り返していたと思う――送り返したいと思ったはず。もうそれもできないけど。口座に入れてしまったから」

「わかりました」エヴァが言った。「それであなたは私に何を求めているんですか、こうまでして？」

「そう訊くのは当然よね」イズーが認めた。

「それで……」エヴァは話を終わらせようとして言った。

「エヴァ、エヴァ、だって。双方に間違いがあったのよ、私のほうにいくつあったか、それはあえて考えないことに。さっきの損害のことだけど、誰がお金で査定できるの？ 問題にならないわ！ どちらが幸せか」イズーは笑い声を立てた。「あるいは、私のほうがもしかして？ 私たち、どうかしら、また始められない？ あのお金がプレゼントだったら、もっと嬉しいのに――どうかわかって！――純然たるプレゼントだったら嬉しいのに。情け深い配慮。寛大な行為――何でもいいから！」

イズーはまた大げさに笑った。「プールボワール！」

「プールボワールって」エヴァは言った。「レストランで払うチップのことね」

「そうよ、そのつもり」イズーは言ったが、格別に抑揚はつけなかった。彼女は頭を下げて一礼し、認めたのか、両腕を組んで肘をさすった。瞼の下から投げた視線が椅子からテーブルに移った。「ここに権威がいるのよ、ともかくも」彼女はエヴァにというよりは自分につぶやいた。「何に遭遇するか、何に立ち会わされるか、誰が正確にわかる？ 悪い情熱は一つだって彼の網を通らなかった――文句の一つも、恨みつらみの泣き言も彼には縁がなかった！ さて、さて、さてと……。私がきたのがいけなかった?」彼女は相変わらずそれを知りたがった。何とかほほ笑もうとし、すぐほほ笑んだ。「あなたに会いたかったの、会いたかったわ、エヴァ。それにキャセイ邸も見たかったし、あなたがいるところを見たかったの――想像もつかなくて、何だかあなたが去ってしまったみたいで。それが気になって、ええ」

「そこへ行きましょう!」熱意に駆られ、エヴァは出て行きたくて一刻も待てなかった。

「あと一つだけ。ミスタ・デンジに悪くないかしら」

「彼を訪ねたいと?」娘は儀礼上訊いた。

「いいえ、まさか!――悪いというのは、つまり、あの日に彼に電話をしたから。でも、あなたのことで何か聞けないかと思って。打つ手がなくなってしまったの。コンスタンティンは、私に悪意があるとあなたが感じていると言うし」

「へえ、彼がそう言ったんですか?」

ジャガーは屋敷の下で待っていて、港を見下ろしていた。そこは満車という主人面をした看板がいつも出ている駐車場で、ジャガーは車幅に必要な隙間なしに並んでいた。ドアが十分に開けられなかった。カニのように横ばいになって中に入った。それから今度はエヴァが主人面をして車を後退させて出た。「すてき」イズーは言い、運転席のダッシュボードを見てほほ笑み、夏のスカートを広げた。「これがまた見られるなんて。戻ってきて、よかったじゃない?」

「ええ、そうですね」車の持ち主は素っ気なく言った。

事実、関係は壊れていた。ジャガーは、帰宅したものの、自分が自転車に取って代わられたのを知った無念が現れていた。不在が死に等しいことが往々にしてあるが、これがその一例だった。車は来歴に汚点がつき、一切が発覚してヘンリーと父親を倫理上の決闘に巻き込んだ。「何を血迷ったんだ?」ミスタ・ダンシーは聞きたがり、憂慮していた。そして怒りは消えなかった。「要らぬ欲を出して、君はどうしようもない馬鹿だ。私の見るかぎり、監獄行きでもおかしくない」「僕は未成年者です」とヘンリーは言ったが、かすかにおびえていた。彼は鼻先を見下ろして、言い足した。『女が私を誘惑したのです』」「アダムは」、ミスタ・ダンシーは興奮して言った。「ごろつきだった」「僕の考えでは」、とヘンリー。「それは牧師の言うことじゃありません。誰がごろつきなのか言いましょうか、ミスタ・エリック・アーブルです、横槍を入れてきて。これは僕とエヴァの間のことなのに」「ミスタ・アーブルは」とミスタ・ダンシー。「とてもいい人だ、本当に。彼はただ、それが正しいと感じたんだ、私が知るべきだと——自分だったら知りたかっただろうからと言っていた、もし私の立場だったらと」「十人十色だから」とヘンリーは言い、「だったら彼が父親になっていい、何か証拠でもあるんですか?」と続けた。「心無いことを言う君は嫌いだな」ミスタ・ダンシーが言った。などなど……。ヘンリーが度を失っていたにしろ、ここは彼を責められなかった。幻滅が垂れこめて事件全体を覆った。彼はそれを全部手紙に書いてエヴァに送った。「君の哀れな車がフェリーで君のもとへ送り返される。明日ここを出ます。あれがノース・フォーランドが気に入ればいいが」

ヘンリーの表現はここまでだった。不幸なジャガーは、すでに三ヵ月ほどサネット島にありながら、近辺のことはほとんど知らずじまい。チャンスさえあればうまくいったのに、じっとして元気がなかった。エヴァはブロードステアーズの、たまにきれいで、たまにそこそこ、今日ばかりはきらきら光る道路を進みながらその件で話し合い、思わず叫んだ。「もう一台手に入れようかな」

「もっと大型の、あるいはたんにもっと新型の?」

「ええと」エヴァの答えは、答えになっていなかった。

「何て浮気者なの！」相手が軽口を叩いた。

「道はこっちだわ」娘は言って、町を出た。

……で、これがキャセイ邸か？　一歩踏み出したアスファルトには、裂け目から生えた雑草に花が咲き、上等な白い靴でそこに降り立ったイズーは、色々な角度からこの大建築物を見上げた。「百万長者のご邸宅ね――見たこともないわ。お庭を見ていい？」

薔薇が伸びてイバラになって遠くまで広がり、常緑樹にも侵入していた。何年も前に様式化された薔薇が、花を咲かせる力を保ってきたのは素晴らしいこと、じつにそれらしく咲いていた。ピンク、真紅、象牙色の薔薇は中心が金色だった。いくつかは昨日咲いたもの、雄しべだけが見え、花びらが散り敷いて、ラムレイ校の花びらと同じだった――でもあれはサクランボ色だった。散り敷いた花びらでまだら模様になった芝生は伸びて、すでに種子を持つ干草になり、ピンクがかったブロンズ色に輝いていた――常緑樹の木立が点在し、暗い小島が浮かんでいるようだった。フランス菊《ムーン・デイジー》が咲いていていて、緋色のまたたきは、芥子の花の大群の前触れだった。ほかに花はなかった。色彩の点でその庭は、その向こうでピーコック・ブルーに煌めいているイギリス海峡に打ち勝っていた。間にある家並みが熱気に揺れて立ちのぼっている。エヴァは、自分の地所を見やり、さしあたり不完全な秩序を意識して、こう言った。「室内で忙しいものだから」

「あなたが家事を？」

「いいえ。電気屋が」

「でも、たいしたお庭ね、エリックが言ったとおりだわ」

「エリックはいかが？」

「あなたによろしくって、ええ！」

「中に入りましょうか」

「ちょっと待って、グッドウィン砂州はどこなの？」

エヴァは知らなかった。だから二人は中に入った。

配線の延長工事が進行中で、いまは中断していた。銅線の巻いたのがほどけて玄関ホールをまたぎ、あらゆる大きさのカートンが積み上げられていた。腰板がむりやりはがされ、鹿の枝角や鋳物の細工品が大型のダイニング・テーブルの上や下に雑然と置かれていた。また階段の相当な部分が切り離され、秘密の土牢はそのまま残され、その上に電線が回廊のほうまで引き上げられていた。最善の状態にあるものは何もなかった。「残念でした」、エヴァが言った。「今日いらしたのは「本当に」、訪問者は勇ましく言った。「あなたは偉いわ、ここまでやるんだから。古い、だめになった電線は、やはり危険だから」

「それだけじゃなくて。足りないんです」

応接間に入ると、その理由がわかった。ここが活動の現場だった。そうとわかるものがたくさんあった。映像関係の目を見張るばかりのありとあらゆる商品で、今年、一九五九年に市場に出たものが、ずらりと並んで、壁を驚かせていた。大画面のテレビ、音がよく出そうなラジオ、チーク材の棺桶みたいな箱に入ったラジオ付きレコード・プレーヤー、もう一つは付属ステレオのキャビネット付きのプレーヤー、十六ミリの映写機はスクリーンも整い、ＢＢＣ並みの巨大な録音設備は、テープ・レコーダーといって片付けていいものではなかった。その他の輸入品では、飛び切り上等なタイプライターが金属製の脚の着いたテーブルを、相手にとって不足のないキャッシュ・レジスターと共有していた。インターホンは、目的は未定にもかかわらず、すでに設置されていた。何マイルもありそうな電気のコードが、寄木の床に張り巡らされていた。電気製品が昔の看守、魔女キルケーの肘掛け椅子を、床の中央の雑然とした場所に押しやっていた。あるものは埃よけのシーツをかぶり、かぶっていないものもあった。このすべてをにらみつけるように、六月の太陽がボルテージを上げたスタジオの照明にさんさんと降り注いでいた。窓はどれも閉じられていた。

「まあ、言葉がないわ、エヴァ!」

「ええ」エヴァは満足そうに言った。

「あなた、これみんなわかるの?」

「習っているところです。――お茶にしましょうか、イズー?」

「いいえ、まだそんな、ありがとう。あとでいただこうかな?」

「コンピューターはダイニング・ルームに入れます」

「あら、でも、エヴァ、どうしてコンピューターなんか要るのよ!」

「あれは自分で考えますから」娘は言い、怒ったような顔をした。「あなたはいつも私に考えなさいと言っていたでしょう」

「それは」、イズーは気を取り直して言った。「いつくるの?」

「まだなんです。あとで」この決定を口にすると、大事なことがあって気もそぞろという表情がエヴァの顔を横切った。とにかく何かが、もっと大変なことが始まっているのは間違いない。彼女の念頭にあっただろうか、いくらエヴァでも、何もかも一度に手に入れることはできないことが?――

別のどんなプロジェクトが、好敵手または敵方として、コンピューターの行く手に立ちふさがるのか？　エヴァを見て、イズーはまたしてもあの面食らうような印象を受けた、重量が増したのでは——ただの体重か、ただの体重ではないのか？　いつものたっぷりとした大きな動作は、速度が落ちて（たんに暑さのせいだろうか？）、動作の主である娘に威信が加わったことを示していた。エヴァは、自分の行動と自分のあり方のすべてについて、以前よりずっと高く自分を評価している。いまや彼女は所有している。何を所有している？　天文学的な富を、そしてその当面の結果がここにあり、合理的に見て、その解答としてこれが妥当だったのだろう。私たちは失敗しただけでなく、なぜか始めてすらいなかったのだ……。イズー・アーブルは、内心、肩をすくめた。そして（ほかになかったので）ラヴ・シートに腰を下ろした——すると隣人として、エヴァの有名な象牙のトランジスタ・ラジオが、いまは黙りこくって、そこにあるのに気づいた。「この先端は」、彼女は言った。

「接続が外れているのね？」

「いいえ。それで色々な場所に運べるんです」

「とてもよく憶えているのよ……。以前のままのこの部屋が見たかったなあ。あの夜の様子を思い描くのは簡単じゃないわ——たとえば、コンスタンティンはどこに座ったの？」

「どの夜のこと？」

「あなたにお客がたくさんきたときよ。あなたが言ったじゃない、エリックが素晴らしい焚き火をしたって」

「素晴らしいなんて、誰が言いました、コンスタンティンが？」

「エリック、じゃなかったかな？——ここはとてもロマンチックな部屋になったかもね、『日は暮れて、夕闇の迫るころ』って、歌にあるでしょ。――あなたはどうなの、改装してもいいのに、色々と落ち着いたらどう？――静かなのね、コンスタンティンが言ってたわ、無人島みたいだって。エリックは、ご存じのとおり、目が利かないけど、コンスタンティンの話では、手紙だけど、友好的な雰囲気だったと」（彼が実際に言ったのは、「彼らはじつにリラックスしていたよ、その言葉の一番いい意味で」であった。）「あれがその暖炉の敷物ね？　そうだ、きっとそうだわ。あれが、焚き火からはじけた薪で焦げたところね？」

「いいえ。あれは昔の焦げあと」

「私なんか」、イズーは喘いでいるみたいだった。「今日は火は要らないわ」

エヴァはその場を離れ、並んだ器具に沿って歩いた。そして一台にスイッチを入れた。「いまから録音しましょうか？」

「とんでもない！」

「録音してしまいました、『とんでもない！』って。そして今度は私の言葉を録音しています、『録音してしまいました、「とんでもない！」』って」

「だったら、とめたら」イズーがあっさり言った。そして、とめ終わるのをこれ見よがしに待っていた。「さぞかし面白かったでしょう、ええ、きっと面白かったでしょうよ、エヴァ、もしあなたがこの機械を何年も前に持っていたら、私があなたと知り合った頃に。私たち、録音を再生してみたら、さて、どう思うかしら？」ラヴ・シートをトランジスタ・ラジオに預けたまま、彼女もその場を離れ（ゲームは二人でするもの）、最後はダイニングルームに姿を消した。フランス窓の掛け金を外している音がした。「この美しい、暗い、さわやかな緑の洞窟は何なの、これは？」

「サン・ラウンジです」エヴァが彼女のあとから入ってきた。

「ここに座らない？」明るく光がうねる夕闇は、まるで熱帯のようだった。エヴァは、荘園風の椅子をダイニングルームから二脚持ってきて、向かい合わせに置いた。「何て貪欲な、頑丈な植物なんでしょう」イズーは、ガラスを押して、びっしりと張りつくように生い茂った常緑樹を見て言った。「何か飲むものをいただける？――氷はあるの？」

「ありません」

「だったら、どうしようかな。――時間は何て短いの。もうすぐ列車の時間だわ。でも、キャセイ邸を見たし――『キャセイを見て死ね！』よね」イズーはむやみにほほ笑んで続けた。

「全部はまだ見てないでしょう」名残惜しい女主人が言った。

「ええ。お二階のお部屋はまだね。でも、私なんか上に上がっていけそうになくて、今日のところは。せいぜい想像しましょう。あなたがどうやって寝室に行くのか、時間がきたら？　階下のどこかで、手を洗えるんでしょうね？」

「ええ。あなたはその列車に乗って、そのままラーキンズ荘に戻るんですか？」

「夜はロンドンで過ごすつもり」

「コンスタンティンと？」

「どうしたのよ、愛しい、いい子《マイ・ディア・グッド》のエヴァ。――私はラムレイ校の同窓会に行くの」

「昔はそんなことしなかったのに」

「今年はそうしようと思って。新しいドレスだし。――エヴァ、ここまできてよかったわ。私、帰りたくない。あなたは信じてくれる？　ディケンズが私たちの証人よ、私はあなたに訊いたわね、『私たち、また始められないかしら?』と。どうなの? あなたは知らないでしょうが、あなたがいなくてエリックは寂しい思いをしているわ。たとえば――クリスマスに私たちの家にいらっしゃらない? 前にしていたように。すごく楽しいわよ。それに、クリスマスはずいぶん先に思えるし、エリックにはなおのこと遠く思えるでしょう。あら、もしあなたがくれば、七ヵ月――いいえ、八、九ヵ月になるかしら――彼とあなたが会ってから。久しぶりじゃないの」

「九ヵ月になります」エヴァはそう言って、常緑樹を見上げた。

「では、遅くともクリスマスに?」

「クリスマスは十二月ですよね?」

「いつもそうよ。――どうして? 何かほかに予定でもあるの?」

「十二月に私は小さな子供を持つことになるでしょう」

11 幕間

一九五九年十月三十日

ワイアナ大学　哲学科
ワイアナ州　ウィルソン市

親愛なるミセス・トラウト、

あなたが税関に消えたのは混乱でした。空中でご一緒に時間を過ごしたあとだったので、地面に二倍も叩きつけられた思いです。何が起きたのです？　思わぬ事故でもあったか、あるいは意図されたことかと思い悩んでいます。いまそばにいたのに、次の瞬間もういないとは。ほかの飛行機の機内荷物が出てくる番になり、到着ロビーはあふれかえり、混沌があなたを飲み込みました――あなたにはそうなるのが残念ではなかったと思うべきでしょうか？　振り捨てたほうがいいとあなたが考える人間に私がなり得るのだと認識しなければならないのですか？　断言しますが、私はあなたとタクシーをご一緒して町まで行く以上のことは考えてもいませんでしたし、タクシーに乗っている間にいくつかの点を固めてから、お別れを言うつもりでした。あのような状況下でお別れしたので、再会もあり得るというのは、あながち法外な願いではありませんでした。我々の会話は、着陸の瞬間にもまだ中途までしかいっていないと思っていました。あれは二度と再開できないのでしょうか？

私はこの手紙を、あなたが何の手がかりも残さないで、すでに立ち去ってしまっているかもしれない住所宛に（短期間とのことでしたね、あなたのニューヨーク滞在は）送ります。ドレイク・ホテルがしかるべく私宛に返送してくれるのは疑いありません。それを見つける日を私は手紙の中で予測しています。手紙が目標を見失ったと確実に知ったとき、私はどんな気持がするでしょう？怨恨？　安堵？　諦めは私にはたやすいものです。私はその常習者です。ですから私はメンタルでない生活においては無能力です。諦めは経験されるのではなく、耐え忍ばれるのです。そこから抜け出すには大いなるショックが必要です。あなたが消えたことは、そのショックの役割を果たしたかもしれません。その効果がどのくらい続くのか、私にはまだわかりません。諦めがまたもや私を捕らえようとしています、こうして書きながらも。私はこの手紙を、読み手は私一人であるという運命にあるものと想定しているのでしょうか？　半分以上、自分が見るために書いています。しかし、私の書くものが、果てしない巡り合わせによって、あなたの元に届くかもしれない。それも一つの可能性で、可能性を計算に入れないのは、まずもって間違いです。私が書いていることがどれほど私の心を打つか、万が一にもそれが返ってきたら、それは私には計算できません。何週間も経たあとで出てくるかもしれないし、そのとき私は別人になっているかもしれません（そうは思いませんが）。これがあなたの心をどれほど打つか、つまり、ある種の成り行きで、ですが、それは私にとって、さらなる疑問として開かれたままです。

一つのことに関して私は決めています、この手紙は保存しておこうかと、これが戻ってきたときは（あえて言うなら、もし戻ってきたら）、あなたが存在したことを示す目に見える唯一の証拠として。あなたが手紙を書かせたんだ。そんなことはあり得ないでしょう、もしあなたが存在しなかったら？（この住所は必ずや私を見つけるでしょうが、あなたには届かないかもしれない。）

　あなたのご旅行の本来の目的は、旅路の終わりにきて、ほかの思考を追い出してしまうことになると、私は見ています。あなたとお子さんのきたるべき再会は――その時間、場所、または状況が私には未知のままであるということは（あなたが何一つ言及しなかったから）、それを映像化する試みを減じるものではありません。そうした試みは永続的ですが、だからといって、私の心積りと仕事の習慣を乱すことはありません。私はこの原因を認識しています。ミセス・トラウト、あなたが母親であるということを知って、私は急激かつ深甚なる影響を受けました。こう言っても私を誤解しないように、私の主たる反応は驚きでした。あなたは、その甚大さのほどは理解なさらないでしょうが、これまで私が抱いてきた母なるイメージから逸脱しました。あなたの長く伸びた、妨げられたことのない体格には秘められたエネルギーがあり、私の目には、一目見たときだけでなく、献身的な円盤投げ手のそれのように見えました。それ以降の私の意見の全面的な逆転は、感情に訴える何らかの影響なしには起こり得ません。いまも、なお、あなたが私に漏らした原則を概観するにつけても、私はいっそう畏怖を覚えるばかりです。この私自身、知ることから締め出されており、比喩的な意味でなく、生んだということ、この世に送り出したということが、いかなるものなのか、それを知らないのです。そうだな、どうにも、知的な類似物がないようです。人は存在しなかったものを存在させることはできる。存在させられて、初めて存在したものから、自らの自由意志で前進するものを存在させることは、人にはできない。あなたは私より優位にいます。私にとってそのことが持つすべての重みを、いまの声明に与えさせてください。あなたには子孫がいる。私にわかるのは、別離はあなたにとって、その既成事実を否定するものではなかったということ。だがいかにして、あなたのような厳然たる母性によって別離が耐え忍ばれたのか、それがまだ私には疑問です。その期間と理由を明かしていただけなかったので。お子さんは息子さんで、まだ幼児とか。それ以上は知らされていない。もしタクシーをご一緒していたら、もっと知り得たであろうことは、想像に難くありません。

あなたは私にとって失われた人なのか、そうでないのか、だが、あの海上の空を渡った我々の旅路を思い出すにつけ、思い出さないではいられません。概念として、「運命の手」は、私の趣味に合いません。擬人化も嫌うところです。しかし私は、偶然というものの数学的な確率には敬意を払っていて、確率が決定することもあり得るとみなしているほどです。病気（猛毒性の内臓疾患に、発熱が伴う）が、まずパリにおける私のデカルト研究を中断させ、さらに私を入院という運命に落とし、何週間も遅れて大学に戻ったことが、私の所属学部にとって何とも不都合なことになり、いまになってみると、この病気は必然的なたくらみだったのです。さもなければ、私のフライトは十月の下旬ではなかったでしょう。私は自問しました、病後の回復期間が、知覚過敏とは言わないまでも、研ぎ澄まされた感覚上の覚醒状態の説明になるのかどうかと、私がそのとき、そんな状態にいたときに、私より数分遅れて、あなたが飛行機に乗りこんできました。あなたはまったく信じがたい人に見えました。あなたのものと指定されていた座席は、通路を挟んでちょうど私の反対側でしたので、ここにも私はたくらみを嗅ぎつけてしまいます。秋の半ばで旅客数が落ち込んでいたからで、あなたの列の残りの座席が空いていて、あなたはご自分の持ち物をそこに広げることができ、私は障害物なしにあなたを見守り続けることができました。あなたの無頓着さは、飛行機の旅に慣れている人特有のものでしたが、いきなりそれが乱されたのは、エコノミー・クラスに許された割り当ての空間にあなたの足を置くことが見るからに困難なためでした。あなたは何かほかのものを期待していたように見えました。思うに、これはあなたにとって、より安いほうの価格帯の最初のご旅行だったのでは。最善の状態に身を処してから、あなたはわきに置いたバッグのほうに向かい、林檎を一個取り出し、それを食べました。あなたに至る手がかりは読んでいるものからは提供されず、その類のものはあとにも先にも見当たらなかった。あなたはもっぱら思索することに専心し、それにまかせて、ニューヨークまで行くつもりだ、との推定がなされました。観察者は果たして人間的であり得たでしょうか、その思索の性格について考察しないなんて？　あなたが印象的でいらっしゃることと、私が印象を受けやすいことが、わりに釣り合っていました。あなたが私の視線を釘付けにした度合いは、隠すのが苦痛なほどでした、お気に障らないといいが――私は苦労することもなく、あなたの意識はすべて見逃しませんでした。私たちが、憶えておいででしょうか、語り合う仲になったのは、離陸して四十五分ほどしてから、あなたが林檎をなくしたのがきっかけでした。袋の中にあった林檎たちから脱走した林檎は、袋が乗っている座席のはじまで逃げ、象徴的でしたね、私のほうにぽんと弾んで、中央の通路を横切りました。

あなたに戻す前に、私はそれをぬぐいました。それから私は、それが傷ついていないといいがと申しました。あなたは傷ついた林檎が好きだとおっしゃり、その味が好きだと。

私は打ち明け話には抵抗する人間だと思います。うんざりするほどあるからです。キャンパスにもあふれているし、教員専用クラブをも包囲し、すべてが学生と緊密に作用していて避けられるものではありません。せいぜいのところ、私は打ち明け話で困っていると申すべきでしょう。絶えて私はそれらを求めませんし、打ち明け話をすることを求めたことはありません。でも、この場合は？ なぜ私がしてはならないのでしょうか、あなたと私の打ち明け話なら？ 私はあなたが（文字どおり）私を見たときの、やっとあなたが私を見たときのマナーを忘れられるでしょうか？ あなたの瞳は——ミセス・トラウト、真実のところ、私が林檎をお返ししたとき、私に注がれていました。私は熟視されていると感じました。あなたの凝視は、その中に擁しているものに大きさを与えます。私がその中にいました。私たちの旅路の重大さは、私にとって、ある程度それに起因していました。でももっとありました。思い出せば、私たちは話をしましたね。そうではありませんでしたか？——私のことを皮肉に取らないで下さい。アカデミックな立場にいるときは、いつも私は学生が相手でなければ、同僚を相手にさかんにしゃべります。存在はそれなしには耐えがたい。それと私たちの関係の間にはたいへんな深淵がある。あなたに私は話したんですよ、ミセス・トラウト、あなたの沈黙の中に潜んでいる理解に訴えて。あなたはそのお返しに種々の所見を述べてくれましたが、あなたとキーが合わない人には、それも謎としか見えなかったかもしれない。一つひとつが、謎どころか、啓示されたあなたでした。あなたの言い回しの正確さ、そのゆったりとした純粋性——。あなたが言葉で話したことは私の記憶の中で一つになり、あなたが見せかけようとしたもの以上のものがあった。私たちの最初のフレーズは飲み物が出されて中断し、中央通路の行ったりきたりで分断されました。あなたはシロップを選び、私に買わせてくれましたね。

昼食のトレーが配られて、あなたのご自分のトレーに対する反応は、私のトレーに対する私の反応より消極的ではなかった。ついで、時間がなくなる。空気だけが通う昼下がりは、私にはつねに重大な犯罪行為。非現実的な倦怠が圧縮された空気を満たすのです。肉体は日に照らされた眠りに身をまかせ、さまざまにねじれた死の形をとる。覚めていようが眠っていようが、ミセス・トラウト、怖がっていない人がいますか？　そこには不信がある。神経は、この時刻、飛行機のひそかに継続する振動を記録し、誇張します。外は、ぎらぎらするまぶしさ。敵意のある、軽蔑する、陸表すらない、衰えない、不変のまぶしさ。速度の無効、高さの無効。私たちは動くことを受け入れる。それを知っていますか？――私たちにはどんな証拠がある？　十分あり、立証されている。この先私たちはどうなるのか、ならないのか？　恐るべき重責が飛行機にあり、機体に沿って見ていると、ただでさえ長いのが引き伸ばされ、すべてはただ一点の、仮説上の消尽点に向かっている。人は方向性をもった一本の鉛筆の中にいる。しかし重責は乗客にもあり、寝ずの番となる。もはや批判的な個人ではなく、緊張した個人となり、緊張をやめないようにする。幼児のむずかりや泣き声は、静寂、あるいは仮の静寂の中では耐え難いものがあります。もし私たち全員が声を発したらどうか？　今回は、さきほどの私の吐き気もあり、むしろそのせいで、不気味な肉体的な興奮状態に襲われました。緊張がくるという予感に、私は余分に昼食をとるか、その前に酒を摂取しておくか、ワインを飲むかするべきでしたが、酒とワインはフランスにおける災難の要因の一部だったとみなしています。私は最低の退潮時に入ったところでした、ミセス・トラウト。まさにそのとき、私は自らに横を見させました。あなたは、そのくつろぎぶりは、完璧でした。見せかけではないなどと言うまでもなく、だってあなたは何も見せかけたりしないから。それが土台になっていました。その光景を見て私は強く動かされました（あなたが母親だとは、まだ知りませんでした）。あなたの頭は後ろにそっていて、唇は大きく開き、私はあなたが眠っておられると判断しました。それは、不思議にも（もし違っていたら、お許しを）、中央通路を横切り、こう言う私を引き止めなかった、「ミセス・トラウト？」と。わが生涯の衝動的行動の一つです、目下のところ。「何です？」とあなたはおっしゃり、頭をくるりと回しました。「僕は飛行機が怖くて」と私。あなたは手を出してあなたの隣の座席から林檎を移動させました。私のその席をもらって座りました。

海のそばのあなたのお住まい。目に浮かぶようだ、私は静かな大きな部屋を訪れ、そこにもとからある眺めは、「泡立つ危険な海に開けている——」[*1]。私の専門は別なのですが、私の憩いと理屈抜きの滋養は、このところずっと詩歌なのです。その影響下で、私はこだまが返る回廊を、伝統的なキッチンを、葉が茂り、季節によらず緑豊かな庭園を感受しました。こうも言いましょう、私は姿を変えてそこに足を踏み入れたと。私は見た、あなたのたたずまいをはっきりと、あなたはその中にいた、あなたが去ったあとの部屋を思い描くのはもの悲しい——もはや侘しいだけだから。しかし、ミセス・トラウト、それは根拠のある悲しみではなくて、雰囲気のなせるわざ、その中で私がそう感じただけなのです。あなたがおられるところには実在感がある、思い出して下さい、私はそのときあなたのそばにいたのです。あなたの自転車旅行と、あなたの貝殻博物館のお仕事と（カタログを作成しますか？）、あのいにしえの港町で買い物をするあなたに、私は一体感を覚えました。このお住まいを、あなたは最近、何か問題があって撤退しました。あなたは、最終的には、あなたの幼い息子さんと一緒に戻ってくるとおっしゃる——最終的とは、どういうことでしょう？　あなたがいま合衆国に滞在しているのは、およそどのくらいの期間なのでしょう？　もしかしたら、あなた自身がまだわからないのかも。私には喜ぶべきことですが。

あなたはご両親をともに亡くされました。私の理解では、近々のことだったというお父上の最期は、予期せぬものだったとか、ショックでないといいのですが。あなたが明示された悲嘆が私の質問を封じました。お二人は互いにかけがえのない存在だったのでしょう、母上が早々に消滅されたとあっては。飛行機事故、一巻の終わり。私はひるみましたよ、もしかしてこれも？「ここじゃなくて」とあなたは請合い、床を通してその下にある大西洋を指差し、「アンデス山中に」と。母上は観光旅行中だった。若くて、愛すべき方だったとか？　あなたは、楽しかるべき思い出を奪われてしまった。ぼろぼろになり再婚する心をなくした父上とあとに残され、友情の中に求め得たものが彼の場合、そんな哀れな楽しみだったとは。じつに遺憾です、ミセス・トラウト、父上があなたの子供を膝の上に抱けなかったとは。あなたは悲しみから力を得た。私の方にはほとんど何もこない。大いに、悲しいくらい、私はあなたの後輩です、年月のこと以外では。死別の悲しみはまだ私に触れてこない。それがくるのが遅いほど、私は深く感じるのでしょうか？（両親ともに健在で、オハイオにおり、結婚した姉とその家族の近くにいます。）私は免れているのか、無視されているのか？――おそらく後者でしょう。私はやせ衰えていくのか、もう多少それが始まっているのか？　すでに私は、感じ損ったことを演じているのか？　感情的に私は寄生しているのか？　それ以外でいられただろうか、いまなおそうなのか？　悲しむ力が私の中にあるのか？――あるいはないのか？教えて。

結婚前のあなたは、旧姓は何といいましたか？

その質問を出して、私は遠慮していた領域の境界に触れます。万一これを継続したら、この手紙は絶対にあなたに届かないほうがいいかもしれない。率直に申しましょうか？　私は想像できないのです、ミスタ・トラウトとはいったい何者なのか、どのような形で、したがって、色々な意味で何ゆえに存在しているのかが。繰り返します、できないのです。気後れを私は習得したのかもしれない。それでも彼は仮定されねばなりません。あなたは結婚指輪をするところにシグネット・リングをはめているし、申し上げれば、男物です。あなたは母親なのだから、それには理由がないはずがない。そのために私は思い悩んでいます。私たちがまだ空中にいた間は、これは私とは無関係でした。思い浮かぶこともなかった。昇華作用が起こりました。通関手続きをする場所で私は寂寥に直面し、そのままそれが継続し、以来私はその餌食となっています。これは思考には向かない事柄で、思考がそれを拒絶するのが私にはわかります——私は考えません。私は回転するだけで、前に進まないのです。ミスタ・トラウトがあらゆる可能性に対する私の感覚に襲いかかるのです。あなたが彼の名前を名乗ることがいやおうなく内包する連想という問題を、私は痛ましいとは言わず、あなたに関しては相容れないと言います。一つの存在として、あなたは自律的です。絶対的に、あなたが私に与えたのはそのような印象でした。あなたがそうでない存在であるとか、ほかの存在だとか、それ以下の存在だということは、はっきり申しまして、あなたのイメージとはまったく一致せず、あなたのイメージとは、私によって作り出されたのではなく、それ自身が持つ強制力によって、私のために作られたものなのです。あなたが見たとおりの人でないなら、あなたは現実ではない——だから私は疑い続けるのです、あなたはいま見えているあなたと違うのではないか（あるいは、あなたはあのときに見たとおりの人だったのか）と。ミスタ・トラウトは、ドレイク・ホテルであなたを待っていましたか？　もしそうなら、なぜ彼は空港にこなかったのですか？　あるいは、彼は空港にいたはずなのに、私にはわからなかったのか？　あなたの子供を連れ去ったのは彼だったと？――彼はその子の起源を分担したと主張しているのですか？　もう一つ質問をしてもいいと感じます、あなたの友人として。ミスタ・トラウトは、いまは亡きあなたの父上が反対したであろう行動をひたすら追求しているのですか？

空港を去るやいなや、私の前に開けた二つのコースのうち、どちらか一つを採用しようと努力することも、採用しようと考慮することもしませんでした。速いタクシーに乗れば、私をあなたの行き先に届けることもできたでしょうし、それも、あなたの到着後といわず、到着前にでも。あるいは私がドレイク・ホテルに電話をすることもできた。あなたに申し上げておきますが、デリカシーが私を押しとどめたのです。ペシミズムが働きました。誰のために《クィ・ボノ》？　それに私は辛かった、ミセス・トラウト。私はお花に名刺をつけてお送りすることもできました。あなたがお花を使うかどうか、私にはわかりません。心からのご挨拶が場違いでなければいいのですが。じつのところ、私はすでに二十四時間以上もニューヨーク内のあなたに連絡できる領域、つまりコロンビア大学にいて、デカルトの細目を、その大学で個人的に入手できる未編集の情報にもとづいて調査したところです。しかし何にもなりませんでした。私はあなたのホテルがどこなのかを知ったことを悔やみました、その知識が私を侵害し、破壊されそうなのです。あのとき、飛行機の中で、あなたはホテルの名前をふと漏らし、私は尋ねました、ドレイクは以前の訪問のときからお馴染なのですか？「いいえ」とあなたは言い、言い足しました。「だからです」と。そこで、私は尋ねました、何があなたにドレイクを選ばせたのか、ほかにたくさんある中から？　あなたは鳥が好きだから、と言いました。そこで私の目に飛び込んできたのが、緑色の首をした、間違いなく男性的なシンボルで、オハイオの少年時代の農場の池に浮かんでいました。解明されるべき無数の理由から（私はまだ分析を経ていませんが)、私は一度ならずそれ目がけて石を投げました。一つも当たりませんでした。

麻痺状態《パラリシス》がやっと過ぎ去りました。ここに戻ると、あなたが私を待っていたことを知りました、ミセス・トラウト。およそあなたの印象が、この私の職務不履行ということだったら、あなたにとってこれにまさる復讐はありません。あなたはもはや否定され得ない。私は回想という圧制に向き合わされています。私は見てくれだけの研究室でそれに耐え、かつては目隠しをしていても横切れたキャンパスにあっては、自分の道を探すのに苦労し、私の名前が出ている学寮の一角に萎縮しています。教員専用クラブでは、私は休止というか欠損に等しいことがわかります。これが私を知る人に気づかれないはずはなく、私の重篤なる病後の再調整が遅れているためとみなされていることを知り、その結果として親切をともなった寛容に接しています。私の研究は、こう申し上げていいのですが、何らの影響も受けていません。色々と私が対処しなくてはならないことがあり、そうしています。ミルクを多めに飲んで体重増加に努めています。もといた場所にまずは戻ったように見え、いまにきっとそうなるでしょう。ほかにどんな選択肢があるのでしょう？　しかし、あなたは何をもたらしたのか？――あなたはいまどこにいるのですか？

詩は平凡な中に潜んでいる、と私はそう思ってきました。詩はいま危険なほど表面に浮かんできています。厄介なものが私がいま書いているテーブルの上にも、この研究室にも山とあり、ファイル、フォルダー、書籍、メモ帳、ペーパーナイフ、皿に入ったピンとクリップなど、それだけでなく、カフェテリアのラックに掛かっているコート類、授業の時に私がそのかたわらに立つ机、ベッドわきにあるランプ、このすべてが嵐のような内なる存在を感じさせます。生命はなく、植物製はごくまれ、ほとんどが鉱物製である、にもかかわらず、それらすべてが、万物は独自の霊魂を持つとするアニミズムの危険に私を追い込みます。わかっているのです、見えないものを見るときが私は一番追い詰められる、林檎が一つ転がっているのを見るときが。

ミセス・トラウト、私はこれを破りましょうか、それとも投函しましょうか？　あなたに届かないかもしれません。それがお望みですか？――私には定かではありません。どちらの場合であれ、私は以下に記すままに、

あなたのものなる、
ポートマン・C・ホルマン

［この受取人のない手紙は、しかるべく差出人のホルマン教授に返送され、手紙の名宛人女性については、彼女自身が電話で宿泊予約を取り消したために、それ以降のことは不明。］

＊1　ジョン・キーツ　John Keats（一七九五―一八二一）イギリス・ロマン派の詩人。"Ode to a Nightingale" の一節。

12　コーヒー・ショップ

静かなる夜（聖し）、
聖なる夜（この夜）、
ものみな静けく（星は）、
ものみな輝く（光り）……

十一月の末、収穫感謝祭の数日後だった。エヴァは、贈答用の包装紙に包まれた大きな包みで手足の自由を奪われながら、コーヒー・ショップに向かっていた。うきうきしていた。
五大湖の一つから吹き降ろす強風が市街を切り裂き、ベツレヘムの星を踊らせ、花輪を引っかき、花綱を揺らし、透明な飾りとクリスマスの吹流しは苦しげにうねり、不穏な音を立てている金銀のモールのアーチの下で揺れていた。見渡すかぎりの前方には、宝石のようなイルミネーションに照らされ、ねじれて、はためくものがあった。どこか、吹き飛ばされた天使たちのようだった。そこここに、ティンセルの金属片が舞い、歩道の楓の木々の裸になった枝々に絡まり、たっぷりと嫌がらせていた。

　夕方だった。早々に帰宅する車両がすでにどの交差点にも群がって、信号待ちをしていたが、排出してくる群集はどこにも見えなかった。ガラス製のデパートは、床の上に床が重なり、透明な蟻塚のようだった。回転ドアを通して、橇のベルの演奏音が噴き出していた。どの店も人工の日光の板を歩道に投げ出していた。見られていない人はなかった。出たり入ったり、ぶつかっても誰も気にしなかった。人々でできた粘液の塊がつぎつぎと溶岩のように流れているのが、空中の騒乱と対照的だった。二方向の列になった何百という人々が見せているのは三つしかない顔の造り、あたかもこの町とその周辺に関しては、全能の神も発明の才が尽き果てたようだった。目下使用中の三つの顔は、互いに似ていなくもなく、すべてが全天候型で、それ相当の大きさで、サイズはさまざま、生まれつき油断がなかった。大柄で頑丈なはつらつたる一家は北欧の出。活気はなくても大人たちのある種の合唱が耳に届き、かたや、子供たちはローラースケートで逃げ回ったり、呼び笛みたいなものを吹き鳴らしたり、互いに拳銃を撃ち合って本物のような射撃音を立てていた。夜（または晩）は、輝いていた。夜は静けくはなかった。エヴァは買い物を一つ完了しただけで、もう十分だった。

　このコーヒー・ショップは、アメリカ中西部にはよくあり、非難の余地はないにせよ、照明が暗く、賭博場か、ナイトクラブみたいだった。中和するようなラズベリー色の暗がりの中で、エヴァの情緒は流れている讃美歌に帰っていた。案内しようとしている人を無視し、集まった女たちで濃度を増した暗闇をかき分けていくと、女たちの手や胸や喉が断続的に立ち現れ、あとは見えなかった。みんな首をはねられていた。その理由は、人々が席に着いたテーブルには、牛の血のような赤色をした毒キノコをかたどった小型ランプが下向きに取りつけられていたから——ランプの高さから上は（最初の何分間かは）、可視度ゼロだった。ランプはそれぞれのテーブルを照らし、すでに先客がいるか、もう満席であるかを示しているだけ。急襲して空席が一つでもあれば、ラッキーだった。エヴァがそれで、ラッキーだった。体を滑り込ませると、三人組が四人組になって数がそろった。この三人はちらちらとした鈍い明かりの中にいるだけの存在だった。一人が八角形の眼鏡をかけ、一人は魔除けの飾りがついたブレスレット、三番目は煙草をふかしていた。三人は衣擦れの音をさせて辞去するところだった。（エヴァは彼らに座り続けるという苦行をもたらした——彼らは食事をすませていて、お皿に残っているのは汚れだけ。コーヒーでまた始めることになった。）手袋とハンドバッグが几帳面にエヴァの領域からさっと引き取られた。エヴァは身をかがめ、かさ張って倒れやすい包みを自分の椅子の脚にもたせかけた。姿勢を戻してから、深呼吸し、長手袋を脱いだ。そして、見捨てられた手を輪郭線のまま、ランプの光の下に置いた。

ものみな静かだった……

「トラウト」、テーブルの向こうから声がしたが、声があまりにもか細いので、極細文字で印刷されたようだった。「あなたじゃないの？」

エルシノアだった。

彼女はほとんど成長していなかった。アザミの綿毛のような髪の毛のかすみの中には、あのさすらいの美しさがそのまま残っていて、子供でも大人でもない美しさだった。シルバー・フォックスのケープが両肩を埋め、両耳に嵌まって光っているのは、芝居で使う箱からの借り物のようだった。ずり落ちたように座り、そらせた頭はまるで枕に乗せているよう、こめかみのところに落ちた影のせいで、二人には馴染の、殴られたような表情をしていた。光沢のある種類の口紅をつけており、色よりも光沢のほうが強かった。「考えてみれば」と彼女は言った――誰にともなく。宿命的に。

エヴァは同じ調子で言った。「どうしてわかったの?」

「あなたの手で」

あとの二人はエルシノアを見て、それからエヴァを見た。

やっと不思議に思う時がきたのか、エルシノアが言った。「ここで何をしているの、トラウト?」

「あなたこそ何をしているの?」

エルシノアはエーテルのような弱々しい忍び笑いをしただけだった。そしていまある煙草を捨てて、次の一本に火を点けた。「私はどうしても死ななかった」彼女は憶えていた。「笑っちゃうでしょう?」

彼女の仲間の関心が高まった。エルシノアはその勢いに負けて、ため息をついた。「女性たちをご紹介させてね。――こちらがトラウト」エヴァが紹介された。「私たち、少し前にルーム・メイトだったの。トラウト、こちらがジョアン。ジョアン・ヘンシュ。――あちらがベティーメイ。ベティーメイ・アナポポリス」

「ハァイ!」女たちは声をそろえて言った。

「ハァイ!」エヴァが言った。

若い既婚婦人たちだった。となると、二人はにわかに実体化し、細部の細部まで、完成の域に達していた――エルシノアを遥かにしのぐものがあり、この二人にはさまれたエルシノアは、いまだに揺らめいていて、心霊体のようだった。女性たちは状況を一瞬のうちに把握していた。ジョアンは、エヴァのほうに向けて二枚の八角形を煌めかせ、何はともあれ知りたがった。「東部の学校時代のこと?」ベティーメイは、楽しくなり、幸運を呼ぶブレスレットをかちゃかちゃと鳴らした。「エルシーノーラったら、今夜はあなたの夜でしょう! なのに、あやうくお出かけすらしないところだったんだから! さあ、あなたたち、お二人の世界よ、何でも話したら。――私たちのことは忘れて」

「そうしてよ」ジョアンが言った。

「私たち、ネズミみたいに静かにしていますから」

ジョアンは忘却の彼方に消える前に、一つはっきりさせておきたいことがあった。「ここを訪ねてきたのは、誰かと一緒に……?」

「いいえ。私は――」

「――私に言わないでね、立ち寄っただけなんて?」

「そうなの」エヴァが言った。

ベティーメイが抗議した。「もう、後生だから!」

エルシノアは小鳥がびくびくするような仕種を見せ、限界だとにおわせた。ここまでくると、もう逃げ出したかった。すべてが限度を超えていた――彼女は髪の毛を揺らした。コーヒーを一口飲みかけてやめ、顔を伏せて、さらに下に滑らせ、そこにはない枕にもたせかけた。煙草は口に行きそこなってしまい、渦を描いてキツネの毛皮の中に紛れ込んでいた。エヴァは白日夢でも見ているようにこれを見つめた――瞳を凝らし、不審げにテーブルを見つめ、やがて、同じたたずまいのまま、半分しか見えないコーヒー・ショップを見回した。すべてが泳ぎ、渦巻き、薄れ、濃くなり、にじんでいた。顎が重たくなり、がくりと外れた感じがした。静寂が耳の中で唸り声をあげた。悪寒と熱が交互に額を締めつけた。外の空間で誰かが言っていた。「彼女、気分が悪いのよ、違う?」

お城の塔の部屋、哀れな息遣い。盲目にされた窓、追いやられた湖。昼も夜もない見張り、蜘蛛の巣の幕屋。毛布の上の手、哀願し応答し脈打つ心臓。暗闇、見えない距離、知りつくした近さ。愛。ここと、いまと、これしかないもの。階段の足音。彼女を連れて行かないで、**連れて行かないで**。彼女が私のすべて。私たちは一つ。

これからどうなるか聞いてないの？　いいえ。聞いてない、でも、私はどうなったか知っている。ドアが開いて、元気にしてる、マイ・ダーリン？　わかった――だったら彼女を**連れて行けばいい**、あなたの死んだ鳥を。この哀れな人、あなたが母親なんて、私は持った憶えがない。エルシノア、何があったの？　誰も話してくれない、誰もいやがって。行ってしまった、行ってしまった。もう変えられない、もう手遅れ。また出て行くがいい。**あなたはここで何をしているの？**　もうそんな

――

――ベティ＝メイが別件でしゃしゃり出てきた。「ハァイ？――まあ落ち着いて。私だって、前は、移住者たちがいたわ」ジョアンがほのめかした。「彼女は食事をしないと」ジョアンが合図をすると、ウェイトレスが穴のあくほど見た。「あのウェイトレスは、今夜は緊張してる」ベティ＝メイが言った。「私の注文を間違えたでしょ」

「彼女はモラヴィア人なの」

「前に飲酒で問題があって」

エヴァが行動した。手を伸ばしてメニューを取ったが、その予想外の熱心さに椅子がきいと鳴った。驚いた荷物が靴のヒールで踏まれ、テーブルの下で脚のほうにすり寄った。柔らかく、壊れるものではなさそうだったが、重そうだった――「まあ、これを運んでくるなんて！」みんなで蹴り

合いになり、あちこち行き来したあとで、荷物は取り押さえられ、やっとエヴァに戻されると、説明が要ると感じたエヴァが言った。「熊が一匹、入っているの」

「トラウト」、エルシノアがそっと言った。「どうして熊が必要なの?」

「小さな男の子だから」

「私は赤ちゃんが三人いるのよ」エルシノアが思慮深げに言った。そしてほかの人たちに呼びかけた。「そうよね?」

「彼女は素晴らしい母親よ」

「ええ。私はセールスマンと結婚したの」彼女は自慢屋になってくすくす笑った。「母の口癖だったわ、私は落ち目になるたちだって」

女たちは鼻の先からコーヒー・カップを見下ろし、カップを回しながら持ち上げた。意見は一つも出なかった。

「エルシノア、お母さまはどちらに?」

「あそこでしょう」

「ど﹅こ﹅のこと?」

「どこであれ母がいるところよ」エルシノアは毛皮からふっと灰を吹いた。「これは母の毛皮なの」と彼女は解説した。そして灰で焦げた髪の毛を一、二本つまみ上げた。「見た?――流行おくれ。母はこれを郵送してきた。それが最後の便り。違うわ、母は電報で夫が脳溢血で死んだと言ってきたんだったわ。トラウト」彼女は宿命となった単調さで続けた。「私の素晴らしい人生は、あなたのおかげだったわね?――トラウトが」、彼女は女たちに言った。「まず私を湖から引っ張り上げてくれたのよ、前に」

「あれは私じゃない」

「変ね、私はずっとそう思ってたけど」

「エルシーノーラ、どうしてそんな湖の中に入ったの?」

くすくす笑い。「私の落ち目になるたちのせいよ。――そうよ、あの気狂いじみたお城。トラウト、あなたのお父さまが建てたんじゃなかった? 大鴉が啼いてた」

「エルシノア、あれはフクロウよ」

「考えてみる。次に診療所に行ったの。――あなたのいう小さな男の子は、どこにいるの、あなた、そう言わなかった?」

「何のこと?」エヴァは身構えた。

「男の子よ、あなたが熊を持ってきてあげた」

「いまから迎えに行くところ」

エルシノアはそれを聞くと、突然共犯者のような様子になり、震えるような凝視を引っ込めた。解放され、エヴァは明言した。「おなかがすいちゃった」そして辺りを見回した。

「あのウェイトレスだけど」ベティ-メイが予言した。「絶対にこないわよ、あなたが彼女を見ているのを見たら。急にくるのが好きなのよ――その用心をしておいたら」

ジョアンが訊いた。「あの熊をここまで運ばないといけなかったんですか?」

エヴァはメニューに取り囲まれながら、宣言した。「『落とし焼き卵《シャード・エッグ》。スイート・コーン。アスパラガスの芽』にするわ」

「物足りないわね」ベティ-メイが言った。

「パイを追加したら。——ねえ、どうしてもここまで熊を運ばなくてはならないの？　小さな男の子がこの町にいるって、どの辺ですか？」

「いないのよ」

ウェイトレスが急に飛んできたので、注文を伝えた。

「この町に」、エルシノアが言い訳をした。「誰がいるのかなんて、知りたくない。私はたいてい一人ぼっち。エドが合間に戻ってくるけど。テリーは頭痛のもとなの——私は窓から見張ってるの。時が飛ぶようだわ、私が三人の赤ちゃんを持ってからこっち」

「エルシノア、三つ子だったの？」

「いいえ、普通の子たちよ。——私、自分がしないことは知ってる。夏には、泳ぐ。氷が張ったら、氷の上に出る」彼女は少し透き通ったような指を、あてどなく、牛の血の色をしたランプのほうに伸ばした。「私はここにいるんだわ、やはり」彼女は瞑想し、疑わしげに指を見つめた。「考えてみるわ。誰でもどこかにいなくてはならない、でしょう、もし生きているなら？」彼女は恨んではいなかった。「ここは立派な町で、母親をもっぱら苦しめるような町よりましなところよ。あなたのことといえば、トラウト、あなたとあのこんがらがったお城だけど。あのとき、私は何も欲しくなかった、私たちが持っていたあの島に戻ること以外には。彼らはそうさせてくれなかった。あなた、思い出すでしょ？——私はほとんど忘れてしまった。私って、どんなだった？」

「最初は、泣いてばかり」

「そんなに泣いてた？」

「毎晩、毎晩」

エルシノアは目を丸くした。そして訊いた。「どっちの時だった、あなたがあそこにずっといたのは?」

「あとのほう」

「私は何一つ知らなかった。——あなたが私を湖から引っ張り上げたんじゃないのね?」

「そう。あれは誰か別の人」

「だったら私、何がなんだかわからない。だったら、どうして私があなたの手を知ってるの?——あなた、誰と結婚したの、トラウト?」

「彼は駄目だったの」

「お気の毒さま」エルシノアが言った。そして煙草をぽいと捨てて、もう一本に火を点けた。「じゃあ、あなたたち」、彼女は女たちに言った。「私たちの話はすんだから」

やがて、ウェイトレスがまた飛ぶようにしてエヴァの注文を運んできた。「彼女、正しく持ってきたじゃない、奇跡だわ」ベティ-メイが言った。「だけど私、いらいらするんだ、あなたはT-ステーキをとらないんだもの。そういうのはないのね、東部だから」

「あるわよ」ジョアンが言った。「でも、すじっぽいのよ。貧血気味っていうのか、あなたにはわからないだろうけど——失礼しました」彼女はエヴァを見て赤くなった。「でも、そうだったから」

エルシノアが割って入った。「エヴァは東部の出身じゃなくて、イギリスの出身よ」

女たちは、どうでもいいような相違点は無視した。そして決めた、エヴァが食べている間、同席していよう——それは一転して豪華版のショーになり、食欲が一回満たされなかったことがエヴァの目をくらまし、見物人たちをひたすら驚かせた。エヴァとフォーク間の連帯関係は崩れていた。前方に重心をかけ、頭を下げ、皿の上にかぶさる様子は盗み食いをする犬のよう、飲み込む様子は何かが喉に詰まったみたいだった。女たちにとって、見るも哀れなパフォーマンスだった。音楽は、「ジングル・ベル」と「神の御子は今宵しも」の「ベツレヘムにあれましぬ」を通過して、「僕は夢見る、ホワイト・クリスマスを」の佳境に入っていた。「私たち、雨戸を修繕したところ」ジョアンが言った。「あなたは全部やった?――エルシーノーラ、ベビーシッターはいつ頃までいてくれるの?十時十五分まで? だったらベティーメイの所によってから、あなたのお友だちを歩いてお送りしましょう」彼女は自らエヴァに話しかけた。「それで、どちらなの?」

「どうぞ」、相手は追い詰められたように言った。「それはおかまいなく!」

「私たちはお友だちよ、いまにわかるわ!」警告するように声を立てて笑い、ジョアンは手錠でも掛けるみたいにエヴァの手首をつかんだ。「あなたは面倒に巻き込まれるの、私たちに巻き込まれたら。みんな、そうよね?」

「もう巻き込まれてる」ベティーメイは同意しつつも、いくぶんあやふやだったかもしれない。「あなたのことがすんだら」、彼女はエヴァに打ち明けた。「私たち、失礼しないと。ダディのことが気になって。ハークのダディのことよ、私たちと同居している人。私の問題はこれなの――ハークは今日は町にいるけど、大事なお客と一緒なので、ダディは、もし長く放って置くと不機嫌になって、大声で怒鳴ったり、うろつきまわったり、私の子供たちを起こしてしまうかもしれないの。だから、お勘定をさせてもらえたら嬉しいのだけれど。――彼女、いまさら、どこに行こうというの、もうほんとに?」

エヴァの周囲を取り囲んだ女たちは、コーヒー・ショップからエヴァを護衛しながら連れ出した。アナポポリス家の住まいは、繁華街の数区画先の同じ通りにあった。彼らはまた大渦に飲まれた。飾りがばたばたと揺れる下、人の群れは薄らぎつつあった。困っているのは、帰宅する途中の二人のサンタクロースだった、口髭を押さえつけ、衣裳を風船のようにふくらませて。グレート・レークからくる風は、ただ吹きつけるだけでは飽きてしまい、さっきから攻撃するような冷たい風になっていた。それから身をかわせたことにホッとして入った空間は陰気なロビーで、建物自体はこの町の水準から見ると死にかけていたが、まだしっかりしていた。熊から何からすべてをまとめて、エレベーターに運び込んだ。

昔も今もアナポポリス家は、この狭いアパートの中で料理は共同で行い、花の香りのするスプレーでうわべだけ新鮮にしていた。ベティーメイはカーテンのかかったアーチをくぐり、陽気に怒鳴った。「お客さんよ！」ミスタ・アナポポリス・シニアが、かぎりなく人間に近いヒキガエルのようにうずくまり、ビーズがついたランプの笠の下に座っていた。その皮膚は、頭蓋骨の後ろ半分から、その下の喉袋にかけて、ヨーグルトのように青白かった。スグリのような黒い目が、鼻眼鏡の奥から磁石のように飛び出している。黒っぽい元ビジネス・スーツが両肩を包み、仕事中みたいな緊張感を見せていたが、現実から遊離したまま、腹部は下方にかけてたるみ、だらしなく、両股は大きく開いていた。彼の姿は、小さな、いらついた、尖ったつま先で終わっていた。彼が合図した、立ち上がらないでいいかとでも？――立ち上がろうという意思を完全に欠いていることがわかったが、その力がないのではなかった。彼は頭を回して一礼し、鼻眼鏡を再調整した。「ご婦人方」彼が言った。「お目にかかれて嬉しいことで」嬉しいのかどうか、真意のほどは疑問だった。彼は不機嫌どころか、

『シカゴ・トリビューン』紙の株式欄を穴が空くほど見るのにかかりきりだった。新聞の関係のない部分は周囲に投げ捨ててあった。——「ただいま」ベティーメイが父の注意をうながし、手際よくエルシノアの前に出た。「あなたのお嬢ちゃんが帰ってきました」エルシノアは彼の目の前に突っ立って、鎖につながれた、人形みたいに小さいアンドロメダになって、手の届かない場所に座った。彼はこれでよし、とばかりに満足そうだった。「そうか、帰ったか」彼は認め、彼のお嬢ちゃんに、いやらしくても下心なく唇を舐めて見せた。それから別のほうを向き、おべっかを使った。「どうだい、ミセス・ヘンシュ。ハーマンは元気?」ここで彼は三人目の客を観察した。ベティーメイは、急いでエヴァの横に行って訊いた。「トラウトというのは、あなたの名前、それとも苗字?」「苗字です」「ダディ、こちらはミス——あら失礼、こちらはミセス——トラウト」

「はっ!」彼は言い、やっと電流が通った。

「ハァイ!」エヴァが進み出た。

「彼女は前からエルシーノーラをご存じだったの、素晴らしいじゃない?」

　ミスタ・アナポポリスは椅子ごとくるりと回り、陳列品が一番よく見える角度にした。「ト・ラ・ウ・ト?」彼は探るように言った。「いったいどこの出身だね?」

「エルシーノーラの話ではイギリスだって」

　彼は鼻眼鏡を外し、せかせかと磨くと、また鼻に乗せ、エヴァを見据えた。「あんたは、ところで、あの金融業者の縁続きでは?」

　エヴァは計算するような、素っ気ない、いつもの視線を彼に注ぎ、その反応から、もう言い足すことはないと見た。

「でも、トラウト、前はそうじゃなかったっけ?」エルシノアがいぶかった。「あるいは私、夢でも見たのかしら、あの大鴉の夢みたいに?」

「いったいどうして」、ジョアンはしきりに知りたがった。「その人があんな物騒なお城を建てるわけ、もしそうじゃなかったら?」

「あれはあそこにあったのよ」エヴァが言った。「お水を一杯いただける?」

部屋は妙に暑かった。旧式のスチーム設備は、子供たちの留守の間に父権によって独占され、彼の椅子のそばの金属板の中で音を立てて沸いていて、椅子だけでなく、そこら一帯を温めていた。人間も建物に作り付けの感じがした。競売場のレトロ調の家具、それも新第二帝政時代様式の家具の大波が、その他のがらくたに混じって、ここで停滞しているようだった。ベティ-メイは一、二点、表面に光沢仕上げをしたコーヒー・テーブルなどを追加していた。ほとんど光沢はなかった。毛先を切ったベルベットと、ひび割れ仕上げの金箔細工には、静電気が引き寄せる以上の埃が積もり、この埃が焦げているのだった。「ここはたしかに焼けてるわね」ベティ-メイが認めた。そしてエアスプレーを探しまわったが、見つからなかった。「ビールでもお出ししようかと、それか、リキュールのウゾーでも――あなたは水が欲しいんじゃないでしょ?」

「いや、あれは」、ミスタ・アナポポリスは、エヴァを見据えた眼力を緩めることなく、続けた。「じつに不思議な出来事だった。世界中がパニックになってね、あのニュースが広まったときは。市場は大揺れしたんだ。あの男はあらゆるところに利害関係があって。偽情報でも何でも、オーケー。どこから見ても磐石だった。オーケー、それが――彼はなぜやっちまったかなあ?」

「なぜ、何をやったの、ダディ?」

「命を絶ったんだよ」彼はあっさり言った。「危ない橋は渡っていなかったろうに。理解を超えてる。お尋ねするが、そんな彼がいったいなぜ?」

エヴァは見開いた目をそのままそらし、棹立ちの馬にはさまれたブロンズの時計を見た。時計は止まっていた。審問者は続行し、熱心そうなふりをしていた。「あれこれ考えたが、話してくれてもいいでしょう」

「気後れしていらっしゃるわ」ジョアンが言った。

彼は譲らなかった。「トラウトとは鱒《ます》だよ、普通の名前じゃないさ、魚でもないかぎり。それだけじゃない、彼女は彼によく似ている。彼の娘じゃないかな」

「ダディ」義理の娘が狂ったように言った。「ダディだって、儲けたじゃない、前に、そうでしょ! 率の高い取引をして、知っていた人たちと!」

老人は、馬鹿にしたように彼女に言った。「彼は写真で知ったんだ」彼は鼻で笑った。「で、彼の顚末を追いかけたのさ」——尖ったつま先が、小さく、静かに、いらいらと踊る。やがて興奮が尽きた。そして膀胱が不安な兆候を見せた。「ご婦人方」、彼は告げた。「ちょいと失礼させてもらいますよ」

「すごく年寄りのギリシャ人でしょ」エルシノアはいつもの小声《ソット・ヴォーチェ》のままで言い、ミスタ・アナポポリスはその中を去っていった。

「ハーマンの父もああだったわ。そんな年なのよ、みんなそう」

「ハーマンの父が何をしたって、ジョアン?」

「過去の話よ。みんな混乱してくるのね。——でもあれはたんなる偶然じゃなかったの?」ジョアンはエヴァに尋ねた。「あなたのご親戚とかだったのでは?」

「ええ」エヴァはとまった時計のところへ行き、ガラスの扉をそっと開け、立ったまま時計の両針を動かして想像した時刻に設定した。女主人は視界から消えて、ビールを取りに出て行った。「エルシノア」肩越しにエヴァが言った。「私、すぐ行かないと。戻らなくちゃ。長距離電話がくるはずなの」エルシノアは、言い訳もせずに無言で、口紅を取り出して鏡に向かい、震えの消えた手で、唇に光沢を加えた。

「ということは」、ジョアンが食い下がった。「その重要な呼び出しはきっと、あなたの坊やを連れてくるのと関係があるのね?」

「いいえ。——そうね」

「遠くまで行って連れてくるの? 空の旅? 正確にはどの付近なの?」

「まだわからないの」

「あら……!」

ミスタ・アナポポリスがまた戻ってきた。彼はエルシノアを迂回して、わざと飛び跳ねながら、淫らというよりは物欲しげに唇を舐め、諦めたように頭を振り、自分の椅子を探した。狼としては、彼はもう終わっていた。「で、ご婦人方はいかがお過ごしでしたか?」彼はそれとなく訊いた。

「私はショックだった」ジョアンが認めた。「ミスタ・アナポポリス、これが信じられます?——こちらのミセス・トラウトは、坊ちゃんを迎えに行くというのに、この地上のどこにその子がいるのかご存じないのよ。東部では、違うのかもしれないし、イギリスでも違うんでしょうが、私は驚いたと言っておかないと。その種の不確実さは、勘弁して欲しいわ。それとも私が神経質なのかな?

もしそうだったら、そう言ってね」

いや、ミスタ・アナポポリスはそうは思わなかった。彼自身、とてつもなく深刻な見方をした。彼はエヴァに詰め寄った。「私は何を理解すればいいんだ?」

「いまからそれを聞くところです」エヴァは毅然として言った。

エルシノアはため息をつき、支持に回った。「長距離電話でね」

「それはともかく」、――彼は「それ」と言うのに、ナイフで刺すような身振りをした。「電話でどんな声を聞こうというつもりかね? あんたが知っている声かい? あんたの子供が適切な世話を受けている証拠はあるんだろうね? 仮にそうとして、その子が向こうの手を離れていないことを知る理由があるんですね? この国では色々なことが起きるんだ、言いにくいことだが――いや、言いたくないが、それがこの国の専売なんだ。誘拐、それも強奪してやることまでは、あんたにわざわざ言うこともないが。それに、奥さん、あんたの家族の名前を金持リストの一番トップに置いている人間はたくさんいるんだ。ある程度の金で、子供を探し出すことはできるだろうさ。しかし、もっと恐ろしい騒ぎもあってね――いいかい? 子供の闇市があって、誰も知らない赤ん坊たちだ。いいかい、売り買いができるし、交換だってできるんだよ? いいね、法律的に養子ができない人間が、その資格に欠けたのなんかが買い手になるんだよ? いいかい、この市場では需要が供給を遥かに上回っているんですがね? 意識したことがあるのかな、奥さん、その需要を満たす手段があるということを?――あんたの子供は何歳です?」

「三ヵ月です」エヴァは答えた――あわてて考えて。

「もってこいの年齢だ」彼はとどめを刺すような調子で断言した。

「それに」、ジョアンがうめいた。「その子をその辺に置いておかないように、かといって、あのばかでっかい態で窒息させるのもねえ」彼女は八角形の眼鏡をエヴァからそらした。

「私の言うこのネットワークですがね」ミスタ・アナポポリスは、物々しく声を張り上げて続けた。「さらってきた赤ん坊をせっせと運ぶんだな、取引で手に入ったのがあり次第。このネットワークは、天文学的な値段を要求してくる——まあそんなもんです。組織の大きさにはほとほと感心するよ。受け付ける顧客は、さいわい質問はないという人たちでね。あるいは、万が一質問しても、それはしかるべき返事が欲しいだけ——その返事は出来上がっているんだから。そいつらの縄張りときたら、悪魔のように処罰をまぬかれて、西海岸から東海岸に広がり、ここだけじゃない、大陸にまで組織を広げている。まさかというような都市にも代理人がいて、連絡をしたりされたり、手段は合言葉、決まった暗号を使うんだな。開拓前線は隅々まで専門化しているしね。あんたが即金で支払えば、すぐ動き出す。第一級のサービスを受けられる。取り決め、偽造する。出生証明書、ビザ、氏素性の詳細、血液型の証明書。面倒は一切なし。あんたは可愛い赤ん坊を手に入れ、自分で生んだようなものですよ、高級なホテルでね。すべてセットされ、すべてに配慮が行き届いている。一つだけあんたがしなくてはならないことは、何だった？　即金で支払うことでさ。あんたは——」

「——私、何か聞き逃した？」ベティ-メイが、盆を持って入ってきて、知りたがった。彼女は盆を下に置いた。「あなたはここが気詰まりなのね」

「彼がいま血も凍る話をしてくれたばかり！」

エルシノアが言った。「彼らがしようとしていることを」彼女はあくびをした。

「もう、ダディったら！——あなたを脅したんですね、ミセス・トラウト？」

「いいえ」とエヴァ。「どうもありがとう」彼女は事実、目につくほど無感覚に耳を傾けていた。「でももうすぐ、申し訳ないけど、行かなくては」

「彼女は電話を待ってるのよ」

これを小耳に挟んだミスタ・アナポポリスは、狂乱状態になった。「奥さん」彼は体ごとエヴァのほうに乗り出して、猛烈に説教を始めた。「あらゆる人間のうちでも、あんたは私の話を最後まで聞くべきだ！　その電話を受ける前に、こっちが警告してるんだから。どうしても注意しないといけないよ、あんたがきっと対決することになる相手には。子供にまたすごく会いたいんだろう？」

「ええ、そうです」

「だったらどうしても言っておかないと、用心して進めなさいよ。二重にチェックすること。言われたことをすべて調べること。坊ちゃんが病気だと言われるかもしれないし、隣人と町へ出たとか、おばさんが立ち寄って連れ出したとか、便乗者がきて彼を連れ戻すとか、あるいは、あなたが彼を迎えにいくと、何か故障があって彼はいないということになる。それで全部じゃない。どこまでも非人道的になれるんだから、こういう情報だってもらうこともある、その子が突然死んだとか。涙は禁物、ぐずぐずしないで――即、行動あるのみ！　もうさらわれたあとかもしれない」

ベティ-メイは知りたかった。「でも、どうしてそんなことに？」

「あなたは中身を聞き損ったのよ」ジョアンが言った。「ハークのダディが、どうやって彼らが赤ん坊を仕入れるか、詳しく話していたところ」

「やめてよ！――それこそ堕落じゃないの」

「病的なのよ」

ミスタ・アナポポリスは、突然立場を変えた。「ご婦人方、どうかお許しを。自然はあなた方に母性を付与しました。何人かには付与しなかった。法律もまた気まぐれで、正規の養子縁組で親になりたかった人たちを妨害してきました。根源的な需要が叫ばれている一方で、それは妨害され危機に瀕している。こうした危機を我々は見ています。搾取をね。邪悪な、汚い手段で金を儲けようというわけです」彼はまた鼻眼鏡をつかんで外し、また磨き——磨きながら、回想するように目をしばたたいた。「金か、たしかに儲かるんだ」彼はやむなく譲歩した。

「それから考えることね」彼のお嬢ちゃんがつぶやいた。「あなたは考えたこともなかったでしょう！」

「さあ、さあ、さあ！」

彼の義理の娘は、出そうと準備して盆の上に乗っているものに目を配り、歌うように言った。「ダディったら、悪事をすっかりさらけ出して！　ハークと私はお手上げなのよ、ダディが悪徳業者のことをテープにとるものだから。調査までするのよ。もう毎日が暇なので、探り出すのが楽しいのね。——そうでしょう？」

彼は毒のある目で彼女を見た。

エヴァが立ち上がって、言った。「お休みなさい。ありがとうございました」

「でも娘たちは、歩いてお送りするつもりなのに！」

「ありがとう、でもけっこうよ」

「タクシーを呼びましょうか？」

「いいえ、どうも」

エルシノアも立ち上がった。そしてケープを拾い上げて巻きつけた、黒い薄いドレスの上に——

これも芝居に使う箱から取り出したのか？「エルシーノーラ」女たちが訊いた。「何をしているの？あなたのお友だちは連れは要らないって、いまそうおっしゃったでしょ」エルシノアの光沢のある口紅をつけた唇が苦しげに動いた。何の音も出てこなかった。目を大きく見開き、訴えるように老人を見た。ミスタ・アナポポリスがその場を取り仕切った。「行かせたらいい」彼は命令するように言い、エヴァのほうを見た。「彼女は自分でやれる人だ。有能な人だ、有能な家族の出なんだから——しかし、彼女が母親としてふさわしくないとは言わなくもないが。彼女を帰らせて、電話に応対させよう。それが肝心かなめのことだ。トラウトの跡取りなんだから。そして君たち、お嬢ちゃん方」——彼は情愛をこめ、事情を飲み込んで、アザミの白い綿毛のおもちゃを眺めた——「一緒に行ったらいい。よい旅《ボン・ヴォヤージュ》をと言って上げて。大通りに出るまで見送って上げなさい」

エルシノアとエヴァはエレベーターで降りた。エルシノアは煙草をもみ消し、ほかにはもう火を点けなかった。

ロビーは無人だった。エルシノアが先に走っていき、ガラスのドアまで行くと、まだ街路がそこにあるか確かめた。そして戻ってくるとエヴァに体ごとぶつかってきた。底なしの、夜ごとのむせび泣きが始まった。**「私も一緒に連れて行って、トラウト！」**涙に濡れた毛皮が見苦しく滑り、二つの肉体の間に落ちて山になった。**「あなたは私を置き去りにしなかった、置き去りにしなかったじゃないの、前は！」**絶望してエヴァにすがりつき、エヴァに抱きついて、離れまいとしたが、やがて、ことになすすべもなく、自然にほどけてしまった。「だめね」エルシノアが判断した。「あなたは私を一緒にこさせるわけにはいかないし、私も行くことはできないんだわ。だめよね、どんなにそうしたくても？」彼女はエヴァに額をうずめ、また引き戻した——エヴァがうつむくと、紫色の透き通った瞼が、巣から落ちたひな鳥の瞼が、目に入った。恐ろしい、執拗な、死にゆく者の自己決定すら感じられた。エヴァは叫んだ。「エルシノア、だめよ——やめて、いいわね?」二人してその場にじっとたたずんだ。するとエルシノアがまた震えた。そして疲れたようにくすくすと笑った。「あ、たいへん。あなた、熊を忘れたわ」

「そうだ!」

「トラウト、あの熊はどうする?」

「坊やを窒息させるかもしれないわね……あなたの子供はもう大きいの?」

「お兄ちゃんはもう大きいの。もうすぐ四歳になるところ。——もらったら喜ぶでしょう」

「だったら、助かるわ、エルシノア」

「考えてみれば」、エルシノアはそう述べ、それが最後だった。いまは理性的な態度になり、手で髪を揺さぶった。「煙草が欲しい」彼女が言った。「それに、みんな待ってるから——そろそろお別れするわね」

「また帰ってくるから」エヴァは誓った。それを信じる光りが、エルシノアの呆然とした、だが落ち着いた表情を照らすことはなかった。ロビーの床が二人の間に広がる。エルシノアは、母親にもらった装備で重々しい上半身を、細いヒールでかろうじてバランスを保ちながら、エレベーターの中で、まるでショーケースの中にいるように立っていた。その黒ずんだ枠が彼女の額縁だった。彼女は手を振り、白日夢と戯れていた。「またね!」そこへドアが滑ってきた。

エヴァは大通りに向かう緩やかな登り坂をどんどん進んだ——毛皮の帽子と長手袋を肘の下に抱えこみ、両手は外套のポケットに突っ込んでいた。足取りは決然としていたが、万事に雑念がつきまとって、心から離れなかった。ひとしきり吹いてくる風と風の合間にほうほうという唸りが聞こえ、お城の煙突でよく聞いていたような音だった。明日はベツレヘムの星がかき鳴らされる、昨日はもつれて乱れた模様だった。彼女は抵抗した。何が相手なのか、わからなかった。交差点で立ち止まると、鎧を失い、やみくもだった速度も消えた——そこへ待ち構えていた考えが飛びかかってきた。「私は彼女の結婚後の名前を知らないし、住んでいる場所も知らない。だから、もう彼女はいない。だったら、私がいまから戻ってみる?」彼女は後ろを振り返った。「よそう。あの子がいなくてもいいし、失ってもいい。裏切ってもいい、まったく知らないんだから、くることもないのだ。私が一分遅れたら、彼らはすぐ子供を取り戻すだろう。私は永久にあの子を失ってもいい。あの老人がそう言っていた……。あなたは帰ってくるのが遅すぎたのよ、エルシノア。私にはできない。あなたは悪いときに帰ってきた」

信号が変わった。彼女は大通りを北に向かい、息を切らして急いだ。千切れたティンセルが飛んできて髪の毛を捕らえ、そこに絡みつこうとしたが、彼女はむしりとった。

ホテルに入ると、カウンターに歩み寄った。受付が機敏に挨拶してきた。「ハァイ、ミセス・トラウト!」「何か?」とエヴァ。「お電話が入りました、五分前に。ご伝言はありません。あちらからまたかけるとのことで」彼は部屋のキーを手渡した。「お休みなさいませ、ミセス・トラウト」「お休みなさい」

湿っぽい、照明の明るい、封印された部屋に入り、エヴァは丈夫そうなカーテンを見つめた。絨毯の上を行き来した。通りがかりにバスルームのドアを閉めた、そこに耳があるといけないから。壁には絵が三枚かかっていた。彼女は一枚ずつ分析した。ベッドサイド・テーブルの下の棚から、ギデオン協会の聖書を取り出し、親指を頁に差し込んでみた。「**これは律法である**」彼女は読んだ。

「**以上は焼尽す捧げ物、穀物の捧げ物、贖罪の捧げ物、賠償の捧げ物、任職の捧げ物、和解の捧げ物についての指示であって――**」[*1]電話が鳴った。

「ハァイ」声が言った。「帰りましたね？　そこにいるのはあなたですね？」

「はい、帰りました」

「あなた一人ですね？」

「私一人です」

「名前をいただけます？」

「トラウト。――エヴァ」

「けっこう」話が中断し、そして――「ドブの中の犬」とその声が言った。

「壁の上の猫」エヴァが答えた。

「完了です。では明日」

「どこへ行けば？」

「鉛筆ありますか？――書きとめますか？」

＊1　旧約聖書『レビ記』七章三十七節。

第二部　八年後

1 訪問

八年後、エヴァと少年ジェレミーは、パンナム航空のボーイング707にシカゴのオヘア空港から搭乗した。行き先・ロンドン。これはジェレミーにとって初めての大陸横断飛行であり、旅路の終わりには初めて見るイギリスがあった――この二つの未来が彼の心を高揚感で満たしていた。離陸を待つ間、彼は膝の上のコミック本をおざなりに眺め、だがその間ずっと、出てこない言葉をエヴァにぶつけていた。そのたびにエヴァが瞑想的な微笑を浮かべるので、彼は、その唇を一瞬見つめてから、微笑を返した。彼らのやり取りはどれもこうした真剣さで取り交わされ、二人とも同じだけ真剣だった。彼は美しい子供で、金髪が秀でた額の上で真横に切りそろえられ、瞳は大空のような力があり、灰色から青色の間で変化した。皮膚は、そばかすはなく、デリケートで色白なのに、健康そうだった。目鼻立ちはある程度トラウトの鋳型で作られ、開放的なところはウィリー譲りであり、エヴァ譲りだった。しかも彼と彼女がときに驚くほど似ているのは、下地にある以上の何かがあり、濃密な、ほぼ絶え間ない交流と、つねに変わらない、思慮深い、相互の思いやりに起因しているようだった。少年の背が高くなるかどうかは、まだ何とも言えなかった。目下、彼は年齢から見て平均的だった。服装はどちらかといえばイギリス風で、クリーム色の絹のシャツに青いネクタイ、灰色の短いニッカーボッカーをはいていた。エヴァはニーマン-マーカスのスーツにきっちりと身を包み、生地はフラノで色はこれも灰色だった。二人はくつろいだ、じつに贅沢な旅をしていた。ほかの人たちは彼らを好意的に見ていた。大学教授はいなかった。

照明が揺れた。ジェット機は滑走路を前進していた。

「いよいよね――ジェレミー！　離陸するわよ！」

彼は彼女の手を握った。

目的地ロンドンでは、彼らはロンドン南西部、SW7のグロスター・ロードにあるペイリーズ・ホテルを予約しており、エヴァが家族向きにいいと推薦されたホテルだった。そのとおりだった。マホガニー製のエレベーターに、贅沢な象牙と木彫、トルコ絨毯を敷いた廊下には、彼女が望む重厚さがあった。部屋は最上階のスイートだった。到着が遅かったので、ジェレミーは翌朝初めて、窓の外に地平線を描き、無数の木々の緑の霧に閉ざされた都市を目にした――四月半ば、春もまたロンドンに到着していた。彼らはロンドン動物園で昼食をとったあと、マダム・タッソーの蠟人形館に行った。夕方はホテルのスイートに戻り、買ってきたばかりの色刷りの本でロンドンの写真を見て過ごした。次の日の朝は、決められた時間に、運転手付きのダイムラーがきた。彼らはまた外出し――今度はウスタシャー州に向かった。

エヴァにとってたんに車に乗っているだけの退屈さは、ジェレミーにイギリスを見せることで緩和された。子羊、楡の木、別荘、コレッジ（オクスフォードを通過中だった）。彼は何一つ見逃さなかった。今から始まる一日の恐怖がしきりに彼女を圧倒した。利発な子供は、そのときどきに仰向きになって彼女にもたれ、肩と肩をくっつけてきた。エヴァシャムで昼食のための休息をとり、ロースト・ビーフ、林檎のタルト、そのあとは川に沿って少し歩き、船を眺めた。「自分の船があったらいい?」もちろんあったらいいな。「遠洋航海用の船で、外にエンジンが付いたやつね?」ますますいいな!……ちょうど三時を過ぎたとき、ダイムラーはラーキンズ荘の前に停車した。
「あなたはいまいるところにいるのよ、ちょっとだけだから。すぐに戻ってくるから」そう言いながらエヴァは車の外に出て――そこで立ち止まった。

奥行きの浅い前庭が、かつてないほど、ぎっしりと明るい花々で埋まっていた。ニオイアラセイトウがレモン色からワイン色まで濃淡とり混ぜて咲きそろい、酔わせるような、そのくせベルベットのような匂いを放っていた。上下式のサッシュ窓が五つ、道路のほうを向き、今日はことに磨きたてた様子を見せ、内部にはパリッとしたナイロンのカーテンが掛かっていた。真ん中の扉は、ずっと昔は真紅だったのに、コバルト・ブルーだ……。エヴァの後ろの車の中で、少年がこの約束された家、約束がかないそうな家に見とれていた――いかにも家らしく、杏のように赤く、どこから見ても四角くて、お伽の国の果樹園だった。彼はエヴァがのろのろと進むのを見ていた――なぜのろのろするの?――清潔な白いセメントの小道をニオイアラセイトウにはさまれて進んでいる。彼は、ドア・ベルが見つからない彼女がついにベルを一つ発見し、やっと押すのを見ていた。ジェレミーはドアが開くまで息を殺していた――ドアの中に頑丈そうな、困ったような女性が立っていて、ぴったりした明るい赤のドレスを着ていた。対話が続き、赤の女性のほうの断固とした、反駁できない首の振り方で話が区切られた。その間ずっとエヴァは、杖のように立っていた。ドアが目の前で閉まったとたん、やっと振り向いた。小道をゆっくりと下り、ダイムラーまできた。運転手がさっと姿勢を正す——彼女はまた車に乗り込んだ。「ジェレミー、あの人たちはもういないわ」

彼は言葉にならない非難をこめてラーキンズ荘を見つめた。

「出ていったんだわ」彼女は言った。「あの女性が言うには、誰も居場所を知らないそうよ」

運転手は気をつけの姿勢のままだった。「ではどちらへ、マダム?」

エヴァは座り込み、呆然として、石みたいになった。「わからない」

無表情な男は待った。「そうだ、わかった」彼女は認めた。「牧師館に行って」

「場所はご存じでしょうか、マダム?」

「ええ、わかります」

そこで彼らは出発した。

ゴシック様式の門が三インチほど開いていて、「外出中、すぐ戻ります」と伝えていた。エヴァは伝統にしたがって一押しした。ドアは重々しく内側に開き、ドア・マットを強くかすった。室内はかつてないほどの埃が厚く積もっていた——彼女は例によってよたよたしながら、入り口をまたいだ。牧師館用の声が戻ってきた——「誰かいませんか?」客間から洩れた日光の断片が広がって、玄関ホールに入り込んでいた。ヘンリーが現れた、どこから見ても立派な若者だった。

「思ったとおりだ」彼が言った。「どうもあなたらしい音だった」彼はエヴァの向こうを見た。「誰を連れているの?」

エヴァはジェレミーに言った。「こちらはヘンリー・ダンシーよ」

少年は前に進み出て、手を差し出した。彼とヘンリーは握手をした。

客間に戻ると、エヴァは以前の居場所に落ち着くべく、長細いソファのはじに座り、ジェレミーは彼女のそばに座った。ヘンリーは表を伏せて置いていた本をまた取り上げ、ページをメモしてから本を閉じ、そのまま小脇に抱えた。それから立ち上がってバランスをとり、片方の足をソファの自分のほうのはじに乗せた。ソファには違ったカバーがしてあり、柘榴と鳥がいて、薔薇と輪ではなかった——果実は、いまも、花ほどには色褪せしていなかった。四月は火を焚かないでもよかった。

「さてと」エヴァが言った。

「これには——とは！」ヘンリーが答えた。

「ちっとも」そう言う彼女には、いにしえの獰猛さの片鱗が覗いていた。「驚いた？」

「これには」、そう言う彼もいにしえの戦術を使って応戦した。「僕を本当に脅かすものなんてないさ。——母は」、彼は言いそえた。「君に会えなくて残念がるだろうな。二日ほど出かけているんです。君はどこにいたの？」

エヴァは危険なほど深いため息をついた。

「いや」彼はあわてて言い足した。「だいたいでいいんだけど？」彼は全容を聞き出すことができず、それにはまだ力不足だった。「たとえば、いまはどこからきたの？」

「ラーキンズ荘から」

ジェレミーの気分が変わった。ソファから滑り降りて、いかにも物欲しげに外の庭を眺めている。

「彼、外に出てもいいかしら？」エヴァが訊いた。「きっと遊びたいのよ。私たち、ずっと都会にばかりいたから」ヘンリーは、開くのが厭そうな半分ガラスのドアで、フランス窓と呼ぶには教会風にすぎるドアの鍵を開けると、ジェレミーは花盛りのスグリの茂み目がけて飛び出していった。「何て可愛いんだろう」ヘンリーはそう言いながら戻ってきた。「少し静かなほうだね。だけど、僕らがしゃべってばかりいたからかな？」

　エヴァは無言だった。

「ああ、もちろん」、ヘンリーは同意した。「ラーキンズ荘だったね」かすかなためらいが彼の物腰に入り込み、ある種の障害があるのを感じているようだった――ちょうど人が、感動もしなかったし、何かしてくれたにしろ、退屈しただけで、とにかく何年も前に聞かされただけの小説とか芝居について、礼儀上、議論しろと強制されているようだった。しかし彼はそれを乗り越えた。最善を尽くした。「あそこは、もう、とてつもなくシックになったと聞いてるけど？」

　彼女は叫んだ。「ヘンリー、彼らはどこへ消えたの？」

「彼らはもう『彼ら』じゃないんですよ、一つには。彼らは別れてしまったんだ」彼は言葉を切り、思惑ありげにエヴァを見た。「君が彼らを別れさせた、と思われているんだよ？」

「私じゃないわ」彼女は断言し、彼が目をそらすまでじっと見つめた。

「君は大急ぎで逃げ出したじゃないか、どうしてそうじゃないと君にわかる？」

「どうして私がそんなことをする必要がある？」

「知らないよ」ヘンリーは素っ気なかった。

「いつだったの」、エヴァも気楽に訊いた。「それが起きたのは？」

「もう大昔さ」彼は思い出すのにとくに苦労した。「僕らはそのことについて、何も知らないことになっているんだ。いつのことかというと――どうだろう？――君が出て行った頃かな。つまりは、彼らは自分の勝手で動いたんだ。金が入ってね。彼はおそらくどこかよそで企業を買収したんでしょう。（彼がここで手伝っていた相手の男が彼の従兄だったでしょう?――君も彼から聞いてた?）ミセス・アーブルはフランスにまっしぐら、話に聞くかぎりでは、いまでもそこにいるらしいよ。その先のことは、君のお役に立てないんだ、エヴァ。フランスはご存じのとおりとても広いし、僕は彼女をほとんど知らないし。彼女は僕には一切関心がなかったし。ラーキンズ荘では君もはっきりしない返事をもらったんでしょう? ミセス・シングは先住者を見下している。彼らが売春宿をやっていたと思い込んでいるものだから」

「ジェレミーが」、彼女は怒って訊いた。「そのことで責められているの?」

「君が言うのは、ミスタ・アーブルがジェレミーのことで責められているということ? 僕はそうだと思うよ、その辺りでは。――実際には知らないけど」

「じゃあ、それこそ邪推よ」彼女が言った。「何もなかったのよ。何一つ」

「ああ、よかった!」ヘンリーが叫んだ――安堵感がにじみ出ていた。だが、こらえきれずにこう言った。「じゃあ君はどうやってジェレミーと出会ったの?」

「あなたに関係ないわ」

「普通の手段じゃなかったんだね?」彼は乱暴に詰め寄った。

「あなたに関係ないでしょう」エヴァは言い、引き下がる気配はさらになかった。

「『このお馬鹿さん』――というわけ?」彼はいとも優雅に言った――珍しくもさらに乗り気になっていた。「ジェレミーは何をしているのかな?」彼はぶらぶらと歩いて見に行った。「灰の山を見つけたんだな。さかんに掘ってるよ、文明の諸層を――あれはずっとごみの山だったんだ、僕らがきたときから」彼は個性をカワセミのようにきらりと光らせ、戻ってくると、ソファの自分の場所に身を投げた。「僕らは、前にいた場所にいるから」彼はエヴァに念を押した。「何はともあれ。なぜ僕らがまだいるのか、これからもいるのかどうか、それは断言できないけれど。でも、一つおまけがあるんだ。父が教会の地方執事《ディーン》になった――僕、変わった?」

「いいえ」

「そう。――君はとても美しく見えるよ、エヴァ。年齢が君に合ってる」

「それほど年寄りじゃないわ」

「僕の年齢の二倍でしょ」

「違います、ヘンリー」

「いまは違うかもしれないけど、前はそうだったでしょう。だからそれはもう取り消せない。お城に遊びに行った日は、僕が十二歳で君は二十四歳だった。僕ら、いい仲間だったなあ」

「あの日を憶えてる?」

「いま考えてみようと思って。――もちろん、ここではある意味、僕らは変わったけど。僕ら子供たちは、という意味だよ。巣立って、散っていった。カトリーナは理学療法士の資格を取ってね、彼女にぴったりでしょ。ますます親分になってしまってね。(母がいま彼女のところにいて、下宿に落ち着けるように手伝っているんだ。ありがた迷惑だろう、と僕は見てるけど、そういうこと。)アンドルーは自分でヘイリーベリー校に入学を決めてきた。もしすべてがうまく行けば、彼は公認会計士になると思うよ。彼は猛烈に女の子たちにもてててさ。いまそのうちの何人かと出かけていて、船に乗ってる。僕はケンブリッジにいる」

「ルイーズはどうしてるの?」

「ルイーズは死んだ」

彼の顔が一瞬エヴァのほうに向き、目の回りが奇妙に白く硬くなっている。彼はエヴァがぶざまな抵抗するような動作をし、頭をねじるのに目を留めた。――「どうして彼女がそんな？」

「そうだよね」彼が言った。「まったくそんなタイプじゃなかったでしょ？　ボタンみたいにきらきらしてた。死ぬ必要なんかなかった。手の打ちようがなかった。僕はこれにずっとこだわると思う。彼女は僕の親友だったから」

「そうなの、ヘンリー」エヴァの言い方は、控えめだっただけでなく、長年失われていた臆病さがあった。「少しも知らなかった」

「誰も気づかなかったけど。彼女は親友だったんだ、いつも」

彼女はこう漏らすしか手がなかった。「ごめんなさい、訊いたりして」

「どういたしまして。僕がそうさせたんだし、僕が君を追い詰めてしまった。――だから、僕は人に話すのが嫌いなんだ」

ジェレミーの輝く頭が窓の中にのぞいた。そして、もう中に入りたい様子を見せた。「いいのよ」、エヴァが言った。「彼は自分で開けないと気がすまないの」ヘンリーは様子を見に行った。「いや、彼には開けられないよ」彼が報告した。「両手がふさがってるから」彼はジェレミーを中に入れた。少年は両手にいっぱいの宝物をエヴァの足元にある敷物にじかに投げ出し、そこにうずくまると、夢中になって分類に取りかかった――つぶれたティー・スプーンの半分、小さな玩具から外れた小さな車輪、野鳥か何かの斑点のある卵の殻のかけら、尖った鏡の破片が三、四枚、ウルワースの柳模様の陶器の破片がいくつか、植木鉢、クラウン・ダービーの磁器のかけら、おまけに、オレンジ色の木のボタンが一個だった。もし手にもっと持てたら、もっとたくさん並んだだろう。そこに並べた物で、彼は一つの模様を描き始めた。その頭越しに、大人二人がそれぞれに見つめていた。「なかなかやるじゃないか、ジェレミー」ヘンリーが感想を述べた。

作業が続く間、少年は一度も上を見なかった。収集家の熱心さで指が動いている。「君に似たんだね」ヘンリーがエヴァに言った。

「私の貝殻を見たこともないくせに」

「見てくれと言われてないもの。――君は、いろんな色の色鉛筆を探しに行ったのかい……ジェレミーはまだあまりものを言わないの?」

「ええ」エヴァは認めた。

「ジ、エ、レ、ミー!」ヘンリーは大声で呼んでみた。

ちらりとも見ない。その幸せな頭の上で、エヴァとヘンリーは向かい合った。彼女はじっとそうしていた。そして言った。「そうなの」

聾唖者か。

ヘンリーの心にこみ上げてきた憐憫の情が、嫌悪の波になった。とうてい許容できなかった。彼は言った。「君はカスをつかまされたんだ」

彼女は子供が聞かなかったように何も聞かなかったのか、いつもの絶望的な動作で、握りこぶしを振り上げ、それで両方の目を叩いた。彼は言葉を続けたが、勝ち誇っているのかと人は思ったかもしれない。「もう金は返してもらえないよ。君は法律を守らなかったんだから」

握りこぶしが下に落ち、ひざの上で転がる。彼が言った。「すごく気になる?」

「気になる?」彼女が言った。「あなたがこうまで残酷なことが気になるかと?」

彼はひるんだ。そして彼女ほど不幸ではないにしろ、彼女より落胆して言った。「本当にごめんなさい、エヴァ」

「どうしてそんなに残酷になれるの? コンスタンティンみたい——もっと悪いわ」

「自分がどうなったのか、よくわからない。君は僕を理解していないよ。僕だって自分を理解しているとは思わないけど」

ジェレミーは鏡の破片を太陽の光線にして、オレンジ色のボタンの周囲に置いた。彼の模様が意味をなした。そこで彼は目を上げた。「ああ」ヘンリーがすぐさま相手をした。「なかなかうまいなあ」

「それとも、あなたはずっとコンスタンティンみたいだったの?」

「あのベテランのこと?」

心に怯えるものが消えたいま、彼女はものうく言った。「彼のことは知らない、ということ?」

「それはもう」、ヘンリーが言った。「つまり、彼と会ったことがあるんだ」彼はギアを落としてまた対話を始められたことが心から嬉しくて、新たな準備態勢をとった——今度はマントルピースに軽くもたれ、両手はポケットに、片方の足をもう一方の足にそっと添わせ、その姿勢で立っていた。そのポーズでどうにか彼はもとの安定した姿勢になっていた。その立ち姿のどの部分も見るからに若々しく、同時にそれなりの権威が備わっていた。それぞれが主張していた。また、淡々としていようという意志を早くも取り戻していた。「そう」彼は続けた。「彼はここまでやってきて、アーブル夫妻のことを詮索していたっけ。彼らは、いや彼女が彼をうまくまいたんだ、明らかに。コンスタンティンのほうは見通しが悪くて、その件に終止符を打てなかった。彼はそうとうに見放されたんだと思う、世間に知られたくないらしい。それともたんなる喧嘩だったのかな？　彼は自分から話を合わせちゃってね。無理やりお茶まで付き合わされ、ありがたく付き合ってくれたんだけど。母が温かくもてなしたのも、彼が『一人ぼっち』だと思ったからさ。僕は、彼はむしろ羽毛がいま抜け変わっている、哀れな『邪悪な後見人』だと思った。彼は仲良くなったんだよ、ルイーズと――まだ彼女がいた頃だった。二人で雪の話をしていたよ」

「雪が降ってたの？」

「それはないさ。気持ちのいい暖かい九月だったもの。もう一年半前になる。――知ってるよね、エヴァ、君はコンスタンティンの評判を高めたんだ。僕は何も失望したなんて言ってない……」

「じゃあ、それで全部、なのね？」

「うん、僕が知っているかぎりではね。彼は僕にはどうしてもケンブリッジを訪ねたいと言っていたけど。でもそれも役に立たなかったんじゃないかな。彼はどうせ退屈したかもしれない。ランチの招待状は何度も出したのに、無視されちゃった。――彼にはまだ会ってないの？　つまり、今回は？」

「まだ」

「会うべきでしょ？　彼を元気づけられるかもしれないよ。――お茶といえば、父さんはどこへ行っちゃったかな？　繰り返し出て行くんだけど、これが帰ってこないんだ。ほかに誰もいないから、僕らが家を守ってるんだ、父と僕で、だよ」

「それは」、エヴァは夢見るように言った。「とてもいいことだわ」

「いいことなんかじゃないよ。父は僕が我慢できないんだ」

お父さまが悪いに決まってる！「だけど、ヘンリー？——彼はずいぶんあなたを愛しているわ」

「それが問題なのさ。父は僕が好きじゃないんだ」

「彼はあなたのことをとても誇りに思っていたけど」

「それも問題でね。——すごい騒動だったんだよ、知ってるでしょ、君の自動車のことでは」

「あなたたちって、そっくりね！」

「君はすぐそう決めたがる。父はどんどん非情になっていくんだ。——まあ、どうでもいいや。やかんでお湯を沸かそうかな」

「ジェレミーを連れて行ってくれない？　手伝うかもしれないし。——ジェレミー！」

そうはならなかった。間違いようもない音がして、ミスタ・ダンシーがまた牧師館に戻ったことを告げていた。「お父さま！」ヘンリーが叫んだ。「お客さまがいるんです！」「それはよかった！」ミスタ・ダンシーは抑揚のない声で答えた。にもかかわらず、彼は玄関ホールを突っ切って、階段を上がり始めた。反応のない足音だった。さらに声を上げてヘンリーがもう一度念を押した。「エヴァですよ、じつを言うと」階段の上で突如として完全なる停止が起きた。それから、「エヴァだって？——なぜそれを言わなかった？」ミスタ・ダンシーは向きを変えてまた降りてきた。入るなり、何のためらいもなく叫んだ。「私の可愛い子よ《マイ・ディア・チャイルド》！」両手が差し出されていた。

ジェレミーは立ち上がり、誰なのか見ようとした。エヴァがきて、磁石に引き寄せられるようにソファの周りを回った。「ミスタ・ダンシー、私のことで怒っていらっしゃいませんね？」彼らは互いに歩み寄った。彼は両手をエヴァの肩に置いてから、確かめるように抱きしめた。「少しも変わってないね」彼は言った。「よかった。残念だな、妻が君に会えなくてきっと寂しがるだろう。いまはちょっと出かけていて」

「エヴァにはそう言いました」ヘンリーが言った。

ミスタ・ダンシーはジェレミーに視線を合わせた。「で、これは誰なの？」彼はそう言い、不安な様子がなくはなかった。エヴァは返事の代わりに、ジェレミーを前にやさしく押し出した――子供はおとなしく牧師を見上げた。エヴァは彼に言った。「こちらはミスタ・ダンシー」二人は握手をした。「イギリスは初めて？」ミスタ・ダンシーが訊いた。ジェレミーはほほ笑んだ。

「言ってみれば」、ヘンリーが言った。「エヴァの坊やです」

「ミスタ・ダンシー」エヴァは論戦を挑むように、硬い口調で、しかも懇願するように言った。「ジェレミーはどこも悪くないんです」

「私には」、彼は子供を嬉しそうに見て言った。「何のことだか。――ヘンリー、お茶はどうした？」

「さぞかし嘘が飛び交ったんでしょうね？」

「いつもながらたくさんね、なさけないことに。――で、このところずっと、君はどこにいたんですか？　聞いたけど、アメリカだって？」

「ええ。私たち……」

「だったら、まったく羨ましいな。わくわくするような、勝手な想像だが、終わりのない国なんでしょ。ここでは私たちは――」

「僕はちょっと」、ヘンリーが口をはさんだ。「お湯を沸かしてきます。エヴァ、父に話したほうがいいですよ、さもないとあとでややこしくなる」

「私は嫌いなんですよ」、ミスタ・ダンシーが言った。「向こうから言われるのは。まだ年寄りじゃないんだから」ヘンリーはキッチンへ行った。「しかし、彼は何のことを言っていたんでしょう?」彼の父親が続けた。「私は何を話してもらえるのかな?」ジェレミーが動き出して、ミスタ・ダンシーを暖炉前の敷物のほうに引っ張っていき、苦心の傑作を賞賛させた。「彼は頭がいいでしょう」エヴァはそう保証して、あとを補った。「ただ、ヘンリーが言ったのは、ジェレミーは聞こえないし、話さないということです」

驚いた男は言った。「まさかそんな」彼はいっそう熱心になって描かれた模様を見下ろした。「私には見ることが重要なことだ――何にもまして重要なんです。それに、この子以上に見ている目は、あまり見たことがない。彼の目はきっとそういう目なんでしょう、でなければ、どうしてこれが作れるものか」ミスタ・ダンシーは、クラウン・ダービーの磁器のかけらを指差し、思わず洩らした。「結婚祝いのプレゼントもこれが最後か! すべて十二個ずつそろっていたのに――いまではもう夢のようだ!……。しかしねえ、エヴァ」彼はことに熱心に言った。「近頃では、あなたがいたあの先進国では、何か打つ手があっただろうし、実際に何かなされてきたんでしょう。いまは何がなされているんですか?」

「あらゆることが!――つまり、とても、とてもたくさんのことをしてきました」エヴァが言葉にこめた情熱には、どこかしら避けて通りたいという気配があった。「でもジェレミーは、それが好きじゃないんです。彼はそうしたくないんです。彼は協力しないばかりか、みんなが言うには、抵抗しようとするんです。寄ってたかってさせようとすると。彼は腹を立てるの。動揺するのね。彼は自分なりのやり方で幸福にしていたいんでしょう」

「私たちだってほとんどがそうですよ。でも問題はそれじゃない。――さあ、さあエヴァ、ものを言いたくない人間なんていますか？」

「私はものを言いたいと思ったことはありません。何が目的で？　それが何の役に立つんですか？」

「では、聞きたいと思ったことは？」彼が続けた――立場を変えて。「音がまるで音でない、音のない世界を想像してみたらいい！　いや、この子は君の人生に入ってきたし、入ってはきたものの、あなたは彼の運命を決定してはいけない。私は『運命』と明言しますよ。あなたは運命を決定してしまう、もしこのまま黙認してしまったら。あなたにはする気がないんだ」彼は、哀れみからこの動詞を少し和らげて、言い添えた。「いないはずがないでしょう――どこだろう？――彼を助けて、彼をうまく導くことができる人が。あなたはやはりすべてやってみないと。すべてやってみることだ！ヨーロッパ中を探すんです」彼は悲しそうに彼女を見て言った。「あなたは金があるんだから」

「考えてみます」彼女は請合った。

「妻に話してみたら。――またきたらいいのに？」彼は指を一本下に下ろして、ジェレミーの模様をわずかに修正し、ついでに少年に持ちかけた。「これでよくなったかな？――ヘンリーは」彼はエヴァに言った。「私が諦めるのに賛成していると思っているが。違いますよ。絶対に違う。私は失うことが死ぬほど嫌いなんです」

「ミスタ・ダンシー、とても残念なことで……」

「いまさら何のことです？」

「ルイーズのこと」

「ああ――一人減ってしまいました」

ヘンリーはドアのところに立って言った。「お茶の支度ができました」

「そう、早かったね」彼の父は、どこかとがめるような言い方をした。

「湯栓の湯をやかんに入れたから」

キッチンに入るとお茶が出ていた。オランダ風の格子柄のクロスが、磨かれてすり減ったテーブルを斜めに覆い、食パン、バター、叩き潰したようなケーキ、皿いっぱいにとはいえない色つき砂糖《ファンシー》のビスケット、それにジャムがポットに入って乗っていた。「あなたから始めてくれませんか、エヴァ?」ミスタ・ダンシーはそう言って、ティーポットのほうを見た。エヴァは尻込みして、横目でちらりと見た。「僕がするから」ヘンリーが言った。お茶のときはお祈りはなく、そのまま彼らは席に着いた。

ヘンリーはエヴァをじっと見て言った。「君が最後にここにいたときは、マカロンが出ていたっけ」

「エヴァは大目に見てくれるさ」彼の父が言った。

「そんなこと言ったんじゃありません」息子はそう言って、目をそらした。それから視線を戻して言った。「じつを言うと、もっとビスケットがあると思っていたんだ」

「その説明は私が」ミスタ・ダンシーが言った。「私が朝の二時頃にいくつか食べてしまったんだ」

ジェレミーは周囲を見回し、ポットや鍋に見とれている。エヴァは招待主に話しかけた。「よかったですね、どうやら風邪が治ったようで!」治ってはいなかった――思い出させたのが、いかにも不運だった。重大局面が風邪を中断し、当人が忘れていただけだった。あっという間に取り出されたクリーネックスが、何とか大洪水に間に合った。「すぐぶり返すんだ」彼はエヴァに向かってあえぎ、息をとめて、こらえた。微笑が浮かび、半分浮かんだ虹と見えたが、すぐに消えた――ただれた上唇と、こぼれる涙がうがった細い流れと、鼻孔の周囲の痛そうな赤いほてりがまたもやあらわに出てきた。「そこに」、彼は何とか言葉を出した。「プラスしてアレルギーが。スグリの花が咲き始めたもので」「どうなんでしょう」、エヴァが訊いた。「スグリの木を切り倒したらよかったのに?」「あれがないと、春も春になりませんよ、それに庭にもならない」ミスタ・ダンシーは前かがみに体を揺らして、湿ったクリーネックスの丸めたやつを、流し台の下にあるバケツのほうに投げた――あてずっぽうに投げたのに、バケツの中に命中した。彼は次々と増援隊を繰り出した。象牙のごとき分身、眉目秀麗な彼の息子は、座っている間にも、愛情をこめて弁護するように、身を硬くして、自制し、憤慨していた――ヘンリーこそが父の粉砕された虚栄心に心を傷めていたのだ。くる年ごとに、これがますます彼の心をえぐった。何か手を打つべきだった、打つ手があったはずだ……。ミスタ・ダンシーは試験的に息を吸い、黙って十まで、こわごわ数えてみた。よかった、おさまった! 彼は現世に帰還し、事実の上に立った。「ここにも変化が色々とあって」彼はエヴァに言った。「つまり、成長しましたよ。新しい商店が三軒に、これにはあなたも気づいたでしょう。まだスーパーマーケットはないが。公営住宅が増えた。グレインジ邸は養鶏場になってしまった。オルスポース大佐が亡くなってね。それに」――彼は続けたが、同じ声だった――「ラーキンズ荘はもちろん持ち主が変わりました。あなたも知っているでしょう」

「何も知りませんよ」ヘンリーが口をはさんだ。

「そう?」父はやや皮肉に言った。

「彼女は長旅をして、それも子供連れで、やっと脱出してきたばかりなんだから。まだ口もろくに利けないくらいです」

「エヴァのほうから話をしてもらうわけには?」

「どうして僕を『私のいい子《マイ・ディア・ボーイ》』と呼ばないのかな?」

「いい子じゃないからさ」

「『いい子』用の口調だったけどな。――まあいいや」ヘンリーはそう言って、大きな茶色のティーポットを重そうに持ち上げ、お茶のお客はいないか探してみた。まだ空のカップはないな? 「エヴァ、話したら?」

彼女は用心深く、法廷で話すように話した。「アーブル夫妻からは何の便りもないんです。一言も」

「君から手紙は書いたの?……書かない? だったら君の居場所が彼らにわかるわけがないでしょう?――私たちも知らなかったし」

「彼女にはシカゴから書きました、飛ぶ前に」

「ちょっと遅かったかな? 連絡がつかないということは、必ず損害を生じる」ミスタ・ダンシーが言った。彼は三十秒ほど自制し、たぶん祈りを捧げてから、付け加えた。「損害などと縁のなかったところに」、彼はもの思わしげにジェレミーを見た。これを子供の前で切り出してよいだろうか、聞いているにしろ、いないにしろ?――ふさわしいとは思えなかった。

ジェレミーの存在は、彼らがテーブルに着いて以来、感じないわけにはいかなかった。エヴァは、慣れっこになっていて、まったく気づかなかった。少年はそこにいて、客間から持ってきたクッションの上にすまして座り、残る一座の者たちと完全に対等なレベルにいた。彼の食べ方と飲み方は見ていて感じがよく、見事なマナーだった――がつがつしたところがなかった。しかし彼はマナーに気を取られているわけではなかった。ときおり何気ない視線を顔から顔に投げ、話している人から次に話す人を見ていた。そのたびに、飽きたら視線を移すという風で、移すのが早いときも遅いときもあった。その様子は、たんに情報を得ているというよりも、この世のものならぬ洞察眼で見つめているようだった。少年は、障害があり、みなそれを思うと辛かったが、自分たちこそが、ある種の能力を欠いているのは自分たちのほうだ、という威圧感を彼らに感じさせた。ヘンリーはむろん、率先してこれに立ち向かおうとした。ヘンリーですら不安の兆候があり、それは、おそらく兆し始めたライバル意識によって繰り返し意識させられたものではなかったか？　このエヴァの子は何を知っているのか、前から何を知っていたのか、それにもまして、いまは何を学びつつあるのか、それらを知るすべはなかった。水は相変わらず漏れているのに、止めるすべはない。牧師館のティー・テーブルに盗聴器が仕掛けられたという確信が、たとえ幽界の話としても、父と息子をますます強く縛りつけた。そう確信しながら、なぜ親子は話をやめなかったのか、誰でも不思議に思っただろう。話をやめなかった。それどころか、互いに相手について、彼らはいっそう無頓着になった。だがしかし。ミスタ・ダンシーが訊いた。「ジェレミーが唇を読むことはできないのは、確かなんですか？」

「私のだけ読むんです」エヴァは言った。「それから彼が読む必要のないのも読みます」

　ヘンリーが言った。「超感度のセンサーなんだ」

「私は」、ミスタ・ダンシーが吐き出すように言った。「ラーキンズ荘には行くことができないんです――あそこに行くと、最近は行かねばならないが――決まって惨めになる。私にはひどく痛々しい感じがしてね、あの場所には。何があったんだろう、彼らが出て行く何ヵ月か前の頃に？　握手の一つもできなかったのかな？――それが不思議でならない。あの状況に日光を通すこともできたのでは、それが何であれ?――私にはわかりそうもないが。あの二人は注目すべき人たちだったし、持久力もあったのに。教会に通じる道は視野になかったらしい。嘆かわしいことに、彼らのあとにきた人たち、いまいる人たちは、熱心に教会にきて、教区の行事にも積極的なのに、私はどうしても好きになれない人たちでね。結婚というのはね、エヴァ、陶器のカップが壊れるように簡単に壊れるものじゃない。結婚が終わるのは、それがどうしようもなく腐食したときなんですよ。おそらくアーブル夫妻は、別れることでお互いに最悪のものを回避したんだろうが、どうして、なぜ、ああいう結果しかなかったのかな? あんなに色々と乗り越えてきたのに」

「たとえば?」ヘンリーが言った。

「私とか君よりも乗り越えたんだ。――果樹園の大失敗。誰の目にも明らかな夫婦の不一致。いつまでも子供がいないこと。あの二人は勇気のある人間で、それは際立っていた――何でも乗り越えられたはずでしょう? あなたを責めているんじゃありませんよ、エヴァ。まずいことに、あなたは彼らにとって不運だった――あなたが彼らとともに家庭を営んだのは、正しかったし、自然だったと思いますよ。そうだったんでしょう? 私の悔いに終わりはないだろうが、気づくのが遅すぎたし、あまりにも無力だった。彼らは私の羊の群れではなかったが、神よ彼らを救いたまえ――私の隣人だったんだ。それが何になる? 何かいいことでもあるのかな?」

「父さんを苦しめているのは」、ヘンリーは、ティーポットの釉薬のつやに映った自分を見て瞬きして、診断を下した。「罪悪感で、悔いじゃありませんよ」

ミスタ・ダンシーはうんざりして言った。「好きなように言ったらいい」

「区別するのはけっこう大事だと、僕は思うな。悔いは行動様式で、罪悪感は状態の一種だからね」

「メモしておこう」

「私は罪悪感は感じないわ」エヴァは述べた——聞いた者はなかった。

ミスタ・ダンシーはテーブルのこちらのはじにあったケーキを怒ったように押しやった、買収されそうな不安を感じたように。『〔愛は〕すべてを忍《しの》び、すべてを信じ、すべてを望み、すべてを耐える……』[*1] 牧師はまくし立てた。

「聖パウロがよくも言ってくれました」彼の息子が言った。「僕はいつも考えてきました。自己中心的で、ほとんど目隠しされた見解を取ったと」

「ときおり私は彼が苦しんでいることがわかる」ミスタ・ダンシーが言った。「だが、評価基準としては、馬鹿げている」

「天使のように書いた」ヘンリーはそう言って、自分の椅子を後ろに押した。

「君がもしここは譲るというなら、もう行ったほうがいい」

「ジェレミーが初めて見るイギリスの家族生活か。——エヴァ、キャセイ邸はどうなった、まだあそこにあるの？」

「ええ、そうよ。あれは私が買いました。色々と改装するのに、ただ借りたのでは、満足できなくなって。——たくさん改装したけど」、彼女は憂鬱そうに言った。「今頃はもう時代遅れでしょうね。そうだ、来週、行きましょうよ」

「何か収穫があるかな。蛾や錆に占領されていないといいけど？」

「ミスタ・デンジが管理しているの」

「何だか嫌な奴じゃなかった？」

「それは乗り越えました」エヴァは自分のハンカチを少年に手渡し、口の周りのジャムをぬぐわせた。キッチンの窓がヘンリーの背後にあり、道路に面したその窓が、ゆっくりと滑り込んできたダイムラーで埋めつくされた。「ええ――もう行かないと」彼女がきっぱりと言った。そして招待主のほうに向いた。「ありがとうございました、ミスタ・ダンシー、ご親切にしていただいて、それにおもてなしいただいて。ジェレミー、ミスタ・ダンシーにお礼をなさい」少年はクッションからさっと降りて、テーブルを回っていった。

「短い訪問でしたね」

「車が長いので」

「よくきて下さった。私はとても心を打たれました、妻も同様でしょうに――恨みますよきっと、あなたに会えなくて。エヴァ、あなたがまたくると妻に言ってもいいですか?」

「ええ」エヴァはあいまいに言った――ヘンリーを見ていた。「あなたはここにいるのね?」

「もしいなかったら」、彼はおおらかに言った。「ケンブリッジまでくればいいじゃないか。僕がジェレミーを案内してあげるよ。――そうだ、また僕ら、始まったんだ。ともあれ僕らが中断したところから。いや、むろん、中断というほどでもなかったけど」

＊1　新約聖書『コリント人への第一の手紙』十三章七節。

2　訴追

23・4・67

メリー・モナーク・ガレージ
ノネスト街、
ルートン、
ベッドフォドシャー州

親愛なるエヴァ、

さて、まったくどういうわけか、これほど年月がたったあとで君から便りがあったが、よくわからないのは、君が僕の住所を聞くために従兄に手紙を書いて、訪ねていったのが正解だったかどうかです。彼を信頼していたのは僕の判断ミスでした。いや、彼が僕の数々の願いを知っているものと思っていたのです。僕は新たな出発を求めて去りました。カナダかオーストラリアを考えていたときに、ルートンに行く話がたまたまあって。調べてみると、これだと思い当たったわけです。かいつまんで話すと、僕は元気にやってます。親切にも君が問い合わせてきたので、その他のニュースを少々。

そう、君が聞くから言うが、君は騒動を起こしたのです。ほかに何を期待していたんですか？自分から出て行くなんて。イジーが帰宅したときの様子を、僕は決して忘れないでしょう。彼女が発狂しなかった事実を重んじています。僕が何を言おうと、彼女は耳を貸そうとしなかった。彼女君が彼女に考えさせたことは、彼女の痛いところに触れる事態に彼女を引き込んだ。彼女はめくらじゃないから、僕がどれほど子供を欲しがっていたか、ずっとわかってはいたが、彼女と僕がいくらそう思っても一人も生まれなかった。（いまは二人いて、ダイアンが五歳半、トレヴァーが四歳。彼らの母親はノルウェイ人です。）

君は結果的に僕の評判を落としました。とがめているのではなく、伝えているだけですが。

いや、僕は彼女がいまどこにいるのか君同様に知らないから、訊いても無駄です。そう、フランスに彼女は行き、以来、便りは一度もないが、彼女は何事も中途半端にする人じゃないから。これがまったく面倒なことに、色々な出来事で方向が変わり、僕は彼女と連絡をとって、法的な自由を獲得したいと思っています。この点では彼女は僕に何ら配慮してくれません。その他の点では、彼女が受けた苦い思いを考慮すれば、彼女は僕をかなり公平に扱ってくれました。たとえば、君が送金してきた現金のプレゼントを半分くれました。それにこのタイプライターを残してくれたし、おかげでオフィスの仕事や連絡、その他がはかどるし。彼女はオリヴェッティの機種で探すつもりだったんだ、フランスに着いたらすぐね。ときどき不思議に思うんだが、あの長い年月、彼女は僕の妻だったのに、僕に残っているのがこのタイプライターだけとは。振り返ってみれば、彼女はすべてにおいて僕を超えていた。僕としては、事態が悪化すればするほど、彼女を愛したのに。最後の頃には、僕らは最初の頃よりも近しくなったように思ったが。だからどうか、エヴァ、この謎は君が解いて下さい！

　僕にとって君は失望そのものだったが、いまさらなぜそれを言い出すんだ？　人生は短すぎる。いっときは、僕は君が好きだったことは否定しない。楽しかったあの日、海辺に出たりして、素晴らしい思い出になるはずだった。ところがその後、君はそれをぶち壊してしまったんだ、あの建設工事が始まって。それがすっかり汚されてしまった。万事休すだった、エヴァ。いったい君はどうしてそんな？　疑いもなく君の例のミスタ・オルムもイズーの耳に毒を注いだが、彼についても、僕は君に信用させてはいけなかった。だがもうたくさんだ、もう手遅れだから。

　そのほかでは、君が男の子を持ったことは賛成すべきだし、彼がいい子だと聞いて喜んでいます。君には息抜きになるだろうし、君を落ち着かせるでしょう。一番いいニュースは君が結婚することだが。君のいまの立場では、見直すことが必要だと僕も思う。信頼性こそ究極の目的です。僕は幸運にも、この素敵な女性に巡り合えた。相性がよくてね。素敵な二階建《メゾネット》ての家を見つけたんだが、庭のある物件を探しているところです。そのうちに僕の地位も固まるでしょう。船を揺らす人はもうごめんです。昔のよしみで会おうと言ってくれるのはありがたいが、僕にそれを期待しないで。忙しいので。というわけです、エヴァ。君の感情を傷つける危険を犯してお願いするが、ルートンにはこないで下さい。

つねにあなたの、

エリック

受取人は、この手紙をほとんど意に介さなかった――それを皿のわきに置き、あとで見ることにした。それでなくても、今朝はいい朝ではなかった。ジェレミーが、その天使らしさの裏返しに当たる発作をまた起こし、鉢植えのグロキシニアを窓から放り投げ、グロスター・ロードを歩いていた歩行者の首が危うく切断されるところだった。ホテルは家庭生活に同情は寄せたが、公益優先という抗議が殺到した――フロントのトレーにメモが置かれたり、悲憤慷慨の電話が鳴ったりした。少年は床に寝そべり、いくらなだめても靴のかかとで太鼓を鳴らした。エヴァは、パジャマの上からキルトのガウンを羽織り、朝食が乗ったトロリーを検分しているところだった。彼らのいるスイートは、永住する意思のない、一時的な様相を呈していた。増える一方の文化的な写真集、スクーターが一台、砂糖漬けのアプリコットの箱の数々、望遠鏡、籠いっぱいの数のセキセイインコ、その他であった。大鷲の銀箔製の鉤爪が再登場していた。みんなまだあった。次は何が？

キャセイ邸はその解答ではなかった。彼らはすでにそこを訪れ、前もってミスタ・デンジに連絡を取り、家の鍵をアルビオン・ホテルに届けるよう依頼してあった。ジェレミーは部屋から部屋へ走り回り、自分では耳にすることができない反響をもたらし、崇拝物を覆っている掛け布を片っぱしから引きはがしていた。すべてが無傷で、過ぎ去ったものであり、彼と同様黙して語らず――断絶していた。時間はその中に停滞していた。その他の場所は違っていた。めった切り、つまり、やっつけ仕事が常緑樹にほどこされていた。デンジに雇われた連中が、土壇場にきて切り刻んだことで、サン・ラウンジは白日を浴びて荒涼とし、窓に触れる内緒話のようなぽきぽきという音までもが応接間からはぎ取られていた。塵ひとつ残っていなかった。部屋はすべて風を通され、室内を満たしに帰ってくるものは皆無であった。あったものがなくなっていた。キャセイ邸は空っぽになり、同時にある種の悪しきパラドックスによって、かつてはあった帝国らしい空虚さを奪われていた。無意味さが統治していた。不在が命とりになった一例が再びここに。エヴァは半分だけ階段を上がり、意気阻喪して、また下へ降りた。(「何が見つかるかな?」とヘンリーが考えをめぐらせていたっけ。)

階段を降りたところで、ジェレミーが鹿の枝角を不思議そうに見つめて立っていた。その姿を見てエヴァは叫ぶのをこらえた。「だめよ」彼女は叫んだ。「いらっしゃい、こっちよ!」彼は一瞬その場に踏みとどまり、いぶかり、抵抗した——またラーキンズ荘に戻るのか? だったら、どこに約束の地が、どこに永久に待っている都が? エヴァは立ちはだかった。二人は退却し、断固としてドアを閉じた。エヴァはジェレミーをすくい上げると(もう一台のジャガーが待機していた)、海面まで下り、キングズゲイト湾へ出た。四月の太陽にまぶしく照らされ、キングズゲイト湾は絵葉書のように見えた。残された少年はイギリス海峡からエヴァのほうに視線を移した。僕のお船はどうなったの? ブロードステアーズに戻ると、アルビオン・ホテルでお茶にした。それからエヴァは鍵をホテルのフロントに預け、電話をかけるよう要求した。デンジ&ダンウェルに。

「ミス・トラウトですか? ようこそ!」ミスタ・デンジが大声で言った。

「ありがとう。キャセイ邸から戻ったところなの」

「すべてが整然としていたでしょ?」彼は当然の自信をこめて訊いた。

「ええ。泊まれなくて残念だけれど、泊まれないの」

「もうお一人ではないのですか、ミス・トラウト?」

「ああ、ええ。男の子が一人いましてね」

「なるほど。——アメリカではさぞかし快適な日々をお過ごしだったんでしょう?」

「ええ、でも結婚は解消しなくてはなりませんでした。それで旧姓に戻ったのよ」

「なるほど」彼は相手にそれとわかるほどに自制心を取り戻していた。「現実問題としてですが、ミス・トラウト、私はまさかあなたが——」

「ええ、私だって。突然でしたから」

「おやおや。はは あ。大したことはなかったんでしょうね？　この次は、親愛なるミス・トラウト、跳ぶ前に見ろ、ですから——いいですね？　それにしても、何といっても幸運でしたね、そうでしょう、戻ってくる懐かしい家があるんですから、準備万端ととのって。まさにうってつけですよ、そうでしょう、あなたの坊ちゃんには。おいくつになられます？」

「七歳か八歳よ。——でも、戻ってくるというのは、違うのよ、申し訳ないけど」

電話線がまともな衝撃を送ってよこした。「まさか、決定したわけではありませんね、ミス・トラウト？」

「決定なの。キャセイ邸を売っていただきたいの」

「いま、すぐですか？」

「ええ、そうよ。そちらの台帳に戻して下さい、時間を無駄にしないで」

彼は一度うーんとうめいてから、もう一度試してみた。「しかしご不在のせいで」、彼は甘く出た。「ますます愛情が湧いてしまいました。まったく聞いたこともない、愛情がわかないなんて。永遠の真実ですからね。もう少し余裕をお持ちになったら、ミス・トラウト。どれほどあのお住まいにつぎ込んだことか、長年維持してきたんですから。衝動的になっていませんか？　こう申しては何ですが、また衝動的に？」

「いいえ」

「あそこで幸せにお暮らしでしたが」

彼女は同意した。

「取り外しますか、ああした数々の……設備を？」

「いいえ、あれは屋敷にそのまま」

「どうなんでしょう」、彼は腹いせをするように彼女に言った。「お金が戻るとお考えではないでしょうね。自覚していただきたいのです、ミス・トラウト、みんながみんな……」

「お任せします、ミスタ・デンジ。最善を尽くしていただきたいわ」

彼は鼻をかんだような音を立てた。「何かと心が傷つきましたよ、正直に申しまして。この年月、ご存じないでしょうが、いかにいつくしんで面倒を見て――」

「――ええ、そうでしょうとも。すべてが整然としていましたわ。――ありがとう」彼女は何となく付け足した。「もう行かなくては。さようなら」

「ちょっとお待ちを――これがあなたのご指示とあれば、書面でお願いします」

「もちろんそうします」

エヴァとジェレミーは取って返してサネット島を過ぎ、ロンドンに行く道に入った。ジェレミーは片方の肘で開いた窓の窓枠にもたれ、最大限開いた目を広大な空に走らせていた。彼は一度、上昇していく（あるいは歌っている？）ヒバリを指摘した。ジェレミーの静けさは、ふだんは、多種多様で雄弁な変化を見せ、外に出ること、叫んで主張すること、質問、反撃へと変化した。彼の心の舌を縛るのは容易ではなかった。しかし今朝は、静かな気分でいるようだった。

ペイリーズ・ホテルに戻った。

以来、日々が過ぎた。

灰のような春の雨が、このはっきりしない朝に降っていたが、いまはやんでいた。エヴァはあくびをし、呼び鈴を鳴らして朝食を片付けさせた——あとになってふと気づいたが、エリックの手紙もトロリーに乗ったまま運び去られていた。セキセイインコがいっせいに騒ぎ出し、やかましく鳴き始めた。低気圧の谷というか、面倒だなという消極的な感情が、エヴァに重くのしかかってきた。コンスタンティンが五時にお茶にくる。それまでの間、どうしたら今日をうまく埋め合わせられるか？　ジェレミーの教育の次なる段階は？「さあ」、彼女は言った。「リッチモンド・パークに行きましょう」

彼女は下に電話して、ピクニック・ランチを注文した。そして、動物誌の本の一つに目を向けて、ぱらぱらとめくった。「鹿だわ」彼女は言った。「あそこには鹿がいるんだって」——そして絵を一枚見せた。彼は起き上がり、砂糖漬けのアプリコットを食べた。エヴァは彼のそばからゆっくりと離れ、風呂に入った。赤道無風地帯。

午後は気力が萎え、緑色で、蒸していた。息を吹き返した埃のにおいが煙になって、リッチモンド・パークの芝生から立ち昇っている。肝心の鹿たちは、岩陰の茂みにうずくまり、どれもほとんど見えなかった。グロキシニアの殺害をもたらした危機が何だったのか、その疲れがまだあって、ジェレミーはジャガーの中で眠ってしまい、車はなおのこと目的を失って空き地をたどっていた。エヴァは文句を言った。「美しい公園なのに」そして車を停め、かがみこんで、彼の額にキスした。また運転を続けて、言った。「歩こうと思っていたのよ」恋人たちが繰り出し、犬たちは手綱を解かれていた。「明日はね、帝国戦争博物館に連れて行ってあげる」夢でも見たのか、少年はいきなりぴくっと動いた。不満なときほど我慢してしまうことがよくあるように、彼らはここに長くいすぎた。コンスタンティンは、というわけで、ペイリーズのラウンジでもう待っていた。彼はあなたたちを許しますよと言って切り出した——「空気と運動が一番だから。こちらがジェレミーだね？」彼は少年と握手をした。コンスタンティンは、それがすむと、困ったように見えた。適当な言葉が形にならず、子供に話しかけられなかった。

「何も言う必要はないのよ」彼女はあっさり言った。「彼は聞こえないの。ジェレミーは聾唖者なの」

「ああ。——そう？」

「お茶は上でしましょうか？」

「そのほうが静かなの？——ああ」

じつはペイリーズのラウンジはうるさくなかった。

この八年ぶりの再会は、これまでのところ、見事なまでの紋切り型で経過しそうだった。階上に上がる途中でコンスタンティンはこのホテルを褒めたたえて歌い上げた。「まさにここに泊まるようにって、僕は君に推薦しましたよね」彼は彼女に言った。「法律を遵守し、夜はとても静か、ときてる。まず問題はないでしょう、僕の記憶では、タクシーのことは」

「あら、ここに滞在したことがあるの？」

「いや、滞在したんじゃないが。——ロンドンのこの辺りにますます魅かれるようになりました」

トラウト・スイートに入った。「うん、何とも素敵だ。——しかし、あの鳥たちはバスルームに入れられませんか、エヴァ、あるいは君がいいと思う場所に？　きれいだが、剥製にしたほうがずっといい。僕は――君、憶えてる？――小鳥の声の恐怖症でしてね」

「あなたにはそれがあったわね。――ジェレミー、セキセイインコをどこかに持っていって」少年はそうした。「うっかりしてたわ」エヴァは認めた。

「僕なんかよく言ってたでしょ、『人間の記憶から多くが消える』と」彼は、愛着が高じた甘えをこめて、言った。「さて……エヴァ」

彼女は下に電話してお茶を命じ、それから言った。「そうね、コンスタンティン？」

「ひとえに、君に会えて嬉しいです」

「私もすごく嬉しい」

「僕が君に会えて嬉しいというのが嬉しいの、それとも、僕に会えて嬉しいの？」

「あら、両方よ」ジェレミーが戻ってきて、アプリコットのほうに行った。「い、い、いけません」彼女が叫んだ。「欲張り！　お茶がくるから」

「幼い男の子は甘いものを食べすぎると、ニキビになるよ」コンスタンティンはこの一般論をジェレミーに向けて言った。「あるいは僕の頃はそうだった」

「ジェレミーはニキビなんか」

「明らかに」、彼は納得して言った。「ありませんね」彼は視線を、そこにこめた慈愛を一滴もこぼさないで、エヴァに移した。「時間は君に優しくしてくれましたか？」

この問いを裏返せば、時間は彼をどのように扱ったのか？　特別な、または目立った返答は見出せなかった。八年というのは、一つには、想定上の彼の年齢から見れば、ほんの一片に過ぎなかった。彼は、コンスタンティンであるということから、自分の生活習慣を作り上げ、穴一つうがつことができない表面を作り上げていた。ヘンリーが、「羽毛が抜け変わる」と言って伝えた印象は、この時点になると片寄った印象だったと思われ、それはまた、若さが洩らす原罪、すなわち、「我関せず」という酷薄さを露呈していたのかもしれない。コンスタンティンは、彼が好むと好まざるとにかかわらず、およそ羽毛に関する用語で想定されるべき人ではなかった。開示することが彼の仕事の手法になったことはない。自然で滑らかな沈着さ、不浸透性、出頭するのは一回限りという様子、そしてずっとそうしてきたことが、彼が他人におよぼす効果のほとんどすべての説明になり、それが悪魔的かそうでないかはともかく、このゆえに、彼はみんなの記憶に異常に長く残った。彼の残忍さの歴史——いや、残忍さの伝説？——の源泉は、彼の色彩のなさ、消えることが相手にとって拷問となり得るときの「消えっぷり」、故意と嫌気が半分ずつの仏頂面で言いわたすとき（恐ろしくさえあった）に用いられる言葉、であった。無茶な言動は一度たりともなかった——脱ぎ捨てるものなど彼にはなかったのだ。彼が何を失わなければならないのか？　しかも、彼の姿は果たして変わったのか？　本物が持つこの感触を彼は示していた……。懇願、しているのか？　遅すぎないでくれと懇願する懇願なのか？

　彼女は返答しなかった。

「僕は考えていたんですよ」彼が突然言った。「城を売ろうかなと。君がもう欲しくないならば？」

「だめ」彼女は驚いて言った。「だめよ——いまはだめ」

「引き合いがありましてね。地域の企業だったかな。織物とか、焼物とか、何とか。えらく無害な手合いで」、片方の頰が引きつれ、ややぶざまと思ったのか、彼は手を上げて軽く頰に触れた。「厄介な話だった！」

「ケネスはどうしてるの？」

「君には話せないな。――屋根がなくなってね」

「空っぽのままなの？」

「夏のキャンプのとき以外はね」彼は目立つほど感傷的な遠慮をこめて言った。「しかし君ですよ、エヴァ。旅はどうだったの？」

エヴァが話そうとしたとき、またトロリーが入ってきて、午後のお茶が乗っていた。――「この上に手紙がなかった？」「お調べします、マダム」――エヴァが戻り、コンスタンティンはヘンリーが尻込みして聞かなかった話をたっぷり楽しむことになった。サン・フランシスコ、ちょっと一休みできた。インディアナポリス。クリーヴランド。ダラス。シアトル。カンザス・シティ。ブルックリン――いいえ、ニューヨークではなく。最後の行程は、シカゴだった。財源確保（彼女の元管財人との関連で）は難局にはなく、それもトラウト財閥の多角性プラス堅実さのおかげだった。

「おもに」、彼はやっと切り出し、ハンカチで額に触れた。「大都市がお好みだったようだね」

「おもにね」エヴァは同意した――疲れきっていた。

「もっと無名の所にも？」

彼女はそれが何に該当するのかわからないようだった。「専門医を探していたのよ、ジェレミーの」

「そうでした。だが君は取り付けた――更新しましたね――いくつか契約を？　さすが父上の娘だ……」

「ああ、そうなの」父親の娘が言った。「でも、ほら、私にはそのほかにも自分のがあって、ずっと前の、じっと父を待っている間に私が築き上げたものが。色々な都市で。再会したい親切な友人がたくさんいるし、いろんな種類の友人が。私が何か必要なときは、どこへ行ったらいいか教えてもらったのよ」

「お願いだ、ウィリーが承認しないようなものはなかったんでしょうね?」

「私の父はやかましい人だった?」彼女はコンスタンティンに訊いた。

「とてもやかましかった、君のことになると」

「ジェレミー、ミスタ・オルムにティーケーキがないわ」ジェレミーは銀メッキのキャセロールの蓋をぱっと取った。エヴァ・トラウトはティーポットの中を覗き、続いてそこに熱湯をさしてから、昔をしのぶように、うなずいた。「私には、暗黒街はありません」

「どのくらい前から?」

彼女はティーケーキのバターのついた一角を選び、大きくかじった。むしゃむしゃと咀嚼しながら、彼女は述べた。「私はいま、後見人はいないから」

「邪悪なのも、そうでないのも」

太陽が出てきた。ジェレミーは、コンスタンティンが釘で打ち付けなかったので、マラッカ籐のステッキを探しに行った。これは所有品としては新しく、じつは一番最近手に入れた品で、骨董に近い品とあって、それなりの値段だった。純銀製の輪は、よいあんばいに黒ずみ、さるダンディーの、いまは故人か生きていても老人の、ロココ風の華美な頭文字が刻まれていた。優美なのは少年と同じだったが、ともかく長すぎた。彼はそれを見事に操って精力的な歩行を始め、部屋をぐるぐる回り、ティー・トロリーを一周し、あとの二人の回りも一周した。コンスタンティンは一計を案じた。「そうだ」、彼が言った。「僕らみんなで気分転換に外出しませんか?」

彼らは外出し、グロスター・ロードを南に下り、ヘリフォード広場に入った。広場は長方形で、東側でグロスター・ロードに面していた。この時刻、まもなく六時、舞台装置のような完璧な清澄さがあった。西に向かう太陽は屋根の頂によって締め出され、人はむしろ、明るい水彩絵の具のような薄明かりの水槽の中にいて、夕闇まで間があった。連なる鉄柵《レイリング》は、かつては緑に覆われてプライヴァシーを閉じ込めていたが、供出され、その戦争も忘れられた。金網をかぶった生垣の上にライラックが重く垂れ、花々が赤紫のつぼみになって待機し、キングサリの花は、まだ黄色い花弁を落とす準備前だった。「もうすぐこれがきれいになる」コンスタンティンが宣告した。「いまだって悪くないが」見るからに洒落た乗用車が漆喰造りの家々のバルコニーの下の路肩に沿ってずらりと並び、家々はしみ一つなく、白、クリーム色、真珠色に塗られていた。「これぞ」、彼はその正面を賛美して言った。「正常さの真髄だ。僕らはアウトサイダーなんだ、エヴァ」広場は、彼らの存在によって立ち入り禁止になったのか、死んだように静まり返り、さもなくば社交的なはずの時間を過ごしていた。

彼がいきなり叫んだ。「君が嘘をつくのをやめてくれるといいのに、よくもべらべらと!」

彼女が訊いた。「どうして私が嘘をついているのを知ってるの?」

「マイ・ディア・ガール、それはどうしたって——一マイル向こうからでも目につくんだ。みんな知ってますよ」

「あなたは信用できる人?」これまで人生(彼女の)を生きてきて、このあけすけな質問は、なぜか、一度も出なかった。彼女は無垢の興味をもって彼にぶつけた。

「ああ」、彼は言った。「奇妙なことに」

「どういう意味、『みんな』って？」

「君の、そのう、……サークルですよ」

「コンスタンティン、あなたは牧師館で何をしてらしたの？――やめなさい、ジェレミー！」

地下室の入り口の上部にはまだ鉄柵が残っていて、ジェレミーは当然ステッキを手にしていたので、それを柵に当てて存分にガラガラやっていた。その手加減のない響きは、断続的だっただけに、いっそう容赦なかった――正面玄関の階段がくるたびに鉄柵が途切れていたのだ。「楽しそうだな」コンスタンティンは負けじと声を張り上げて訊いた。「ああしていても、彼には聞こえないんだね？」

「お目当ては振動なの」「ああ。――では、やめさせましょう。さもないと彼らは警察を呼ぶよ」ジェレミーは断念しなかった。エヴァはつかつかと近づいて彼に追いつき、その体を揺さぶった。ジェレミーに悪意はなかった。彼はエヴァからさっと離れて道路を横切ると、生垣の中を覗き、寄せ集めの、虫に食われたような生垣の間から、林間の空き地にある隙間を覗き見た――金色のイボタノキの大木、斑点模様の月桂樹、蛇のようにうねる歩道、頭上にはトネリコ、カエデ、ライム、スズカケ、ポプラなどが葉を茂らせ、謎めいたたたずまいを見せていた――その身じろぎもしない常習的な真剣さは、覗き魔のようだった。エヴァは言った。「彼が中で遊べたらいいのに。何とか段取りがつかないかしら？」

「つかないと思う」

「どうして？」

コンスタンティンは、鍵がかかった金網の門のところで足をとめ、張り出されている掲示板を声に出して読んだ。『自転車厳禁。三輪車は小道のみ可』。――君には向かないでしょう、エヴァ、君はでたらめな不注意な三輪車こぎだったから。――『球技および危険な遊戯は不可』とは。危険な遊戯だって？　僕らのくる場所じゃないね」

「そう。あなたは牧師館で何をしていらしたの？」

「どの牧師館のこと？」

「ダンシー一家のほう」

「そうか、そうか。――一瞬考えてしまった」彼はやや気色ばんで言った。「牧師の家という意味ですね。――ええ、ちょっと立ち寄ったんだ。『牧師館に行けば何でもわかる』と、地元の人が言ったもので。親切な歓迎が、一転して、はかない希望に。君はそのことは聞いたんでしょ？」彼は訊いたが、返事はなかった。「じつを言うと、僕は君の友人のアーブルの代理で行きました」

「何ですって？」

「ええ」彼らは歩き続け、真っ赤な円いポストのある南西の角に向かった。「アーブルは妻の行方を追うとか、何か彼女に通じる情報を聞こうと躍起になっています。いまでもその足取りがラーキンズ荘界隈でつかめるかもしれないと感じている、しかし、そこにおめおめと戻るには決まりが悪い――君はその理由を知ってるでしょ？　彼は実際やや苦境に立たされていて、それで僕に言ってきたんだ」

「でも彼はあなたには我慢できないのよ、コンスタンティン」

「そこは彼もはっきりさせてた。僕なんか、なおさらわかりましたよ、彼がどんな苦境にいるか」

「彼はノルウェイ人のお相手がいるのよ」エヴァがぴしゃりと言った。「それに子供が二人。二人の名前はダイアンとトレヴァー」

「そう、そういうことらしい。――ああ、君は話を聞いているんですね？　訊いてもいいかしら、どうやって？」

「彼が手紙で」

　コンスタンティンは眉を吊り上げた。

　彼らは円いポストに着いた。コンスタンティンはそのてっぺんを、物思いにふけりながらぴしゃりと叩いた。それから二人は向きを変え、もときた道をたどった。ジェレミーは、まだ、いつものように、しつこく生垣にこだわっていたが、覗いていたのは別の方角だった――子供たちが中で遊んでいて、そこは芝生になっていた。「どうやってエリックはあなたを捕まえたのかしら？」エヴァは不思議だった。「それに、いつのこと？」

「一年半前。もっとも簡単な方法で、つまり僕のオフィスに歩いて入ってきたんです。見るからにその権利があるといわんばかりに――傷ついた夫という感触以上のものがありましたよ。彼は大げさに評価していた（これでも穏やかな表現ですよ）、かつて僕がイズーにおよぼしていたような影響力のことを。彼は僕がイズーの居場所を知っているという一件を頭から追い払うことができなくて――知ってるはずだ、知っていてもおかしくないと。生まれつき疑り深いのかしら、彼はまさか――狂がつくところまで行ってない？　ほかに何を目論んで想像しているのか、僕は訊かなかったけど――笑ったら殺されていたでしょうね。彼は堂々と入場してきましたよ。自分の苦境はと僕に説明して、文章に書くにはふさわしくないので、と。どうも、彼のノルウェイ人の若い女性は、住み込みの手伝い《オペア・ガール》としてこの地にやってきて、その資格でベッドフォドシャー州のどこかにいたんだが、そこで彼女にロマンスが降ってわいたんですな。かくしてすべてが忘れ去られた。滞在期限が切れ、通知も配慮もされなかった。『書類』なしで、彼女は上陸したこの国に住み続けたことで、エリックを後ろめたい立場に上陸させることになった。共同生活は、社交上の訪問として通用するものじゃない。これが異常に長引いてしまい、子供に恵まれた、と言うしかなかった。ルートン市は、彼らのお気に召したそうだが、これまでのところ関係ない、でやってきた。しかしいったんクサいとなったら、これが問題になった。かなり大問題にね。『裁判沙汰』とか『新聞に載る』とか。結婚証明書（彼が持っています）があれば事態を明確にできるんですよ、まるで手品みたいに。そこで結婚証明書が必要になる。障害はただ一つ。君の友人は離婚を勝ちとらなくてはならないというわけ。しかし、ミセス・アーブルの助けなしで、どうやって？『もう七年か、もっとだろう？』、と僕は彼に持ちかけた。『彼女が出て行ってから。君は遺棄を申し立てたらいい。あとは弁護士のもとに行くだけですよ』彼はそれを聞いてひるんだよ——まるで奴隷みたいに怖気づいてしまい、ミセス・アーブルなしでは、一インチも前に進めない。マクベス・タイプだね。ばらばらになる——ちょうどあの夜にキャセイ邸にいた彼みたいに。『あなたが当たってくれませんか』と彼が言うんです。『やってみて』（つまり彼女を探せ、と。）『それがあなたの務めだ、誰かにできるならあなたがしないと』というわけで、エヴァ、それが僕の目的になりました。僕なんか、ときには、時間があるし——僕は認めるよ、彼が面白くて。信念が固い人はみなそうだが、彼には怪しげな要素がある——君はうまく彼と縁を切ったね」

彼女が口を開いた。「私は別に——」

「ああ、何をいまさら、エヴァ！」

頭上にあるどこかの客間で、誰かがピアノを弾いていた。間違いの多さがなぜか抒情的に聞こえる。サッシュ窓の板ガラスが少しだけ上がっていた。モスリン地のカーテンが木立から夕暮れの息吹を吸ってふくらんでいた。花鉢に活けたチューリップが、死に臨む苦悶の一番初めの、一番美しい段階にあってねじれて開き、蘭の花になっていた。花びらはもういつでもこのゲームから抜けていいのではないか？　二人は歩道に立って何が起きるか見守った。「ねえ」、コンスタンティンが彼女に話しかけた。「君は結婚していい頃合じゃないのかしら」

「いいえ。どうしてそんなことを？」

「続けるのは無理だ、この……この道化芝居は」

「ジェレミーは道化役者じゃないわ」

「じゃないが、彼は、いまのままでは、いい見通しは立ちませんよ」

「今日の彼はベストじゃないから」彼女は気にしていた。

「彼のために父親を得ることですよ。――いったい君は」、彼は尋ねた――彼らを取り巻く環境、この文化的所領《エンクレーヴ》を指し示して。「この何が気に入らない？　語るべきことはいくらでもある」

「あなたはどうなの？」

返事はなく、若い女性は元後見人を見て、何か新しい光が射したのかどうか、熱心に検分した。その吟味は精密を極めたので、彼は身振りで抗議した。「僕は求婚しているんじゃない！――でも、変な話だが、君はもっと悪いことだってできる」

曲がメロディーになってピアノから流れてきていた。

「つまり」、彼女が言った。「私がもう終着点まで行けるということ？」

「君は自分の人生に欠けているものを感じないの……目的が？」

「また私をおびやかすのね。アメリカにいればよかった」

「馬鹿はよしなさい、エヴァ。――どうしてキャセイ邸にいないの？　あそこで何がうまく行かなかったの？　君は根付くことができないの？」

「あなたって、ミスタ・デンジみたい」

「僕は君がとても好きだ」

この争いをもたらした屋敷をあとに、彼らは広場がグロスター・ロードにつながっている二つの角の一つに着いた――行きから交通の轟音に襲われた。退却することにした。どこからかジェレミーがこちらに向かって、さっきの杖を引きずりながらやってきた。そして、ヘリフォード広場には飽きたと表明した。「もう一回りしてきて」エヴァが促した。「そしたら……」霊感は通じなかった。コンスタンティンが亀裂をつくろった。「じゃあ、君が僕をさらに貶めないでくれるなら、ぜひとも一杯やりたいな。僕が憶えているバーが君のホテルにあるんですよ」彼らはひとかたまりになって、消失した鉄柵の傷跡を残した胸壁に寄り添っていた。キングサリの花房がエヴァの頭上で絡まり合っている。彼女は手を伸ばし、やっと蕾にふくらみかけたのを乱暴にむしりとった。少し追い詰められているのか？

「あの坊やをどうするつもり？」

「つまり、あの子はバーには入れないというのね？」

「違いますよ。彼の将来、彼の学校教育。彼の障害のことですよ。――彼は君の相続人なんだ、でしょう？」

「彼はあなたの言うことがわかるかもしれないのよ」エヴァが言った。「お願い、やめて、コンスタンティン」
ペイリーズのバーは控えの間に続いていて、そこでもサービスが受けられる。マホガニーの真紅の調度とマホガニーの真紅ずくめ。広々としていて、肘掛け椅子がいくつか、壁に作り付けのソファにミニ・テーブルがあった。トラウトの一行は、この場所を独占する代わりに、一番聞き耳を立てられずにすむ一角に落ち着くと、遠慮なく椅子をいくつか引き寄せた。コンスタンティンの磁力によって、エヴァにはシャンディー、彼にはブランデー・ソーダがただちに確保された――ジェレミーのオレンジ・クラッシュはやや手間取り、ホテルのノン・アルコール部門にでも探してもらう必要があった。しかし子供は、さきほどまでの上を下への騒動を、天使のごとき忍耐強さを見せて償っていた。

「そうだ」、エヴァが言った。「セキセイインコがバスルームで辛い思いをしていないといいけど」

「奴らだって人生の苦楽をともにしてくれないと」コンスタンティンが言った。「我々だって、ほとんどみんなそうしてるんだから。――うん」彼は回想し、グラスをあやすように揺さぶった。「なかなか愉快な午後でした」

「この午後が?」

「君の友人のダンシー一家と過ごしたあの午後のことさ。ご亭主は、招待主なのに、残念ながら出かけていました。しかし、夫人のほうは何か奥深い夢からうまく抜け出してきて、じつに物分りがよかった。まあ言うまでもないことですが、僕らは君の話をしましたよ。ヴェールに包まれていて、僕なんか多少強い不安を感じたし――もしかして彼らに絵葉書を送らなかった、エヴァ?――そして、役に立たない、多少とりとめない思索をしてね。すべては自然で、お茶はキッチンで出ました。

まだ学生の息子がちょっとしつこいようだったが。しかし感じのいい子がいて……」

「あなたたちは雪の話をしたのね」

「じゃあ、彼女はまだ憶えているんだ？」

「知らないの」、エヴァは言った。「彼女は亡くなったのよ」

コンスタンティンは目をそらし、廊下の向こうを見た。額に痙攣が走る。彼が言った。「残念です」

「先週あちらに伺ったの。それ以外は、みなさんお元気でした」

「壁はとても薄いから」

「どういうこと？」

「死者と生きている人間との間の壁のことですよ。僕なんかそれを考え始めたところさ。――君はまだでしょうが」

「ごめんなさい、私、あなたが私をおびやかすと言ったりして」

「そう言った？――となると、きっと僕はおびやかしたんだ。いつですか、とくに？」

「私には目的がないと言ったとき」

「そんなこと言ったかなあ？」彼は言い訳をするように穏やかに言った。「僕としては、もしかして君には目的が欠けていると感じないかと訊いたつもりでした。君の人生に、ですよ、つまり。つまり、それが君の人生なんだ。そのう、社会的な目的を。精神的な満足というやつを」

　エヴァにはコメントできない範疇のことだった――ヘンリーならできただろうか？――「よく言って下さったわ」少なくともこれは声にならなかった。しかし、彼女の驚愕と途方に暮れた凝視は、その中に隠れたもの、エヴァとしては冷笑にもっとも近いものがかすかにあり、ある程度それを伝えていた。コンスタンティンは、役割上、彼女の反応をたんに見ていたわけではない。その中に浸っていたようだった。望むところだ——エヴァは彼を失望させたことはなかった。彼は乗り気になってきた。「僕には驚くでしょう、どう?」彼は考え込んだ。「じつは、エヴァ、そのう、僕は多くのことで見方がそうとう変わってしまったんです。僕の、そのう、値打ちが再編されてきましてね、君と最後に会って以来。友情の結果でしょうね」

「まあ」

オレンジ・クラッシュがきた。ジェレミーがさっそく鼻をうずめる。

「ああ。——トニーだけど」コンスタンティンは詳しい話を始め、その音節の響きを明らかに楽しんでいた。「トニー・クレイヴァリン-ヘイトといって、イースト・エンドの若い牧師です。国教徒《アングリカン》ですよ、むろん」彼は自分のグラスを表面がガラスのテーブルにおもむろに置くと、ぐるりと向き直り、瞬き一つしないで、真っ向からエヴァを見すえ、そのまま続けた。「しかももっとも高踏的な教義をもつ一派です」

「嬉しいわ」

彼は一度瞬きをした。「どういうこと?」

「あなたに友だちがいるのが嬉しい」

「ああ」彼は一呼吸し、背中をそらし、またグラスを取り上げた。「僕も嬉しいよ、エヴァ」

「じゃあ、よかったわね、コンスタンティン」

「トニーは」、彼はため息をついて、浮き彫り細工の天井を見上げた。「あの城がないと寂しがるだろうな。彼と僕で、あそこの若者たちの夏のパーティーをやるのがいつの間にか習慣になって、キャンプしたり――彼のユース・クラブの若者たちと一緒に。彼は自分の休暇を使って奉仕している。徹底した献身ですよ。しかし去年の夏はまったくやりきれない夏だった。雨が川みたいに流れ落ちて。――まったく、君だってごめんだったと思うよ、エヴァ。かなりの金があの屋根にはかかりそうなんですよ。ウィリーですらいい顔はしなかったでしょう、おそらく。今年はどこか農場の納屋を借りる算段をしないと――環境はともかく、何かあるでしょう」

「ミスタ・クレイヴァリン-ヘイトはどちらにお住まいなの?」

「彼が働いている所ですよ、牧師館に。徹底して簡素に。そこがひどすぎるというんじゃありませんよ。僕なんかだんだん好きになる。君だって行ってみたいでしょう、いつか午後にでも? ところで、彼はクレイヴァリン-ヘイト牧師なんです。『トニー牧師』として」、コンスタンティンは愛しげに報告した。「知られています。それで僕なんかついほほ笑んでしまってね。彼はまだほんの少年みたいで。しかも彼の影響力ときたら……」

「そう」エヴァがよそよそしく言った。オレンジ・クラッシュがなくなり、一滴も残っておらず、ジェレミーはまた戦闘を開始していた。危険信号が出ていた。「上へ上がって」彼女は彼にそう命じ、スイートの鍵を預けた。「そして、セキセイインコがどうしているか見てきて」彼はぱっと跳び出して行き、エレベーターの中に消えた。「あら」彼女は気づいたが、遅すぎた。「杖を忘れていったわ。彼はこれがないと困るのよ!」

「いや」コンスタンティンが言った。「彼は例のアプリコットに夢中になりますよ。ちょっと、これに僕は苦悩していて……エヴァ、一つだけ、どうしても知りたいことがあるんだ。君は、承知の上で、意図して、障害のある子供を引き取ったの?」

「どうして」、彼女は憤然として言った。「あなたは『引き取った』なんて言うの?」

「僕なんかそう想定してる」彼は払いのけるように言った。「君が彼を引き取ったとき、君は彼があいう風だと知っていたの?」

「どうして私が知るはずがある? 小さな赤ん坊だったのよ」

「なるほど。——ある意味、僕は同情しますよ」

「同情するって、誰に?」

「こうなった成り行きに同情しているのかな。企てにじゃない、始めてしまったんだから。そのう、自己献身にでもないし……」

「ああ、もう、コンスタンティン!」

「それならなおのこと、トニーと話してみませんか。僕は彼にあの少年を調べる機会を持って欲しい。この件に取り組むのに、これほど適した人は思いつかないもの。悪魔祓いみたいなことだってあるんだから、ええ」

エヴァは目を丸くしてコンスタンティンを見たが、何も言わなかった。

「口をきかない悪魔というのがいてね——よくある『憑きもの』というケースです。それはさておき、イースト・エンドの何かを見たって、あの子に害はない。その現実を見たって。君は彼をセロファンの中に閉じ込めている。彼をおもちゃにしている。せいぜいのところ遊び仲間だ。彼が自分の障害を抱きしめていくのはいいですよ、ある種の免責のあり方だから。彼はそれでうまくやってますよ——君は彼にとって人生を魅力的なものにしすぎている。エデンの園だ。そろそろ彼を追い出さないと。このままいくと、君の死体を乗り越えないとそれができなくなる。とにもかくにも、彼にはいずれ黒い月曜日の朝がくるのは、少しも不思議じゃない。――たとえば、君が行ってしまったら、彼はどうなるんですか?」

「あなたは私に言うのね、ジェレミーには悪魔が憑いていると?」

「いや、いや、そうじゃない。そう間の抜けたことを言うものじゃない。もう一杯シャンディーは? 要らない? そう、ちょうどここらでお茶に連れ出そうと思っていたところです。あと一歩先には色々と火急の計画があって、君に火が点くかもしれない――君は考え始めているでしょう、自分がどこまでできるか?」

「お金を出す、ということ?」

コンスタンティンは手で制して、言った。「金だけじゃない(しかし、君は金をマットレスの下に隠しておくつもり?)。君にはあるんだ、たいへんな『推進力』が、その気になれば、エヴァ。君には異常なほどの、みんなは驚異的な、と言うようだが、性格の力がある。そのう、ダイナミックなエネルギーというか、それが出口を探し求めている。じつは、君は――」

「――ええ。前にあなたは私が狂っていると言ったわ」

コンスタンティンはマホガニーに囲まれたブザーを押し、またバーのサービスを呼び出した。「君は僕の手に負えないから、想像するだけなんですが」、彼は話を戻した。「ウィリーも僕の手に負えなくて、しばしば……。君の予定は、たとえば、来週は?」

「一日かけて、ケンブリッジまで行きます、ヘンリーに会いに」

「そう考える理由でも?」

「ええ。絵葉書をもらいました」

3　エヴァの将来

「それに」、ヘンリーが言った。「君はもっと颯爽としていてもいいのに。どうしてしないの？」

ケンブリッジの一日は、終わりに近づいていた。ヘンリーの所属するコレッジの奥深く、小道が一本見えるこちら側で、彼とエヴァは彼女を駅まで運ぶ予定のタクシーがこないか見張っていた。ジャガーで乗りつけるのはヘンリーから、説明抜きで、禁止されていたので、まずはそれしか方法がなかった。「だめだ、こないと思う」タクシーは、現に、まだ十分か十二分以上かかりそうだった。この古めかしい部屋は、ヘンリーがもう一人の、パーカーという男と共同で使っていたが、もはや歓迎に疲れ果てているように見えた。低い天井を横切る梁から一つ下がっているモビール細工はパーカーの所有物——所有者のほうは雲隠れしていた。ヘンリーはおそらく彼もこないだろうと考えていた。レコードの入った棚があり、その何枚かが一日中かかっていたが、それらはパーカーのものと理解された。彼の好みは万人向けだった。ヘンリーの本は自分の持ち分の棚からあふれ出し、パーカーの本に混じって汚染されぬよう、この日の午後は、椅子から移されて床の上に散乱していた。ジェレミーは階段のほうに出ていた。

歴史になるかもしれない多くの会話と同じく、エヴァの将来という、どちらかといえばやや重大な主題を持ったこの会話は、待たせた挙句、最後になってやっと核心部分にきた。「君はそうできるし、そうすべきだ」ヘンリーは追及した。「なぜ足踏みをしているんです？　それに、ほら、エヴァ、特別な形で君はそうするために生まれてきたような人なんだよ。いずれにしろ目立つんだから、意図的に目立つようにしたらいいじゃない？」

「そうね」彼女は素っ気なく言った。「まあ、続けてみて」

彼はそのつもりだった。「いっそ」、彼は彼女に言った。「世間をあっと言わせたら。屋敷を一軒確保して、そう、本物の屋敷をね。あっと驚くようなロンドンのお屋敷だ。あっと驚くようなのが見つからなかったら、そのように造らせたらいい。始めたらいい。人でいっぱいにするんです」

「どんな人で？」

「『人』として知られている人たちで」

「そういうのはどこから手に入るの？」

「君が昇格しないと。僕なら君を昇格させられるよ、ある程度まで」

「それで、どうなるの？」

「僕を昇格できる」

エヴァはしらけた様子になり、疑っていた。「そう、でももっと真面目なコースの申し出があるの。私は社会的な目的に欠けるのは好まないの」

「いまその話をしているんでしょう、馬鹿だなあ！」

「そうね、ヘンリー。だけどいま話しているように、私の関心は世の中のためになる方向に引き寄せられているの。私は、たとえば、聾唖の研究をする調査機関を基礎《ファウンデイト》することもできるわ、ジェレミーを記念して」

『基礎する』なんて言葉はないし、ジェレミーだってまだ死んでないでしょ。うん、君がいま話したことでいいと僕は思う！　ああ血が騒ぐなあ」ヘンリーは宣言した――彼はこれまで一貫して、もっとも冷淡なところしか見せたことがなかった。「世の中のためになるサメか！　ジャムの瓶にはハチがたかる！　君は頭がおかしくなった後見人に引きずり回されている。それで、もし彼が、トニー・クレイヴァリン-ヘイトを売り込めると踏んでいるなら、コンスタンティンは重大な過ちを犯しているね、言わせてもらえば」

「コンスタンティンは別に売り込んではいないけど」

「へえ、そうなの」間が空いた。未来の昇格役は主題について黙考した――彼は、縦仕切りや朝顔口などを背景にして、くっきりとした横顔が一方の肩の上にあり、両腕を組んだところは、紋章風の美男子だった。「どうしようかな」彼は考えた。「誰が君に衣裳を着せるべきかだ。僕がきっと見つけるよ」

「あなたは世間ずれしてるのね、ヘンリー」

「もう我慢できないだけさ」彼は我慢できずに言った。

「あなたは私がもっと……」彼女はこう切り出したものの、あとが続かなかった。

「そんなこと言ってないよ！」彼は叫んで、親指を鳴らした。「要するに、僕は君のために役割を考えているんだ。わからない？　君はそれが欲しくないの？　君はぜひとも――僕が君に役割を見つけたいんだ」

では、そういうことで？　エヴァは気がふさぎ、床に散らかっている本を、希望は消えた、後悔ばかりが残る尊敬の念をもって見回したが、それはラムレイ校の図書館におけるエヴァの胸中でもあった。そこここで身をかがめ、数冊を集めて石塚のように積み上げた。するとぐらりと揺れて壊れた。

「さわらないで！」ヘンリーが即座に命じた。「やめてよ――すまないけど、エヴァ」

「私こそごめんなさい」エヴァは姿勢を戻し、両手を子供みたいにこすり合わせた。「でも、今日はとても楽しかった、楽しいわ」

「そう悪いものじゃなかったでしょ？　川に出たときに雨だったのは残念だったけど、舟遊び《パント》ほど濡れるものはないから。――それに、ジェレミーが自分用のパントを欲しがってるなんて言わないで。見ればわかるよ。――ジョスリンのことはどう思った？」（お茶を一緒にした在校生で、言われるとすぐに、優雅に引き取った。）

「ええ、いい人だったと思う」

「よかった。彼は試験台なんだ」

「ジェレミーは何をしているのかしら？」

ヘンリーはぐらかされなかった。危うくバランスをとりながらも、権威ある姿勢を保ちながら、揺らめくような黒い瞳を細めてエヴァのほうに向けた。「ねえ、エヴァ、君のことで一つ言うと、君は流れを決める人だね。つまり、君の気質って、伝染するんだ。君が消えると、みんな同じく消える。いや、みんなじゃないが、君の友人のアーブル夫妻を見てごらん――煙のようにいなくなって、手がかりも残さない。君の後見人だって、牧師館に逃げ込んでる。あれからずっと」、ヘンリーは、やや不満そうに言った。「彼の消息はわからないままでしょ。――それに、君にはもう一つあるんだ、ミス・トラウト。君が傷つけなかった人生はほとんどない。あるいは少なくとも、君が変えなかった人生もない。ちょっと長い詩だけど知ってる、『ピパが通る』っていうやつ？　知らないと思った。僕らはこの詩を書いたブラウニングで育てられたから、母のせいだけど。このピパという女の子はただ通るだけでいいんだが（実際は、もっとほかのこともするんだよ、人の家の前で歌をちょっと歌ったりね）、そのあとにとてつもなくダイナミックな結果を残していく。ある意味で君はピパみたいだ――ただし逆の意味でね」

「私は歌わないわ」エヴァは怪訝そうに言った。

「ああ。それに君は、向上させるような影響を与えない。ピパは人間を貪欲と悪事から作り変えるけれど、まさにこの二つのどちらかが、さもなければときには両方が、君が足を下ろしたところに芽生えてくるような感じがする。これが君を反映していると僕が感じていると感じないでよ。倫理的にはおそらく君は、ニューヨークでチフス菌をばらまいた『チフスのメアリ』の一人なんだ。君はまた、人々の考えを底なしの混乱に投げ込む。つまり、彼らに何か考えがあればだけど。君はただ通り過ぎるだけで――」

「――それでもあなたは私のロンドンに家をかまえろと薦めるのね？」

「ああ、だから余計に薦めるんだ！――ピパはもちろん前もって人を選んでいた。彼女はそのつもりで出かけて、その人たちの家の窓の下で歌ったんだ。自分で思っているほど無作為だったわけじゃない。君は無作為だ。それは由々しきことだよ。君は軌道をそれない盲目の惑星のように回転している。逃げるが勝ち《ソヴ・キ・プ》さ、君の軌道にいる人たちは。君が狙いをつけた人はいない、と僕は思うほかないけど、どうなの？　ジェレミー以外の人で、むろん（それに結局のところ、君が狙いをつけたのは、あの子に会う前だった）。――そのほかには、誰もいないんでしょう？」

エヴァは目をそらして、モビール細工を調べた。返事が必要なことに気づいていないようだ。

「僕をのぞいて」彼が言った――括弧に入れて言うように。

ほとんど情熱に近い熱意をもってモビール細工の幾何学に見とれながら、エヴァは一言も発しなかった。だが、うなずいた。

下の一室で、誰かが窓を開け、下の小道にいる誰かに大声で呼びかけた。

ヘンリーは、動揺して無口になったことはなく、じつはまるでその反対だったから、さっそく口を開いた。「僕がどうしても我慢がならないのは、君が何も聞かないで人生をどんどんやり過ごしていることなんだ。『ヒバリは風に、カタツムリはアザミに』という調子なんだ。カレンダーすら見ないでしょう？　信じられないよ」

「さぞかし」

ジェレミーは、階段の暗がりで迷子になり、ドアを叩き、体当たりし――三度やった――やっとドアのハンドルをつかんだ。自分で中に入ると、挑戦するように、ヘンリーが先に目をそらすまでにらみつけてから（それまでのところ、二人の間ではすべてが流れるように順調だったのに）、我が物顔にエヴァのほうへ行き、彼女にべったりともたれかかった。彼にはパニック状態の残滓が感じられた。髪の毛はどの角度から見てもネズミの尻尾状態、雨に降られた川遊びから帰ってタオルでぬぐったときのままだった。彼はエヴァのポケットから黒スグリのトローチを引っ張り出して、ちゅうちゅうと舐め始めた。「これで効くはずよ」、彼女の感想だった。「もし風邪でも引いていたら」

「どうして彼が風邪なんか？　僕は引いてないよ――僕は断然ちゃんと管理してるもの！」

「わかってるって、ヘンリー」

機嫌を直してヘンリーが言った。「どうやらあれはタクシーのようだ」

タクシーだった。

「さようならね？」エヴァが言った。

「お見送りしますよ、当然じゃないか」

駅に行く途中、エヴァは誰にも説明できない苦悩の中に閉じこもった――あとの二人は真ん中にいる彼女をまたいで、ケーキの箱から取った紐であや取りをした。彼女はこの日が終わるのに耐えられなかった。前方をひたと見つめ、運転手の耳の彼方を見つめ、視線を後ろに投げなかった。後ろを見ることに耐えられそうもなかった。その必要もなかった。苦しいまでに美しい蜃気楼と化した大学から逃げ出すすべはなかった。それは永遠というもの、彼女には何の役割もない場所だった。この永久が彼女にとっていっそう現実的だったのは、それが束の間という火花のような粒子から成っているからだった――舟がくぐった橋、雨のしずくがケム川に落ちては消えてゆく波紋、水面に揺れる映像、こだまが蒸気になり、陰影が変容し、遠近の距離が変わり、太陽の気まぐれとともに栄耀栄華が建造物を行き交い、アーチを越えるごとに芝生が煌めき、原初の息吹のあえぎを洩らす石、ドアが開くと蠟のように光る木彫から夕闇が退いてゆく。聖なる塔は高く昇って噴水のように開き、その周囲には燃えるようなステンド・グラスの狂信的な色彩が果てしない競演を繰り広げている。終わりというものがなく、静止しているものはない。この生ける永久の、独特の、その子孫の一人であるヘンリーが、エヴァのかたわらを歩いている。

今にも彼は、まるで死刑執行人のように、彼女を列車に押し込めるだろう。それから、自分の学問の世界の中へ戻っていき、彼女の希望を空にする。いまこのケンブリッジのタクシーの中で、ボートレースで賑わうメイ・ウィークの恋人たちにとり憑かれ、まして、このタクシーが乗せてきた多くの知識人たちにとり憑かれて、エヴァは、泥沼に沈んでいくような、切り離されていくような野蛮人の惨めさに囚われていた。すでに煉瓦敷きの道路に入っていた。エヴァの膝の上で、タクシーの横揺れに身を任せているヘンリーの二組の指が、真っ赤な紐をピンと引っ張り、ジェレミーのほうに差し出されていた。この人は本当に血肉を備えた人間なのか？　エヴァは全存在をかけて彼を慕い、胸が痛かった。果たしてこの人が察知することがあろうか？――それはないと彼女は思った。あの宣言の間、彼女の顔はモビール細工のほうにだけ向けられていた。そのあとは、あの白さ、長く消えなかった衝撃の表情が、ルイーズの死を話したときの彼の表情が、まだかすかに漂っているようだった。いまはそれも消えていた――彼の立ち直りは早かった。

「ときどき不思議なんだけど」、エヴァは言ったが、格段の理由はなかった。「イズーはどこにいるのかしら」

「いまに出てきますよ」ヘンリーがそう言う間に、タクシーはスピードを落としていた。「さあ、着いた――残念だけど」彼とジェレミーは絡まった紐を指からほどいた。

「もしかしたら、もしかしたらだけど、あなたはロンドンまでくることはないの、ヘンリー？」「君の家が見つかったらね」

エヴァは準備段階として、より多くの物件のあるロンドンの不動産業者をわたり歩いた。その間、なるべく疑いの目につきまとわれたくなくて、プリムローズ・ヒルに毎日ジェレミーをやることにして肩の荷を降ろしていた、ひどく貧乏な女彫刻家が彼に模型を作るのを教えている場所だった。ときにはエヴァ自身が、ときにはペイリーズが手配したハイヤーがジェレミーを乗せて連れて行った。女彫刻家は、頼まれると、ジェレミーをランチまで預かってくれた。この女彫刻家を調達した組織は、ジェレミーが粘土に飽きた場合にそなえて、その他の種々の活動を怠りなく取りそろえていた——ジェレミーは飽きるどころか、粘土のそばから離れようとしなかった。粘土の塊を湿ったまま持ち帰り、ペイリーズをべたべたにした。エヴァは毎日がそれほど楽しくなかった。女の住宅ハンターとしては、その分野への参入がいかにも遅すぎた。望ましい物件と見なしたものはどれもこれも、まさに「お買いどき」とあって、いまでは我勝ちに買われていった。まだ検討中のものは、よく見ると、白い巨象《無用の長物》の部類に入るものばかりだった。彼女は白い巨象たちを見て回った。一ついいのがあったが、ヘンリーは喜ぶまいという不安があった——作戦的に見て、場所が悪かった。広大で、鏡板で飾り付けられていたのでなおさら広大になり、作り付けられそうな調度は全部作り付けられていた。間取りの広さには間違いなく満足がいくし、絢爛豪華も申し分なし。人的な困難（使用人問題）がまだ空き家になっている理由として示唆された。ヘンリーとの関係で、さらなる困難が想定された。ロンドンのとある屋敷の室内で、エヴァは「自分を見た」。大階段に立ち、そこに映った姿に、彼女は瞬時ポーズをとった。舞踏室《ボール・ルーム》もあるし、光の粒で煌めくシャンデリアもあった。価格だけのことはある……。しかしもっとよく知れば知るほど、物足りなくなった。エヴァは前回より落胆してペイリーズに帰る、これが続いた。しかしある日、クレイヴァリン-ヘイト牧師が行動を起こした。彼は朝の訪問でやってきた。

住宅探しが長引いてエヴァは遅くまで寝てしまい、まだキルトのガウンを着ているうちに、下から電話で、聖職者の方をお通ししていいか、と訊いてきた。彼の名刺が名刺皿に乗って先にきた――彼の身分に関しては、招き入れられてみると、わずかな疑いの余地もなかった。「願わくは」、彼は言った、願いはかなうと決め込んで。「お邪魔でないといいのですが？　コンスタンティンが、もし私がこの辺りにきたらと言っていましたが、実際、今日はたまたまここにおりまして」

彼は背の高い青年で、黒衣と機敏さで、なお長く伸びて見えた。細い卵形の顔立ちはビザンチン風にも受け取れたが、いまの時代風でもあった――ジェレミーに似た色の白さが、彼の眼鏡の鼈甲ぶちのせいで目につき、眼鏡が大型なので顔の幅がそうとう広がり、拡大された視線は鼈甲ぶちの中で勝手にうろつき、しかも夢を見ているわけではなかった。レンズは凸レンズだった。ではこれがないとモグラみたいに目が見えないのか？　口は見るからに役に立ちそうだった。彼は続けた。「願わくは、お元気でしょうね？」と、この質問をするほかに何の仕事もない人の口調で言った。

エヴァは、これが自分のガウン（別名、バスローブのこと）に向けられたのだと思って、返事をした。「ええ元気です、遅くなってしまっただけです」彼女はうろうろと歩き回っていた。そこで椅子に座り、ローブのすその部分を膝の上にまとめてたたんで重々しく床まで垂らし、椅子の背に沿って背骨をまっすぐにし、両手を膝の上で行儀よく組み、手首を重ねた――こうして組み立てられた儀礼は、牧師の衣服ゆえに、うやうやしく拝謁を賜ると決めた人のものだった。「どうぞ、おかけ下さい」彼女は彼に薦めた。クレイヴァリンーヘイト牧師は小さなテーブルについたが、その上には書状が散らかっていて（エリックのが、偶然、開いたままだった）、アプリコットの箱の一つに、半分蓋が開いたままのがあった。彼女は尋ねた。「私に会いにおいでになったんですか、それとも、何かのことで私に会いに?」

「両方です」彼は言った——びっくりしつつも、合わせてきた。「私が参りましたのは、あ、な、た、にお会いするためですよ、おもに。つまり、あなたにご異存がなければですが?」

「私としましては」、彼女は指摘した。「問い合わせていただきたかったわ」

「そうですよね。私は不意打ちがよいとは決して信じておりません」彼は説明した。「少年はどちらに?」

「モデルに出かけています」

瞬時とはいえ誤解があり、痼癪玉が落ちそうになった。クレイヴァリン-ヘイト牧師の額が貝殻のような黄ばんだ濃いピンク色になった。「怪物みたいな服装の?」彼は追及した。「子役になってカメラの前に? ナルシストへまっしぐらですね——それがあなたのお望みで?」

エヴァは相手をする気はなかった。「女性の彫刻家が動物園の近くに住んでいて、彼はいま動物に取りかかっているのです。今週は私の頭部をやっていまして」

「ああ、そのことですか」彼は納得して言った。——「ところで、あなたはどうしていつもコンスタンティンに厳しいのでしょうか?」

「すべて楽しく過ごしました」、エヴァは言った。「先日は」

「あれは悲しい男です、ええ。秋を思わせる性格というのかな」

「へえ」

「その言い方は気に入りませんね。あなたの父上との例の関係は、それほど不面目なものではないんです、コンスタンティンと一緒に長年にわたって、しかるべきときにしこたま儲けた、さまざまなこれこれとあれそれと比較すれば。我々はそのほとんどを話し合いで片をつけました。そう、むしろぞっとするような過去ですよ、彼自身の説明によれば。気の毒な奴です。――それを一ついただいてもいいですか？」

しばらくは、アプリコットが彼を静かにした。見ると、彼は指についたネバネバを頭文字を刺繍した雪のようなハンカチでぬぐっている。「ランチはあまりとらないほうでして」と彼は述べた。「今から仏教徒と会うんです。――彼とあなたの父上との間にあったことは、少なくとも続きましたからね」

「そうね、父が自殺するまでは」

「それにも話が二通りありまして。あなたは厳しく判断される――判断するのは人間の仕事ではないのはさておくにしても。何がどうなっているか、あなたはご存じない」

「いいえ、知ってます」エヴァは言った。

「あなたの態度に」、彼は説得するように、ハンカチをしまい込んだ。「コンスタンティンは失望しています。彼は思い悩むタイプなんですねえ」

「それはさだめし彼の良心が悪いからよ」

彼は両肩をそびやかした。「それでも」、彼が宣言した。「彼はあなたが好きだった」

「ええ」エヴァは同意した。「もう彼のことは大して気にならなくなりました」

彼は周囲を見回し、証拠でも探しているようだった。「あなたがいつも持っていた鳥はどこに？」

「門番の奥さんのところに」

アプリコットにきちんと蓋をしてから彼は続けた。「ほかにあなたが嫌いな人は？」

「どうしてそこまで訊くんですか?」

「知りたいから」

「そう。先生を恨んでいます」

「私たちが話しているのは、先生だったあとのミセス・アーブルのことじゃありませんね?」

「じゃあご存じなのね」

「あれは明らかに問題だが、前後関係がどうなっているのか誰にもわかりません。何が——実際に——あったんです?」

「彼女が私を捨てたんです。私を裏切りました」

「あなたたちは、サッポー同士の関係だった?」

「何と?」

「何らかの抱擁を交わしましたか?」

「いいえ。彼女はいつも急いでいたわ」

「よろしい」彼はそう言って、この件は取り下げた。「ではどうやって——と言うか、どういう意味で——彼女はこうした想定上の損害を与えたんですか?」

「想定上の損害じゃありません」

「あの不運な女性は何をしました?」

「全員が」、激昂したエヴァは述べた。「不運だった、と思います、私をのぞいて」

「あなたはこの事態の中心から外れて下さい。彼女は何をしたんですか?」

「私に教えることを断念しました。私の心を見捨てました。私の希望をすべて裏切りました、そそのかしておきながら。愛に見せかけ、私をさらけ出させ——それから、全部見たと考えて、そむいたんです。彼女は——」

「——ちょっと待って。あなたの希望というのは?」

「学ぶ希望です」エヴァは言った。はるか昔の身震いが彼女を揺さぶった。「なる希望、なっていく希望です——私は何者にもなれなかった」さらに補足した。「なり始めたところだったのに」

彼は熱意をこめて意見を述べた。「天分のある教師でしたよ」

「ええ。それから私を送り返しました」

「あなたを追い払ったんでしょ?」

「いいえ。また私を送り返したのよ——何者にもしないために」エヴァは重ねていた手首をほどき、片方の手を解放した。それを握りこぶしに結び、強くはないが恐るべき正確さで、いわばハンマーの一撃で釘を叩くように、キルトの膝の一点に振り下ろした。「私は去ったままです。どこにいる?知らないわ——自分がいると信じていた場所から追放されました」

「神は——」クレイヴァリン-ヘイト牧師が初めて切り出した。切り出したものの、中途でやめてしまった。あるいは待ったのか?「どうして」、彼は彼女に問うた。「彼女がこんな行動に出たと想像しますか?」

「私は想像するだけなんですか?」

「いや」彼は言い、テーブルを見回し、アプリコットの箱の下から手紙を手繰り寄せ、書類を整えるように何気なく手紙をさばいた。「彼女が行動したとしてみましょう。なぜだか想像できますか?どうして彼女は——何かご意見は?」

「私が重荷になったのよ」

彼は彼女に話した。「あなたは問題でした」

「何が原因で?」

「はぐらかさないで!――おっしゃるとおり、あなたは重荷になった。それに彼女は結婚している。あなたはそれが不服だった?」

「あら、いいえ、最初はそんな。当初は私、彼らの家にいるのが嬉しくて――我が家のようにすら見ていました。ご存じでしょうが、コンスタンティンに言って、私をそこに置くようにしてもらいました。そのときになって初めて彼女が私を憎んでいることが、彼女がその仕事を憎んでいることがわかりました、仕上げるのが怖かったんです。だけど、私こそがその仕事**でした**から、私はとても多くを望んでいました――どうして私が彼女を憎まないでいられますか? 彼女もそれがわかって。二回ほど、彼女は私がいることに耐えられなくなって。私は目撃者でした。どれほど彼女がすべてを投げ捨てたか、彼女は私が見ているのを見たわ」エヴァはここで言葉を切った。そして自分の握りこぶしが作ったローブの窪みを撫でて延ばした。

牧師は半身に構え、もう一つ別の角度から見た。「あなたの言葉によると、『彼女はすべてを投げ捨てた』とか。なぜ彼女は?」

「ああ、すべてエリックのために」

「それでは、あなたは彼女の夫を横取りした?」

「いいえ、それはしませんでした、結果的に」

「でも、一回はまあ試してみた? 愛情、それとも復讐?」

「当時、私はどうしても自動車の修理工場を始めたかったのです」

「あなたはその後、彼女を結局――」

「――あなたは」、エヴァは大いに焦っていた。「スキャンダルしか考えることがないんですか、お宅の牧師館では？　献身的にお働きのことと理解していますが」

「間違った情報です」クレイヴァリン-ヘイト牧師が言った。エヴァは面食らった。彼は自制するようなため息をついて、皮肉を棚上げにした。「一度も心に浮かびませんでしたか、彼女に同情してもいいのではと？」

「浮かんだのはつい先日でした」

「浮かばないよりましですよ」

「私はいま恋をしていますから」

彼は聞き流した。

「取り除かないと」、彼は言った。「そうした恨みつらみを、あなたの全身から」

「ああ、そうなんです。どんな方法で？」

「祈りなさい」

「祈れません」

「それはいまから考えましょう。――しかし今朝でなく」彼は腕時計をちらりと見て付け加えた。「ではこう申し上げましょう。何かほかのことを考えなさい」

「せいぜいそうしているところです、やっといま！」彼女は叫んだ――別人になっていた。そして続けた。「あなたはお訊きになりませんね、相手が誰か」

クレイヴァリン－ヘイト牧師の眉が曇った。彼らの会話が速度を上げて能率よく進んできたのは、これまでのところ、地図を広げて参照してきたからだった。これは見出しにないことだった。これまでは、彼は蚊帳の外に出ていてもよかったが、これで蚊帳の外に追い出された。彼は不正行為の専門家だった。自分の主題を外れて、打ち明け話の聞き手として拘束されるのは嫌だった。エヴァは彼の評価の中で格下げとなり、彼はそれをおもてに出した――また腕時計を見て、もう残念がることもなかった。「訊くべきですか?」彼は訊いたが、俗っぽく投げやりだった。「それが何か大した意味でもあるんですか?」

彼女はそのはずだと考えていた。彼女は詳細をすべて伝え、熱心なあまり一貫していなかったにせよ、最後にこう言った。「それに、彼はあなたのことも知っています。――いえ、ちゃんとあなたのことを知っているわ」

「それはあり得ますね。だが申し訳ないが、私はケンブリッジ近辺に行ったことはありません」やる気のない名士が言った。「もうどのくらいになるかな、いずれにしても。だめだ、彼をこれと特定できない。――ただし、彼が私どもの『修養会』のどれかに参加していれば別だけど?」

「していないでしょう。彼の父親もやはり牧師ですから」

「しかし、まさか真剣な話じゃないんでしょう?」聖職者はこう訊き、これに真剣な関心でも抱いたように、エヴァをじっと見つめ、正気か否かが争点だといわんばかりだった。「まるで雲でもつかむような大学生で二十歳ねえ……。うまく行くと本当に思ってるんですか?」

「いいえ。でも……」

「『でも』はありません」

「私はまだそれほどの年じゃないわ」彼女は言った。

「もう年ですよ、どう考えても、もっと分別があっていい」

そこで、彼女は話題を変えることにした。「コンスタンティンが言ってましたわ、あなたは徹底して自己否定すると」

「徹底してはいませんよ。すべては比較してのことだ。彼は試したことがうまくいったんです、だいたいいつも——気の毒に、あの学校は出足でつまずいてね。ある種の理想を具体化していたのに。目下、キャンプがジリ貧状態で、彼がお話ししたでしょうが。中古品は初めから雨漏りがして、いまはもうオンボロです」

「コンスタンティンは屋根がと言ってましたが」

「屋根は最低です。私は納屋があればいいんです、前からずっとそうでした。しかしあの哀れな男の見方からすれば、そう、また負けたということでしょう。『無駄な抵抗はやめよ』と彼に言ってやりました」彼は両肩をすくめて議題に戻った。「少年たちと言えば——」彼は切り出したが、おどすような口ぶりだった。

「はい?」エヴァは尋ね、手首をまた重ねた。

「あなたの義務の筆頭は、あなたが連れ出したあの子でなければなりません。あなたはそれで、もっとも大それたことをした——当時それに気づいてましたか? もし気づいていなくても、そろそろあなたにも見えてきた頃だと思いますが? あなたが何に違反していたか、わかってるんでしょう?」

「ジェレミーですね? ええ」

「あなたは彼を背負い込んだ——人間的見地から言うと——犯罪行為によってです。ご自分では、もっぱら彼に全力投球しているとみなしている。ほかに何が欲しくても、あなたはそれを犠牲にせざるを得ない。出口はどこにもない。選択肢もない。状況は最悪です。あなたが彼を握っている」

「いいえ、クレイヴァリン-ヘイト牧師、彼が私を握っているんです。ジェレミーは決して私を解放しないわ」

「天罰です。彼を一目見たいものだ」

「あなたは天罰を信じているんですか？」

「とんでもない！」

「だったらなぜ――？」

「さあ」彼は認め、顔を赤くし、気分を損ねていた。「つい出てしまった……。さてと。すみませんね、彼に会えなくて。一言お話できてよかった。つまり、五分五分です。ただ想像するに、私は――」

「あなたはとてもご親切です」彼女はおとなしくつぶやいた。彼は眼鏡の奥で視線をくるりと回したが、それきりだった。「もし」、彼女はさらに提案した。「ランチまでいらして下さるなら、彼をすぐ呼び戻してもいいのですが」

「いえ」彼はこう言って、すぱっと立ち上がった。「残念ですが。しかしこの次は――いまからハロッヅに行かないと。お話ししたでしょ、仏教徒と会うんです。このことはもう一度よく考えて、いいですね。そして、用意ができたら、告解にきて下さい。火曜日か金曜日、さもなければ、予約が取れた日に」

「考えておくべきでした、私は――」

「もうよしましょう。とにかくこれはオフレコで。私は今日は非番なので」

「何をなさるの、仏教徒と?」

「コースを一巡するんです、楽しみだな、ヴィクトリア・アルバート・ミュージアムをね、色々なものがあるでしょ。ついでに母親に会うんです、ハリントン・ガーデンズに住んでいるので。最後は六時にブロンプトン礼拝堂に」

彼女は反論した。「あれはカトリック教会でしょ」

「お嬢さん《マイ・ディア・ガール》」彼は声を上げた。「何をおっしゃるやら!」

憤慨した調子を残して、彼は去っていった。エヴァはすぐ着替えをしてレストランに向かい、そこで「今日の一品」のランカシャー・シチューをむさぼるように食べたが、神経性の空虚さをもてあましていた。フォークの動きが次第に遅くなった。彼女は思い返して顔をしかめた。ワインをグラスで持ってこさせた。

ケンブリッジ以来、彼女は今朝まで誰とも対話をしていなかった。トニー牧師の乱入は、本人はいざ知らず、これほど絶妙のタイミングもまずなかっただろう。彼女が感じた欠落とは何だったのか?――彼女には未知の感覚だった。どうしてこんなものを感じる羽目に? じつは、英国に戻って以来、言葉のやり取りに対する不信感ないしは反感――彼女はそれを根本的なこととみなしてきた――が、徐々に切り崩されていた。気づいたら始まっていた。その過程は途切れることがなかった。ヘンリー、ミスタ・ダンシー、コンスタンティン、もう一度ヘンリー、そして最後がこのクレイヴァリン-ヘイト牧師。それぞれが前者の仕事を引き継いでいた。数え切れない欲望が吹き込まれた。食欲が誘発され、食べるそばから育っていった。

彼女はいまやしゃべりたかった。

だから彼女はジェレミーと過ごした年月に反逆したのか？——何も聞こえない年月に？　彼と彼女の映画もどきの生活ぶりは、音響効果なしで、次々と渡り歩いたアメリカの都市で同じように暮らすうちに、どれも似たようなものになり、非の打ちどころのない満ち足りたものだった。昇華された単調さが二人を繭の中に閉じ込め、子宮の中にいる双子みたいになった。繰り返される行動は儀式になった。調和が乱されるのは、男性ないし女性の「耳で話す」矯正士との格闘のときだけで、エヴァはそうした人たちを信じて彼を律儀に連れて行った。（エヴァは、自分の知るかぎりをつくして、すべてと、すべての人を試してきた。ジェレミーとその拒否が毎回勝利をしめ、その詳細はミスタ・ダンシーに話したとおりだった。）毎回何が失望の度合いを弱めたか？　知らぬ間に何かがその埋め合わせをしてくれた。彼女は感じていたし、行くたびにますます感じるようになっていた、少なくとも試したということで責任を免除されたと。

　そう、アメリカ時代はおおむね、エヴァの遁走と、彼の、ほかはさておき、無知によって防御され、彼らは視覚の宇宙に君臨していた。昼間は映画の内側で起きていることと外側で起きていることをほとんど識別しなくなり、テレビの中にあることもないことも識別しないで、画面をちらちらさせたまま眠った。大きな画面も小さな画面も、それを見る者に幻影をこぼし続けた。社会は、彼らから離れたところで、人間を入れたバケツを下げた大観覧車のように回転していた。彼らは二人きりだった。疲れきった文明が周囲に広がり、何エーカーにもおよぶ共食い仲間の自動車群も同じだった。二人はただ動いていた。二人は物語の中にいて、自分たちでその物語の一つしかない意味を分かち合っていた。彼らにとって外界の驚異の一つは、彼らにはすべてが外側であるということだった——では、外側だけしかないのに、なおかつ存在するものはあり得るのか？

共犯者同士の楽しい瞬間はいくらでもあった。日の出はエヴァのベッドで裸のまま戯れるジェレミーとともに訪れ、キューピッドはヴィーナスの長椅子に遊んだ。馬を飛ばして燃えるがごとき秋の紅葉の森に駆け込む。物まねや秘密の信号。大滝のしぶきがかかり、エヴァにすら大きすぎる滝の音に、二人で同じように顔をしかめる。事実、ジェレミーはエヴァ以上に、ある種の映像に深く浸っているようだった。切り裂かれた空、渦巻く水、象形文字のような煙など、それらを精査する特別の方法が彼にはあった。兆しでも求めているのか？——もしそうなら、彼は正しく求めていた。

英国に戻り、ジェレミーを伴って難局に当たることは、彼の向上を願ってエヴァがとった一歩だった。つまり、彼女は帰国をそう見ていた。その結論に達したのは、彼の変わりやすいまなざしの中に男性の兆候を目にしたからだった。もう頃合だ、ジェレミーが、ウィリー・トラウトの跡継ぎが、いつまでも噂のままではいられない。エヴァはもう一つの次元にジェレミーを入場させるときのコストを計算していなかった。彼が何のただ中に投げ込まれるのか、想像もつかなかった。最悪だったのは、彼女とは事情が異なっていることだった。彼はその渦中でたった独りだった。彼にとって真空状態のこの領域は、同時に経験の密集地帯であり、経験は彼女を自分の仲間だと主張することで、彼女を彼から遠ざけてしまい、彼がそれを嫌うことはあり得ることだった——彼が彼女を嫌うことはあり得なかった。エヴァが浮き足立っているのにジェレミーが気づかないはずはなかった。彼が観察したように、エヴァが自分を鼓舞して対決しようとしているこの難局が、いま彼女の心を騒がせていた。二人はいずれ切り裂かれるのか？——彼らの役割には、非常に大きな不平等があった。かの小公子フォントルロイとは違い、ジェレミーは未来の伯爵としてここに到着したのではない。彼を待っていたのはわずかに、好奇心と、彼の容貌と普通の意味であってもなくても彼が私生児であることがかき立てる感傷と、子供時代にはまず味わうことのないもの、すなわち憐憫の情だけだった。つまるところ、世間が見る彼のイメージ——本人もそうと察していたに違いない——は、エヴァのおふざけの中でも一番新しい、どうかすれば一番不埒な、同時に一番のお値打ちもの、というところだった。目下のところ、彼は家庭から締め出されていた。英国がそれを供給するというのが目論みだった。何という不手際だろう、彼にラーキンズ荘をひと目見せてしまい、キャセイ邸に午後いっぱい滞在するとは。エヴァは協定を破り、それがいかにも悔やまれた。

事態が暗転すると人はより多くを愛するのか？　エリックの言ったことから、そう見ることができた。いまにいたるまでエヴァとジェレミーの間の愛情がこれほど食い違ったことはなく、これほど互いに哀願したこともなかった。彼女はいまだかつて彼が自分を束縛しているとは感じなかった——おそらく彼は束縛したことはなかったのでは？

彼女が彼に教えた退屈しのぎと生活態度は、他人に対する反感がその根底にあった。彼は彼女を何者として見るようになるか？　昨日、午後の終わりにプリムローズ・ヒルに彼を迎えに行った彼女がスタジオの奥に突き進むと、ジェレミーはエヴァの頭部の制作中だった。それを目にしたのはこのときが始めてのこと、彼女はモデルとして座ったことはなかった。大きな塊で、まだ見せられる状態ではなかった——ただ彼は親指二本で泥状の粘土をどんどん深く掘っているだけだったが、できつつある眼窩は、今にも頭蓋骨を貫通しそうだった。二つの暗闇から放射するあまりの非人間性に、エヴァはどこを見たらいいのかわからなかった。付き添っている女彫刻師は、何の関心も示さずにエヴァのかたわらに立っていた。ジェレミーは、いつもの無言の沈黙に閉じこもったまま、自分の作品から離れて漠然と立っていた。女彫刻師は、どこか清廉なところのある人で、ジェレミーは独創的ですなどと言わなかった。彼女が思わず言ったのは、「彼は心の中に何かがあるのね——自分なりの感じ方があるんでしょう」だけだった。

——もっとワインを！　彼女のテーブルは二人用のテーブルだった。何かが彼女の向かい側にいきなり座ろうとしていた。悲劇か。身をねじるようにそらし、彼女は辺りを探し始めた。親族らしく見える人々や二人連れが、ペイリーズのダイニング・ルーム（非常に重厚な、腰板の付いた真紅の内装は、テーブル・リネンに注いでいる日光のほかは、これはダイニング・ルームであってレストランではないことを示そうとしていた。火は燃えていなかった。）のアネモネに飾られたほかのテーブルについている。叔母たち、伯父たち、そして従兄弟たちがいるという楽しみとはどういうものなのだろう？　こういった親戚はいたが、エヴァの家族は両方ともコンスタンティンのことでウィリーと激しく争い、天地をひっくり返し、侮辱するような弾劾文を書き、脅迫し、エヴァをウィリーから遠ざけ、汚染地域から切り離そうとした。ある者は、そもそも飛行機に乗ったから起きたとして、シシーの死すら彼になすりつけた。ウィリーの死後、彼らの多くはエヴァとの関係を再開しようと画策し、家庭を提供するなどと言い出した。父親の敵どもと協調するのか？　まさか。だが、無念だった。彼女は、クリケットの試合とフラワー・ショウに対する世襲の権利を、まずは保留され、やがて没収された。支援もなく、彼女は社会から疎外された金持の苦境に立たされた。そういう金持にとって、選択はどれも奇行になる……。遠くから見ると、幸福な家庭に関する彼女の研究は、イズーなら「消耗する」と呼んだであろうものになった。彼女を何とか慰めようと、ウェイターがやってきて訊いた。お次はいかがいたしましょう？　グースベリー・タルトは？

ヘンリーからは何の便りもなかった。伝言も絵葉書もなかった。

「マダム、お電話がかかってきておりますが」

ボーイが彼女の肘の後ろに立っていた。彼女の心臓が静止した。「あら?」彼女はそう言い、期待で息が止まりそうになった。

「お取りになるのであれば、ボックスの三番ですが?」

エヴァはワインの残りをゆっくり飲んでから、やっと言った。「どこから? ケンブリッジから?」

ボーイは慎重な調子で言った。「申し上げられません、マダム」そしてさらに慎重な声で、脅迫めいた怪しげな何かに関わるのは真っ平とばかりに言った。「ミス・スミスとおっしゃる方からお電話です」

三番のボックスに入り、エヴァはすでに話している受話器を取り上げた。「エ、ヴァ、ァなの?——よかった。お元気?」

「ええ、とても」

「私も。あなたが戻ったと聞いて嬉しくて。何をしているの?——今から何をするつもり?」元教師はこう訊いてきた。

エヴァは言った。「あなたの居場所がわからなくて」

「そんなの簡単よ、レディングにいるの」

「私の居場所はどうしてわかったんですか?」

「コンスタンティンよ。素敵でしょ。あなたと話したかったの。私たちがさようならと言ったとき、私は何だか舞い上がっていたみたいで」ミス・スミスは話し続け、いとも気楽に、ほんの先週の話でもしているようだった。「いくらかは暑さのせいだったのよ——まったくあの日は燃えるようだったから」

「違います。私の行動がショックだったんでしょう」

「というか、極端だったのよ、たぶん」相手はラムレイ校のお作法どおりに言った。「だけど、はるか昔のことみたいね？　聞いたけど、キャセイ邸を売るんだって？　そう、短い命だったけど、全体としては、そうね、かなりドラマチックだったじゃないの」

「エリックが」、エヴァは思案しながら言った。「あなたをくまなく探しているところだけど」

「ええ」ミス・スミスは熱っぽく言った。「私を排除したいのよ。それくらい考えておくべきだったわね。私は自分がすべて考えたと考えたわ、いつものように。私たち、素晴らしくいい関係で別れたのよ。全体として私はあなたに感謝してるのよ、エヴァ。ああじゃなかったら、こうなっていなかったでしょう。私たち、続くはずがなかったし……。あなたの将来計画はどうなってるの？」

「どうしてあなたはこんなに長くよそにいたんですか？」

「あなたこそどうして、もしその話なら？」

「ヘンリーが言うんです、私の気質は伝染するって」

「ヘンリー？　ああ、ヘンリー・ダンシーのこと？　あら厭だ、そうか。彼ももうほとんど大人だわね」

「ええ、ほとんど大人です」

「想像してしまうわ」ミス・スミスが言った。

「あなたは自分のタイプライターをエリックのところに置いてきましたね」エヴァが言った。

「お互いさまよ。私は彼の拳銃をもらったから」

「ラーキンズ荘には火器はなかったでしょう?」

「彼が言うには、『君がそこまで考えるとは!』って。どうしてもらったかって? ヘッダ・ガブラー・コンプレックスよ。――そう言えば、彼の愛人はノルウェイ人だって?」

「コンスタンティンはどうやってあなたの居場所を突き止めたんですか?」

「彼は血に飢えた猟犬じゃないわ。私から電話したのよ」

「彼はそんなこと」、エヴァは厳しく言った。「報告してくれなかった」

警告音がピッピッと三回鳴った。「これで終わりらしいわ」ミス・スミスは口早に言った。「でも私たち、いつでも会えるわね――これであなたの居場所もわかったから」彼女は電話を切った。

エヴァは三番ボックスを出た。

何という芝居だろう……。ミス・スミスはさっそくその成果を自分に問うているのではないか? 以前にはない快活さがあった……。これがミス・スミスだったのか、あるいは彼女は死んで、誰かが彼女になりすましているのでは? (何が理由で? お金か?) ミス・Xは抜かりなく調べてきていた。チャンスは逃さなかった。しかし別の意味で何かが足りなかった、性格に、性格の細部に、腑に落ちない隙間が覗いていた。彼女は性格をなぜか偽っていた。ミス・Xはミス・スミスを知っていたにしても、ごく表面だけだ。エヴァは自分が彼女をそこまで知っていたことに驚いていた。何かが――誰がそれと言い当てられるのか?――真実の音ではなかった。声の抑揚でさえ、大げさに作ってはいないとしても、長く引き伸ばし、粗雑にしてあった。空虚な響きが一度ならず付け足してあった。ラムレイ校の言い回しは完璧だった、それをXに当てはめたら!――Xもまたラムレイ校にいたことがあったのか? とはいえ、それはノーだ。いくら努力しようと、Xは自信は持てなかったのだ。あと一歩だったが。

　コンスタンティンはこれに騙されたのか？　彼のこれまでの情報の出し方から見て、その可能性はあった。また三番ボックスに戻ると、エヴァは彼のオフィスを呼び出してもらった。彼らしいことに、ランチに出ていた。というわけで、エヴァの足取りは熟慮のために大股になり、疑惑のために重々しくなって、ペイリーズの螺旋階段を上下していた。エレベーターに乗って半分上がり、また降りてきた――そして、喫煙禁止の目的で置かれた砂を入れた円柱のそばにきたとき、ぱっと電流が走った。さらなる可能性がひらめいたのだ――ミス・スミスになりすましていた人間はミス・スミスだったのだ、いったん死んだ人間が自分から生き返ったのだ。だからといって棺桶に入っていたわけではない。いや、レディングにいて歩き回っていたのだ。（「チャールズ一世は断頭台で首を切られたあと半時間も歩いたり話したりしたのよ」好きなところにコンマを打てば、意味が通るけど、大して面白くない。）しかし、彼女はなんとなく破綻している印象があった。いや、そうではないとしても、いまにそうなりそうな爆発寸前の印象があった。浮き上がった、ガスが充満した逃避行の印象、切れた電話、甲板に放擲された安定抵抗《バラスト》。ミス・スミスはもはや日常的な地上には縛られていなかった。何らかの方法で彼女は重力の法則を回避している。何を経験して、この状態に到達したのか？　何か手を打ったのか？　だから彼女には、どことなく警戒すべきものがあった。何が欲しかったのか？――まだ欲しいものがあるのか？　心中どんな思惑があるのか？――彼女に心があったとして？

　さもなければ、これは全部が電話を使ったペテンだったのか？　相手は声だけ、声とともに閉じ込められたら、声の作りようで人はいくらでも騙されてしまう。エヴァの耳が神経過敏だとすれば、それは耳があまりにも長く廃絶状態にあったからだ。耳は聞き取らなかったことを聞き取ったように思ったのではないか？　ともあれ、自分自身《アイデンティティー》とは、つかんだ手からするりと逃げる魚じゃないか。ではそれは何なのか、つかんだ手から逃げる魚でないとしたら？　ミス・スミスがもしエヴァに電話してこなかったら、誰も電話してこなかっただろう。「X」など問題外だ。人間とはいったい何だ？

　本当に人は一人ずつしかいないのか？　もしそうなら、この単独の力のみなぎり、単独であることから湧き上がる力のみなぎりが、ときに人を動かして歴史に食い込ませるのではないか？　さらには、その場合、人間とはいったい何だ？　エヴァは多くを調査することで見てみようと決めた。彼女は電話でジャガーを出してもらい、つとに聞いていた国立肖像美術館まで運転していった。

　目的地の近くに駐車するのが一苦労だった。それに逆らうように、車が一台、金も払わずに入っていった。数えるほどの訪問者のうち、多くが外国人だった。エヴァもある意味その一人だった。エレベーターに乗るよう案内され、彼女は巻物が開き始めた場所から始めた。こだまを消す防音設備が、固い床の上を行く巡礼者の静寂をいや増していた。ここにある肖像画はすべて、それらが正当なイギリス人として通る点を越えない歴史をたどっていた。ある者はチューダー王朝とともにスタートし、宗教改革時代にまたがっていた。この時代にあっては、最期はみな悲惨だった。エヴァは金色の額縁のすぐ横にある小さな解説を見て知った、いかに頻繁に、必ずとまではいかなくても、先制攻撃、徹底抗戦、野望、悪用された美貌、あるいは不屈の精神が、それらの保持者を断頭台へ、また聖職者であれば火刑柱へ、と運んだことか。頭がよすぎる者たちは勇敢すぎる者たちとともに罰せられようとも、同様に働く後継者はあとを絶たなかった。宝石ずくめのか細い指と、蜘蛛の巣のようなレースは、表面を飾っているだけだった。ある人は、内面は狂信的で、専制主義で、長頭族たちのラビリンスに迷い込んでいた。暗い瞳の度し難いまなざしが、くすぶり燃え、上目づかいになり、精力的に引き締められた唇は、ヘンリーの唇を髣髴とさせてエヴァの胸を刺し貫いた……。ドアを通り抜けるとスチュアート王朝の裏切り者と裏切られた者たちの領域になり、そのうちの大半が、前の部屋の人々よりも緊張がゆるみ、自由に流れるおおらかさと惹き付けるような魅力があった。重要人物らしい風貌は——彼らが重要であることは見ればわかった——優雅な、ある場合には燃えるような、さもなければメランコリックな憂愁によって霊妙さを帯び、おかげで若者たちは外見から若さが消えていた。宿命こそが彼らの運の別れ道、しかし誰に予測できたか？　運命または目的地の予知をそれらの顔に読み取ることは容易でなく、親子兄弟が似ていることなら顔が伝えていた——が、流れ落ちる巻き毛に縁取られ、シルク・サテンに装われた相貌のどこかしらに、人知のおよばぬ洞穴や、たぶん少し遠目がききすぎた瞳の上に結ばれた渋面が投げる影があった。何が起きたにせよ、エヴァはいま、自分自身が血のにおいから逃げおおせたと感じていた。同意する気持を良かれと思う気持が強くなっていた。たとえば、狂える魂とされた神学者たちは、エヴァが時代とともに進むうちに数を減らし、火中に入らずとも火と燃えることができた。思想家たちとその他の独創的な人たちはベッドの中で死に、にもかかわらず敬われ、やがて国外追放がもっとも過酷な運命として、全員に割り当てられたが、もっとも不運な出世主義者たちは排除された……。ついである人は、善良なるアン女王がなぜか仕掛けた、爽快で明白な勇壮華麗に逆行しながら、女王より長く生きた。エヴァは「理性の時代」の軍事面により強く惹き付けられた。あれほど多くの栄光ある姿勢が採られたことがかつてあったか？　刀剣はまさに抜刀されようとし、はためく天幕を分けて戦雲は湧き、紅の色が戦意にはやる将軍の頰を染めた。そしてあふれんばかりの大量こそが勝利の証し、だが戦意を喪失する者はいなかった。為政者たちは、誇張文を書く才能をどうにも抑えきれない顔をして、数十年という年月、壁の空間をめぐって、オリンポスの神々のように自信たっぷりな仕種をしている役者たちと相争い、時代を彩った文筆家たちが空いた隙間を埋め尽くしていた。鬘《かつら》のたぐいは早々に、背後で束ねた長髪に座を譲ったとはいえ、その権威ある生命力はいまなお衰えていない。エヴァは熱心にジョージ一世、二世、三世、四世と追っていき、またいだ敷居の先は十九世紀だった。入ったとたん、彼女は場違いだと感じた。回れ右をして、いまきた行程をまたたどった。

彼女はしかし、自分の目的を果たさないまま、国立肖像画美術館を出るつもりはなかった。それが何だったか、わからなくなればなるほど、ますます頑固にこだわった。そこで、サウサンプトン卿を名残惜しく見納めると、エレベーターで下に降りた——着いたのは一階で、守衛の一人が、ヴィクトリア朝の偉人たちが、群れをなして、お待ちしていると教えてくれた。そのとおり、みな顎を突き出し、カラスのように黒ずんでいた。エヴァは吸収しよう、少なくとも刺激を得ようと努め、博愛主義者や社会改良家をつぶさに調べ、その中に女が何人もいた——女という性は、階上で見た外観から長い旅路をたどってきていた。ブロケード織りの胴衣や真珠で飾られた胸元という外観をした女たちはその旅路の道連れであって、それぞれがきらきらと光る眼を来るべき本番に注いでいた。落ち着いて数分すごしたあと、エヴァははっと気がついて、前にブロードステアーズにいたときの隣人と、それに（ヘンリーが言ったとおり）、「ピパ」の精力的な生みの親に挨拶するのもいいかなと思った。二人とも都合よくここに展示され、若かりし頃の姿をしていた。ブラウニングはすでに困った顔をしていた。ディケンズは、一輪の雛菊《デイジー》のようにさわやかで、やや意識して回転椅子におさまっていた。髭のない少年……。ヘンリーもそうだった。当り前でしょう？

しかし、階上であれ階下であれ、彼らはみな「絵画」だった。イメージだった。アリスと同じ、「ただのトランプのカードじゃないの？」——でもないが、何はともあれエヴァを打ちのめした。もう無理だ——そして休憩場まで戻り、よそよそしいベンチに座った。だめだ、とうてい彼らにはたどりつかない。彼らは展示されているだけだ。君主のごとく黙って自らを描かせながら、もっとも洞察力に富んだ芸術家にすら、彼らが見せているのは、抵抗する冷ややかな正体《コア》だった。最高の武勲を誇る目立ちたがり屋も、自分ひとりの秘密を隠し持っている。それぞれが個人の出来事であり、見る者にそれを知らしめていた。彼らに学ぶべきものは何もなかった（学ぶべきものは何もないということを学ぶのだともし予期していたら）。彼らが未来の学徒に与えるべき影響が何かあるとすれば、それは有害な影響だった。エヴァの知る人はもはや一枚の「肖像画」以外の何者でもなかった。そこに「本当の人生」はない。この人生のほかに本当の人生はない。彼女は長らくこれを疑っていた。彼女はいま確信していた。

とはいえ、今日は社交的な午後だった。おかげで心が落ち着き、一点に集中できた——人々を調査したいという願いは通らないのだ。彼らが何をするか、なぜするのかを知るすべはない。状況は明確な理由なしに変化する——それはちょうど、誰が盤台を離れようが、座を外そうが、ゲームは続行するようなもの。エヴァのいない間に起きた出来事を見るがいい。恋人同士は互いに無関心になり、敵同士が友だちになったり、少なくとも協力者になっているではないか。一つの筋書きが解きほぐされ、別の筋書きを編む。隊列を再編し、性格を無視して交渉を開始し、新たな空想が霜枯れの枝に芽ぶく。しかし、ここにある人物はみな前のままだ。それもずっと。

エヴァは反射的にあくびをした。かすかに鳥肌が立つのを覚えながら、石の休憩場にいた。それからベンチを離れ、ゆっくり歩いて美術館を出ると、外は日光が明るかった。チャリング・クロス・ロードだ。大きな滝のようなまぶしい道路の速度を前に、歴史の黄昏どきに拘束されていたエヴァは、目をしばたたいた。すでにラッシュ・アワーが始まっていた。目標めざして、命がけで狂奔する一個の蟻塚。いま私が立っている場所から、何分でプリムローズ・ヒルまで行けるだろう？　ジェレミーを迎えに行くのは、早すぎてもいけない。その反面、遅すぎるのはよくない。とりわけ、自分で迎えに行かないと、ことは壊滅的になる（昨日の今日では）――あのスタジオと蛇女《ゴルゴン》のような頭髪をした住人をエヴァが敬遠していると疑われるだろう。エヴァはフォイルズ書店のショー・ウィンドウをはすに見て、のろのろと歩き、ジャガーを置いてきた場所に向かった。

　時間の操作は完璧だった。五時ちょっと過ぎにエヴァは女彫刻師の、半ば投げやりに黄色に塗られたドアに近づいた。（女はいまも親のものだった屋敷に住んでいたが、最上階は貸していた。庭の使用権は保持しており、そこにこの不吉なスタジオを建てていた。）エヴァは呼び鈴を押し、強く鳴らしてから、車に戻った。待ち時間は三分、四分と長引いた――彼女は車のハンドルを手でこつこつと叩いていた。するとドアが開いた。女は、いつにもまして神がかった愚かしい身なりをしており、その不可思議な牛のごときが、性別不明の修道士のマントのごときをまとってベルトを締め、頭巾は後ろに垂らし、そこから筋が浮き出た首を突き出し、その首が支えている頭は自分で彫刻したみたいだった――というか、むしろ計画して彫り始め、途中で放り出したみたいだった。「あら？」彼女は例によって焦点が定まらない感じで訊いた。「どなただか、思い当たらなかったわ。で、何かお探しなの？」

「ジェレミー、だけですが」

「あら、でも彼はもういませんよ、ご存じでしょ」

「そんなことあり得ないわ。出迎えの使いは出していませんもの」

「でもあなたのお友だちが迎えにきたわ。あなたはわかっていると、彼女は言ってました」

「まさか。私、友だちなんていません」

女はこの極端な宣言を無感覚に受けとめ、ただこう言った。「では、私にはわからないわ」

エヴァは車から飛び出たが、向こう側だったので、ボンネットを回ってきて言った。「お名前を忘れてしまって」

「アプルスウェイト、だけで」

「ミス・アプルスウェイト、それはいつのことでした？——どのくらいになります？」

「そうねえ、一時間かしら。約一時間だわ、私はいま」、女は説明したが、顔に浮かべた微笑は、炎の中から突き出した殉教者の微笑のように溶けていた。「仕事中だったので」そして、今までよりは直接エヴァに話しかけ、要点を述べた。「それに、いまも仕事中なの。その女性は私たち二人の邪魔をしました。でもジェレミーは彼女と一緒に喜んで出て行ったのよ。てっきり彼は彼女を知っているものと。彼を途中でやめさせるのはいつもたいへんなのに、今日はずっと、故障やら面倒があって。彼はあの頭部の製作にてこずってしまい、あなたがあれを見てからのことじゃないかしら……。あの女性は、ジェレミーがあなたの知らないうちに作った友だちか何かかしら？」

「いいえ。彼は打ち解けない子です。それに彼は私の目の届かないところにはいませんから、ここにいるとき以外は、ここなら彼は安全だと思っていました」

「では」、女が無気力に言った。「たいしたミステリーだわね」

「いいえ。もっと単純なことよ。彼は盗まれたんだわ」

「では、まあ」、女は変わらぬ口調で言った。「お入りになったほうがいいわ、どう、座ったら?」

彼女は催眠術でエヴァを表側の部屋らしきところに誘い入れた——エヴァは何も目に入らなかった。女は疑念か、または、ある種の心痛の中に閉じこもり、離れたところにいる——ひょっとしたら、爆弾並みのショックに対処する自警対策の指令を思い出そうとしていたのか? すると、着込んだ衣裳の中から年季の入った煙草のケースをつまみ出した——ケースを振って一本取り出し、どうぞと薦め、おとなしく相手の反応を待ってから、それを引き取って、火を点けた。二、三回吸い込んで、ぐっと身構えた。抵抗姿勢が固まった。「でも、あなた」彼女はエヴァに言った。「こんなことが起きかねないと思う理由をお持ちだったのなら、私にそう言っておくべきでしたわね。その場合、ジェレミーはお引き受けしなかったわ。私がさしあたりお約束したのは子供に教えることであって、ボディーガードじゃありませんから。そんなの私には不公平よ」

「その女、どんな感じでした?」エヴァはそう訊きながら立ち上がった。

「私は誰のことも説明できないの。言葉がつながらないの、私には。私は純粋に視覚人間なの。それに触覚人間よ、もちろん」

「だからって、彼がいなくなったことに変わりはないわ」

「息を吸って」女彫刻師はいきなり号令をかけ、少なくとも記憶の断片がひらめいたようだった。「深く。深く、そしてゆっくりと。きっと気分がよくなるわ」

「黒髪で、額がとても白かったのでは?」

困惑したアプルスウェイトは、何かを絞り出そうと自分の額を拳骨で叩いた。彼女自身が深呼吸をしていた。「髪は黒っぽかったけど、バカみたいなおかっぱにして低く垂らし、クノッソスの踊り子かゾラの映画みたいでね、誰だってその下にあるものまで見えなかったわ。誰もそこまですることないでしょう？　でも何か隠しているみたいで、顔が変形したのか、傷跡とか火傷とか痣かしら。髪が目の上にかぶさっていたけど、目は見開いていたみたい。顔の残りの部分は青白く見せるようにしてあったわ。青白かったかどうかはわかりません。いいわね、私は女を一瞬見ただけですから」

「時間も何もないうちに、あなたはジェレミーを持っていかせてしまったのよ」

「ミス・トラウト」女は言ったが、強いというよりは残念そうな口調だった。「それは耐え難いお言葉だわ」

「これは耐え難いことなのよ」

「わかって下さいね、私は仕事中だったのよ。ということは、あらゆることに気づかないのはいけないなんて、無理よ」

「レディングからくるのにどのくらいかかります？」

「そんな場所知らないし、行ったこともないわ」

「ああ、そう。あなたは助けて下さらないのね。――その女の手に気づきませんでした？」

「爪は塗っていたけど、ああそうだ。ブレスレットをしていたわ。――ミス・トラウト、あなたは敵がいるのね？」

「さあ、どうかしら」

女彫刻師はまた煙草を差し出した。そのへらみたいな指は意外にも敏捷で、ニコチンですっかりマホガニー色になっていた――その指が彼女の体を叩き始め、体の色々な部分に移り、何一つ報いもないのに何かを物色しているみたいだった。マッチかしら？　この空位期間の間にも、ジェレミーは、目に見えない部屋の向こうの沼地の明かりのように、ちらちらと瞬いているようだった。マッチが出てきて緊張が解けたのか、アプルスウェイトが言った。「彼と私は仲良くやっていたわ。めったにないことよ。ジェレミーには目ざましいものがありましたよ。彼は何を考えていたのかしら、何を言いたかったんでしょう。あなたもそう思ったはずですが？」

「ジェレミーのことで見逃したものなどなかったわ」エヴァは言った。

「ミス・トラウト、彼のことを過去形で言うのはいけないわ」

「あなたが言ったのよ」

女は生気なく言った。「言ったつもりはなかったけど」

エヴァは、体のいたるところから力が抜けてしまい、不安になった。長椅子かソファらしきものがあるのを見て、やっとそこまで行き、倒れ込んだ。そこは壁ぎわで、彼女は壁のほうに顔を向け、同時に両手で口を覆った。それから徐々に指をゆるめ、その間から言った。「もし彼が過去の中にいるなら、未来はないわ。彼は私にはなれっこない、あらゆるものになるはずだったのに」

女はエヴァに反論した。「それは早すぎるわ」

「何が早すぎるんですか？」

「こうして――こうして諦めるのは。まだ時期尚早よ。彼に危害がおよぶ本当の理由は何なの？」

「悪者の手に落ちるのは危害じゃないんですか？」

「あなたは」、アプルスウェイトは問いただし、憎悪をこめて自分の電話機のほうを見た。「警察に知らせて欲しいの？」

「いいえ！」

「私だって厭だけど、でもそのほうが得策では？」

「いいえ、得策どころか。彼らは尋問してくるわ」

「隠すことはないんでしょ？」

「これが最初じゃないのよ、ジェレミーが盗まれたのは」

「あなた、恋人と連絡を取らないでいいの？」

「ヘンリーは恋人じゃありません」

「あるいは前の恋人に。少年の父親のことだけど」

「そんな人はいません」

「ねえ、これで私も破滅ね」女彫刻師は口をはさみ、絨毯の上をうろうろと歩き始めたが、身にまとった古着はいまや、マゾヒストのような、呪われた、黙従するような滑らかさがしみついて、悔悛の衣裳のように見え、火あぶりの刑《オト・ダ・フェ》になる誰かの行列に加わっているようだった。「何が起きることやら。時間の問題ね。あの代理店がこのことを聞きつけたら、私をクビにするわ。もう生徒はこない。この先どうやって暮らすの？　私は『認められた』ことなどなかった。素通りされるだけ。『アプルスウェイト』はいまに名を成す名前だったのに、よく思ったわ、そういう名前だと。でも誰一人聞いたことがない。誰一人私のことを聞いたことなどないのよ。私の作品は世界には何の意味もない。自分だけに意味のあるものにしてはならない、と努力したのもそれが理由だった。――どうしてなの？」彼女はそのまま単調に続けた。「それとも、どうしてだめなの？――起きなかったことって何ですか？　その見る目のなさにどうしてストップがかからないの、私は見る目のなさの渦中にいるのに？　少しもお金にならなくて、ええ——私の作品のこと——それだけじゃなくて、私が必要なものは費用がかさむので、手持がないと続けられなくなる。上から入る家賃がないと」アプルスウェイトは天井を見てうなずいた。「私が暮らしていくには金持の子供しかないのに、誰が子供たちを寄越しますか、子供がさらわれるようなところへ？　ああ、これで私も終わりだわ。でも、それも仕方ないわ。——そうよね、ルシアス？」

猫が答えた。猫は頭をもたげると、口を思いっきり大きく開けた。目が細く切れる。全身が黒っぽいまだらになった黒猫みたいな猫は、黒っぽい椅子の上に腹をつけてずっと寝ていた。女は猫をかき抱くと、くぼんだ胸にぴったりと沿わせて抱き締めた——猫は爪の先が出ている後ろ足をだらりと垂らし、修道士が使うようなベルトの辺りを足場にしてしがみついている。信じられない気持で落下に必死で抵抗しているその足を、女は指で支えてやった。そのまま彼女はエヴァに訊いた。「彼がいまに厄介者になると感じたことない？」

「何ですって？　よくわからないけど」

「わかりたくないのね。あの少年のことよ、ええ——ああいう子がね」

徐々にではあったが、エヴァの心に、この暴言に近い質問の意味するところがしみ込んできた。そこで長椅子だかソファだかの上で体勢を整え、その場にくずおれるという不面目だけは避けようとして、エヴァは言った。「あなたはご自分の不注意を正当化しようとしてそう言うのよ」

「ルシアスは厄介じゃないわ。でもね、彼は動物だから」

「あなたは人間なの、ミス・アプルスウェイト？　こんなときに？——あなたはきっと地獄の使者なんだわ。あなたが言ったことがわからないだけじゃなく、あなたがあえてそこまで言うことが私は理解できない」

「人はあえて不思議に思うの——いつだって、それはそうよ」アプルスウェイトはぼんやりとそう言って、猫の頭の毛並みを調べた。そして補足した。「それ以上のことは言わなかったわ。でもあなたが正しいのかも。訊くべきじゃなかった。おっしゃるとおり、こんなときに——でもね、こんなときだからこそ、訊いてみる気になったのよ。私は感情がないんじゃない。あなたのために憂慮もしています。私に将来がないのは、お話ししたとおりよ。けれど、あなたには将来があるし、将来はどんな方向を取ってもいい——そう、どんな方向でもいいのよ、きっと。あなたは自分の将来を自分の欲望のとおりになると予想してもいい人なんだわ。あなたは喜んで防害を受けているわけじゃないでしょう、どう？　私がしてきたことは、さっき言ったけど、そう、不思議に思うことだけ。あなたはひどく動揺しているから、悪く取るんだわ——あなたを責められないけど」

「私に静かにしていろと言うんですね？」エヴァはいままでにない、おどすような口調で訊いた。

「いいえ。でも静かにしていようと努めていたら、そのほうがよかったでしょうね。あなたが取り続けた極端なやり口が私には不思議だった。あなたは即座に、いわば本気で、最悪の、ひどく恐ろしい結論に飛びついたでしょ。あなたは自分を駆り立てて、駆り立ててきた。ジェレミーの身に起きたことについては、もっと恐ろしくない説明があったのに——いくつかあるはずよ——あなたはそれを一蹴した。もし最悪の場合が心配なら、理性的な行動と思われることに、警察に知らせることにどうして反対したの？　でも、そうなのね、あなたは最悪のことを恐れることにしがみつくのがお好きなのね、助けも理性も要らないのよ。ごめんなさいね、でも、これは明白な事実でしょ、人間は自分が意識下で求めているものを、または求めていなくても、ほとんど支障なく同意できるものを、ひどく恐れるということは。もしもあなたにちゃんと恋人が、または恋人にしたい人、または夫にしたい人が、つまりジェレミーをどちらが引き取るかをめぐって対立する人がいるとしたら？　そしたらあの子は、もう厄介者ではなくなる、片付けるべき厄介者ではなくなるのでは？」

「言葉が」、エヴァは言った。「あなたの口から出ているようにはとても思えません、ミス・アプルスウェイト」

「それはただ私が人を描写できないからよ」

「あなたは嫉妬して、それでジェレミーを手元に置きたいのね。私、わかってました、あのとき私たち二人でスタジオに入ったときに」

女は満足している猫をさらにぐっと胸に押しつけて言った。「それは違うと思う」彼女は思案してからまた続けた。「きっと私が言いすぎたんだわ。あれは独り言だったと思って下さいな。じつはそうなの、声に出して考えるのが私の癖なの。次はどんな手段を取るべきかしら、つまり、あなたはどうしたほうがいいかしらねえ？――ごめんなさいね、喜んでお手伝いするべきだったのに。でもねえ、ホテルに戻って、進展を待ってみたら？　あなたに友人がいないなんて信じられない。きっとどこかに誰かがいて、アドバイスするとか、このことに何か新しい光を当ててくれるわ。私はここにいますから、いつもどおり。何か聞いたり、何かもっと起きたり、何か思いついたりしたら、もちろん――」

「――ありがとう」エヴァは言った。

怒りがエヴァの五感を回復させた。立って出て行こうとしたときになって、彼女は自分があとに残していくものに目を留めた――部屋はもう部屋ではなかった。何ものかであったにせよ、部屋以下だ。だだっ広く空虚で、永遠に未完成で、その持ち主と同じだった。まばらな家具は、思い出の品だった。汚れたシーツのたぐいが山になっていて、審美的な目的が頓挫したらしく、あるかなきかの日光を捕らえていた。部屋は胆汁みたいな緑色の壁のせいで暗く、そこにスケッチが何枚かピンで留められてひらひらし、その向こうに家並があった。暖炉には(何かを思い出させる?)燃えた薪が白く死んだ灰になっていた。住む場所ではなく、大それた行為の一場面に適した所だ――すでにそうなっていた。「おっしゃるとおりね」エヴァが言った。「もうお暇しないと」女は腕の中から猫をこぼすようにして椅子の上に降ろし、エヴァと一緒に道路側のドアに向かうようにしてやった。

パニックがジャガーに一人乗り込んだエヴァを待っていた。そして、車が動き出すと、突如として侘しさが襲いかかり、そのまま歩調を合わせてきた。道路は下り坂で、絶望という底なしの不信の中へ落ちていき、花盛りの栗の木々と白熱の一騎打ちをしていた。外郭環状道路《アウター・サークル》がリージェント・パークの周囲にエヴァを掃き寄せ、早い夕暮れの金色に洗われつつ、子供たちと併走していた。「明日は、あなたを連れて……」ジェレミーの座席は、まったく空っぽというのではなかった。蠟のような皮革の上に何かが滑っていた――彼のパズル、最近のお気に入りの一つだった。その中で銀の弾丸が水銀のように転がっていた、いや水銀だったかもしれない。それはエヴァの注意を引こうとしたが無駄だった、というのも、動じることのないドライバーとして、エヴァは目を前方にすえ、ひたすら無を見つめていたから。パークの門を過ぎて気づいてみると、ここことペイリーズ間の馴染のルートが一本も思い浮かばなかった。ペイリーズにもいまさらもう我慢できない――そこで、代わりに別の道に飛び込んだ。しかし、セントラル・ロンドン辺りには、ぼんやりさせてくれるようなものは一つもなかった。それどころか車は、自分が気づかなかった制限強化区域に捕まってしまい、まず焦りを、ついで恐怖をじわじわとエヴァに伝えてきた。そう、彼女は罠にかかったのだ、その渦中に、この車中で。ジャガーを小道に入れたら、**進入禁止**とあったので、車を停め、キーをひったくると、逃げ出した。だが逃げ出すことはどだい無理だった。

「ご無事でしたでしょうか、マダム?」一時間後、ペイリーズでポーターが尋ねた。

「まだわからないわ」

4　ここで私たちはハネムーンを過ごすはずだったのよ

ジェレミーは戻ってきたが、エヴァは、ロンドンにいるのはもはや安全ではなくなったと感じた。ジェレミーは同じ日の夜にふらりとペイリーズに帰ってきて、キュウリのように冷静で、上機嫌だったが、時間は八時を回っていた——食べるものは欲しがらず（もう欲しくなかったのかもしれない）、まっすぐベッドに入った。エヴァは一晩かけて、パリ行きの飛行機の予約を取った。翌日の正午前にはもう空中にいるだろう。二人はそれぞれスーツケース一つの身支度にした。ペイリーズのスイートに残ったものはすべて階下の倉庫に運ばせ、保管してもらうことにした。食べられるものは、食べていいので。セキセイインコは、ポーターの奥さんに預かってもらえませんか。ジャガーはどこに停めたか、よくわからないの。探し出してガレージに戻しておいて下さい。ブルージェ空港からエヴァはコンスタンティンに電報を打った。「マタキエル　アナタガオソラクシッテイルインボウノセイデ」（彼の昨日の振舞いは疑いを通り越して、犯罪的だった。彼はランチタイムから深夜まで、電話が通じる場所にはいなかった。）エヴァはその他の電報は打たないまま、子供と二人でパリのリッツに着いた——そしてヘンリーに連絡した。「パリニイルトテモウツクシイゼヒトモゴウリュウサレタシ」エヴァはこの目立つホテルに滞在する意図はなかったが、ウィリーの縁故でホテルは彼女に親切だった。そう、ここには彼の思い出がうじゃうじゃしていた。それもジェレミーの相続遺産の一部だと彼女は考えた。エヴァはパリが美しいとは思わず（ともあれ、その町をどのように考えたらいいかわからなかった。パリはいつもそこにあった。）ヘンリーをつっくために、あの形容詞を選んだのだ。彼女が最後にここにいたのは八年前、オルリー空港からニューヨークに飛んだ（追跡者をかわすための方便として）ときだった。今度はどこに行ったらいいか、自信がなかった。

五月だった。どこも満員で、エヴァはアメリカ人のせいだと嫌味を言われた——いつもアメリカ人が責められた。ミス・トラウトはリッツでランチのテーブルを二人分確保したが、またもやジェレミーは空腹ではなかった。午後はタクシーで川を渡り、セーヌ左岸の小さなホテルを巡り歩き、やっとそこで一部屋見つけることができた。新しいベッドのはじに腰掛けて、エヴァは女彫刻師に当ててお詫びの小切手を切った——下に降りて封筒をもらわなくてはならなかった。ここでは何事もリッツやペイリーズのときのようにすんなりと行かなかったが、エヴァはフロントの厭世主義者に圧力をかけ、ヘンリーに宛てた電報の補遺を打電してもらった——彼女のいまの住所が追加され、「ゼヒキテ」と結んであった。これだけ離れているせいで、エヴァはそのぶん大胆になっていた。ジェレミーがすぐわきにいて、電文を文字にする彼女を無心に見ていた。もちろん彼は読めなかったが書くことはでき、じつは優れた筆記者だった。エヴァの銅版書体《コパープレート》を一行ずつ彼が再現していたら……。ホテルのほうは、ぶつぶつ言い、封筒に貼る切手がたまたま見つかったところで、最善は尽くしましたという顔をした。リッツからスーツケースを取り寄せたいなら、自分で運んでくるほかなかった。というわけで、川を左右に渡るうちに午後も遅くなった。

　ジェレミーはパリを、目の前の映画の続きを見つめた。この時間になると、パリは総天然色《テクニカラー》の技量を使い果たし、その限界を遥かに凌駕していた。クリーム色の建物が黄色い蜂蜜色に変化する中、太陽がだるそうに空を下り、町の半分がその輝きの中に姿を消していた。青緑色の影が、太陽が通る道をそれた木々を覆っていた。車の往来が虹になって、逆巻く渦を切り裂いていた。花々はシャーベットのように泡立ち、人工的な過程を経て泡立てられた、化学的な色彩でより鮮やかだった。パリを槍で突き刺しながら、鋼鉄色をしたセーヌ川は、その磁力で人々を引き寄せて欄干越しに身を乗り出させていた。右岸の前景と空間の贅沢な広がりは、少年をほとんど狂喜させた——彼は何であれ、これほどたっぷりと、それも一度に、いま自分がパリを見ているように見たものはなかった。——同時に、その都会性、大脳への強い刺激、最後の一センチまで計算し尽くしたたたずまいが彼を制圧し、ついに彼を疲れさせた。多すぎてつかみ切れないのか？　少年は自分たちがいるほうの川岸に帰れたことが嬉しかった。小さなホテルの一段沈んだような暗いホールにいると、彼はむしろ青白く、切羽詰まっているように見えた。エヴァは、スーツケースが階上にがたがたと運び上げられるのを見とどけてから（エレベーターはなかった）、こう訊いた。「休みたいの、ジェレミー？

　少し眠りたい？」ううん、眠りたくない。そこで二人はまた外出し、サン・ジェルマン・ブールヴァールに着くと少し上にあがり、カフェ・ドゥ・マゴの外に出してあるテーブルの一角と椅子二脚をどうにか確保した。

　ジェレミーがもっと無感動にならなかったのは、映画のスクリーンで見たパリにはやたらにカフェがあったことを考えると、まずは奇跡だった。だがこのカフェは、たしかに生きていた——彼は行儀よく興味をもって辺りを見回した。彼の振舞いは、なんとも文句のつけようがないほど立派で、感心するほど見事だった。というのも、朝一番で眠りから引きはがされ、暗殺直前の王子のように無防備なまま、多少なりとも「家庭」といって誤魔化してきたものが、耳の周りで、解体するのを目撃することになったからだ。ペイリーズに逗留するということは、エヴァに日々果たせない約束をさせたとはいえ、ジェレミーには何がしかの家庭らしさを意味していた。彼はそのしるしにすがり、次第にそれを本物と交換していた。彼らはある意味で家庭を営み、そこに落ち着き――身の周りにはさまざまな物品のみならず得体の知れないものが山をなし、それが彼を落ち着かせ、沈静させ、安心させてきた。それがいまは？　すべてかき消された！

どうしてと尋ねる力も彼にはなかった。

しかし、彼はなぜ彼女と和解してきたのか？　今日は一日中、黙認するような笑顔、呆然として明るくしているだけにせよ、滑らかな笑顔があった。パリはお祭り騒ぎだったのか？　そうではなく、彼はわかっていた。いまはもう、事実、彼は疲れ果てていた――もう無理だった。

何にもまして私が不安に駆られているのを彼に知られてはならない。「長い一日だったわね、ジェレミー？」エヴァは言った。子供は彼女を見ていなかった。人々が群れをなして通り過ぎ、大気はすみれ色だった。方陣を組んで座っている人たち――カフェは、中から明かりがこぼれ、人々のたまさかの沈黙を照らし、ときにとどこおり、ときにかすみ、また会話になっていく。知っている人はいなかった。パリは自分のものだった。少年はまた自分たちだけになったのを喜んでいるだろうか。彼らは二人だけになったのか？　彼らは二人だけになってはいなかった。互いに渡る橋のない無知、互いの動機が互いの間に裂け目を作り、その深い淵から冷たい風が湧き起こっていた。ウェイターが通りかかった。オレンジ・クラッシュはパリではちょっと無理ね？　彼女はカシスのシロップを注文した。自分にはコニャックを。エヴァの習慣がこの二十四時間で変わった——昨日の今頃、見知らぬ人がペイリーズでエヴァをバーに連れ出し、コニャックを振舞った。店のおごりだと告げられた。それで彼女は思考が停止してしまった。今宵はまたそれが必要だった……。昨日の今頃、ジェレミーはどこにいたのか?……「パリは面白い、ジェレミー?」エヴァは訊いた。それでも彼の関心を引くことができず、彼の手首に触れてみた。彼は振り向いたが、秘密でもあるのか顔が輝いていた。

翌朝、エヴァ宛に先月シカゴから飛来してきたドル札の束を交換しに行こうとして、エヴァは電報を手渡された。「フンベツヲモテ」とあった。「ガッキトチュウ　ドウシテボクガイケルヤ　ヘンリー」何はともあれエヴァはこれに揺さぶられた。ヘンリーがこと郵便に関してケチなのは有名だったから、この反応は二倍の価値があった。これほどの出費は痛かったに違いない——で、彼はどこでその金を手に入れたか、ええと、パーカーかしら?……。街路は爽快で、露がいま降りたばかりのようだった。エヴァは街角の花売りから、花弁に赤い輪が付いたカーネーション《アイレット》を買い求めた、茎から、バケツの水をぽたぽたとこぼしながら。部屋は鍵を掛けてきたが、中に置いてきたジェレミーはまだ寝ていた——金属の名札に付けた鍵がポケットの中で音を立て、合金製の小型拳銃にぶつかった。エヴァがジェレミーの上着をさっと一回振ったときにポケットから落ちた拳銃だった。(彼はどうやってこれを手に入れたのか?)コーヒーに誘われ、朝は真珠のようで、午後の暑さをしのばせていた。遠出をする日だ——たとえば、フォンテーヌブローとか?そこから極彩色の絵葉書をケンブリッジに。

翌朝、ロンドンではコンスタンティンが以下の手紙を受け取った。

お電話ではご厚意のほどありがとうございました。私はあなたのところに自分から出向きましたが、申し上げていいかしら、いま思えば異常なほど恐れおののいてしまって、長年遠慮会釈なく手紙を書いてきたあとなのに。私なんか何と言いましょうか、手紙と話すのは大違いですね。あなたに宛てた手紙が私に及ぼす大きな喜びは、あなたは返事ができないということと一体になっています。私の手紙に返答がないのは、私の手紙が聞き流されたのと同じ。私の居場所以外の私の位置についてすべてお話しするのは、私の身辺（どこにいようと）に一種の魅力を増し加え、さらに私がいましていること以外に私がしたことを全部お話しするのは、私の行動の方向に格別な切れ味を与えてくれました。総計を出す日がくるとは、夢にも思いませんでした。あの電話に直面したとき、その日がきたわけです。そこで、まずは、この場で、はっきりさせましょう、いままで何も借りはないこと、あなたは私に何の反感もないこと、私たちの無関係はいままでどおり、損われず、動かず、不変であって、それが救いだということを。すべてが何でもなかったのです。人生はアンチ小説のようなものね。

もう一つ、旧友ということでは、私を絵の中に入れて（あなたの表現）下さってありがとう。私は時を置かずにエリックと連絡を取りました——私の評価を高めて下さるわね。あなたと対話したあと、そのほとんど直後にロンドンに出て、ホテルを探し、あなたがくれた住所に電報を打ちました。ルートンに。そして二人で昨日会いました。彼はそうとううろたえていたわ。私は何も感じなかった。話しました。彼が望むことは何でもすると言ったら、すぐさま彼は言いました、僕は何を望んでいるのかわからないと。(となると、私たちはどうなってるの?)その場合は、と彼に話したわ、あなたは嘘の口実で私と会っているのよと。それは別にかまわないけど、時間は無駄でした。彼が望むことはともあれ、とも私は言いました、生まれたと聞くあなたの子供たちはどうなってるのって。彼はたちまち守りに入り、罠にかかったみたいだった――よく憶えています。しばらくして、彼がやみくもに怒り出したようだったけど、誰に怒っているのかわからなかった。あなたに? 私にかしら? あなたと私はコンビなのよ――我々が現在または過去にそうだったことが彼の頭から抜けないの。エヴァかしら、彼女はあの茶番《ファンダンゴ》で彼をそそのかしたでしょ? これでご明察のとおり、私たちの会合は要領を得ないものでした。彼は私に、前にいた場所ではどうだったのかと訊いてくれました。彼と再会してみてよくよくわかったのは、彼がとてもおセンチだということでした。

ええ、エヴァとはちょっと話しました。彼女はたしか、昼食の途中で電話口に呼び出され、実際に物が口に入ったままとは言わないけれど、声がそんな感じだったわ。私が電話を切る段になっても、彼女は声を調節していたみたい。考えてみれば、彼女はそれほどひどいことはしていないわ。彼女にはぜひ会わないと。会えないのは残念なので。

あなたが予想していた絶望的な結果が何か出ましたか――ほら、彼女が逃亡したときのことだけど? その節はご期待に背いてしまいました。その反面、私はあの暗闇の中で一方ならず働きました。もしあなたがもう少しだけ私に正直だったら、もしあなたが全体図か、話の全容でも与えてくれていたら、私はわざわざ――と、ときどき思います。でもおそらく全体図も話もないのでしょう。それとも、もっとはっきり言えば、あなたは何がどうなっているか、それを確認したくないんだわ。私だったらもっと上手にできたのにと、それが私の癪の種です。
私はレディング（ラウンダバウト・ロード　十五番地）に一週間もいないでしょう。また別の住所になったら、お知らせします。エリックには知らせないで。またやってこられたくないの。彼とこれ以上の交渉をするなら、弁護士を通さなくてはなりません。誰かいい人を見つけて下さる？――感謝しますけど。

イズー

これに彼が答えた。

親愛なるイズー、
何の因果で君の楽しい手紙がもう一通、はっきり言って申し訳ないが、見当はずれな朝に届いたのかな。僕は何をするにも適していないのです。エヴァはまたもや出奔し――それのみならず、「陰謀」のかどで僕を非難しています。それが少なくとも彼女の電報の主旨でした。彼女と僕はより静かな流れに入ったように見えていたのに。彼女の帰還は本当に嬉しかった。以来、彼女は適応しつつあり、理性的であり――言ってみれば、情愛にあふれていました。相互理解があり、相互計画があり、束の間の幸福な日々《ハルシオン・デイズ》を持ちました。僕の親しい友人の一人は、彼女に会って、僕の楽天主義いや多幸性を激励してくれました。彼は彼女の中に、矯正できないものは一つも見当らなかったし、がいして従順だと思ったと報告してくれました。――しかしいまは？
あなたはこの件について何らの光明も与えてくれませんね？　あなたがだめでも、遺憾ながら私は与えられます。あなたはエヴァに（あなたの言葉から察して）むやみに急いで連絡を取り、あなたが出没していると僕が彼女に警告する余裕も与えなかった。彼女の神経組織に与えた影響は嘆かわしいものでした。という次第で、率直に申し上げて、僕はこの狂気に駆られた疑惑の再発の元を突き止めますから。僕が何を話しているか、それはあなたもご存じのはず。あなたと僕が何らかの形で「結託している」という考えは、一時期、愛しい哀れなエヴァを押しつぶしていたし、もしかしたら（僕なんかその反対を願ってきましたが）いまもそれから抜け出せないでいるかもしれない。時としてその考えが僕ら二人の邪魔をして、エヴァの対処方法に迷うのです――この僕は現にその重圧にあえいでいます。君がまた出現したことで古い機械が動き出した――とはいえ準備不足のまま動き出したのは、エヴァ（回避できないわけではないが）も同様でした。僕らも知るとおり、彼女は潜在的な神経過敏のかたまりだから。そのあと、同じ日に、何の事件も起きなかったら、同じ日にですよ、すべてがまた沈静化していたかもしれない――僕なんか沈静化を願っているんだけど。事件はありました。

　彼女に電報を打ったその足で僕はまっすぐペイリーズに行ってみた。そう、彼女は立ち去っていました――その性急さにホテル側は戸惑い、しかも、僕なんか見てわかったが、あの誠実なホテルの心証を害してしまった。彼女を動揺させることが何か起きたの？　僕はこれに探りを入れてみた。あの少年が一時間かそこら行方不明になり、それに対して「マダムは非常に激しく動揺されまして」とのこと。少年は結局また姿を見せ、元気そのもの――しかしそれが原因だった。無理もないことです。トラウトの子供の体重分のプラチナが目当てなら、「陰謀」を疑うのもあながち空想的と笑い飛ばすことはできないでしょ。狂っているとしか、僕を非難するなんて。僕がもっとも願うのはこの蜂の巣をつついたような騒ぎを解明することで、誰の仕業なのかをはっきりと見極めること。心の中では、うさんくさいどころではすまない人物を特定していますが。君に話したかどうか思い出せないが、あのとき君と短いながら楽しく談話したときに、エヴァは料金を払ってあの子を、それも毎日、プリムローズ・ヒルにいる芸術的な人のところに預けている話はしましたか？　もし話したとしても、その名前まで教えているはずはない、絶対に、さもなければ、君が笑ったことは憶えているに違いないから——これほど田舎風な名前もないが、「アプルスウェイト」というんです。

　誰が見てもアプルスウェイトは落伍者です。彼女に会ってきましたから（ああ、あの悪夢のような一夜の旅路！）。彼女はいわゆる芸術家くずれ《マーンケ》で、それが何の「口実」にもなるわけです。どっちつかずの女たちがそういうケースの半分を占めていて、電話の交換手もよく見つけるものだ。僕が手当り次第に籤を引いたら、これが大当たり。その女性は考えてみるからと言い、自分の話に固執してね。ゾラに出てきそうな売春婦がきて、ジェレミーを連れ出したそうです。彼女はエヴァにこう話し（エヴァいわく）、エヴァはそれを真に受けた。それ以上あの女からは何も出てこなかった。誰かがもう一度試してみないと。

　君がやってくれますか？　その気があれば、それが君のちっぽけな迷いを晴らす第一歩になることがわかるでしょう。しかしまた、君の眼識に僕が寄せる信頼は、僕らの「無関係」の変わらぬつながりの一つなのだから、親愛なるイズー。君がプリムローズ・ヒルに行って、早速見てきてくれますね？　ただその女性の前に立ち、ほんの少しだけうろたえさせてやって。彼女がやはりひびが入っているかどうか、見てきて下さい。それからまっすぐ僕のところへきて（繰り返すけど、まっすぐ、報告してくれませんか？　二人でランチでもいかが？　あるいは僕が要求しすぎていますか？　そう感じるなら、そう言って下さい。しかし僕はエヴァのお門違いの敵意にそうとう参っています。もちろん危険は避けて――何があろうと。

君のものなる

C・

返事は以下の如し。

ええ、コンスタンティン、もしあなたがお望みなら、行きますよ。何に代えてもあなたの信用を忌避したりしませんが、言わせてもらえば、私はむしろ苦境に追い詰められています。ただ私はどうしてもあなたの「ギャング」理論は承服できません。物語の読みすぎだと思いませんか？　プロの人たちは絶対にそんな不手際はしないでしょう？　四時間もしないうちに、エヴァの小さな坊やは「彼ら」をあっさりまいて逃げ出した。それって変じゃありません？

誰かがその半分ぼけた女性を脅さなくてはいけないなんて。エヴァと仲直りをするのに、ほかに方法はないのですか？　結局のところあの子は、歌に出てくるディック・ホイッティントンの猫のように、戻ってきたのだから。

イズー

その返事。

親愛なるイズー、
いいですか、僕が変だと思うのは君のことです。これは超感覚ですか？　どうして君は「四時間もしないうちに」なんて言えるのですか？　少年が何時間行方不明だったか、僕は絶対に君に言わなかった——現に僕は知らなかった。
髪の毛はどうしているの、この頃は？　まだあの素晴らしい額を出しているのかな？

コンスタンティン

猫と鼠ごっこがまた始まった……

色々考えると、やや陰鬱でも、うっとりしてしまい、イズーはそうした考えを遠ざけておけず、そのくせすぐにも別の考えが必要になるのだった。傘をさして篠つく雨の中を牧師館に向かい、雨がその銀色のレインコート（ラムレイ校の黄色い防水布でなく）に跳ね、そろいの銀色のレインシューズの上から中に入ってきた。かつて親しんだ村は安っぽい建て増しがなされ、縦に落ちる雨水の向こうで揺らめいていた。牧師館の入り口のポーチにある仕切られた排水溝は洪水になり、そこに飛び込んで通り抜けるほかなかった。「あなたにお目にかかりたくてきました」イズーはミセス・ダンシーに言った。「さあ入って！」ミセス・ダンシーはすぐさま狂喜して叫んでいた——ためらうのはもっとあとの話。こうしてやむなくミセス・ダンシーは、弁解がましい騒々しさで訪問者をじっと見た。「存じてますとも、あなたがどなたか。でも——」
「『アーブル』と申します」

「ええ、そうでした！　まさか溺れたんじゃないでしょうね？」

敷居をまたぐとミセス・アーブルは音を立ててレインコートを脱ぎ、レインシューズをやっと脱いだ。「どうしましょう」前者のほうが帽子掛けに吊るされるのを見て彼女は言った。「しずくで床がびしょぬれに」

「ほら、私どものでもうびしょぬれですから！　もっと前においでになれなくて、残念に思っていましたのよ――たしかそうですすよね？　私たちはずっといつも……」

「ラーキンズ荘は」、黄泉の国からの帰還者は微笑した。「ずいぶん昔のようですわ」

「ええ。新しいご婦人は熱心なガーデナーで」彼女たちが入った応接間は、外よりもっと暗かった。

「お元気でしたか？」ミセス・ダンシーはこう続けながらも、まずいことになったと意識していた。

「フランスで、誰かがお話ししたんでしょうか？　申し訳ないことに、夫は出かけておりまして。残念がるでしょう。偶然にも、私たち、フランスへ、いえ、パリへ行くところなんですよ！　聖歌隊を連れて――あの、つまり、一緒に行くだけで、連れて行くわけじゃないんです。みんなでお金をためて――よくある二泊三日の旅行の一つです。飛行機で向こうへ。お値段をどれほど下げてくれたことか、いまやそうせざるを得ないご時勢ですもの！　安楽に行こうなんて期待していないけど、面白くないとね――とりわけエヴァに会いたいと思って。お座りになって。どこがよろしいかしら？　あのソファはカバーがないと他人みたいね、洗濯に出しましたの――留守をするこのチャンスを活かさないと」

イズーが選んだ椅子は、毛糸の刺繍が早くもほどけていた。残念、流行ものだったかもしれないのに！「あら、ではエヴァの居場所をご存じで？」

「ええ。それにあの小さい坊やがいるし――私は会えなくて、彼女が彼をここに連れてきた日には。いい子だそうですし、お利口ですってね。でもやはり心が痛みますね?」ミセス・ダンシーは、父方のほうが入り組んでいるという漠然とした考えに囚われていて、よく考え、最善を望み、思い切って訊いた。「あなたは、あなたはその子に会ったことがあるんですか、ミセス・アーブル?」

「まだエヴァにも会ってないんです。彼女、また消えてしまって」

「あら、まあ。ヘンリーが彼女の居場所を知ってますわ。ヘンリーのこと憶えておいでかしら?」

「それはもう。――でもコンスタンティン・オルムが心配してましてね。エヴァが彼に一言もなく飛び出していき、びっくりするような電報が一本きただけなので」

「それはひどいわ」ミセス・ダンシーが断言した。「お気の毒なミスタ・オルム――お茶に見えたとき、とても誠実そうで、悲しげでしたわ。お寂しいのだ、と思いました。でも彼はうちの幼い娘とすごく仲良くなって。あの頃、彼はあなたを探していたみたいでしたが」

「ええ。彼には私たち、よってたかって面倒ばかりかけて。――ヘンリーはもう青年ですよね?」「ええ」ミセス・ダンシーは同意しつつ、浮かぬ顔だった。「ケンブリッジにおります。エヴァが浅はかでないと、ほんとにいいのだけど!」

「と言いますと、ミセス・ダンシー?――ところで、煙草はいいですか?」

「どうぞ、どうぞ! あいにくうちには置いておりませんで。でも、いまからご用意しますわ、お茶を。――つまり、エヴァは行き先を誰にも言わないんです」

イズーは使ったマッチを空の火格子の中に投げてから、その行為と同じく、あっけらかんとした口調で言った。「エヴァはヘンリーに教えましたよ」

「私の想像では、彼女が彼に絵葉書を寄越したんです。だけど、子供の頃からあの二人は趣味も何も似た者同士でした」

「正確に言うと、あの二人が同時に子供だったことはないでしょう」

「ええ、それはそうだけど、エヴァは心が子供だから――そう思いません？――いつもそう感じたでしょう？」

「いつもというわけでは」イズーはそう打ち明けて、両肩をすくめた。

「あら、お寒いんじゃありません？　こんな惨めな日は火を焚いていいんだわ。誰がいまは五月だなんて信じるかしら？　でも夫と私の二人だけですし、二人とも出たり入ったりするものですから。パリの五月がこんなでないといいけど！　エヴァの住所を申しましょうか？――探さなくちゃ」

「それはご親切に。コンスタンティンが喜ぶでしょう」

「まったくもってラッキーだったわ」ヘンリーの母親が言った。「ヘンリーが住所を送ってきたなんて！」

「まったくもってラッキーでした、それが彼の手に入ったなんて！」

一瞬、ミセス・ダンシーが訪問者を見つめたのは、警戒したからではなく、むしろ懸念と不審の思いからだった。言外にある意味《オーヴァートーン》も根底にある意味《アンダートーン》も彼女には無縁だった。「何がいったい問題なの？」というのが彼女のテーマソングで、それは教区でも家庭生活でも同じだった――原則として、突然出た叫びは宙に浮いたままだった。「おやかんをかけないと」彼女は主張した。「でないと、お茶がいただけないわ。その間に――ええ、雑誌が何冊かありますから。古いのもありますが、どのくらい古いかしらね」彼女はもじもじして顔を赤らめ、祈りを唱え、カーディガンのボタンをとめた。「ミセス・アーブル、申し上げていいかしら、私たち、残念で……」

「私どもの結婚のことですか？」イズーはやけに明るい、耳障りな声で訊いた。

「人間同士としての関係も終わるんですか？」

「この場合は。でも、どうもありがとうございます」

「はあ、わかりました」ミセス・ダンシーはそう答えたが、わかっていないことが丸見えだった。「素敵だわ、だけど、あなたが戻っていらっしゃるなんて。こちらには長く？」

「この近辺に？　いいえ、これはただの感傷旅行で」

「あいにくでしたね、雨降りで」

「あら、そうですか？　同情なさることはないわ、ミセス・ダンシー。私は自分がまだ感じることができるかどうか、知りたかっただけですから。もう感じないわ、きれいさっぱり。ドアの釘みたいに死んでます」

「誰だって」、ミセス・ダンシーが、いつになく勢い込んで宣言した。「死にたくなるかもしれませんが、そんなのいけないわ。誰だって絶対に。どなたかあなたに話しましたかしら、私どもはルイーズをなくしましてね」

彼女はキッチンに行った。

イズーはほどなく立ち上がり、のろのろと歩いて傷だらけの大きな書き物机までくると、机は大あくび、中身があふれて蓋が閉まっていなかった。彼女の意図はとりとめなく、それでも不名誉なものではなかった——彼女が知りたいのは、このでたらめな人生がいったいどんながらくたから成り立っているか、それだけだった。ところが、スナップ写真が一枚あって、混乱のきわみの高波に半ば飲み込まれようとしていた。もっと近づいて見てみた。これはきっとヘンリーだ。彼女は彼を引っ張り出し、窓のほうに持っていった。「そうだ……」と彼女は思い、あまり驚いてはいなかった。彼は（明らかに）ポーズを取っておらず、盗み撮りされていた——侵略者のカメラに襲いかかっている。即興性が、よくあるように、効を奏していた。彼について多くのことが「捕らえられて」いた。気質は顔の造作の奥深くに蓄えられ、造作のそれぞれが誇りをもって気質を外に出すまいとしているようだ。八年という歳月は一生徒をうまくかわし、その傲慢さと、侮蔑するような無関心をひっくるめて、一目置かれる男に作り変えていた——彼自身のほうに一目置かれる用意があるかないかは、これからのことだ。「何という目なの」イズーは惜しみなく、心の底から賞賛して思った。「エヴァはたしかに目を持っていた、初めから。彼女は一度は私を愛してくれたのに」

この教師は、牧師館まで自分を連れてきた好奇心をこれ以上満足させることはできなかっただろう。ヘンリーを元の位置に戻し、彼の母親のあとを追ってキッチンに入った。「お手伝いしましょうか？」

ミセス・ダンシーは、ケーキの型に並べた紙皿をがさがさ言わせていたところで、ぎょっとして振り向いた。そして改めて入ってきた女に新しい光を当ててじっと見た。「あなたがわからなかった理由がやっとわかりました——私のことをそうとうな馬鹿だと思ったでしょうね。あなたの髪型が前とは違っていたのよ、それがあなたを変えたんだわ」

母が言うには（一週間後ヘンリーが書いてきた）、君は元気そうだったとのこと。母は聖歌隊をずる休みしたことで気持が晴れず、ナポレオンの霊廟を飛ばしちゃったことは言うまでもなく、しかし君と過ごした午後は昔に返ったようだったと。君のホテルは絵のようだったとのこと。そして母はケーキ屋《パティスリー》では欲張りすぎたと感じたそうです。ということからすると、僕はすべてが古い懐かしい間柄に戻ったような感じを受け、僕の目的がかないました。僕はここは、波風を立てないで行くしかありません。ただ一つだけうまく点火しませんでした。どうして母だけが一人であなたに会いに行ったのか、なぜ父も一緒に行かなかったのか？——聖歌隊は自分たちでナポレオンの霊廟に行けたはずだし、みんなそれほどの間抜けじゃないし。どうして父は尻込みしたのか？　僕の感じでは、父は何か噂を聞きつけたのではないかな。君は十分わかっているんでしょ、まさかそんなことはないと？　彼は愕然とするでしょう。なぜって、僕には言えないけれど、ある意味僕はわかっていると思う。よくわからないけど、僕もときどき少なからず愕然とする。

ああ、手紙を書かなかったことはちゃんと自覚しています。一つには僕は奴隷のように勉強していて、この拷問屋敷にいるのがどういうことか、君にはわからないでしょう。だからって、僕に何が言える？　思えば君はまだパリにいるし、正直なところ。あの日に起きたことは、ケンブリッジで君が乗る列車を僕らで送りに行く直前のことだけど、あれは僕が悪かった、あんなくだらない質問をして。眠れる犬は寝かせておこうと考えるべきだった——でもわかるでしょう、僕は自分が質問するまで犬がいるなんて知らなかったんだから。僕らはいつもとんでもない間柄ですね。

でも自分を正当化すれば、あれは虚栄心なんかじゃなかった（だったかも）。それより、もっと僕らしいのは、申し訳ないが、探し出そうとする情熱だった、そのあとに麻痺状態がきたよ。やめた、エヴァ、僕は青年期の自己反省を洗いざらい君にお見せするつもりはない——ともあれ、すごく変だけど、それは僕の得手じゃない。おそらく僕はまだ完全な青年になってないのか？困るのは、進み方を知らないんだ。君は何が望みなの、と訊くのはあまりにもぶしつけですか？ああ、ごめんなさい、そういう言い方は無礼千万だと思う――で、ともあれ、僕はしきりに思う、どうやら君は知らないようだと。

ジェレミーは元気？　大人になった、でしょうね。言わせてもらえば、色々な意味で、僕は彼が羨ましい。つまり、僕だってすごくパリに行きたかったし、パリにいたかった。母はパリをとてもよく言ってました（母に会ったのではなく手紙で、です）。母はあなたにもう話したかな、ミセス・アーブルが賑々しく再登場して、魅惑的な木の精のように我が家の戸口に現れたのは、母たちが出立する二日前だったと？　僕がいつも言ってたでしょう、人はきっと現れるって。彼女は、君の言ったとおり、母から君の住所を入手し、君の孤独な後見人に手渡すつもりだった。誰がそこまで見通せる？――残念です。いままでのところ悪い結果が出ていないといいけど？

いつパリから帰るの？　君に会いたいよ、僕が会いたがっていない、なんて思わないでよ。二度と出て行かないで、いいね？――パーカーがきた、まったくもう、ではここで。

愛をこめて、

ヘンリー

しょうがないミセス・ダンシーから自分の居場所が漏れたことを知ると、エヴァはすぐ左岸を引き払ってフォンテーヌブローに移った、ジェレミーが好きになっていた所だった。ヘンリーに住居の変更を知らせたエヴァの絵葉書がケンブリッジに届くのが遅くなり、ヘンリーの手紙は転送されず、結局彼女のもとに届かなかった――彼から便りがあると思うのをやめたエヴァは、どのホテルであれ、行き先の住所は置いてこないという、つとに知られた自分の主義を押し通した。パリのほろ酔い気分のホテルの伝言ラックの中には、だから、彼の手紙がまだあって、日ごとに汚れていくのだろう。

フォンテーヌブローでは、長く滞在する人は観光客よりも一段地位が上になる。エヴァとジェレミーは、用事で出かけているうちに、町で知られた人物になっていた。彼女はその力強い歩きっぷりと未完成の端正な顔立ちゆえに、彼はいじらしい光背のようになった障害ゆえに、まず関心を、やがて同情を引き、地元の欲目がひいき目になった。二人は、正しく、徹底して正しい交渉開始を受け入れ、ホテルの周辺や店やマーケットでもその態度を守り、高級なパティスリーやカフェでは、二人はいつに変わらずカフェ・クレームのお相伴をした。住民たちは城の公園で犬の運動をさせながら、子供を連れた若い女性を、避けてはやり過ごしながら、毎回少しずつ近づいてきて、あなたたちはほぼ合格ですよとほのめかすことすらあった。挨拶が交わされ始め、やがて会話へと発展した。そうした会話の中で、あるヒントが提案され、その後是非ということになった。エヴァはできたら、いや、どうしてもある夫妻に、つまり医者とその妻に連絡しなくてはいけない、この近くでジェレミーのようなケースに献身している人たちだからと。彼らは自分で案出した方法で仕事をしていた――それが成功するのはある特定の要素に、おもに精神的な要素に、掛かっていた。彼らは細心の注意をした上で、効果が上がりそうもない子供たちを拒否することで知られていた。だからエヴァは、ボナール夫妻（彼らの名前）に自ら名乗り出た。二度目にはジェレミーを伴って行き、彼らの要求で、彼をそこに置いてきた。彼らはジェレミーを受け入れた。

この人たちはフォンテーヌブローから数キロ離れたところに住んでいた。歩いて森を抜けると、もっと早く着けた。彼らの住まいは、白鳩と、風雨にさらされた日よけ窓《ジャルージ》があり、家長然とした藤の木に取り囲まれ、エヴァの心に失われた自信を再び吹き込んだ――彼女はよもや自分がジェレミーを他人の世話にゆだねることになろうとは夢にも思わなかった。それだけではなかった。五月という月が進むにつれ、彼の唇がフランス語の単語を形にしようと、あるいは、形にしようと努力し始め、初めて彼はエヴァ以外の話し手の唇に合わせて、以前は拒否した、淡々とした正確で科学的な配慮に応じるようになった。彼はついに納得した――あるいは、彼がボナール家に行き始めたときが、彼が防御を緩めるときに合致していたのか？　これがもし後者の場合、その理由は何か？――何がその決め手だったのか？　思い返せば、パリに飛んで以来、実際は、パリに飛ぶ日の前夜以来、彼は天使のような愛らしさにもかかわらず、かつてないほど内にこもっていた。他の人々のようになること、単純に他の人々のようになることが、彼を誘惑したことはなかった――彼には王族のような、魔法が作り出したような生活の期間があったので、いったい何が（コンスタンティンが質問したように）その誘因になり得たのだろう？　だがいま、どんな方法で自分の枠を出るという考えが彼に理解できたのか、あるいは、ひとりでにわかったのか？……彼はボナール夫妻とは理想的に影響し合い、彼らが行う奇跡の一つになる寸前まできていた――しかし彼らはそれを奇跡とは見なさなかった。「彼がいま求めているのは、マダム」ジェラール・ボナールがいつものあっさりした口調でエヴァに言った。「ただ一つ、知的な人との交わりです。彼は拡大した欲望の時期を通り抜けるところにきていて、そのうちで可能なかぎりの欲望はすべて――いいですか、すべて――かなえなければいけません」

エヴァが主として気づいたことは、習慣になったジェレミーとの意思の疎通が壊れたことだった。彼はもう彼女に服従しなかったが、それは反抗心からではなく、何が求められているか、その認識が完全に欠如しているからだった。反応は自発的ではあったが。まだ対応してはいなかった。彼の注意を引くために、エヴァは彼に触れなくてはならず――それはつまり、ロンドンから飛んできた最初の夜の、ドゥ・マゴの外にいたときに始まっていた。彼女に返した彼の表情は、返してはきたが、もはやあの明るい、近しい親しみにあふれてはいなかった。

彼がボナール家にいる間の数時間、エヴァはフランスの小説を読み漁り、それも見境なく選んで買っただけ、彼の第一言語に自分が馴染むための方便だった。語彙としては習得できたものの、意味となるとまだまだだった。彼がボナール家にいないときは、彼と彼女は、相乗りに慣れたいい馬を駆って、つづれ織りの森の奥深くにわけ入ったり、香しい天気の中、湿地に入って木の根元でうとうとしたりした。または城の幾何学的な庭園の中を、昔のように指先を軽く触れ合わせながら回遊した。上がって降りた相似形の階段は、さかさまにした大鹿のように大きく枝分かれした外階段だった。建物に入ると、磁力を帯びた空想物を次々とめぐり、居並ぶ部屋を通り過ぎた――ボナパルトの紋章の大きな金色の眠れる蜜蜂がジェレミーをもっとも魅了した。彼は腕を叩き、蜂たちを怒らせて群がらせようとした。室内はすべてが木々の緑に浸され、その緑は光沢のある暗がりに広がって、ときおり遠くに日光が射してきらりと光った。足元の輝きは、どこも底なし沼だった。曲がるたびに姿が映り、こだまが返った。しかし彼と彼女の宇宙は終わりだった。それも崩れたのではなく、たんに終わったのだ。すでに過去のものだった。

六月になってまもなく、一通の手紙がフォンテーヌブローに届いた。

僕のもう一通の手紙を受け取ったと、君は書いてこないが。もし受け取っていないなら、かえってよかった。でも受け取った？　君はどうして引っ越しばかりするのか、思うにパリがそんなに美しいのかな？　どこかにいる君を思い描くや否や、君はほかの場所にいるんだから。おそらく君はもうフォンテーヌブローを発っていることでしょう。君はフロベールの『感情教育』は読みましたか？　まあ読んでないね。フォンテーヌブローが出てくるところがあるのです。僕はフレデリックになって、あの快調な馬車で甘美なるドライブに行ってもいいよ。

エヴァ、君は僕がうっとうしいですか？　それはまあ、いまさらという感じかな――どうなの？　でも今回は、もしそうだったら、僕はそうとう動揺するだろうね。許せないようなことを僕は手紙に書いたっけ？　もし書いていたら、僕の言い方が悪かっただけです。そもそも何を書いたか、はっきり憶えていない。要するに、僕はすごくストレスがたまっていて、みんな狂乱状態だし、食べる物もろくにないんだから。ここがどんなところか、君には想像もつかないでしょう。（でも、むろん、僕の手紙は君には届かなかったのかもしれない。）考えてみれば、競争社会の恐怖が行く手に待ち構えているんだ。いや手紙に話を戻そう――いま言っている手紙を君が知らないとしたら、僕も君が受け取ったかどうか知らないけど、手紙は母とパティスリーの話で始まっていた。実際問題として、じつはあれは、「ジャガー事件」以来、例によって九十年の間に僕が君に初めて書いた手紙です。エヴァ、勘違いしたまま家出しないで。君に関しては、僕は自分で見せかけているほどヤワじゃない。君は僕の身に起きたどんなこととも違っているし、それだけでなく（やっと気づいた)、これから起きそうなこととも違っている。つまり君は、まったく別種のスケールをしている。君がいなければ、すべてはきっとアンチ・クライマックスになる。僕はどのくらいへマをしていただろうと考えると、逆上してしまう。

先日電報がきて、いつまで開けないでいられるか自信がなかった。結局、ただアンドルーからきたやつだった。学期も実質上終わる頃に君はこれを受け取るでしょう——君がこちらは受け取るとしたらだけど。理論的には、僕はどこでも自分の好きなところにいられるわけだけど、言うまでもなく僕は、追いつかなくてはならない勉学という名の罪悪感と屈辱感のくびきにつながれています。ある程度の金は集められます——僕が富んでいるのはこの一点さ、やりくりがうまいんだ。その頃に君はどこにいそうかな、いまわかっているかぎりでは?

父が僕の全宇宙に大きくかぶさりすぎていると思わないで。父はそうではないのです、実際は。ジェレミーは元気?

もうへとへとだ——いや、もうだめだ、ねじが切れた。お願いだから手紙を下さい。君がしゃべりすぎたって、心配は要りません。早めに書いてよ、でないとケンブリッジには間に合わないから。そうなると自宅に転送されてしまい、僕は何か逆の事情がないかぎり、あそこには行きません。

愛をこめて、
ヘンリー

その返事。

親愛なるヘンリー、

いいえ、あなたの言う手紙は受け取っていませんが、この手紙は受け取りました。お加減がよくないと聞いて心配です。フォンテーヌブローからまだ離れずにいて、ジェレミーは矯正治療中です。その人たちが彼を預りたいということで、私の手をすっかり離れていますが、試験段階で、二、三週間くらいかかるから、イギリスに行くことはできますが、長くは駄目です。この次はペイリーズ宛に書くように助言しておきます。滞在はしていないけれど、こちらから連絡を取るようにしています、追跡されないように。

エヴァ

エリックが再度ナイツブリッジのオフィスを急襲した。「またまた面倒な立場に追い込んでくれましたね!」

「感謝されない仕事です」コンスタンティンは天井を見て言った。「いや、申し訳ないが、いまからランチに出るところで。――ご希望どおりに万事整ったものと、僕なんか了解しておりましたが。離婚が怪しくなったんですか?」

「根も葉もないことを!」

「イズーは機嫌がよかったでしょう――まあ、全体としては?」

「あなたに関係ないでしょう?」

「まあね。電話では元気そうでしたが、まだお目もじがかなう幸せに浴していませんで」そしてコンスタンティンは横を向き、インターフォンに向かって「車」と言った。

「あなたの習慣に口をはさむようなことはさせないで下さいよ」皮肉屋のエリックはそう言って、どっしりと座り込んだ。そしてつねに変わらぬ縞瑪瑙《オニキス》の煙草入れをぽんと開き、中身がいまもエジプトものであることを見て満足し、鼻を鳴らした。調度全体から必要経費がぷんぷんとにおった。「どう思いますか」、彼は一般論から弁じ立ててきた。「この国があるがままの状態にいることについて?」

「いや。しかし、僕なんか必ず食べないと、そうでしょう――ルートンでは食べないんですか? いいですか、君の訪問のタイミングは悪魔的ですな。前にもありましたね」

「私が一日何をしているというんです?」

「僕にいま話しましたよ。――区画を二周して、と伝えて」コンスタンティンがインターフォンに言った。「ではもう下に降りないと。――さて、何が問題なのかね、アーブル、優柔不断のほかに? ところで、ミス・ノルウェイはこれにどう対処しているの?」

「あなたには彼女を引きずり込ませない。彼女の話はしませんよ」

「お好きなように。いつぞやは彼女のことで人の同情を買っておいて、それも、打ち明けた話、なりふりかまわずに。僕はまだ彼女を外すのは簡単には行かないと見ています。発火寸前というやつでしょう? だったら、率直に言うけど、話はお持ち帰り下さい。僕はもうごめんです。君はいま苦しいくらい無力なんじゃないの?」

「動転するんですよ、イジーに会うと」

「ああ、そうらしいですな。――気の毒だが、僕はいま手いっぱいで、しばらく手が放せない。エヴァがまた高飛びしましてね」

「エヴァが何だって?」

「消えました」

エリックが言った。「いいんですか?」

「君は面白いね。どうして?――いや、むしろ、いいじゃないですか?」

「彼女が戻った先を考えてください。泥棒のたまり場ですよ」

「何とおっしゃいました?」

「聞こえたでしょう」エリックは言い張った――ぴりぴりしていたにしろ、負けてなかった。

コンスタンティンは後ろにもたれた。中指で片方の眉の辺りをそっと撫で、瞑想している。それから唇を湿らせた。「いいですか」彼は助言した。「君もほどほどにすることだ。僕などが事実を思い出していいんですか? エヴァの道徳的堕落はラーキンズ荘で始まり、君は彼女に言い寄った。彼女は道徳的に恐れをなした。彼女の哀れな狼狽ぶりを思うと、僕の心はかきむしられたが、いまになるとよくわかります。君は信頼を濫用した。彼女の単純さにつけこんだ君の攻撃は、言わせてもらうが、考えただけで吐き気がする。当時僕は目が見えなかったんです。彼女は僕のところにきて、移してくれと懇願した――理由は言いたがらなかった(おそらく言えなかったんでしょう?)僕の行動が遅すぎた。自分が許せるだろうか? 彼女は逃げ出して、あそこに、そのう、借家をして、そのう、ブロードステアーズに近い沼地だったかな。それで安全だと思ったんです。君は彼女を追っかけてきた。彼女は独り。僕があの家で君を驚かせた。その後、彼女の想像妊娠が醜聞となって、パニックに襲われた彼女はアメリカへ。以来、彼女にとって、安定という望み、ないしは、自信を感じるとか取り戻すといった力は、回復不能なまでに失われてしまいました。彼女を愛する人たちは、これを正視しなければならない。僕らは当然苦しんでいる……。さて、君の、そのう、彼女に対する脂ぎった懸念というやつは、妙に君に似合ってるな。おまけに君はそれを持ち込む店を間違えたね。グロテスクだって？――もっと悪いさ。見え透いた偽善というやつだ。それに僕を相手に馬鹿な真似はしないでもらう、どこまで馬鹿なんだか。あと何か言うことは――もしあればだが？」

エリックがやや考えてから言った。「ひどい言い方だ」

コンスタンティンは同意しそうになった。へたはしなかったんだ。彼は唇をふくらませ、その間からゆっくりと息を吐いた。

「何でもかんでも曲解して。気をつけろよ、いつか」

「おや。いつ？」

「いつか、誰だって貴様を殺せるんだぞ――この俺だって」エリックはまんざらでもなさそうにしんみりとして、オニキスの煙草入れを持ち上げて重さを計ってみたりした。

「もう行かないと、どうしても」相手はそう言って、絨毯の上に椅子を滑らせ、立ち上がった。「牧師と会うんです。――で、この次は、火中の栗は拾うんですな、いいですね？」

「この野郎、何もかもさかさまに取りやがって」エリックはまた同じ台詞を吐き、煙草入れのほうは下に置いた。

「ところで、奥さんから目を離さないように。彼女は刑事訴訟を受ける危険があるのではと、ちょっと心配になりましてね。――車で送りませんが、かまいませんね」

「要りません。子供たちと一緒ですから」

「あきれたな。どこに?」

「置いてきた場所にいますよ、女性の管理人のところです。いや、ロンドンにまた行くには、子供たちの母親に言うだけの理由が必要になる、でしょう?『仕事で』と先回は言ったんだ。だから、今度は『この二人を動物園に連れて行くから』と言ったもんで、いまからすぐに行かないと。何か反論でも?」

「一切ありません、僕からは。フィップスネイド動物園のほうがルートンに近い、と奥さんが思いつくかな」

「フィップスネイドはもう行った」エリックは短く言った。そして体を起こした――だが彼の訪問はまだ終わらなかった。ドアを一インチほど開けると、表のオフィスに目を配った。異常なし。いまだ! 実行寸前で殺人は断念し、彼は言葉で鬱憤を晴らした――これでもかとばかりに。「この老いぼれ悪党め、人と見れば怒鳴りつけやがって! 自分を見るがいい、何様のつもりだ、助けてくれよ! いや、ぞっとするよ、お宅とお宅のようなやからには――そのはずだよ、はっきり言って! 限界というものがあるだろう、そう思わないか? ほかの人間を何だと思ってるんだ、昨日生まれたばかりのチョロイもんだとでも? いまにやりすぎるぜ、なあ? お宅たち、昔からなんだろう、お宅とお仲間のスキなやり方ときたら――」

「君は時代に遅れてるんだよ」引退した罪人はにやりと笑った。そして引き出しを開け、中から予備のハンカチを引き出した。モノグラムの刺繍があった。「それにしても、正直な人の怒りほどすごいものはありませんな。それに体にもいい、そうでしょ?」悪口雑言の間に、彼はメモ帳に書き留めた走り書きを見ていた。そして目を引いたメモ帳を元の位置に押し戻した。「秘書に書いたんです」、彼は請合った。「もう戻らないかもしれないと。――さて、こちらへ、よろしいかな。帽子は?」

彼らは出かけた――が、コンスタンティンが勇み足を踏んだ。エレベーターのよく磨き上げられたドアを見て、いかにも愚かな軽口を叩いたのだ。「ああ、エヴァがいなくて寂しい!」

エリックはぎくりとして立ち止まった。靴のかかとを分厚い絨毯にめりこませた。いっそう毒を含んだ怒りが浮き上がり、しかもいっそう深いところから噴き出してきた。こめかみに血管が走り、真っ赤になった。瞳の後ろで動悸を打つのが目に見えた。溶鉱炉に覆いかぶさったように顔に火が点いた。「彼女がいなくて寂しい?」彼は吟唱した。「『エヴァにすまない』? 彼女が俺のことをタレこんだんだ。ほかに誰がこの騒ぎのどん底まで落ちた? 誰がイジーを失った? 俺は俺さまだったのに。よってたかって騒ぎ立て、どいつもこいつもまるで地獄のメス蝙蝠じゃないか。万事オーケーだったのに、彼女が全部ぶっ壊したんだ――それもわざと! いや、彼女にも血を流してもらう!」

コンスタンティンは先へ進み、「ダウン」のボタンに触れた。それから嘆かわしいという身振りをした。「なあーんだって?」

「聞こえただろう」

「聞きたくなかった」

エレベーターがきた。中に入るとエリックは冷静になった。下に吸い込まれる二、三分の間に、調子が変わった。「ええと――」彼は男同士という感じで切り出した。

「おや、どうしました?」

「キャセイ邸であんたがパーティーをぶち壊したときだが――ところでイジーはあんたに通報した

んですか？」

「訊かれたから言うけど、しましたよ。君の妻だね、結局」

「知りたかったのはそれだけです。大した女だ！」

エヴァの立場は、フランス人の知的な医師には、ジェレミーの立場と同様、明白だった。本人にそれがわかっているのか疑わしくて、医師は彼女に自分の前でその定義をする努力をさせるべきだと信じた――努力するだけでも得策のはずだ。彼女がイギリスに発つ前の日の夕刻、ジェラール・ボナールは予定通り、森の中の近道を通って、彼女に会いにやってきた。好意的に選んだ時間は申し分なかった。ジェレミーはその日、ボナール家に預けられていて、エヴァの孤独は、恋の女神《キュテレイア》のように美しい六月の夕暮れのおかげで、それほど耐え難くはなかった。彼女を見つけた医師は、公園を歩きましょうと提案した、お城は閉まってても入れるんですよ。彼は大柄で、だらしなく緩んだ関節の持ち主で、顔は皮膚がだぶつき、輪郭的には少年、物腰はときに慇懃、ときに上の空で、そういえば、出身国を――または年齢を表すような特別な兆候はなかった。第二次大戦中のレジスタンスのときはひとかどの人物だった。幸せな男だったが、妻兼パートナーと一緒になってなお幸せになった――そのテレーズはいま、新しくきた人が鳩小屋が見える部屋のベッドに入る手助けをしていた。明日になれば、ジェレミーは独力で何とかやっていくだろう。それが制度だった。マダム・ボナールがある種の節制に向けて自ら訓練すべきことがあった、「母親になること」について。ボナール夫妻には子供がなかった。

ジェラール・ボナールは、まずエヴァが信頼してくれたことに礼を言った。二人は英語で話した。

「それに」、と彼。「あなたは勇気を発揮された」エヴァは、芝生の上で短くなっていく落日の日輪を見つめながら、言った。「二週間後には、一番長い日がきます。いえ、少なくともイギリスでは」

「ここにおいでの間は、亡命者のような感じは、なかったんでしょう？」

エヴァは首を振った。「ええ。私はここで育ったようなものですから」

「あなたは信仰がありますか？」

「ときどきは。今夕も」

「一つお尋ねしていいですか、これまで触れなかったことですが？　あなたは私たちに正直にして下さり、あの子の遺伝の調べがつかない理由を隠さなかった。私たちはこの脱漏には大して困りませんでした――ご存じでしょうが、私たちは環境論者でして、かの予定説なる恐ろしい教義は、遺伝の優位を是認することと密接にリンクしているように見えましてね。物理的な種々の現象とか、遺伝の物理的な混合が一部繰り返して出現するのを無視するのは無責任でしょう――ジェレミーの何かがわかっていたら、ある程度の助けになったでしょうが、私たちはそれなしでも何とかやってくることができました。大事なのは、そして私たちが考慮に入れているのは、あなたが代わりに彼に与えてきたもの――あなたが彼に与えた性格なのです。彼の立居振舞いと、自信のほどからすると、彼は有力な家系に連なる子供だと思われます。あなたは彼をあなたの父上の息子として育てておられる――社会通念では、孫息子と言うべきでしょうが。さていよいよあなたにお尋ねしたいことに移りますが、自分の子供を生むことはできないと考えるのは、ご自分に心当たりがあるのか、それとも人からそう言われたんですか？　そうでなければ、どうして真似事を選んだのですか、本物の血肉の継続になり得たものではなく？　あなたは、八年前は若かったし、いまでも若い。何か避けたいことでも?」

エヴァは待っていたように医者を見つめ、返事をする手助けを望んでいるようだった。しかし医師は今度は自分が待っているような視線を返した。エヴァは言った。「これが最善の方法だと思ったので」

「荒療治で、急場しのぎでしたね」

「でなかったら、どうやってあの面倒に立ち向かうんですか? それに、不道徳は厭なのです。愛情については不愉快な印象ばかりでした」

『『印象ばかり』と言いますが――印象だけですか? 経験はしていない?」

「したいと思いませんでした」

「なるほど」と彼。「それは残念、とは申しますまい。そんなこと、誰にわかります?――では、これもありましたね。あなたは(父親がないために)ジェレミーの父親になると同時に母親になろうとした?」

「あり得ますね」彼女は譲歩した――さほど驚かずに。

「城《シャトー》を見て!」彼が突然言った。「私はここで生まれて、すべてに馴染んだはずなんですが。それでも、私たちは一度も見ていないんですよ、私たちがいま見ているものを、この瞬間に、この光の中で見ている姿では。別のときに、別の光では見ているし、それもまた美しかった――同じだったものはない。変容は二度と繰り返さない。人は老いることを恐れる必要はないんです。最後まで、新しい何かが、いつでもある。さあ、池に映った絵姿をご覧なさい!」

二人は見た。

「いけませんよ」、彼が続けた。「愛情を容赦なく裁くのは。私たちは愛情のおかげで生きている、だが全部じゃない。愛情も私たちのおかげで生きている。この水のように静止しているわけにはいかない。愛情は自ら理想的であろうとするし、しかも、非道と歪曲の餌食になる——これらのことは、忘れないで、苦しいですよ、愛し合う人々には、ちょうど、あなたが言うとおり、見物するほうにも不快なように。あなたはおそらく、誰よりも間近に、誰よりも長く見続ける見物人に無理やりさせられたんでしょう、そうあってはならないほどに?——誰もが喜ぶ立場じゃない」

「ええ」エヴァは言った。「人は絶対に許されないことがありますね」

「さもなければ、あなたのことを何だと思ったんでしょう、こういう人たちは?——そういう人々に囲まれて育つなんて、そこまでやってもいいものだろうか? そうやって、彼らは、いったい何を考えるのか? 彼らがあなたを裁いていると感じますか?——大事な点です。答えられますか?」

「ええ、はい。あの人たちは同意するわ、私は嘘つきだって」エヴァは言った——いともあっさりと、そして周囲を見回し、迫りくる陰影の透明な美しさに目をやりながら、恨みも悩みもなさそうだった。「いつもじゃないけど。たとえば、今宵は」

「人は嘘つきにさせられるんですよ」

「一度言われました、私は生まれつき正直だって。でも全体としては、ドクター・ボナール、お返事はできません——だって、私は自分がどう思われているか、思われていたか、それは考えないようにしてきましたから。どうしてこれが大事なんですか?」

「人は大部分、人の思惑でできているからですよ。人が抵抗しようとしまいと、それは大きな力をおよぼします。従わないのも、引きずり込まれないのも、非常に難しい——逆らって戦っても、それに打ち勝つことはできない。人が他者によって思い描かれるその描かれ方——自分自身を思い描くのに、これ以上簡単な方法がどこにある？　一種の宿命として人はそれを受け入れるんです。孤独は解決にならないし、ついてくる感じがする。選択する——自分が取り囲まれたい人を選択し、人を正しく見てくれそうな人を選択する——これがただ一つの逃げ道ですよ。私たちのある者には、断行できそうもない逃げ道ですが。あなたにはどうでしたか？」

「逃げ続けています。でも、待ち受けられていて」

「ジェレミーは」、医者は見るからに急いで言った。「まだ嘘をつく能力が身についていない。いいですか、彼はいまその前夜にいます。我々はみな気をつけなくては——あなたも、いいですね？——できることなら、彼をその誘因に決して近づけないように。いままでのところ、彼は隠すことはできても、まだ偽って見せることはできません。あなたが彼を私どものところ連れてきた日に、あなたは彼が連れ去られたと言い出した、あなたがロンドンに発つ直前に、数時間の間にと。不可解なのは、その時間内に何が起きたのかということ、それもどうやって、ましてなぜ、その出来事が彼に影響しているのか、そういう謎があなたを苦しめてきた。テレーズと私はそう感じて、あなたに申し上げたいのです、あなたはこれを大げさにのさばらせてはなりません。彼には傷つけられたような兆候は見当りません。ほかの誰かの目論みはどうあれ、あの子には、ともあれ、それでよかったのかもしれない。起きたことはもしかしたら——そうなるようになっていたか？——彼が通過するべき諸相の一部だった可能性もあるし、そのことはお話ししましたね。色々な欲望が出てくるんです。そう見ることができますか？」

彼らは池を離れ、城の外の大鹿の階段を上がった。段上に着くと、ドアは夜間の侵入に備えて厳重に閉じられていた。ドアを背にして、歩いてきた景色を見渡す。すべてが官能的に溶けていて、しかもふと洩れるため息のように優しくて、息を呑むばかりだった——日は死に臨んだ黄色い光の幕となって、最後の時に臨んでいた。恋人たちがそぞろ歩いていた——何組かは陶然として彼方に消え、鈍く光る池の辺りにはそっと抱き合う二人がいた。何か新しい要素がエヴァの沈黙に加わった。ジェラール・ボナールが尋ねた。「疲れましたね、マダム？」

「いいえ、私は——」

「考えていませんか、『明日、また旅を』と？」

「その終わりを考えていました。誰かのことを」

「待たれるのは、では」、彼は静かに示唆した。「必ずしも望まないことではないでしょう？　もし待たれていなかったらと思うと、私は悲しいな——誰かがそこにいるというのは大切なことだ」彼はほほ笑んだ——それもいまは、聞こえるだけで見えなかった。「ではこう考えて喜んでいいですね、あなたはやはり恋をしていると？」

「あなたはそう思われますか？」エヴァは振り向いてそう訊いた。

「それが私の願いですよ。色々あっても、幸福になることはできます。私としては」医師はエヴァのほうを見て言った。「あなたは幸福になるように作られた人だ——そう単純じゃないですか？」彼は身振りの少ない人間だったが、いまは身振りを見せた。「与えられた才能の問題です、おそらく。それ以上ではない！」

「単純じゃありませんわ」

「彼は単純ではない？」

「ええ」

「それでもやっぱり、よい旅《ボン・ヴォヤージュ》を！」

「怖いんです、死にそうなくらい」

「あなたらしくもないことを、あなたはあなたなんだから」

「ありがとうございます」エヴァはそう言って、すぐ姿勢を正した。「でもこの——この場所の美しいこと。ずっといられたらいいのに」

「それでも、もう行かないと」

彼らは階段を降りた。彼はエヴァをホテルまで送り、また森を通って帰途についたが、行く道をよく知っていたので、暮れなずむ闇の中を急ぎ足で進むことができた。ジェレミーは眠っていた。マダム・ボナールは明かりを灯した窓辺で裁縫をしていた。


再会の場は、とあるバーだった。

「だとしたら？」イズーは臆面もなく切り出した。「彼女が彼を連れて私たちに会いにきたのね、あなたの話では。彼らはイギリスに着くとすぐ、私たちの自宅の——自宅だった家の戸口に立っていたと。私たちがもうラーキンズ荘にいなかったことが、またとない不運だったわ、彼女がそう思ったように。私たちが何を潜り抜けてきたかなんて、エヴァの頭に浮かぶことじゃない。それに、自分が適切なことをしなかったのではなんてことも。彼女の願いはたった一つ、誰かが子供に会わなくてはということだったのよ」

「彼女の意図は立派なものでしたよ、突飛だったかもしれないが」

「だったら、私のだって」

「ああそうか。何にします?」

「何でもいいわ」イズーはけしかけるように言った。爪を噛みたい誘惑に駆られながら、彼女はコンスタンティンがひるむのを見た。彼女はぷいと爪を引っ込めた。そして言った。「素敵な少年だわ」

「どうして君はそうやってあばずれになるのかな?」

「それはあなたの言い草でしょ?」彼女は分析するような微笑を見せた。

「そう言うしかないからさ」

「で、私の手紙をご覧になったでしょ——お話ししようと思ったんだけど。それとも、私が書いたことをまともに取らなかった? 私は感情上の子宮切開手術を経験して、やっとよくなったんです。以前のトラブルがぶり返すのは心配しなくてもいいの。中身がなくなっちゃったんですもの。この意味わかるでしょう?」

「私の専門からやや外れているようだが……。君の、そのう、外観にはそんな印象はないが。いったいなぜ、イズー、それを採用したの?——いつそれを?」

「旅の間に。お好きじゃないのね?」

「雷が落ちたみたいなラテン風の髪型が? わかってますよ、誰かさんのご希望だったんだ——君もむろん承知の上だ。エリックさ。スカンジナビア風の様子はどこにもないね。彼は先日またまたぶらっとやってきてさ、もううんざりだ、たいがいにして欲しいよ」

「どうして巻き込まれたりしたの?」

「博愛主義よ」

「悪いけど」、イズーが言った。「私はお役に立てませんから」

「いや、お役に立てますよ。彼を持っていって下さい」

「はっきり言うわ」彼女が叫んだ。「あなたはまったく薄情なんだから!」

「君はまったく誤解している。僕は違う人間ですよ。打ちのめされていますよ、実際のところは。――君の椅子の下にある包みには何が入っているんです?」

「ああ、そうだ、コンスタンティン。思い出したわ――すみませんが引っ張り出して下さる?」彼は引っ張り出すと、それをテーブルの上に用心深く置いた。重いね、と彼は言った。「ええ」とイズー。「拳銃なの。お願いしようと思って。あなたのオフィスの金庫に預かっていただけない? 置く場所がないの。だから今夜、持ってきたわけ。そうして下さるわね? これを持ってニューカスルに行くわけにいかないし」

「申し訳ないが」、コンスタンティンはきっぱりと言った。「そいつを持ってロンドンを歩くつもりはありませんから」

「暴発なんかしないわよ」保護者みたいな言い方だった。

「生死に関係なく、これを持って死んでいるところを見られるのはごめんだな。その包みにはぞっとする」たしかに簡単な話ではなかった。かさばったがさがさした茶色の紙で包まれ、紐が三重に巻いてある。「どうしてニューカスルへ行くの?――どのニューカスル?」

「アポン・タインのほう。先生をするの、補助教員だけど。体調を崩した人がいて」

「で、君はまだ立派に教えられるんですね?」

「教えますよ」イズーはきっぱりと言った。「それで、もういいでしょ? 私、前と同じ教え方はしないわ」

「感情上の子宮切開手術をするべきじゃなかった——ということ?」

「もういいでしょ、コンスタンティン」

「ええ? ごめん」

「あなたって、ほんとに思いやりがないのね」彼女は暗に拳銃のことで不平を言い、それを誰もいない三番目の椅子に移した。「あなたがダメなら、これしかないわ」彼女は続け、額にかかるクッションみたいな髪の毛を一方の手のひらで強く叩いた。「ペイリーズに持っていって、これはエヴァのだから、倉庫にある彼女の持ち物と一緒にしておいてと言うわ。中身が何かなんて、彼らには関係ないし。もしエヴァがまた現れたら、返してと言えばいいし、もしもう現れなかったら、そのままにしておくの。もうどうでもいい物だから。エリックに返したかったんだけど、彼には渡さないほうがいいと思って」

「それに、彼にはもう会わないんでしょ?」

「ええ——会うわけないでしょ!」

「どうして」、コンスタンティンは確かめたかった。「エヴァの持ち物が倉庫にあることがわかったのかな?」

「出かけていって、どんな場所か見てきたのよ。それで訊いたの」

「ホテルが君に情報を伝えたとは、驚いたなあ——正直。君みたいな様子の人に」

「私から目が離せないくせに」彼女は冷たく言った。

「ぞっとしてるのさ」と彼。「君は前の表情をなくしたんじゃなくて、かなぐり捨てたんだ——必要もなく。いったい何なの、君の目的は？」

「違う人になるの」最初にこのバーに入ったとき、彼女は舞台負けを感じて尻込みした。だがもう入ったあとだった。このバーはソーホーの、どこかにあった。表の通りでは、夏がもう古びかけていた。中ではひび割れた革張りが煙幕の中に閉じ込められていた。常連客は、夕方のこの時間にはまだごくまばらで、得体の知れない人たちばかりだった。ウェイターは、彼らの注文を知っていても、おもてには出さなかった。彼女はコンスタンティンに訊いた。「ここにはよくくるの？」

「いや。それにもうこないでしょう」

「そうね、あなたは人のために動く人じゃなさそう。でもほかの場所では、そうよ、私だってどうだったかな？　あの場所をすごく憶えているの、最初にランチをご一緒したでしょ、どこだった？でも、そうよ、あの頃は言いたいことがたくさんあって。そうじゃなかった？」

「そう、はしゃがないで、イズー」

「ふざけただけよ」

「自覚しているのかな、言うまでもなく君は猛烈にラッキーなんですよ、君を警察に突き出してもいいんだが？」

「正確にはどういう理由で？」

「誘拐未遂」

運よく飲み物がきた。「何でも」というのが解釈されて、ウォッカが出てきた。イズーはいまやこれが待ちきれなくて、レース編みのように広げた指をグラスに何度も這わせた。コンスタンティンは自分のブランデーを疑わしげに見つめ、ソーダで割るのをためらっている。それぞれが、そこでやっと、相手のしていることを見た。イズーは、溶けて滑らかになった氷から最後のウォッカをしゃぶってから、言った。「ところで——私の手紙はどうだった?」

「ものすごく興味深かった。そう——とても注目すべきものがありました。全部僕が持っているはずだ。返して欲しいの?」

「いいえ、コンスタンティン。どうして?」

「心理的な素材だ、と僕なら思うところだったから」彼は手放しに熱心な顔になって彼女を見た。「ゴミ箱に入るのは惜しいよ——本を書くべきだ。書いてみないの?」

「ええ」

彼が言った。「同意できないな」

「ほかに私が何をしようとしていたと思う、フランスまできて? 結果は死産だったの」彼女はそっぽを向いた。

「心から同情しますよ」

女彫刻師の目を引いたブレスレットは金張りで、仰々しいデザインだった。イズーはそれを三個、左の手首にはめていた——それらを押し上げ、じゃらじゃら言わせてまた下げた。「フランスと言えば、ダンシー家から私がもらったエヴァの住所をご覧になった?」

「いや。エヴァには今回、ひどすぎるくらい傷つけられた。次なる動きは——何かあるとして——彼女のほうからになるでしょう」

「絵の全体像がどうなっているか、それよね、エヴァはあなたの悩みの種だわ。あなたは彼女を愛してるのよ、自分にもわからない途方もないやり方で。きっとあなたを責めてはいけないのね、私を闇の中に置き去りにしたことで。あなたが闇の中にいるのよ。でも、仕方ない、そうでしょ、コンスタンティン？　ダンシー家と言えば、そうなると、ヘンリーについては、全体的にどう思う？」

「気づかなかったな」、彼は悪びれずに言った。「ヘンリーに何かがあるなんて。どちらかといえば軽量級でしょ、たしか？」

黒玉《ジェット》がはめ込まれたブレスレットをつつき、留め具をカチッと言わせてから、彼女は述べた。「彼が彼女の居場所を知っていたのよ」

「親愛なイズー、人に向けて腕輪をジャラジャラしないで。三つともリヴォリ通りで見つけたんでしょう？　それぞれにどんな歴史があるんだか、僕なんか不思議だけど？　爪を食べなさい、食べたいなら、でも、君の勝利のトロフィーは見せびらかさないように。君のほうからロマンスに飛び込んだんだ、言うまでもないが」

「イエスでノーよ」彼女は言った。「そう見える？」

「そうする君が痛々しくて」

「何一つうまくいかなくて、エリックのときといい勝負よ」

水草で窒息させられた湖に平底のボートが付け加わっていた――その種の船がなくて、ダンシー家の子供たちは文句を言ったことがあった。おそらくこれはキャンプにきた若者たちの置き土産だった。湖の中ほどに浮かんでいるそのボートに、ヘンリーとエヴァがワインを一本持参して乗っていた。

城は湖面にまだらに姿を浮かべているだけ、水蓮などの浮き草が六月を迎えて繁茂しているせいだった。地所は仮決定処分を受けており、織物業者たちの村落共同体は、移住してくる努力の気配すらないコンスタンティンにかつがれ、まず手をつけるべきことの多さに、無理もないが、唖然としていた。たいそう平和な様子が城の正面に漂っていたが、正面そのものは当初の風情に戻っていて、背後に何もないみたいだった。青みがかった花が、輝く森の向こうまで続いていた。太陽は空に出ている割には明るくなかった。

白鳥たちはどこに？　もういなかった。

「飛べるからね」、ヘンリーが言った。「きっと出発したんでしょう――思い切って！　ここはどんな様子だったの？」

「わからないのよ」彼女は言った――言葉にできないという意味だった。

「君には説明不能な経験がいっぱいあるんだ！」

彼女は湖から水草を手に持てるだけもって引き上げた。「とても幼い少女がここで溺死しようとしたのよ」

「実験が行きすぎた学校なんだ」ヘンリーはそう言って、ロンドンから持ってきた見事なイチゴを一つ、また一つと口に放り込んだ。「でも、だったら、新婚旅行もそうだったのかな」

エヴァはオールを手に取ってボートをそっと漕いだ。「あら、私が話したことを言ってるのね、子供だったあなたたちに？」

「僕らは君の言うことを信じるかどうかなんて、猫ほども考えなかったな、それだけは憶えている。でもあのときは、君は僕らとは無縁のところにいたから、あの日の僕ら子供たちとは。惨めで口も利けなかった。凍死寸前だったんだから！　僕なんか耳がしもやけで真っ赤でさ、おかげで思い出したぞ！」彼は片方の耳を引っ張り、また辺りを見回した。「ここはいつきても極端だな。冬か、夏なんだから」

「あら、違うわ」彼女は深いところから宣言した。「秋だったわ」

「そのとき君は秋に心を捧げたのかい？」

「私がここに一度もいなかったのが春」

「じゃあ次の春に、いいじゃない？――いや、春は人間であふれかえるな。この城はどうしてこのままあってはいけないんだ？」ヘンリーが反抗するように城をにらむと、城はやや傾いて後退したように見え、木々の壁を背に立てかけたキャンバスのようだった。「いいえ、私はこれが崩れ落ちるのではと。でも、この前にきたときに崩れ落ちると思ったのに、崩れなかった――ねばり強いのね！」

彼はグラスをまた満たし、半ば這っていき、あとは手を伸ばして短いボート（互いに両はじにいた）のはじにたどり着くと、ワインをとってエヴァに手渡した。二人とも明るい色のシャツを着ていた。エヴァのはフランス製、彼のはイタリアからきた説明なしのプレゼントの品だった。互いに褒め合い、風景を褒めたときの夢見心地のまま、二人の声は自由にさまよい、遥かに流れ、囚われの湖を越えていった。単純でないことを言うのは不可能だった。「僕はここには戻ってきたいとは思わないな」彼が言った。「愛おしすぎて。――ああ、でも、できたら、エヴァ、中に入りたいよ！」

「鍵が掛かっているんじゃないかしら」

「あれ、君は入りたくないの？」

「試してみましょうか、ヘンリー」無愛想なボートが前に進み、ゆっくりしたオールからしたたる水滴が水面に浮かんだ落ち葉の上に落ちた。上陸すると、船をつなぎ、城を回って、鬱蒼とした森に覆われた塔の入り口の中庭に入った。緑に閉ざされて静かだった。どこもかしこも無人だった。朽ち果てた付属建物の門扉が半開きになっている。「ここが自転車の盗まれたところよ」エヴァは一箇所を指差して言った。

　ヘンリーは彼女から離れたところに立って一人になり、全体を見渡していた。

「ミセス・ストウトという人がいたっけ」エヴァは感慨にふけり、彼のことは忘れ、彼も彼女のことを忘れた。

　ヘンリーが大声を出した。「僕の知識欲はどうしてくれる！」

　それを、できれば、満たすために、彼女はさらに進み、錆びたドア・ハンドルをこじ開けた。中央玄関のドアだった。周囲を埋めつくした装飾から漆喰がはげ落ち、ぼろぼろになって、敷石に散り敷き、白い粉がかかっていた。無益な争いで揺さぶられ、さらに粉が落ちてきて、エヴァの頭を灰色に染めた——髪をかすった粉を手で払ったら、髪の毛の中に入ってしまった。エヴァは負けたというようにヘンリーを見て苦笑した。「君は年を取ったらそう見えるんじゃない？」彼が向こうから訊いてきた。羊歯植物の網の目のような通路を通り抜けると、通用門をガチャガチャやったが、内側がシャッターになったその手前にあるガラス戸に自分の姿が映るだけだった。ドアはどれも屈しなかった。彼女は中庭に戻って、言った。「ごめんなさいね、ヘンリー」

「まあ、仕方ないかな」

「小屋に行けば、誰かが鍵を持っているかもしれないわ、もし彼女が生きていれば」

「いいよ、いいよ。そこまですることもないでしょう」彼は目を上げて目の見えない窓を調べてみた。こちらから見ると、どこか威嚇するようなところのある、薄汚れた、まがい物の城は、物陰に身を浸していた。夕暮れは、この時間にも城を思いのままに操り、その高さを大げさにからかいながら、しだいに薄れ、遥かに見える一連の丘の下に消えていった。その内部には——ここから見ると城に内部があることは疑いもなかった——復讐に燃えた、届かぬこだまが充満しているような感じがした。中の地下牢すら想像できた——過去を軽んじることで、建物はもっとも始末の悪い過去を招き寄せているようだった。かてて加えて、ここまで上がってきたことで開けた、圧縮されたような城の姿は、エヴァの記憶にはなかった。「暗黒の塔《ダーク・タワー》だ」ヘンリーが言った。「ボートに戻って、ワインを空けてしまいましょう」

中庭をあとに、彼らは生い茂る雑草を分けてボートまで行った。

「もう一本、持ってくるんだった」ヘンリーはそう言いながら、ワインの瓶を傾けて残りがないか確かめた。ボートの綱はほどかなかった。彼女は乗り込まずに、へさきに腰かけ、その上で白いクローバーの花を編んでいた。「君は前よりも呑み助になったぞ、エヴァ。フランスにいたから、当然だけど。フランスでは何をしたの？——恋に落ちた？」

「何と馬鹿な質問なの」彼女はうんざりして言った。

「さあ、どうかな」

「あの状況では」

グラス二つに注ぐ分量をはかり、彼女にグラスを手渡して、彼は同じ話を続けた。「僕もずいぶん考えた——そうとう鈍感だったなと。麻痺していたんだ！　自分を五万回殴っても足りないくらいだ！　そう、どうして一目ぼれ《クー・ド・フードル》しなかったんだろう、あの恋の国で？　君はどこか遠い人に見えた——そうなんだ、エヴァ。君の手紙も遠い手紙だった。今日だってずっと、君は何か、または誰かのことばかり考えていた。すべてが素晴らしくなかった、というんじゃない――でもやはり、考えてしまう」彼は身を乗り出して、空になったワインの瓶を湖に沈めたら、ぶくぶくといって落ちていった。「人にはわからないものなんだ」彼は泡が上がってくるのを見ながら言った。

「あなたよ、私が考えていたのは」エヴァは言ったが、その確認を彼方のスカイラインに向けることで留保した。

「どうやってその誰かのことを考えるんだよ、当の本人と一緒にいるのに？――僕にはできない。僕は君のことなんか考えてない、今日が始まって以来ずっと。僕は、僕は、ちょっと目まいがしてきた、頭がイカレたかな」

「まあ」

彼は目に手をかざした。「君は銅像みたいだ、そうやって空を背にしていると！　僕が何か言ったり何かしたりしても、いや、何か言わなかったり何かしなかったりしても、どうか許して、エヴァ！　ますます頭に血がのぼった。この場所、君――午後のワイン、のせいもあるね？――イチゴはどこにある？」

「あそこ」エヴァは片方の爪先を伸ばして、果物かごを軽く蹴った。「でも鳥がきてさかんにつついていたわよ、私たちがお城に行っている間に」

「あれは間違いだったのかな？」彼はボートの中で位置を移し、さらに考えた。城は彼のすぐ後ろに立っていた――全体を見るには近すぎた。しかし、幻影が投げ返す全体を推し測ることはできた。この城はこの側面のための城だった。遊覧船だ。立っているよりは浮かんでいた――ちらちら光る映像が、下の湖面に映る砕けた姿につながっていた。「君はあの中でそもそも何が起きたと思う？

いや、ちょっと夢想しすぎた。無駄だね。でしょう？　でもやはり、僕らは中に入れなくてよかったんだと思う」

エヴァは、とにかく、見える場所から消えていた。地面に寝そべっていた。彼女の判決は出なかった。

「僕ら、もしかしたら」、彼が言った。「あそこから二度と出てこなければよかったな」

「ええ」

「眠らないで！――さあ、歩こう」彼はボートから降り、彼女は立ち上がった。そして彼らは湖の周りの青々とした芝土を踏んで、当てもなく歩いた。灯心草にまじってシモツケソウの香りがしたが、踏みしだかれたクローバーの蜂蜜のようなツンとくる香りを消すことはなかった。城の領地は放置され、ひっそりと広がりつつ、木立の中にまぎれていた――はるか彼方に何かが、牛がいるだけだった。足が踏みしめているものは、音もなく柔らかだった。

「あの日は」、ヘンリーは思い出した、静かな沈黙が居座ったあとだった。「ここが全部、鉄みたいだった――君もそうだった、『ミス・トラウト』！　鉄の乙女」

エヴァは真っ赤なシャツの袖をさらにめくり上げ、肘の嚙まれたところを思い切り掻いた。虫がまた出てきていた。どいつが嚙んだ？「何のこと？」エヴァはいま思いついたように言った。

「僕が運転して」、彼が訊いた。「帰ってもいい？　ジャグは運転したことがないんだ」

「どうしてケンブリッジまで車でこさせてくれなかったの？」

「仰々しいんだよ。それに、ジャガーはまだほとぼりが冷めていないし。富の邪神《マモン》をかすった僕の最初の恥ずべき行いだった。君が引き起こしたんだぞ。彼は僕のことを何たるアンポンタンのひねくれ坊主と思っただろうな。父のことだけど」

「それでもこれは運転したいのね？」

「乗りこなして見せる」

「今朝だって運転すればよかったのに」

「自分のことを話すのに忙しかったんだ」（たしかに彼はさまざまな困難を口に出して並べ立て、エヴァを前に、不安とか優柔不断、競争からくる屈辱や、あらゆる種類の有形無形の苦難に対する恨みを打ち明けたが、ひょっとすると、誰かほかの人間には、これほど無用心に話すことはできなかっただろう。一つか二つの楽しみも、ささやかに言及された。エヴァはこうした文脈のどこかに当てはまる環境《ミリュー》とは縁のないところにいた。そのすべてが、現在の彼の立場から切り離せないケンブリッジにつながっており、しかもその立場は一時的なものにすぎないことを自覚するあまり、ヘンリーの悩みはいっそう深まった。なぜなら――あとはどうなる？）「君はほんとに上手だね」、ふと彼が言った。「聴いているふりをするのが。片方の耳から入っても、もう片方から出て行くんだ、そうでしょう？　まあいいや。僕はめったにない退屈屋だから。――でもジェレミーのことはちゃんと訊いたからね」

「ええ、訊いてくれたわ、ヘンリー」

「いま起きていることが、僕には驚きなんだ。だって、すごく突然で――だしぬけだった」

「まさか」

「本当は突然のものなんかないんだ」彼は前より真面目になって言った。「彼はどうなると、君は想像しているの？」

「わからないの」エヴァが言った――今度はたんに口では言えないという意味ではなかった。将来という奔流がうなりをあげて彼女のそばを通り抜けた。その抵抗しがたい波を照らす光はなかった。将来大洪水だ。死んだ腕が、泳いでいる人のように水面を叩く。どこに流されていく途中なのか、彼女は、ヘンリーは、ジェレミーは？　誰が水門を開き、この激流を通したのか？　少年が、沈黙の墓から蓋を持ち上げるのと同じ動作で開けた？　ジェレミー、その運命の方向をエヴァが変えてしまったのか？　そんなことをすれば、人は罰を受ける、と牧師が言っていた。医師は彼女に警告していた……。エヴァがヘンリーのほうを見た、その瞬間、不安に満ちた洞穴が二つ。彼もぼんやりして言った。

「あの森の周りにあるのが、ミレイの描いた野性の薔薇だ。見に行こうよ」

途中、鏡のようにおだやかな夕刻の不可侵性が薄らいできた。何かが動き出した、気むずかしい微風か。茂りすぎたカラマツ林にからんだイバラがシャワーのように降り注ぎ、小さくちぢれたピンクの蕾や、茶色い雄しべを囲んで大きな目を見開いている花冠が、ペンキで塗ったようにくっきりと目に付いた――だが、刺のある匍匐植物の上に点々と散らばった明るい薔薇の野性味は、風に揺らぐことこそなかったが、息を殺して生きており、どんな絵にもないものだった。「まだ早いんだ」田舎育ちのヘンリーが言った。「まだ早いから、たくさんないんだ。まだ初夏だもの――早すぎたんだな。あらゆるものがぐるぐる回っている。いまから何が起きると思う、エヴァ？」

薔薇の後ろでは、押し潰されて束になったカラマツの大枝で通路が消えかかっていて、エヴァはそっちに気を取られていた――ケンブリッジでモビール細工を見たときのように。彼女はあのときと同じ感じを受けていた。「どうして？」が彼女の返事だった。

「なぜ僕が質問しているのか、または、なぜ物事が起きなければならないのか。君はどっちが訊きたいんだ?」ヘンリーの独断的な明快さは危険信号だった。「どっちにしろ、君は知っているはずだ。君が権威なんだから――そんなものがあるとして? 僕らはどっちも、何をしているのかわからないらしいね」

「なぜ突然私に腹を立てたの?」

「突然のものなんかない」

「じゃあ、どうして怒ったの?」

「うるさいなあ」

「あなただって、ヘンリー」

「僕は違うさ」彼は息巻いて言った。「いや、もし僕が怒ったとしても、ほかにどうしろと? 君がむやみにせきたてて、今も昔も何事もなかったみたいに振舞うから。君だって僕と同じくらいにわかっているでしょう、君がアメリカから堂々と帰還してからこっち、何かが始まったことくらい。それに、君がフランスにいる間に、事態がもっと進んだことくらい。しかし、それを認めて、やっていける? ああ、もう。悶着を起こすのは、いつも僕次第。君は遠ざかるだけ」

「私は内気なの」彼が知らないのが彼女には驚きだった。

エヴァは内気さがパニックに達したことを強調して、ヘンリーから離れてイバラの茂みに入り込んだ。茂みというよりは、威勢よく唐草模様になった匍匐植物と、ひたすら伸びた徒長枝がとげとげしく絡まった一帯だった。それがスカートを捕らえ、むき出しの足をしつこく攻めて噛んだ。ヘンリーは気が立っていた。「何になったつもり、逃げる妖精かい? そこから出てきなさい、エヴァ。

アブラハムの羊みたいじゃないか！　僕がしたことは、君に結婚の意志があるか尋ねただけさ」

「ああ」

「当たり前でしょう！」ヘンリーは叫んだ。

エヴァはイバラの中で振り向き、交渉にそなえた。「あなたは残念なの、もし私にその意志がなかったら？　どのくらい残念？」

彼は質問を吟味した。「僕はきっともう……立ち上がれない」それから彼は高笑いした。「てっきり庭園の小道に連れ込まれたと思ったのに！」

「そう、では」、エヴァが言った。それで決まった。いくらか彼に助けられて、彼女は聖域をかき分けて出口を見つけた。ところどころで血が出ていた。髪の毛を後ろに払うと、彼女はヘンリーを正式に起訴した。「この全部が、だって、一分間はジェレミーのことを考えました――あとは今日の全部があなただった！　何があなたの結婚の意志なの？」

「僕は何が結婚の意志でないかを知っている」彼は激して言った。「それはつまり、君の例の説明不能な経験の一つになること！　いや、違うと言うなら、何なんだ？　君は、僕らが結婚するなんて、真面目に考えたことがない、そうでしょう？　あるいは、君は真面目に考えていない、僕らが愛人関係になるなんて？」

「たんなる恋はだめ」エヴァははっきり言った。「もちろんだめよ」そして指を舐め、手首の周囲から出た細い血の流れを拭い去ってから、彼の顔をまともに見た。「でも結婚するのは、イエスよ」

「それが一度僕の頭にひらめいたんだが、気違いじみていると思った。君に変な顔をさせたくなかったし――僕らは二人とも変な顔をしただろうから。前代未聞だし。君の恐るべき金と、僕の情けない年齢。危うくもう一人のジェレミーになるところさ。君は盛大な結婚をするべきだ。王朝のようなのを。さもなければ、こうも考えてみるんだ、誰とも結婚しないと。どうして君がするんだい？」

「どうしてしちゃいけないの？」彼女は大声で叫んだ。

「わからない。それが君に関する僕の考えなんだ」

「あなたは、あなたは、あなたという人は――私を愛してくれないの？」

「わからないんだ、エヴァ、ほんとに、僕にはわからない」

彼女が言った。「湖に戻りましょう。――いいえ、身につける薔薇を下さらない、まず？」

彼女は、彼が漠然と薔薇を一つむしり取り、また次をむしるのを見つめた。「あなたの手が震えてる」彼女が言った。「ほんとにごめんなさい」

遠くにあるボートを羽音が覆っていた。やつらが戻ってきた、またイチゴにたかっている！あるいはエヴァはそう見た。ヘンリーは地面だけ見て歩いていた。「どうなんだろう」、彼が言った。「君に今朝すべて話したのに、君は僕の置かれた立場と、その混沌ぶりが理解できたかどうか。感じる？――それは断る。もう不幸続きも終わりにしたい！あらゆることがありすぎるのに、何もない。これが世界か、どうなの？すべてが降りかかってくる。失望に終わるしかない期待。不発に終わるだろうという恐れ。食い止められないものがあるという認識。『原子爆弾』も例外ではない。僕らが生きているかぎり、必ず起きることを見てごらん、その結果はどうだ！生きるとは残忍になること。みんなを見たらいい！僕らはただタフになるんじゃない、エヴァ、僕らは粗悪になるんだ。妥協によって腐ってしまうんだ。それこそお笑いだよ。僕らは――」

「――あなたのお父さまは違うわ」

「うん、でも彼はある意味狂ってるから。それが保存料になってるんだけど。——憶えてるでしょ、彼が一度本を書こうとしたのを？　いや、それがいまもやってるんだ。しょっちゅう何かにぶつかっては、後戻りさせられて、最初から全部やり直してる。書名は『欠陥のある秤』だって」

「何を書いていらっしゃるの？」

「正義について。一年間離れていたんだ、ルイーズが死んだ年だった。——ボートに戻って、荷物をまとめないといけないかな？」

「荷物って？」

「眼鏡とか、何か」

「そうね。遅くなってもいけないし」

彼らはボートを向こう岸につけ、そこにジャガーが待っていた。彼は漕ぎ、エヴァは城をじっと見ていた。「もう、悲しそうな顔をしないで、いいい、エヴァ！」

「これももう見納めね」

「でも、それくらい真実なことはないかもしれない」彼が言い出した。「僕らは二人とも帰り道で死ぬかもしれない、僕の運転で」

それは明らかに彼女の心の中にあることではなかったので、慰めにはならなかった。眼鏡、エヴァのカメラ（なぜか今日は一日中出番がなく、何も撮っていなかった）、彼ら二人のセーターは、結局着る必要がなく、大きな箱に入った高級煙草は、ヘンリーが二、三本吸っただけで、ボートから車の広いトランクに移された。彼女は車をキーで開け、彼はダッシュボードやギアなどを調べた。「どれがバック？　それは教えてもらわないと」彼女は彼に宝石をちりばめたホルダーについたキーを手渡した。「どうも」彼は言って、手のひらの上でがちゃがちゃ鳴らした。

「ヘンリー……」

「どうしたの？」

「なぜ私のお金が『恐るべき』なの？」

「金が恐るべきなのではない。金が君のペルソナの一部なんだ」

「私のペルソナって？」

「もう、うるさいな、エヴァ！――それは何かというと、特大サイズで、あらゆる点で実物より大きいこと。そうやって君は想像力を魅了する。何年も前に、君がはじめて牧師館に殴りこんできたとき、君はすでに『大金持ちの娘』と目されていた。僕らは誰一人、そんなのに会ったこともなかった――ヴァイオリニストか何かと知り合いになるみたいな感じだった。いまでもその気味が残っていると思う。人って物事から完全に抜け出せないものだね。でもそれは悪いことかな？」

「あなたは言ったでしょ、私のお金は恐るべきだと」

「言った？――恐るべきものとは、それが僕になし得ることになるかな」

「それがあなたに何をするというの？」

「しすぎるんだ。――僕は『なし得る』とは言ったが、『なすだろう』とは言ってないよ、エヴァ。でも危険はあるだろうね。僕はひどく分裂した性格なんだ。君に話したことがないと思うのは、じつは僕の色々な野心のことなんだ。野心があるのがきっと恥ずかしいんだ。じらしておくほうが簡単だから、そうしてる、アドリブで。でも厳然としてあるんだ。つまり、色々な野心が。それは僕には大きな力をおよぼす。寄せ集めの野心ではあるんだが。君のお金は、僕がすごく恥ずかしいと思うやつをのぞけば、すべてを圧倒するんじゃないかな。――もう行きますか?」

彼らはジャガーに乗り込み、その日の朝の位置を交換した。ヘンリーは、興奮を抑え切れないいま、位置につくと、エンジンをかけた。

城は、走り出した車が縫っていく木々の隙間から、切れ切れに最後の姿を見せた――が、無駄だった。エヴァは腕を組み、後ろにもたれて目を閉じていた。ヘンリーは、まずは集中して運転し、あまり緊張しないように努めていた。乗馬道が終わると、門を通って外の世界に出た。登り坂、そして下り坂と、通り抜けていく真夏の薄もやは、一月のあの一日を銅版画にしたようだった。何マイルか進むうちに落ち着いてきたヘンリーは、落ち着いて運転していた。勝利の喜びが感じられた。「幸せ、ヘンリー?」

「表面は、とても」

橋が水銀の谷をまたいでいた――いま見えて、過ぎた! 彼女はため息をついた。「あの川の名前は何だった?」

「さあ」ヘンリーは言って、アクセルを踏んだ。

彼女は見つけ出そうと地図を開いた。だが地図は指から逃げた。ほんの一瞬の間に、色が混じった角張ったものが広がって、彼女の体にかぶさってきた。彼女はその下でしばらくおとなしくしている。ヘンリーがいきなり車を停めた。そしてハンドルの下をくぐり、エヴァのエロティックなベッドカバーの上に身を投げた。

「もういいでしょう――あの川は見つけられっこないんだ!」

「どうしてそんな?」

「だって、君が見つけたって、誰が気にする?」

「私が気にするわ」

「僕は気にしない!」彼はエヴァから地図をはぎ取ると、でたらめに半分に折って放り投げた。「エヴァ、僕は君とセックスしてもいいんだ。僕はそんなものが怖いんじゃない! そ、その反対さ。君はそのくらい僕が好きかい、僕にさせてくれる? 僕らは触れ合ったこともないと思うし、僕らは——過去にもないね? だからときどきどうしてかな、と……不思議だよ。それとも、まるで突拍子もないことなのかな?」

「握手はしたと思うけど?」

「いや、してないね。——しても、強制されてしただけさ」

「ヘンリー、ここは車を停める場所じゃないわ、角を曲がったところだから。ほかの車に悪いわ」

「進まなくてはいけない、ということ?」彼はそう言ったが、とまどっていた。

「そのほうがいいと思う」

彼は運転を開始した。エヴァは無言だったが、見えてきたのがミスタ・ダンシーの教会の尖塔に似ていたせいか、やがてくるものを警告するように思い起こさせて視界に入り、また沈んで見えなくなった。彼女は言った。「さようならと言う前に、訊きたかったんだけど——」

「——これが『二人の最後のドライブ』じゃない、でしょう?」

「あなたが私を殺さないかぎり」(許しがたい運転者は、わき見運転をしていた。)「訊きたかったのは、あなたは誰かを演じてくれるかしら、ということなの」

「芝居で?」彼は面食らっていた。

「ふざけないで！――こんなときに」

「誰かを演じるの？　物まねするのかい？――どういう人物の？」

「私のお婿さんの」彼女は両手でこめかみを押した。「私と一緒に新婚旅行に出るふりをして、友だちに見送られるの」

「たまげた話だな。そしてどうなるんだい？」

「私と一緒に列車に乗って、駅で見送ってもらうの。ヴィクトリア・ステーションよ、たぶん。あなたは列車に乗っていく必要はないわ。降りていいのよ、人がいなくなったら」

「お粗末な楽しみだな、僕をたぶらかすにしては？　どうして僕が列車から降りなきゃいけない？　それになぜ列車なんだ、よりによって？――どれもひどいが」

「それがいちばん正式なのよ。それにこれはデラックス列車で、大陸行き」

「だったら、なおさら降りるもんか、かりに降りたくたって？――停まらないやつでしょ。真面目な話、エヴァ、こう言うのは辛いが、君はほんとに変わってるよ。ものすごく変わってる。それに、僕を震え上がらせる、というのかな。全体があまりにも核心を突きすぎている――そういう言い方はやめてくれないか！」

「じゃあ、ショックだったのね？」彼女は訊いて、彼の横顔に答えを求めた。「私には何もショックじゃないけど」

「どこから見ても不気味だよ。どうして君は真実でないことが欲しいんだ？」

「人は嘘つきにさせられるのよ。あなたは私と結婚するのを断っているけど、これが、あなたが与えることができる満足の一つなの。あなたに対する私の空しい憧れと、苦痛を差し引いても。これがそんな大それた願いかしら？　一度だけ、一日だけ、一日の一部だけでも、あなたが私のものとして世間の目に映る。それ以上は望まないわ、そのあとは——それだけで生きていくから」

「しかし、そんなの困るよ！」ヘンリーは危うくトラックをかわし、しかもカーブの直前だった。「どうしてそんなことを考えついたの？」

「私たちの状況から」

「いつ考えついた？」

「ずっと考えていたの。あなたはお芝居《シャレード》より何が嫌かしらと——列車の駅でもしゲームをするなら？　どうして断るの、あなたならできるのに？　私を愛しているかどうかわからない、というのね、ヘンリー——だから、あなたは愛さないんだわ。愛に間違いはないのよ。私はそれで生きてきたし、それを感じてきたし、だからはっきり言える」

「『それを感じてきた』って？　まるで昔のことみたいに言うんだね」

「そうなんだもの」

「それはご立派なことで！」ヘンリーはいきなり追い越した、二台のミニと、陸軍省のトラック三台、ピックフォードのバン、ついで、産気づいたか、速度を落として車線を変更した作業中のコンクリート・ミキサー車を。これをやり遂げたのが嬉しくて、ヘンリーは口笛を吹いた。エヴァと計画を練るという運命的なかつての魅惑が動き始めた。「君の創造力あふれる頭脳が」、彼が評した。「どうやら倒木を二、三本ほど跳び越したみたいだね。たとえば、僕がまた登場しなくてはならないようだ。僕はこれを抱えて生きていく羽目になるんだ——つまり、しょんぼり生きるんだ。僕の残りの日々を。ミス・トラウトの拒否。それは僕には似合わないよ、僕は虚栄心のかたまりだから。それに、総力を挙げた花嫁の旅立ちを舞台に乗せるなら、まずは結婚式らしきものをでっち上げないといけないだろう？――それとも、もうそれは考えたの？　僕らはインチキな儀式を、いかにもワルの、聖職を剝奪された聖職者にやってもらう、ゴシック小説にあるように、そうだね？」

「いいえ。その必要はないでしょう。ただ、私たちはローマで結婚するので旅立つのだと思われたいの、あるいはパリでもいいし――」

「――ヘルシンキでもブカレストでもカラチでもいい。さて、それではっきりした。効果的に見送られることなんだ。感動してむせび泣き、花を投げられ、わき腹を小突かれて……。まったく大した神経だなあ、エヴァ！」

「でもあなたは、それはしないと言うんでしょ」

「よくそこまで考える神経があるなあ。――では、お見送りのパーティーについて。誰に行列してもらうつもり？　ああ、言わないでいい。僕には見えるから。オール・スター・キャストでしょ。アンクル・トム・コンスタンティンとその他全員。ジェレミーは自分に父親ができるのを見るんだね？　――いや、こいつは猛烈に可笑しいや」ヘンリーは図に乗って言った。「腹の皮がよじれるよ、このブラック・コメディ《コメディ・ノワール》は」彼はまた口笛を吹いた。

彼女のこらえ切れないあえぎが洩れた。

「エヴァ、どうした？」

「私の感情よ。あなたが行きすぎて、傷つけたのよ――それに私の車を危険にさらしてる」

彼は速度を落とした。「だけど、君が僕の感情に何をしているか、想像してる？――この茶番劇で」

「お互いにからかっているというの？　でもね、ヘンリー――」

「――笑いたくなる、だって惨めだもの。運転は申し訳なかった。それほどうまくないね？　すぐやっちゃうんだ――初めはいいのに」彼は道のはじに寄せた。「代わる？」

「そのほうがいいなら」

彼は外に出て、彼女を自分の位置に座らせた。ジャガーの後部を回る途中で、彼はトランクを開き、煙草の箱を取り出した。そして箱を見せて、一本出して唇にはさみ、火は点けないまま、彼女の横に滑り込んだ。「また勝手にやるけど――いい？」彼はダッシュボードのライターに手を伸ばした。「それとも、だめ？」

「いったいいつ私がだめって？」

「さあ、どうだったか」

「私が持っているものは全部あなたのものよ」

「君の心の中では、ときどきそうだ。でも現実ではそうじゃない」

「そうかもね。私は死んだほうがまし、あなたを傷つけるくらいなら――ヘンリー」

彼は片方の手を彼女の膝の上で宙に泳がせ、その手を引いた。牧師館までの残るマイルは、静かに、淡々と、取り崩されていった。そして淡々と時間も崩れていった。風景は陰険に溶けて見慣れた風景になっていた。標識にある名前、宿屋の看板、掲示板の伝言などが馴染の言語を語り始めていた。緑色の池、錠前が錆びついたような鍛冶屋、バスの停留所がラーキンズ荘に入る道の角にあり、スズカケの林と何の歴史もない小山、そして遥か後方の野原にある突出した建物などは、道標というよりも、強迫するような物語を再び語っていた。人はまた舞い戻り、入った先は蜘蛛の巣。夕刻の無垢《イノセント》な芝居ごっこは、このすべてを一気に、さらにきわどい、さらに威嚇的なものにした。「君

は中に入らないね?」ヘンリーは訊いたが、牧師館にという意味だった。「今夜は
「やめておくわ、今日は。戻らないといけないの」彼女はロンドンにというつもりだった。「今夜はボナール家に電話することになっていて。みなさん、がっかりなさるかしら?」彼女の言葉は、ヘンリーの両親のことだった。

「というより、面食らうよ。――少なくとも」、彼は自信なさそうに続けた。「と思うな。一分でも寄っていったら、エヴァ?」

村の入り口だった。庭もあちこち美しかった。車は停まっても、言うべき言葉はなかった――あるいは、彼らの顔が語っていた。「煙草はどうぞ持っていてね、どうぞ」彼女がやっと言った。

「わかった。いつフランスに戻る?」

「わからない」

「どうしてわからない?」

「ことによるから」

「ボナール夫妻のこと、ジェレミーのこと?」

「それだけじゃないわ、ヘンリー」

「ああ。――君が発つ前に会える?」

「それもことによるわね。あなたは私に会いたいのに、私の望むことはしてくれないの?」

「これは『告白』ではありませんから、おわかりですね?」

「わかっています」

「私は無神論者なので」

「良心的反戦論者、ですね。――座りますか?」

「ここは通常の聖職者のお住まいには見えませんが?」

「さあどうでしょう。一つか二つ、そうとういい物を置いています。――始めましょう、か?」

「今すぐどうぞ、私にはお時間をとる権利はありませんから」

「いや、奥さま、誰も何に対しても『権利』なんか持っていませんよ。私たちはお恵みに頼るしかない。――コンスタンティンはあなたがニューカスルにいるという印象を持っていましたよ」

「今夜、戻ります。ここにきましたのは、とくにあなたのところに参りましたのは、あなたがすでに話をご存じなので、色々な説明が省けるものですから。それだけが理由とは言いませんが――」

「その他の理由はおいおいということにしませんか?」

「ある日の午後四時に、一人の少年がスタジオから連れ去られました、その子がそこでぶらぶらしていたところを。その日の夜の八時頃に、彼は自分のホテルに送り返されました。両方とも私がやりました。でもそれは問題ではなくなりましてね。何が問題かというと、その間の時間なのです」

「続けて」

「彼と私は互いに一目でわかりました。私は彼が待ち続けていたものに見えたようです。話に聞くと、口にするのも恐ろしい最期を遂げる子供たちが、見知らぬ男のそばで飛んだり跳ねたりしている、それがその子たちが目撃された最後の姿、その男が人さらいなのです。目撃者たちは、あとになって、『顔見知りだった』ようだとか言いますが――まあそれって、何もしないで手をこまねいていた目撃者たちの言い種です。女彫刻師は何もしませんでした。見知らぬ人についていく子供の思いは、悪意のなさと冒険心と不意の出来事を好む気持が混じり合ったもので、それ以上の説明はできません。でも、そこにはまたこういうこともあるのね。運命が我々のすべてを磁石のように引き寄せるし、ことに子供たちを引き寄せるということが。ジェレミーと私の場合は、ほかのケースとは違います。私は（事実は別として）見知らぬ人間ではなかったし、先にあったのは、大それた犯罪行為ではなく、奇跡でした。——私が『奇跡』を受け入れていることに驚きますか？」

「いいえ。しかしあなたもご承知のとおり、奇跡はむしろ主張して起こすものです。正当化なさるのは予期しています。——なぜ少年を狙ったのですか？」

「彼のことをずっと考えていました。初めから、私の夫の子供だと、腹立たしい不義密通の結果だと。相手は私の前の生徒だったのだろうと。不義密通は実際にはありませんでした——少なくとも実質的には。なかったと納得したあともずっと、それがあった可能性のほうにしがみついてしまって。根本的には、当然そうあって欲しいと熱望していました。私はそうなるように、自分から道を譲りました。——ねじれた動機には慣れていらっしゃるでしょ？」

「ねじれてないものに出会ったことは、まずありません」

「噂の胎児はそもそも存在しませんでした。妊娠は私の生徒の作り話で、苦しめてやろうと仕組んだんです」

「なぜ彼女は苦しめてやろうなどと思ったのですか？」

「エヴァにはお会いになったでしょ。それは彼女《ヽ》にお聞きになったら」

「聞きましたよ、実際に」

「それで目的は達したんでしょうよ。私たちの結婚が負けました。偽りの責任転嫁にショックと騒動が重なって、私の夫を傷つけ、それ以来彼は劣化する一方です。自分のことに戻ります。私はどうしてもその子との縁が切れなかったし、その子も、しばしば現れて、縁を切ってくれませんでした。私はフランスでやっと一人になり、理性的になってこれから抜け出そうと努めました。でも理屈じゃないのね。私の夫によって私の生徒がもうけた子供はいなかったのだということは、どうしても私の思い込みを変えることがなく、そういう子供が一人、ひょっとしたら、どこかにいるのではと思い続けました。彼女は一人手に入れることもできたのよ、自分の話の裏づけにもなり、もっとそれらしい理由にもなったんだから。エヴァは架空の話をするのが大好きなの。――あなたにもそう見えました？」

「それはもう」

「いまでは、彼女がアメリカに消えた目的がそれだったということが受け入れられ、問われることもなく、当然のことになりました。私は、皮肉にも、どうしても信じられなかった。私がレディングからコンスタンティンに電話した朝まで信じられなかった。彼は友人たちの消息をあれこれしゃべって（私が留守にしていましたので）。やっぱり子供がいたと知って、私はそうとううろたえました。いいですか、その子に対する私の関心には、長い間仮説だった子供ですが、いつも特別な、表面からは見えない底流が逆に流れていたの。それは私のエヴァに対する感情からは説明のつかないものでした。私は彼女が好きです。そんなこと推測できます？　彼女にお株を奪われると、そこに出てくる何かが、私たちが互いに与えてきた危害を水に流してしまうのです。その何かの中で私は道具でした。無駄に教師はしていませんわ。これが、あとでくるどんな失敗にも負けず生き残ります――あのベルは何かしら、鳴ってますが？」

「十一時のコーヒーだ、教員休憩室《コモン・ルーム》です。こう言うのもなんですが、ここはスペインの修道院ではないので祈禱が始まるのではありません」

「よろしければ私は――?」

「いや、あなたが私のコーヒーを飲む邪魔をしているんじゃない。ここのコーヒーが私のコーヒーを飲む邪魔をするのです。私はパーコレーターで自分のを淹れますから。――これまでのところでは、少年は、感情の上では、あなたのために存在したという印象を受けましたよ、およそほかの人たちとの前後関係から見ると。そうだったでしょう、違いますか?」

「違います。というか、ほんの初めのうちだけでした。私は彼のことは彼自身として想像するようになり、ある意味で彼自身のために欲しいと思うようになりました。彼を思い描きました。彼に出会う前から、私にとって彼は三次元の存在でした。というか、彼が現に存在するという事実がコンスタンティンによって確認される前から」

「彼のことは『彼』つまり男児以外には考えたことがない。なぜです? あなたの生徒の複製として、女児は一度も考えなかったとは」

「ええ。一つには、第二のエヴァはとうてい考えられなかったし、不可能だったんでしょう。もう一つは、彼女が属しているのは別のカテゴリーだということです。『女児』はエヴァには当てはまらないのよ。いわゆる女性という彼女の性は彼女には退屈だし、屈辱でした。彼女はそれを引きずっていたのね、鉄の球と鎖のついた足枷みたいに。子供を選ぶなら、どうしてわざわざ同じものを選びますか? それに、忘れないで、彼女は父親とコンスタンティンのおかげで、女性とは縁がないまま育ったのよ、雇われた人は別だけど。彼女は女性に用がなかった。女性のもろさが彼女の反感を買った――この私が知ったように。彼女は父親のもろさを嫌というほど味わったのね。父親が壊れていくのをその目で見たのよ――あなたにこんなこと言ってよろしいかしら？　エヴァは父親を忘れないし、忘れられないの。彼女には死に物狂いでやり直したい何かがあった。ウィリーというあのイメージ、それを修復するというか、再構築することが彼女の目的になった――どちらでもお好きなほうでいいけど。その手段が、彼女の見るところでは、男の子だったわけ。諒解なさる？」

「うなずけますよ。まあいいでしょう。あなたが初めにいたところに戻りましょう」

「喜んで。少年について私が不思議に思ったのは、妄念といった内的なものではなかった。それは外側に育っていって、彼に会いたいという欲望になった。私は何があろうと、満足して終わったりしないのはわかっていましたが、長い間どうやったら会えるのかわかりませんでした。不思議でしょう、私が時間をおかずに、皿に乗せて手渡された機会を捕らえたなんて？　不運にも、コンスタンティンがべらべらしゃべったからですけど」

「ええ、芸のない人だ――ときには。それでひどい目に会ったんだ、ご存じでしょうが」

「ええ。気の毒に」

「あなたはご自分の生徒が妊娠をでっち上げたのは、苦痛を与えたいという意図があったからだとおっしゃる――あなたを目当てに、ということですかね。あなたは少年をかどわかしたら、過重な恐怖を彼女に強いると当然思うはずだ。やられたらやり返すのがあなたの本心だったんですね？」

「そんな自覚はなかったわ、あのときは。自分としては必要に迫られて行動していたようです。ですから、不思議ですね、そんな本心がずっと潜在していたなんて。いまもわからないので、お話しできません。ここであなたが介入してきて――なぜかあなたのところにきてしまった。あなたはそのとおりだとおっしゃるの？」

「そうかな、私に何をしろと？　悔い改めを強制するんですか？」

「いいえ。それはもう査問している場合じゃないでしょう。私の存在はいつの間にか、ここ数年で悔い改めの性質を帯びてきました。私は完済しました。もうほとんど借りはないと言ってもいいはずです。過去を思い出しながら完済しました、したことにも、しなかったことにも、間違ってしたことにも、間違った理由でしたことにも、わき道にそれたことや、やり損ったことにも。それに、いまからやりそうなことは、前払いで完済してあります。ここへきたのは、あなたに無罪放免をお願いしたいからではありません。私はもう自分を無罪放免にしていますから。それにはいくつか段階はありますが。どの段階で最終になるか、それはすでに達成されたと感じても当然だと思って。少年と過ごした午後がそれです」

「それが『奇跡』ということですね？」

「その言葉は取り消します」

「おわかりでしょう、私はお気の毒に思っています」

「そうでしょうとも。私はあなたの冷笑的な口調が厭なんです。あなたは一人の聖職者なんですよ」

「口調は退治できませんよ、吃音癖みたいなもので。——先を続けますか？」

「一つわかって下さい。私がスタジオにいるジェレミーに会いに行ったとき、私はまだ一種のショック状態にいたのです。ほんの二、三時間前に、そう、コンスタンティンから聞いたばかりで、エヴァのアメリカ人の子供は、素性は不明だというし、聾唖者だと。コンスタンティンのために公正を期すれば、彼だって知らなかったことですが、私にはそれが大変な打撃でした！　とはいえ、もしコンスタンティンが何も話さなかったとしても、最初に一目見ただけで、あの子の顔の雄弁すぎて怖いくらいの表情がまず語っていたでしょう。彼はずっと私がくるのを当てにしていた。やっと会えた、私たちは遭遇し、多くの希望で二人とも窒息しそうだった――でも、希望などなかった？　あなたは私のことをそうとうな自信家だと思っているでしょう。教師だから？　私が苦悩や妨害を見くびっていると思わないで。彼にとって、不意を襲われたのは辛かったでしょう。ずっとそんなことから守られていたから、辛さを感じたこともなかったのね。でも、もう感じたほうが絶対によかったのよ。もう潮時だったし。人間同士として、お互いに会えて嬉しかった。そしてスタジオを出て、通りを下り、バスに乗って、二階席に座りました。乗り物は、何であれ、彼には少しも楽しくなくて――彼が目にしたものは彼に何も伝えられなかったのよ、すでに千回も伝えたよりも多くのことは。ちょっと説明できないけれど、彼がどれほど飽きあきした目をしていたか、あるいは、見ても、見ても、見ても、わからない、わからない、わからない、という徒労感がどれほど私にのしかかってきたか。彼の指についた粘土が乾いていく、彼はそれを、力のかぎり、見つめていました。彼は心で走り出し、両肩をすくめ、私の隣の席でさかんに身をよじらせていました。無数の質問が彼の内部で狂ったように唸りを上げて形作られている、質問がこれだけあること、それに対する答えと、答えられない無能さを認識して、私の内部も唸りを上げたわ。彼が籠の中にいることが教えてくれました、私も籠の中にいることを。彼は話せるようになるかもしれない――そうしたら、私のすることがあるんですか？」

「あなたにできることを、軽視してはいけない。神聖を汚すことになりますよ」

「ええ。――私がしたこと、それは正しい時に現われたことでした。あとは、彼が自分でしたんだわ——彼はもっともっとしなくては。私が彼になぜしなければならないかわからせた……。彼が私にしたことは無限にあるわ。天才を私たちは共有していて、それが解決法になりました。ええ、私が彼のを喚起したのよ——でも彼は、私のを復活させたんです。私の天才を復活させたのよ！　ええ。さっき二つの籠のことを言いましたが、私たちの間には永遠の命がありました。彼が私の救いでした——わかります？……私はもちろん、二人でどこへ行ったとか、何をしたかなど、あなたにお話しするつもりはありません。それにあえてお伝えしないわ、どうやってコミュニケーションをとったか、何についてだったか、その結果などは。あなたにぜひともわかって欲しい、意を汲んでいただきたいのは、彼と私はほかならぬ夢の中にいた、その間ずっと変わらずにいた、ということです。すべてが崖っぷちの現実で、深く何層にもなっているのよ。ウェストミンスター大聖堂にいたとき、彼は自分の手が届く記念碑に刻まれた碑文の文字を指先でたどり、初めて文字を刻印する責任でも負っているようだった。レスター・スクウェアからソーホーに回ったときは、夕暮れのアーケードでバザーがあり、彼は私にねだって自分にプレゼントを選び、それから私のを選んでくれました。彼は、そう、押しの強い子よ——自分のためにポケットサイズのおもちゃの自動拳銃のほうへ駆け出していったわ、鉛か何かでできたやつ。彼はそれを、わざと、私に向けた。『やめなさい！』私は言いました、『いくらおもちゃでも』と。それで思い出しましたが、彼とエヴァがまたペイリーズに住むなら、彼女の持ち物の中にある拳銃をよそに移さないと」

「あなたがコンスタンティンに狙いをつけたいと思った拳銃だな。弾は入っていないんでしょう。それとも、どうなんです？」

「知らないわ。それはないはずだけど。——エリックのことを思い出してしまった」

「ご主人のところに戻るつもりは?」

「わかりません。――私のために、ジェレミーは赤いコットン・フラワーを選んでくれて。ポインセチアのことよ。そして私の髪に飾りなさいって。でもまさかそんな?――それでなくても、もう誘われているのよ。私が飾らなかったら、彼は興味をなくしました。彼が一瞬でも私を好きだったなんて想像しないで、その瞬間だけですから。――私は彼が銃撃したいと思った歩く金庫だっただけですから。彼はまた私と知り合うかしら?――それはもうどうでもよくなるわ。私たちはイタリアン・カフェで夕食をとりました。彼はがつがつ食べて、まるで世界に噛みついているみたいだった……。お話ししても、ほとんど何も伝わらないわ」

「どこから見てもあなたはダイナミックだ」

「昔はね。――ええ、今でもそうなれるわ。あなたはまさかそれが間違いだと思わないでしょうね?」

「何という質問だろう……。あなたは話せるだけは話した。何が、主として、働いたか、それは誰にもわからない。あなたが持っているものが持つ力を借りて、あなたは大事件を引き起こした。あなたはするかもしれないと思っていたことをしたかもしれない――あり得ないことじゃないでしょう」

「クレイヴァリン-ヘイト牧師――?」

「いや、はい?」

「もう少し慰めるようなことをおっしゃって下さいませんか?」

「私なりに心を尽くしていますが、ミセス・アーブル?」

「お聞き下さって、まずは、ありがとうございました。私が知りたかったのは、これが信じるに足る話だったかどうかです。今まで口に出したことがなかったので」

「とても信じられない話でした。ずいぶん変なことが起きるものだ、ということですよ。気をつけて見守るべきは、あの少年だ――また姿を見せたら。どうしてあなたはニューカスルに亡命などするんですか？　あなたのご主人はあなたに戻って欲しいのか欲しくないのか、どうなんです？」

「ごたごたしていまして。もっと色々とお話ししたいのは山々ですが――もう時間がなくなったみたい。どなたか、ここへいらっしゃるそうで？」

「時間どおりにはこないかもしれない。黒人社会建設を目指しているブラック・モスレムのアメリカ人です」

「彼がくるまでいていいかしら？――まず一つ、夫は子供が二人おりまして……」


干草作りは最高潮にあった。機械の音が週に六日、田園地帯に鳴り響いていた――遥か彼方で聞くと、同時代風の詩のようだった。点在する果樹園の近くにかぎると、作業はいかにも季節を思わせ、どこか戦術的で軍事的なものを思わせた。夏の大演習であった。夕刻に一段落すると、苦痛にゆがんだ草の根と叩き潰された野の花の香りをたたえた息苦しい静寂が訪れた。いかに甘美な、いかに去りやらぬ香りを発するものか、いま地に落ちたばかりの干草は。紫がかった赤銅色の生きた輝きこそは、一つの思い出であった。あらゆる儀式にはどこか犠牲的なものがあるが、この場合のいけにえはミスタ・ダンシーだった。彼の受難はいまや恒例のピークに達していた。合意のもと、牧師館の窓は密閉されていた。道路と庭に出るドアはこわごわ開かれては、大急ぎで閉じられた。しかし敵は忍び込んできた。

ヘンリーは包囲された家屋敷を励ますことは、まずしなかった。彼の神経のほうが、共鳴してしまい、大型のトラクターが彼の神経を繰り返し横切るのだった。彼はどこへも行かなかった。二階の本が積み上げられているテーブルから毎日下を見やり、庭の中ほどを覗き込むと、支柱もなく傾いたまま長く伸びたデルフィニウムが、乾いた緑樹に水を奪われたように、青くほのかに咲いていた。寸が詰まって見える東屋《パーゴラ》は、苔むした小道に年ごとに沈下していた。この週末は、カトリーナがバイクに乗せて連れてきた駐屯兵が加わって人手が増え、彼はまたヘンリーが指定した両性的《バイセクシャル》なクリケット・マッチなるものにも参加することになった。『混合』っていうのよ」とカトリーナが訂正した。「性別はクリケットには持ち込まないの」「うんざりするほどわかってるさ」「そんなに機嫌が悪いなら、どうしてイタリアに行ってしまわないの?」「どうして僕がわざわざ?」「気の変な誰かさんが誘ったと、自分で言ったんじゃなかった?」「僕はまだ……」「何をそうやってぐずぐずしているのよ?」「勉強中なんだよ、ちょっと」「お父さまをいらいらさせているだけじゃないの、しかもこの時期に、あなたはすごくフェアじゃないと思う」「へえ」ヘンリーが言った。「そうかい?お父さまはくしゃみの連発で、とうてい何かを意識しているとは思えないけど」

事態はそうではなかった。過敏な神経が封印された雰囲気を張り詰めたものにしていた。包囲された土の器《うつわ》の内部では、二度目の内部努力が進行中だったが、誰が誰に仕掛けたのか判断するのは難しかった。父と息子は、閉所恐怖症的な階段ですれ違ったり、戸口で鉢合わせしたり、いやいや話そうとしてためらった挙句、めいめい勝手にやることにした――ヘンリーはその後、腹いせでもするように憂鬱の鞘に閉じこもった。彼が言ったりしたりできるのは、そりの合わないことばかりのようだった。いまや、ミスタ・ダンシーの様変わり、沈潜した様子、赤くただれた苦しげな鼻水などが、こぞって出そろい、情けも容赦もなかった――耐え難いものがあった。彼はあくまでその容貌を息子にまともに向けて、ヘンリーなしではやっていけない理由を示した。(子供たちが子供だったころ、みんなでこれを面白がった。彼は気にしたこともなかった。) これは下位の苦悩で、その下に深い亀裂があった。食事のときは、途切れがちであっても会話があった――とにかく話した。いま現在は、日曜日が目前とあって、ミスタ・ダンシーは、「声を大事にしている」という諒解があった。彼はバッテリーの充電のために一人静かにさせてもらうことになっていて、家庭はほとんど問題なし、教区はまったく問題がなく、可能なかぎり、彼は呼び出されないでいた。家族を包む祈りに満ちた静寂が、少なくとも一時停止をもたらしていた――だからヘンリーは余計にどきっとした、日曜の午後の二時頃に、玄関ホールの帽子掛けまで行かないうちに、呼び止められた。「どこへ出て行くんだ、今度は?」ミスタ・ダンシーが訊いた。

「何も考えてなかったけど。ランチがすんだばかりだし。あの――何か僕にできることでも?」

「待つことはできるだろう」

「もちろん。喜んで――お父さま」

「ないんだね」とミスタ・ダンシーは切り出して、帽子掛けの上の丸鉢の中から回覧状をつまみ上げ、ちらりと見て、ゆっくりと二つに裂いた。「たまたま何もないんだね、吐き出してしまったほうがいいことは、どうだ?」

「吐き出して何かがよくなるとは思いませんが」ヘンリーは一般論みたいにして言った。

「話してくれてもよさそうなものだが」父が言った。「君に何かが実際にあるというのではないが、この一、二週間――君は自分がどうなっているか、認識はあるのかね? 私は面白くないんだ、それが何であれ。どうなってるんだ？」

「僕はいつもより気難しいと？」

「ああ。手に負えなくなってきた。私はそれを許すつもりはないから」

「ある筋書きがあるんです、じつは。――そのことですか？」

「君がいったいどこまで分別をなくしたものか、と思って」

「その可能性は無限ですね」ヘンリーが言うと、ヒステリックなこだまが玄関ホールから階段へ駆け上がった。

「君に関係した人間になりたくないね、君の年齢で。じつは、あまり自信はないが、私としては、年齢はいくつであれ君に関係した人間になるのは嫌じゃない、いま出来上がりつつあるような君や、あるいは、出来上がりつつあるように見える君なら」ミスタ・ダンシーは、熱の冷めた正確さで、半分に裂いた回覧状をさらに小さく破った。「いま気がついたんだが、『出来上がりつつ』というのは楽天的だな。君は取り乱している。相手が誰か、言いたいんでしょ？」

「いいえ。ご存じだと思います」

「勘違いだといいが。もしそうでなければ、私は口に出せないほど失望する」

「ショックでしょう」青年は補足した――括弧でくるような言い方だった。

「失望で十分だ、いまのところは」ヘンリーの父が言った。彼は手についた紙切れを払って、丸鉢のほうに放り投げた。いくつかが下のタイルにひらひらと落ちた。「何の話だったかな？」彼はそこでいきなり訊いた。

「別に何も。――ただ言いたかったのは、あなたは僕が立つべき余地をあまり残して下さらないということ。そうでしょう?」

「そうかな?」ミスタ・ダンシーは周囲を見回しながら訊いた。彼の息子は聖セバスティアンのように立っていた。父親は仕方なく、帽子掛けにかかっているアルスター・コートを、目的もなく、いい加減に、手繰り寄せた。「私は――」彼の声は、歯ぎしりでもしているような音で続いた。そのあとひどく緊張した囁き声が続いた。「悪いのはおそらく私のほうだ――どこで間違ったかな? 一つ君に言おうとしていたんだ、どうしてイタリアに行ってしまわないんだ? カトリーナが言うには、君は例の招待状を持っているそうじゃないか」

「そのことは僕から話しましたよ。おかしいですよ、僕の言うことは決して憶えないなんて。――おまけに天使のことなど話すんだから!」カトリーナの弟が続けた。というのはその本人が現れた、彼女はクリケットを終え、階段を踏み鳴らして降りてきて、キャンバス地のバッグを叩きつけ、大声で言った。

「あのねえ、お父さま、明日だけど、私が教会の本部に電話したらどうする、ただの信者さんで説教のできる人がいませんかって?」

「何だって、敬虔な歯医者とか?」ミスタ・ダンシーは、しゃがれ声で聖職を忘れて反撃した。その考えに勢いを得て、子供たちに背を向けると、堂々と書斎に上がっていった。説教を仕上げないと。それがすむと、引き続き『欠陥のある秤』に取りかかった。今度は、よいやり取りができた。最高のできの一つかもしれない――これではっきりした、彼は落ち着いたと感じた。彼は心のナイフをぬぐい、犠牲を捧げたあとのような気分だった。私はもう留保にも手加減にも縛られない。一時的な気の迷いで自分自身を追跡するような真似もしない。湧き上がる不安が書き直しを強いることもなかった。ミスタ・ダンシーはこの午後、まっすぐ前を見て進んだ――過剰な愛情にありがちな不公正には目もくれなかった。

「いまのあれは何だったの？」カトリーナは知りたがった。

「野ウサギと猟犬《ペーパー・チェイス》の始まりか何かじゃない？」彼女の弟があわてて言った。

「何が始まるって？」

「床を見てご覧よ……」

「まあ、目を覚ましてよ、ヘンリー！　私はもう行くから」

「行ってらっしゃい、カトリーナ。打撃のほう、がんばれよ！」

バイクの音が聞こえなくなるのを待ってから、彼は通りへ出て郵便局へ行った。しかし土曜の午後で閉まっていた。牧師館に戻り、口笛を吹きながら、父親の車を出した。在学していた二十マイル離れた町から、彼はエヴァに電報を打った。「ワカッタキミノスキナヨウニイツ？」そして署名した。帰り道で、電報には句読点がないことを思い出した。解読できるだろうか？　勝手にしろ！

日曜日、ミセス・ダンシーは残った娘と八時きっかりに出かけて行った。ミセス・ダンシーはあれこれと用事があり、カトリーナは近辺の洗い出しに精を出して、クリケット・マッチの事後処理に当たり、ヘンリーは早天祈禱会に出るものと思われていた。いつ見ても悲しいのは、教会の誰もいない牧師館専用の座席。またこの季節、会衆は数えるほどだった。好天が続く間、自由契約の干草作りが教会の集会に攻め入ってくるのだった。

教会は荘厳な美しさで牧師館の不足をあがない、ゴシック末期の垂直式構造はほとんど奇跡的に損われることなくきたが、外側は違っていた――不恰好な尖頂が塔に増築されていた。内部は、そうとうな大きさの素晴らしい形をした窓が無数にあって中は明るく、内装の半分以上が窓でできているように見え、窓の大半が透明ガラスだった。したがって会堂内部は、朝も十時になると日の当たる家になり、日光を抱えているだけでなく、人が一歩中に入ると、光が降り注いできた。異質の色彩があるのは東側だけだった。そのほかは、ライムの木々の緑があるだけで、教会の墓地の墓石に影を落としていた。雲が集まるとか、激しい雨が降るとか、突風や雷雨があるときは、教会は悔い改めるかのように暗くなったが、そうしたヴェールはすぐに引き上げられた。教会があまりにも陰影がないので、ここに罪をたずさえてくるのがいっそうはばかられ、罪をゆだねるのはなおさらだった。ヘンリーにとって、この教会のすべてが何となく生まれる前からあったような感じがした――だが彼が生まれたのはイギリスの別のはじっこだった。彼は目隠しをしたまま中央通路を歩くこともできた。彼は今朝も同様に、何も見ないで歩いた。彼は牧師館専用の座席に入り、お化けが出そうな長い空虚な座席のはじまで行った。座席のはじにつくと、体を折ってひざまずき、頭を垂れ、両手を結んだ。

ツグミが一羽、教会の中に入り込んでいた。まだ若鳥だった。成鳥の大きさだったが、羽がまだふわふわで、巣立ちしたばかりだった。まだ飛ぶところまで行かず、怖くても熱心に飛ぼうとし、ぶつかったり、気を取り直したり、危うく高さを見失い、どこに着地したらいいのかわからず、いったん着地しても、またどうやって飛び立ったらいいのか、せめて飛び立てたらいいのに。あちらこちらに飛び立っては休息をとり、翼を大きく開き、頭をねじって後ろを向き、くちばしをぽかんと開けると、まだら模様の喉もとがはあはあと息づいていた。時間が磨いた石や人間が磨いた木部にすがりつきながらも、滑る爪で必死に引っかく音は、何とか音に出そうとする苦しげな抵抗の声とまぎれもなく同じだった。「『幸せな鳥よ、汝の祭壇で飛び歌うは、おお、至高なるものよ』」とヘンリーは思った。しかしツグミは内陣を避けた。どこへ行ったか――行かなかったか、何分か続けて姿を消した。鳴りわたるオルガンの前奏が鳥を追いやり、それが静まったところに、聖歌隊が――パリで少しは上達した？――並んで入場、そのあとにミスタ・ダンシーが続いた。礼拝が始まった。
その間にヘンリーは、ルイーズの祈禱書がいまも座席のボックスに入ったままになっているのを見つけた。彼女の少女期のもので、いわば乳歯のようなもの――彼女がのちに堅信礼を受けたときに、赤い金縁に赤いモロッコ皮の聖書が取って代わったが、その後の成り行きで、彼女がその聖書を使う時間はほとんどなかった。（あれはどこに行ったのだろう？）この置き忘れられたほうは、背綴じの上部の一角に歯で嚙んだ跡があった。ルイーズは嚙む癖があり、嚙むと出る唾が、その一角の色が褪せている原因だった。ルイーズがいた頃は、彼女の持ち物や彼女がしたことを調べる機会がなく、ヘンリーとルイーズは本を開いたままの同士のはずだった。いま彼は（詩篇朗読の間ずっと立っていた）これを調べた。見返しにこう書かれていた。

黒いは大ガラス、
黒いはミヤマガラス、
でも「地獄」に落ちるのは、この本を盗む人、
これはとりわけ神聖なもの、
だから「地獄」はとりわけ熱く、
そして石炭でいっぱーい。

この残酷な数行が、理由はともあれ、ヘンリーにもたらしたものは、喪失そのものが持つ残酷さを伝えているルイーズではなかった。悲しみは、ある種の怒りである。聖職にある恍惚とした父の姿を、ヘンリーは見るともなく見ていた。声は終わりになりそうになく、全体としては期待されている程度に聞こえていた。花粉症を理由に、祭壇の上にも周囲にも花は一切なかった。羊歯植物がうまく活けてあった。教区民の一人が「第一の教え」を読み上げたが、下手だった。二人目の「第二」は少しましだった。さっきのツグミが現れ、中央通路の向こうの窓ガラスにぶつかった。神の一人子《ひとりご》は……そのあとでみなと一緒にひざまずいたとき、ヘンリーはふと考えた――電報を打ってから初めてだった――エヴァのことだった。僕はいったい何をしたのか？　額の周囲が氷のように冷たくなった。二つ目の讃美歌（宣教の前の）「黄金のエルサレム」で立ち上がった。乳と蜜の流れる都――絶対に、狂ってる！

ミスタ・ダンシーは静かに宣教壇に近づいた。階段の途中の曲がり角で姿が見えなくなる。それからついに颯爽と全身を現すと、法衣の袖が白く動いてさっとめくれ上がった。何かが同時に彼の顔を崇高なものにしていたが、ヘンリーの目にははっきりわからなかった。病いも癒えた――まさか？　破壊された跡はどこにもなかった。人々は期待に満ちて位置につき、唇を見上げた。ひと呼吸あった。唇が開き、動いた。音が一つも出てこなかった。あわてずに、じっと待ちかまえ、その間宣教者は人々に向かって、半ば共犯めいた、半ば辛抱するような微笑を投げかけていた。緊張が高まり、沈み、大きな明るい教会の中を昇ったとき、さっと射した暗い影は、じっとするのをやめたあのツグミだった。ミスタ・ダンシーは試すように喉にさわり、少し待ってからもう一度試した。

出てきたのは割れ鐘のような大音声だった。出てきたのは選んだ聖句の音節だった。「我は不信仰の罪を憎み」ミスタ・ダンシーは雷を落とした。「我に対する背反をそこに見るであろう」ツグミは遠方から速度を増して飛んできて、石弓のようなくちばしでヘンリーの頭上の窓ガラスに突っ込んだ。ツグミは石のように落ちた。ヘンリーは牧師館専用の座席のすみで独り、気を失った。

エヴァは、最近聞いたところでは、ペイリーズに戻る決心をしていた。安全の意味で投宿していたロンドンの他のホテルから移動して、前にいた地区に舞い戻ることは、この週末に予定されていた。その一歩が回復した士気を感じさせた。同時にそれには、もっともな理由があった。決定はある意味で彼女に強制されたものだった。ジェレミーがきて、一週間合流することになった。マダム・ボナールがカンファレンスのためにロンドンにくることになり、彼を連れてくるからだった。この提案は、ボナール夫妻によって規定されたと言っても、あながち公正を欠いてはいなかった。というのは、テレーズの出発の日程と、子供に対する夫妻の心理上の計画の主眼点が、たまたま合致したからだった。ジェレミーが到達したと夫妻が見なす段階からすると、少年のもっとも身近な過去から距離を置くことを目的とした移動が欠かせなくなったのだった。一つには、彼は安全であるべし、が至上命令だった。彼がロンドンの家庭（彼にとっての）から連れ去られたいま、彼の身の安全は脅かされており、それはエヴァが彼らに語ったとおり、いつパニックを引き起こしてもおかしくない状況にあって、まだ消え去ってはいなかった。家庭を存在せしめ、また彼に家庭を味わわせよう。エヴァの責務は——私どもはあなたも同意なさるものと信じておりますが？——全体をまた一つにまとめるか、少なくともできるかぎりそれを再現すること、それも全速力で（与えられる時間が短いので）、あらゆる詳細にいたるまで。

ジェレミーに関するこうした献身的な熱狂の徒、こうした真摯な権威者に、果たしてエヴァが反論できるだろうか？ 彼らのプロジェクトがミス・トラウト自身の心の中の計画にたまたま割り込んだのではないか、という考えは明らかに夫妻の念頭にはなかった——またはテレーズの場合には念頭になかった。ジェラルドの場合はあったかもしれないと、エヴァは感じることがあったが、ささやかな反論が彼女にできる唯一の反抗だった。彼女が指示されたとおりに取り掛かった仕事は、グッド・ラックとひと声かけられるだけの（どうやら？）単純なものになった。予約の取り消しがあったので、ペイリーズの最上階のスイートは、ジェレミーが到着する前日の夜から一週間、エヴァが使えるようになった。電気掃除機の音が静まるのを待つだけで、土曜日の夜からそこを確保することができた。下の倉庫から彼女の所有物が続々と上がってきた。その分量に彼女は唖然とした。押しても引いても何の成果もなく、山のような品々の真ん中に立ちつくし、すべてに背中を向け、無気力の餌食になるにまかせた。しばらくして電話が鳴った。いったい誰が？ 誰でもない。一人もいないはず。彼女が戻ったことを知らされた人間はいなかった。フロントだろう。セキセインコが、門番の妻から返されてきて、電話の音に楽しいコーラスで挨拶し、エヴァが受話器を持っている間、それがずっと続いた。さるホテルのフロントからで、ペイリーズではなかった。彼女が今朝までいた場所から誰かが話していた。（質問・どうやってそちらで私の居場所がわかったんですか？）電報が参りまして。どのようにいたしましょうか、マダム？

「何のことかしら？」

「開けてもよろしいのでしょうか？」

「声に出して読んで下さい」

読まれた。「サインをもう一度おっしゃってみて?」エヴァは尋ね、セキセイインコをにらみつけた。

「『ヘンリー』です、マダム」

「ああ。ではもう一度伝言を読んで下さる?――いえ、ちょっと待って」彼女はセキセイインコを浴室へ持っていった。「ええ。続けて」

それがすんだ。

「疑問符が付いてますか?」

「電報用紙には付いておりません、マダム」

「付けるつもりだったのね。きっと。――いえ、ありがとう」

降ればいつも土砂降り……

それにしてもいま何時?　エヴァは時計をなくしてしまい、時間がわからなかった。混乱し、さぞかし苦しんでいるであろう額をぬぐった。悦びが彼女を内側からねじり上げ、死の病いに等しいものがあった。ヘンリーの決定に基づいて行動、行動、行動あるのみ!　ほかに方法はない。周囲にはすべてが、あらゆる物が横たわり、崩壊した町のようだった。皮製の大小のスーツケース、キャンバス地のもの、銅帯で綴じた紅茶箱と荷箱、毛織地のバッグ、ナイロン・メッシュのバッグ、蓋が閉まらないカートン、スクーター、詰め込みすぎて屑籠同然になった大型のバスケット、ラグ・ストラップ、少なくとも別種の包み、くしゃくしゃに丸めた紙に半分包まれた品物……。

籐のマラッカ・ステッキが裸のままだったので、エヴァはいつものコーナーに立てかけた。――

アプリコットはどうしよう、明日は日曜だし？

あらゆるものが、明日までに、ちゃんとなっていないと。ちゃんとなった。エヴァがそうした、数分の余裕すらあった——褒めてもらいたいな。エヴァは疲れたが、うきうきとして腰を下ろし、ジェレミーを待っていると、いかにも都会らしい夏の日曜日の朝のこの最上階に、宙吊りになった静寂が訪れた。この部屋にあと一人、外来者がいた。残った容れ物はカートンが一つ、まだ預けておきたい物か、ひょっとして捨ててもいい物が入っていた、ぼろぼろになった写真集、コマがなくなったゲーム、ねじを巻きすぎた動くおもちゃ、さらにはまだ手付かずの食指の動かない包みがあった。無用となったこのカートンは、カーテンの陰に少しだけ隠れていた。見事な薔薇とピンクがかったクリーム色のストックが花瓶いっぱいに挿してあり、支配人の挨拶が添えられていた。小鳥たちは眠っているのか、止まり木に点々と並んでいた。時計から出てきた人形のように、ジェレミーが正午を打つと同時に入ってきた。フランス式のお辞儀の真似をして、エヴァに挨拶した。

その入り方に、やや幼さはあったが、すでにかすかに要人めいた風格があった。というのも、彼は、よくあるタイプではないにしろ、とにかくアタッシュ・ケースを携えていた。大きさは普通で、羽のように軽かった——だろうか？——艶出しのトワール織りの真紅のタータン模様に、アルミの枠にカチッと囲まれ、きらきら光る留め金で閉じられ、たぶん鍵が掛かっていた。エヴァは一瞬、これがフォンテーヌブローから自分宛にきたお土産だろうと思った。だがそうとも言い切れないま、ジェレミーはそれをソファのクッションの上に慎重にバランスを取って置き、バランスが取れているかどうかを確認してから、エヴァにキスした。中には彼の諸々の事情が詰まっていた。（あとで、彼のスーツケースが、一段下のランクにふさわしい目立たなさをわきまえて位置についた。）彼はキスのあとエヴァから離れて、互いに笑顔を交わし、そしていわば、うっとりと見つめ合った――それがいつものことだった。彼らは、つごう、続けて二週間も顔を見ていなかった。

　だがそれだけではなかった。二人はジェレミーが（事実上）エヴァに生まれて以来、初めての、それもたった一度の別離のあとで、やっと再会したのだった。そして何に狼狽したかといえば、どちらの側にも、いちおう幻滅という問題はなかったが、出会った瞬間が、唖然としたばかりに生じた静けさに支配されたことだった――代わるもののない静けさ。消毒された静けさと呼ぶこともできただろう。また会えて嬉しかった。それ以上のこと、すなわち最初にあったことは、消え去っていた。それが最後の息を引き取ったときを、その墓の在りかを誰が知ろう？　彼らはいままでどおり、互いに血肉を分けた間柄ではなかったが、それを二人はいま知った。お馴染のゲームは終わり、勝負あった。

　これを強調する一方でこれを緩和しようと、少年は一種のひやかしを用い、明らかにエヴァにも分担させようとした。彼はエヴァに、愛情あふれる、きらりと光る、酔わせるような一瞥を投げ、こう言っているようだった。「二人で同じボートに乗って、いまから何をする？」エヴァは返事ができなかった。すると彼はあっさりとすべてをごく自然なことに戻すことにして、ソファの上のアタッシュ・ケースの隣にさっさと座り、辛い旅のあとなら許されるといわんばかりに、ハアハアと荒い息をついた。家に帰り着いた悦びを表すその仕種は、雑誌に出てくる子供みたいだった。エヴァは、いわば立て直しのために夜っぴて奴隷仕事をしたので足の骨が痛み、大きな椅子に腰を下ろし、靴を蹴って脱いだ。そしてスツールを一台こちらに向けて、その上に足を乗せた。緊迫した場面をご破算にする彼女得意のアンチ・クライマックス、例のあくびがここで出た――マナーの欠如。そして手でなだめるような仕種をした。一方彼のほうは、何か借りがあると感じた。ソファから立ち上がると、立て直しの全体を見て回り、お祭りに訪れた皇族のように、熱心に、何一つ見逃さなかった。そしてその労に報いて、些細な誤りをすべて正していった――たとえば、銀箔を張った大鷲の鉤爪は書き物机の上から暖炉の上に戻された。セキセイインコのそばを通り、その籠を人差し指でさっと撫で、ハープのような音を立てた。エヴァのところで立ち止まり、彼は伝えた――はっきりと、ほとんど言葉に出すように――「おめでとうございます！」と。

　この少年がどこまでカモになると、あの気高いボナール夫妻は踏んだのだろう？　エヴァの天空にある無数の星の中で、夫妻は少し下へ降りた――根底的な不安が彼女を揺さぶった。交互に入れ替わるとは、夫妻のたくらみは五層の深さでもあるのか？　夫妻があれほど強調していた原理原則の追求《ルシェルシュ》は……どうなったのか？　ジェレミーという荷物をエヴァに降ろし、しかももっともらしい理由をつけてきた（よりによっていま、この節目に！）ジェレミーの指揮官たち、彼の心理学的な技術者たちには、口にできない動機があったことも大いにあり得た。何だろう？　こうしてもとに戻してくるなんて。エヴァから子供を引き離すだけでなく、子供とエヴァを相互から引き離すとは……。ジェレミーの挨拶がセキセイインコの感情を乱し、やかましいったらなかった。エヴァは立ち上がり、鳥たちをバスルームに移した。

　こうして自由に自分の事情に集中することになり、ジェレミーは訪問の体制を整え始めた。彼女がバスルームから戻ってきたとき、彼は忙しくしていた。アタッシュ・ケースが開いていた。彼はいかにもプロフェッショナルらしい中身を引っ張り出し、そのために片寄せたサイド・テーブルの上に並べていた。上から順に最初に出てきたのは、フランスの漫画本『アステリクス』の最新号だった。そのほか、地図、測定表、図表、引き伸ばした専門的な写真、レターセット、小さな携帯用の虫眼鏡、さらに、一日に二度するオーラル・エクササイズ関係の面倒な荷物があり、これは彼が自分で管理していた。それはどれも――諒解ずみか？――彼がロンドンにいる間は、何があっても、いじったり手を出してはならないのだった。（僕は一瞬たりとも目を離さないよ！）そばで見ているエヴァの目には、ジェレミーのその没頭ぶりには、子供時代に特有の透明な真剣さではない何かが、いや、子供時代とはかけ離れた、敵意みたいなものさえあるのがわかった。克服することがあまりに多かったので、彼は子供として過ごす時間も、子供でいられる時間も、ほとんどないか、まったくなかった。彼は人を寄せ付けない様子で――避けているのか？　不愉快なのか？――自分を中心にして、自分なりに正確に、査定し、麻酔にかけられたようにがむしゃらに手を動かしている。唇を噛み、いまは少し――あとになっても噛むのだろうか？　こうした一連の行為が彼の顔立ちに出ていた。一種の予告……？　歴史は、思い出すのは嫌でも、ときに目に見える、ときに最後までわからなかった障害を乗り越えた人々によって形成される。

「ああ、可愛い子」エヴァは部屋の向こうにいる彼に言った。「私の大事な可愛い子《マイ・ディア・リトル・ボーイ》！」

彼は最新号の『アステリクス』を見せようと近づいてきた。

ランチのあと、彼らはジャガーをどこかに持っていくつもりだった。だが、どこに？　圧力がかかったロンドンに出口はあるのか、この好天の日曜日に？　レストランを出て階上に戻ってから、エヴァは彼に言った。「まず、あなたは本と一緒にいてね。電話をしなくてはならないの」そうしようと彼女は自分の部屋に入った。

何頁か読んだあと、ジェレミーは周囲を見た。そしてカートンのせいでふくらんだカーテンに目をとめた。『アステリスク』を棚に戻してから、用心深く近づき、エヴァの部屋のドアに近づいた――いつものとおり半分開いていた。彼女はベッドの長さいっぱいに丸太のように体を伸ばしている。受話器はそばの枕の上にあり、彼女の顔は枕に深くしまい込まれ、激情か、あるいは頑固さに閉じこもり、顎の線だけが見えた。そこで彼は安全にカートンまで行くことができた。奥まで手探りするまでもなかった。何かがすぐ手に触れた。それは重たくて好奇心をくすぐる包みだった。それを持ってソファに戻り、きつく巻かれた紐を小型のポケットナイフで切った。出てきたものが彼を喜ばせたことは、言うまでもない。何度も引っくり返してみたり、腕を伸ばして持ってみたり、頬ずりをしたり、銃身を調べたり、刻一刻と、これを手放すのが嫌になっていた。しばらくしまっておこうと思い、書き物机の下の引き出しの奥に入れ、古い大きなオセロットの長手袋で隠そうとしたら、手袋の中から袋につめた貝殻とその他のがらくたが出てきた。紐と包んであった紙はカートンの中へ戻しておいた。

エヴァが入ってきて言った。「出かけましょう！」やはり車は出さず、ハイド・パークのサーペンタイン池まで歩き、お茶に戻ったときは最高の気分だった。横を向いたカートンは、前より目につき、一点の汚れとしてエヴァの目を捕らえた。「これもぜひ下に運んでおいて下さいな」彼女はトロリーを押して入ってきたウェイターに伝えた。「今日が日曜日だということはわかってるけれど。一日か二日したら私が見に行くからと、伝えておいて。といっても、価値のあるものはあの中にはないはずだから。ただ包みが一つあって、私のものではないの。それは――言っておいてね――それも私が見ておかないと、一日か二日したら」ウェイターはいいお友だち、自分でカートンを運んで行った。途中、この件に関心を持つ人物に出会わなかったので、包みのことは伝えなかった。包みがそこにないことは、誰に知られることもなかった。

マダム・ボナールが、もちろん、エヴァが電話で呼び出した人だった。昼休み《シエスタ》の時間を利用して、この女医は友人たちとともにネヴァン・スクウェアに残り、早朝の旅行のあとでもあり、会議の開始に先立つ夜会にそなえて、仮眠をとっていたところだった。にもかかわらず、「あら、はい——ミス・トラウト？　お電話いただいて嬉しいわ。万事順調ですか？」と。

「ああ、はい。ありがとう。それにジェレミーは状態がいいようで。ただ、あなたが帰るときに彼も帰るようにしていただきたいの、木曜日に。彼を週末までこちらに置いておけませんので。それであなたが、次の日曜日のために取り決めた付き添いですが、キャンセルして下さい。——よろしいかしら？」

「まあ、ノン！」

「付き添いをキャンセルできないと？」

「信じられないわ、どういうことですか。ご存じでしょう、これでは話が逆でしょう？」

「はい。私が木曜日に海外へ出ることになって、結婚するんです。午前中のことですから。ジェレミーには駅でぜひとも私たちを見送って欲しいのです。あなたのご出発は延びないんでしょ、カンファレンスが終了したら？」

「わかっておいでなのかしら、あなたがどんな騒ぎを起こしたか？——今回の訪問の効果をすっかりダメになさったのよ？」

「そうじゃないわ。これは、おっしゃるとおり、『訪問』ですから。いまやっとはっきりしたのは、私とジェレミーにとっては将来的にも訪問しかないということなの。そして訪問が、マダム・ボナール、彼をきっと満足させるだろうということなの。だから、彼は私から自由になったのだと私が見届けるのを自分で見届けるべきだと思うんです。そして、彼にそれを示すのに、これ以上に良い方法がありますか？　ご旅行のあとまでお邪魔して申し訳ないけど、時間がないので。色々と段取りをつけなくては、予約とか、旅行計画とか、あらゆることでフィアンセと連絡を取らなくてはなりませんの、彼とは駅で落ち合うことに」

　マダム・ボナールは、辛辣さ（悪意、ではない。彼女に悪意はなかった。）を初めてにじませて、訊いた。「段取りなら、未来のご主人にお任せになったらよろしいのに？」反応なし。彼女が続けた。「それで——もしかして？——もう決心されたのなら、この話はもうよしましょう。それに、電話では何一つできないわ！　ただね、ミス・トラウト、一点だけ指摘していいかしら？　若い人の場合、虚栄心、自己愛《アムール・プロプル》、とりわけ、自尊心《アムール・ヴァニテ》は、情熱になるのです。危険になるのです。あなたはいま、ジェレミーを傷つける力はないと感じているでしょう？　あなたはどうしても、あなたがもう一人の人と出発するところをジェレミーに見せたいの？　その場合には、警告させていただきますよ。——あなたにはまだ彼を怒らせる力があって……。ではあなたのご希望は、彼の帰りの飛行便を来週の今日からこの木曜日に変更することなんですね？」

「もしよろしければ」

　太陽が旅立ちの殿堂の屋根の、埃で曇ったガラス部分を満たし、下に降り注いでいた。そのほかは、穢れなき青空が広がっていた。ヴィクトリア駅のにおいが空気の流れで拡散していた。時間は早く、日はまだ浅かった。ほとんどない反響音も、いまは死に絶えていた。駅頭は、その共鳴音、その巨大さにもかかわらず、いつものように一とき前より静かになったのか、終着駅に垂れこめる凪いだ様子が訪れたのか、そのどちらかだった。都市近郊線一帯のロンドン行きの朝ごとのラッシュは解消していた――そこは、いずれにしろ国際線出発駅からは遠くへだたっていたし、区域にはそれぞれの役割があり、それぞれ独自の時計で動いていた。八番線のプラットフォームはゴールデン・アロー号の専用線になっていて、その上に二つ目のやや低い屋根というかガラスの覆いがあり、緑色に塗られた支柱に支えられ、さらに伸びて欧州大陸線に向かい、そこでヴィクトリア駅のメイン・アーチは終わっていた。列車はすでに駅に入り待機していた。これが木曜日だった。

ここまでは、大した事は起きていなかった。乗り込もうとする乗客もごくまばらだった。ゴールデン・アロー号の長い窓がずらりと並び、なまめかしい薄明かりといぶしたような輝きをたたえているのが感じられた。しかし列車は、乗客のいない空席ばかり、亡霊が座っているような透明感があった。向こうが見通せるくらいだった――灰褐色の煉瓦の大きな壁が立ちはだかっていた。客室乗務員たちが、顎まできっちりとボタンをとめた服装で正式に立ちならび、さりとて準備のできた人を待つでもなく、何人かはドアの中に、何人かはプラットフォームにいた。「僕はまだ自分がどこにいるのかわからないんだ」ヘンリーはそう言って、その一人のほうへぶらぶら歩いていった。そして、見せるものは何もなかったのに、改札口を通してもらっていた。「どうしたらいいかな？――ポーターを待たせておくのかな？」

「いいえ、私がスーツ・ケースをお預かりいたします、サー。あとでお会いします」

「ああ、ありがとう」ヘンリーはそう言って、関係者全員にチップを渡した。それからまた急いで改札口を出て書籍の売店に向かうと、全世界的《コスモポリタン》なピカピカした雑誌が並んだところに立った。家族は彼がイタリアにいると思っていた。彼は薄いグレーの背広に、白いカーネーションを挿していた。心が軽いのみならず、ましてや頭も軽いとなると、舞い上がってしまうものだが、列車のほうに戻るヘンリーはまさにそのとおり、支柱を縫い、雑誌をひらひらさせながら、人々の群れをかわして進んでいた。一瞬よぎった影は、頑強な反抗心でもあっただろうか、近づいてはならない若いダンサーにあるような感じが、多くの視線を惹き付け、プラットフォームを行く彼のあとを追いかけていた。みな不思議だった、彼は誰のものなのか？ 手が彼の肩にふわっと触れた。「ははあ」コンスタンティンが言った。「しばらくでしたね？」

「ああ――ハロー！」

「いったいどちらへ、そんなに急いで？」コンスタンティンが訊いたが、その口調には好意があり、これ以上ないくらい完璧な普通の口調だった。「お見かけしたところ楽しそうですな、我が愛する君は」、彼はそう続け、カーネーションをとくと見た。「この場にぴったりです」彼はこう言ってさらりと締めた。

ヘンリーはこれを受けた。「よくきて下さいました！」

「ああ。ああ、いや、そうなんだ。見たところ寂しい演出みたいで残念ですね、いまのところは。我々はみな忠誠心があるのに、知らせが遅すぎたんですよ。だが、誰が現れないかなど、誰にわかる？――ジェレミーが一緒ですよ、ご存じでしたか？」

「ええ。門番の妻君のミセス・カリバーとここへくるはずです。エヴァが出たあとすぐに、タクシーでペイリーズを発つことになっています。彼女はダイムラーできますよ」

「車の行列ですか。それがいままさに進行中ということね。——ねえ、エヴァはどうなの?」

「じつは」、ヘンリーは、自信に満ち、かつ秘密を打ち明けるように、明るく応じた。「ここ一週間以上顔を見ていないんです。何かとご存じでしょうが。当然、話はしていますよ。つまり、電話で」ヘンリーはここで一歩か二歩コンスタンティンから離れて、前方を見渡し、改札口のほうに目を向けた。——「おや、あれはアーブル夫妻じゃないかな?」

「さほどありえないことじゃないな、僕なんかが思うに。——どこに?」

アーブル夫妻は自分たちを判別した人物を同時に判別し、わかったという合図をしてきた——彼女は手を振り、彼はうなずいた——しかしまだ合流してこなかった。イズーは髪を上げて額を出していた。髪を後ろにまとめて幅広の赤いバラ色のヘアバンドでとめ、腕いっぱいに赤い薔薇の花をかかえ、蠟引きの包み紙の上からしきりにうなずいている。田舎風の優雅な雰囲気をたたえて夫のそばに立ち、ゴールデン・アロー号をとくと眺め、中も外も点検していた。夫のほうは、略式でこざっぱりとした、チェックのツイードの上着を着ていた。髪の毛は、いま盥にかがみ込んで洗ってきたのか、頭蓋骨にぴたりと撫でつけられて光っていた。赤銅色の男性的な輝きが目に見えて復活しており、彼が自分自身に満足していることを示していた。片方の手は彼女の肘を支えている。同時に彼は妻が自分を引っ張り出したことに異論はない、ただしある程度まで、という印象を与えていた……。「そして君はあれを教訓にするように、我がヘンリー君」コンスタンティンはこう命じて、ひとにらみで人を殺す伝説の怪物バジリスクのような目を、どこか満足げに、未来の花婿のほうに向けた。しかしその後のアーブル夫妻は、一人の人物にさえぎられて見えなくなった。その人は近づいてきて帽子を持ち上げ、こう尋ねた。「あなたはもしかして、ミスタ・ヘンリー・ダンシーでしょうか?」

「ええ、そうです」ヘンリーが言った。「どうしてそう思いました?」

「デンジと申します」ミスタ・デンジは言い、その返答で説明をつけたみたいだった。

「エヴァは――ミス・トラウト――は喜ぶでしょう」ヘンリーはきっぱり言った。彼自身、歴史的な興味を覚えて、晴れやかな顔になっていた。そのほかには、この一行に祝い事らしいところはなかった。「恐れ入ります、わざわざここまで!」

「昔は昔ですから。――それにしても、ちょっと時間がぎりぎりなのではありませんか、彼女は?」ミスタ・デンジはそう訊いて、プラットフォームの時計を予言するように見た。

「いや、僕はそんなことはないと思う!」ヘンリーは、急に起きた恐怖を制して叫んだ――同時に、狂ったように望んでいた、何とかしてコンスタンティンとのもつれをほどかないと。「僕にはわかってる――」彼は言い、首を伸ばし、頭をそらせた。「いや、わかってないね」とコンスタンティンが押しつぶすように言った、「まだまだですよ」と。ミスタ・デンジはコンスタンティンに話しかけた。こちらがミスタ・オルムですね?「で、我らの若きレディはいかがですか?」と元後見人に持ちかけた、さらに辛酸を舐めた、究極の権威であるかのように。「お変わりなく?」

「のようですな」コンスタンティンはこう言い、皮肉でいっそう機嫌がよくなっていた。

「失礼しました。では、お元気ということで?」

「僕などが憶測すれば、元気です」と神託が告げた。「日々ある中でこの日は!　事実という点では、ミスタ・デンジ、はっきり申し上げて、僕はどっちみち、彼女に会っていないんです、彼女のフランス訪問からずっと。それがけっこう長引きまして。彼女は小さな少年を教育しています――ご存じでしょう?――これが彼女を巻き込むんですよ、何を決めるにしても。その少年のためになると思って彼女はフランスに行ったわけで。あれはもう、僕がつらつら考えてみれば、五月だった。そう、五月の初めでした。僕なんか彼女が去るのを見るのが残念でね。しかし、ミス・トラウトの決心ときたら――これはあなたもよくご存じでしょう?――即決ですから」

「『ナイフ』と言う暇もない、ということですな」ミスタ・デンジが言った。

「『衝動的』がおそらく当たっているでしょう」コンスタンティンはもの思わしげに言った。「――君は衝動的なの、ヘンリー?」

「いいえ。僕は不決定病にかかっています」

「僕なんかまさかと思いますがね。――そうだ」、コンスタンティンは感心したように言い、片方の眉の辺りを軽く撫でた。「時間が経つのは早いなあ！　彼女に会ってからいったい何週間になるのかな？　何ヵ月にもなりますか」

「いいえ」字句にうるさいヘンリーが言った。「まだ七月じゃありませんから」

「もうすぐそうなる」

「その頃には彼女に会ってるでしょう――それが僕らの願いですから！」ヘンリーは言ったが、そうこうする間に、彼はいつの間にか顔色が前より白くなっていた。「だから、僕の妹の一人がよく言っていたように、『もだえ苦しむなかれ！』です」

「ルイーズのことは残念でしたね」コンスタンティンが言った。

これを耳にした人がいた、ふと出た真摯な言葉は、おそらくその場にそぐわぬものだったとしても、群集というよりは人波という程度の七、八人の人々の耳に入り、一つの手がかりにでもなったかもしれない。その人たちは、もの問いたげな動きを見せながらプラットフォーム（いまや急激にというほどではないが目に見えて混雑してきた）に沿って歩いてきて、テレパシーでも感じたのか、半ば立ち止まった。ヘンリーの婚姻の印であるカーネーションがあるいは彼らを引き寄せたのだろうか？　彼らは幽霊の一団のように揺らめいて見えた。年齢はさまざまで、男女がいて、一族のように似通っている。叔母たち、伯父たち、従兄妹たちか？　それぞれに表情というか雰囲気があり、それが物質では表せない方法で結婚式の衣裳になっていた。男性の一人か二人はボタンホールを花で飾り、女たちと少女たちは、庭で摘んだ花々の素朴な束や小さな風変わりな花籠を、いまから捧げようとするかのように、白い手袋をはめた手に持っていた。彼らはためらい――それから確かめる物も確かめる当てもなかったので、押し黙ったままでまた向きを変え、列車の側面に沿ったコースをまたたどり、相変わらず次々と顔を探しながら行ってしまった。ヘンリーはその最後の人を見送った。いたずらかな？　非現実的な行為は、その周囲に、現実の行為よりもさらに現実に近い感情を集めるときがある、と彼は思った。

彼のそばで、老いた黒魔術師が尋ねた。「君のほうの人たちはこないの？」

「ええ。干草作りで。ヘイ・フィーバーと」

コンスタンティンは聞いていなかった。「ああ、どうしよう……」彼が言った。

そこにエヴァが立っていた。

さほど離れていないところに、運よくできた小島のような空間の一つにエヴァが、のっぽの蠟燭みたいに立っていて、たまたま射した日光が全身を照らしていた――淡色のスーツは、その細身の優雅さと、同じように色のない小さな帽子のつばを折り返したせいで、ほっそりと引き伸ばされていた。花はなく、その代わりにジャケットの返し襟にダイアモンドの亜大陸が広がっていた。壮大なブローチだった。いまその柔らかな輝きをさらに放ち、彼女の顔に反映している。彼女のまなざしは、蛾のような陰影に彩られたまつ毛によって強調されていた。彼女は急ぐ風もなく、ただぼんやりとヘンリーのいる方角を見ていた。

「**エヴァ！**」

はやる心で彼女のもとに走り寄ったヘンリーは、息が切れ、バランスを失った。「心配してたんだ、君が絶対にこないような気がして！」

「遅れたわけじゃないでしょ？」

近づいてきたのはアーブル夫妻だった。イズーは、抱えた薔薇の花をヘンリーに預けて、ヘンリーがエヴァを最初に抱き締める前に、自分でそれをやってのけ、積年の過去が詰まった泣き声を押し殺して、エヴァの頰に押しつけた——すべてを免れた、冷静さが刻みこまれた頰に。「でも、あなたはいつも遅れてきたわね」イズー・スミスは自分だけに聞こえるようにつぶやいた。そしてまたもやイズー・アーブルに戻り、お互いの体が離れたときに叫んだ。「だけど、そのブローチ！ あなたのブローチ？ これまでの間、いったいどこにあったの、エヴァ？」「母のものだったのよ」ブローチを着けた人はほほ笑み、ダイアモンドの上で光り輝いていた。「二人の結婚式のときに母が父からもらったの」

「ああ、エヴァ」エリックが認めた。「ものすごい身支度じゃないか。君という人にこそふさわしいものだ。いま僕がイジーに何と言ったかわかるかい、君が視界に入ったときに？——『あれはエヴァじゃないよね？』と言ったんだ」エヴァは、説明すべきことを説明して言った、「フォートナム・メイソンにあったの」と。エリックはエヴァの両手を自分の両手にかき集め、砕けよとばかり熱っぽく握り締めた。「神のお恵みがありますように！」彼は感情をむき出しにして弁じ立てた、――それからもっと遠まわしに付け足した。「骨は折れなかったね？」ヘンリーは、その朝はいままでのところ、誰からもわき腹を小突かれることなく過ぎていたが、いまになってエリックから一発小突かれた。「おい君、やったね！」エリックは嫌味なく言った。（ヘンリーがわき腹作戦の危険を避けて、薔薇の花をミセス・アーブルの手に戻したところ、彼女は包み紙を破ってから薔薇をエヴァに贈呈した。）「それにしても誰が予想しただろう」、エリックが大声を出した。「君の父上と必要があって話し合ったあのときに？『しかし、がっかりなさってはいけませんよ、牧師』彼にそう言ったのを僕は憶えてるんだ。『あの青年は何かを持っているかもしれませんよ！』と。僕だってそうそうドジは踏まない。どうです？　さて、さて、さてと。さてそこで、どうか最善を――本気で申し上げているんです！」

「ありがとう」ヘンリーが言った。

「忘れないで、エヴァには親切に！」

「それは心して」

エヴァは薔薇の花を抱えてプラットフォームを進んでいた。「コンスタンティン？」

コンスタンティンは、ヘンリーが置き去りにしたままの場所にいて、一歩も踏み出していなかった。秘かにエヴァを待ちながら、彼はエヴァがよろめくのを見た。「ああ、君《マイ・ディア》だね？」彼はエヴァを励ますように言った。

「あのう、私は、私は――」彼女はそう言ってまつ毛を伏せた。

「そう、僕はいまきたんだ。——それにもう一人旧友がいるんです!」彼がミスタ・デンジを前に出すと、この男の帽子は、言うまでもなく、もう持ち上がっていた。ミスタ・デンジが言った。「ミス・トラウト、まことに喜ばしいことで!」

「ありがとう」エヴァは言った、圧倒されて。——「ようこそ!」彼女は思い出して付け加えた。そして別の人のほうを向いた。「コンスタンティン、ずいぶん久しぶりで……」

「——喜んでお持ちしたものがありまして」ミスタ・デンジが言葉を続け、内ポケットを手探りした。「半ダースの小さなコーヒー・スプーンでして、ブロードステアーズの紋章がエナメルで嵌め込んであるんです。ミセス・デンジと私とで——」

「拝見したら、ダーリン」エヴァの肘を支え、ヘンリーが言い添える。「君は——いや、僕らは——結婚のプレゼントをいただいたんだ」エヴァは何の反応も見せず、戸惑うばかりとあって、ヘンリーがさっと前に出て貴重な品を受け取った。「おかげで僕も思い出した」コンスタンティンが言った。「僕とて空手できたんじゃなかった」そして後ろの方をそれとなく探ると、花屋の箱で、子供の棺《ひつぎ》ほどの大きさで艶のある、花嫁のための薔薇飾りを施したものを、いままで立てかけてあった駅の支柱から取り上げた。これを彼はエヴァ(薔薇に溺れていた)に、ついでヘンリー(雑誌が滑りそうで手一杯だった)に見せびらかし、最後にやっとミスタ・デンジのところに着地させた。「それで」、ヘンリーが叫んだ。「ほかの荷物はどうしたの?」エヴァの荷物は、彼が突き止めたところでは、魔法ですでにしかるべき場所に運ばれていた。ヘンリーは強制的にまたは催眠術をかけてミスタ・デンジを列車に沿って歩かせ、ヘンリーのスーツケースの在りかを探してもらうことにした。彼らはその途についた。「あの少年はそうとうな見込みがあるね、もし君がそう仕向ければ」コンスタンティンが打ち明けた——彼とエヴァは二人だけになっていた。（アーブル夫妻は支柱二本分ほど先方で立ち止まっていた。）エヴァが言った。「トニー牧師はこられなかった、ということね？」

「ああ。彼の詫び状を持ってきました。格別に忙しいんだ」

エヴァはコンスタンティンの顔をまともに見た。「彼は認めて下さってないのね？」

「彼がはっきり認めたのを僕がこの目で見たから」

彼女は努力して、前は死んでいた彼の口元を見つめた。「で、あなたは？」

「いいかい、エヴァ」彼はまくし立てた。「君はものすごく素敵だ。大当りだ！ うん。ウィリーはここにいなくちゃだめだよ。——君はそれに保険をかけているね、大丈夫だね？」彼はブローチを指さした。「二十倍もふさわしいね、シシーが着けていたときより。彼女はそれを着けるには貧相すぎた……。で、君は」、彼はほとんど口調を変えずに続けた。「何を期待している？ 僕は言うことなんかありませんよ。申告するものはないんだ。声明もない。そう。万事同じ路線で進んでいる。これも一つ増えただけだ。いまとなっては、どうだというんですか？ これは頂点《コーンブル》に見えるだけだ。では何が頂点か？——何が頂点になれるんです？ これから必ずもっとある。終わるものなんかない、と僕は思う」彼は肩をすくめた。「どうして質問などするんです？——少しばかり遅すぎた、と僕なんか思ったかもしれないね。悲しいことに、僕は君が好きだ。関心事としてだけど、君たちはどこで結婚するの？」

エヴァは迷った。

「もういいさ！」彼は即座に——厄介払いといわんばかりに、話を打ち切った。「もし何か問題にぶつかったら、どこを探せば僕がいるか、わかっていますね。そう言えば、ジェレミーはどこかな？

君のあとからきていたんじゃなかった？　僕なんか彼がいた形跡すら見ていない」彼は周囲を見回した。「あれっ！」彼が叫んだ。『幸福なご一行』だけは、またやってきましたよ！」折り返し、探し人たちが漂うように通り過ぎた――まだ探していて、倦み疲れていなかった。希望はしおれかかっているのか？　霧のような幽霊たち、叔母たち、伯父たち、従兄妹たちが、通りすがりに幽霊のような目をエヴァに注ぐ。クリケット・マッチとフラワー・ショーはどうしてくれる。彼らは彼女を疑っていた、彼女はいったい何者になろうというのか？――わかりっこない。合図が一つでもいいから欲しい、しるし一つでいい。エヴァはどちらも与えなかった。一人また一人と、彼女は彼らを悩ませて霧消させていった。しおれた花々の最後の花びらも消えてしまうと、彼女はコンスタンティンのほうに向き直った。「彼らが私の何を知ったかというと、私は背が高いということね」

「何の話？」

「私があの人たちを招待したのよ」

「君が彼らの消えた花嫁だったの？　悪魔のようなことをしますね。もっとも、だからと言って、もはや僕には関係ないが」

「なんだか恥ずかしくなってしまって。自分があまりにも長く行方不明だったものだから。それでも、コンスタンティン、私って、誰でもない人みたい？　あの人たちは私の親戚なの。私がわかったはずなのに。父が言ってたわ、私の目は母の目にそっくりだって――そうなの？　私の額は父譲りだと思うの、そうでしょ？」

　相変わらず荷物に埋もれてはいたが、いまは取り戻したスーツケースが加わって、ヘンリーとミスタ・デンジが急ぎ足で戻ってきた。「目にも留まらぬ早業でした！」ミスタ・デンジは宣言し、得意そうにスーツケースを持ち上げて見せた。「行列はどうだった、ところで?」ヘンリーはエヴァをそばに呼んで訊いた。「マイ・ラヴ、マイ・シスター」彼は声を低くして熱っぽく続けた。「僕らは思い切ってここらで失礼するわけにいかないかな? この荷物はいったいどこへどうするの、エヴァ? 座席はあるんでしょう、予約したね? さあ、案内して!」彼女はためらった。ミスタ・デンジは、聴衆を一人確保して、興奮気味に報告した。「何だか知りませんが、このプラットフォームを歩いて下っていきましたよ! 映画でも撮っているのか、あるいは皇族なり著名人をテレビが写しているんでしょう。カメラがずらりと!」

「ジェレミーじゃないといいけど」エヴァは言い、ヘンリーとともに引き下がり、今度こそ一分以上はないほんの束の間、ゴールデン・アロー号の中に消えた。彼らの座席があった。彼は雑誌を、彼女は薔薇をどさっと置いた。スーツケースはさっと持ち去られた。それと一緒にコンスタンティンの贈り物も行ってしまった。

彼ら二人は、かくして、プラットフォームで起きたことを見逃した。それはむろんジェレミーだった——ほかに誰が? 彼のパフォーマンスはますます多くの見物人を惹き付け——ミセス・カリバーは彼を制止する力を失っていた。現代の群集は観衆になりたがる傾向があり、見送りの人たちや旅行者たちは敬意を払って一歩下がり、子役のスターの自由な演技に合わせて空間を保ち、構えたカメラの邪魔にならぬようにと願い、ミスタ・デンジが思ったように、みんなもいまから、いや、間もなくカメラが回るものと思った——だが、どうしてカメラがないのか? 少年は、まず舞台に、プラットフォームに登場したときは、フランス風の真紅のアタッシュ・ケースを持っていた。それからおもむろにそいつを下に置くと、重々しくも派手な身振りで、その鍵を開けた。彼は、明らかに練習したあとを見せて、中身をぱっと取り出した——それに合わせて、最初の瞬間は啞然としたにしろ、余興を楽しむような嘆息がプラットフォームを駆け抜けた。ジェレミーはその物体を、派手に見せびらかすというよりは、腕前らしきものを披露するために取り出した。

「ほら、どうした」参列者の一人が言った。「それをやっちゃだめじゃないか！」

「放っておけよ」誰かが言った。「演技してるところさ！」そうだ、そうだ、という囁き声が広がり、反対したのはミセス・カリバーだけだった。「だめよ、やめなさい、いい子だから！——ちょっと困るのは、そうなの、彼は耳が聞こえないんです」彼女は、自分で何人集めただろうか、同情してくれた人たちに言った。「本当は黄金みたいにいい子なんです。ここ数日はずっとフランス語の口まねをする練習を鏡の前で一人でしていただけで、ゲームで時間をつぶしていたわけではなく、その間、彼の母親はやむを得ず外出して、結婚式の衣裳を買ったりするのに駆け回っていたものですから。それに子供はガン・マンごっこが好きですよ、それが人間性でしょう。でも、彼はあれをここに持ってくることもなかったんです。私にわかるはずもないでしょう、あの小さなバッグに何が入っているかなんて？　さよならをするために、お母さんに上げる秘密のプレゼントだと思ったのよ——あなただってそう思うでしょ？　聞いても無駄なの、彼は話せないんだから、ええ。それももう一つ、悲しいことね。あれだって、舞台用の模造品を持っているだけよ——でも、どうして持っているのか、私にはさっぱり。母親が甘やかすのよ。彼があそこに持っている物は、あれだけです。どうしてあれを？」

エリックは別な方法で知っていた。「僕が何を見たか知ってる？」彼はイズーに言った——二人はぶらぶらと目的もなく、集まった人々の群れに吸い寄せられていた。彼は、彼女に先んじて、最初に目撃していた。

だからまず彼女はただこう言った。「そうよ。あれがジェレミー」

「ああ、しかし、僕が見ている物が見えるかい?」彼は彼女を前に押し出した。

「あら、まさか——だめよ! ああ、神さま、だめ——ありえないことだわ!」

「しかし、ご覧のとおりだ。——君はあれをくすねてから、発砲した?——ええ、してない?——じゃあ、まだ一発残ってるな」

「思いもしなかったわ、エリック。本当にまさかそんな——」

「だったら、参るなあ、どうして君があいつをくすねたりしたのかわからないよ。——僕は万事、成り行きまかせだった、くる日もくる日も。遥か昔の思い出の品。ちょっと取り出して、ちょっと調べて、叩き壊すつもりだったんだ——だが、とてもそこまでやれなかった。どうして君はあれが家の中にあることがわかった、いま考えてみれば? だが一つだけ確信がある。一発残ってるよ。——動かないで。彼を驚かさないようにしないと」

少年は爪先で一回くるりと回った。みんなが笑う。彼は火器を引っ込め、いわくありげに周囲を見た。激情犯罪を振り付けた子供のバレエなの? あるいは男の子のモデルで、何か宣伝してるのかな?「この某小公子はいまから列車を狙撃するぞ、もし忠告されなければ——?」

ジェレミーがイズーを見た。しかし彼女は髪型が違っていた——違ってない? 彼はからかうような微笑を彼女に投げた。「エリック、私、あれをきっと取り戻してくるから」彼女が言った。

ゴールデン・アロー号の内部では、ヘンリーとエヴァがまだ立っていた——すぐに戻らないと!

彼らは二人きりどころではなかった。長く快い客室はもう色々な相客たちがすでに着席していた。

ここは、プラットフォームのあととあって、静かな感じがした――話が人に聞こえないように、二人はやむなく寄り添って立っていた。まるで列車がもう走り出して、揺れ出したかのように、彼らは軽く揺れ合っていた。「もう僕は降りないよ」彼は言い、唇でそっと彼女の耳に触れた。「この列車からもう降りないからね。君は本当にそうして欲しかったんだね?――僕が降りてしまうと思った?」

「まだそこまで考えていなかった」

「本当に――それ本当?」

「でも、あなたのスーツケースを見て……」

「あれは偽物でもよかったんだ、がらくたが詰まってるだけさ。でも、そうじゃないんだ、エヴァ。そうじゃない。君はいいんだね?」

何かが起きた。戸惑いつつ、煌めいて、じわじわとあふれてきて、たゆたい、零れ落ちた。目からあふれ落ちたのは奔流ではなく、一つ、二つ、三つ、四つの涙のしずくだった、一粒、一粒、ためらいがちに、いまある場所に驚きつつ、ゆっくりとさまよってから落ちた。一番早かったのがダイアモンドのブローチに落ちて、しぶきを上げる。「ほら、何かが私に起きているのよ!」エヴァは小躍りして喜んだ。ハンカチの持ち合わせがなく、必要だとも思わなかった――彼女は握り締めた手袋で代用して頬の涙をぬぐった。「何て素晴らしい戴冠の祝日だこと……」

「幸せ?」ヘンリーが畏敬の念をこめて訊く。

「戴冠式が始るのよ、今日」

「僕は、ねえ、愛しい人《ビラヴド》」、彼は眉をひそめて言った。「僕らだけの個室にいられたらいいのに、出かける人たちはいつもそうしていたじゃないか。もうそういうのは取れなかった？」

「私は運がよかったのよ」、エヴァは陶然となって彼に言った。「座席があっただけでも」

「切符なんかは君が持ってるの？　僕に寄越しなさい、だったら」

「どうして？」

「そのほうが人生らしく見えるし、つまりもっと普通だから」錯覚だったような列車の揺れが、いまはもっとはっきり感じられた。「僕らはどこへ出かけるんだい？――どこへ行くの？　僕らは何をしているんだろう？――僕は僕のボートは全部燃やしてきた……僕はいまの涙が忘れられない、あの驚くべき涙が！」

「私たち、戻らないと、もう」

「あとの人たちのところに、だね。うん。――僕はね、エヴァ、あの人たちにシャンパンを振舞っておくべきだったと思って」

彼らは列車を降りた。

「スピーチを！」ミスタ・デンジがすぐさま叫んだ。コンスタンティンは薬を二錠呑み込む途中だった。それからファベルジェのピルボックスをポケットに滑り込ませてから言った。「アーブル夫妻はどこかよそにいるらしい。すまないね、エヴァ、人数が少なくなってしまって。しかし、ジェレミーのことは――ああ、ミセス・カリバー？」ミセス・カリバーは、いまや遅しとばかりに、叫んだ。「マダム――はい！」

「ミセス・カリバー、彼はどこに？」

「お話ししなくては、と思っておりました、彼は興奮してふざけまわり、それも度を越していまして、もっとよくわかっているはずの人たちにそそのかされて、でも、アリスみたいなヘアバンドをしたご婦人が彼をうまく捕まえてくれて――いまにもここへ連れてくることになってます。でも、もし彼女がどうにかしてあれを彼から取り戻せたら、いまその努力をしているんだけど、彼女は私よりずっとお利口ですわ。でもまあ、終わりよければすべてよし、ですからね。もうお聞きかしら、あなたの小鳥さんたちも今朝は元気で、誰かが小鳥たちに言ったのかしら、今日があなたの結婚式の日だと。今日は最高にお美しいわ、マダム、申し上げてよろしければ。――あちらがお相手の紳士ですか？」

エヴァはヘンリーをミセス・カリバーに紹介した。

「彼はあなたから目が離せないじゃありませんか！」ミセス・カリバーが言った。

「スピーチを！」ミスタ・デンジが繰り返した。

「運よくヘンリーには」、コンスタンティンが言った。「時間がかぎられていてね。事実、君たちはお別れの挨拶を短くして、列車に戻ったほうがいい。そうだよ、最後の瞬間に慌てたくないでしょ？別離の言葉は僕が引き受けたほうがよかろう。すべての人に代わって、どうか愉快な未来を。未来というのは、ご存じのとおり、おおかたは状況の連鎖の結果であるという意味で、過去に似ている。僕らが持つ最良の瞬間の多くは、最悪の瞬間と同じく、どれも偶然なんです。（みんなで願いましょう、最良の瞬間だけがこの新婚の二人を待ち受けているようにと。）僕は、ハムレットじゃないけど、人間の狂気には筋道がないとは言わない。僕らの愛着心は、どうやら、生き残ることができないんだ――いまのままでは――理性から完全に切り離されてしまったら、とはいえ、その絆は往々にしてもろいものだ。では、神のお守りを、エヴァ。そして、神のお守りを、ヘンリー！　この式全体が世俗的なものになったのは残念だが、クレイヴァリン-ヘイト牧師は、この場に立ち会えなくてね。いま僕らが浴びている日光が良き前兆でありますように！　物事が好転しますように。いずれ起きると予想されている事が。そのう――人生は前に進む。状況の連鎖が順調でありますように……。いや、このへんで終わりにしよう、ああ。もう十分だ。――ヘンリー、エヴァにキスを」

ヘンリーはキスした、頬に軽く。

「コンスタンティン」、エヴァが訊いた。「『連鎖』って何のこと？」

エヴァの最後の言葉だった。

「あら、彼がきたわ、走ってくる」とミセス・カリバー。――「でも、ああ、どうしましょう！」

ジェレミーはエヴァを見て、イズーから身を振りほどいた――イズーは彼から武器を取り上げられなかった。スパートをかけ、銀幕の上を走る少年のように、ジェレミーは光り輝く人影に向かって、武器を振りかざしながら、駆け出していた。アーブル夫妻がすぐあとを追い、彼らはしたがって起きたことの全体をその目で見た。エヴァは友人たちから嬉しそうにさっと身を引き、これがジェレミーだと思う以外に何も気づかず、両腕を前に差し出した。その背後から、その他のさまざまな警告をついて、あまりの恐怖に駆られたヘンリーが大声で叫んだ。エヴァは恐怖に駆られて振り向き、ヘンリーに何か間違いでも起きたのか、見ようとした。その瞬間、拳銃が発射した。エヴァが倒れ、銃声がヴィクトリア駅のコンコースに鳴り響いた。

ジェレミーは走る勢いを止められなかった。女性の見物人が一人、何が何だかわからないまま、もっとも速く反応した――この女性が抱きとめたので、ジェレミーは倒れなかった、死体の上に。

エリザベス・ボウエン年譜

一六四八年
オリヴァー・クロムウェルによる清教徒革命により国王軍は敗退。一六六〇年の王政復古までの十二年間、イギリスは共和国となる。

一六四九年
国王チャールズ一世、処刑。クロムウェル、アイルランド侵攻。イギリスのウェールズ地方の名家であったボウエン家のヘンリー・ボウエンがクロムウェル軍に従軍、その戦功によりアイルランド南部のコーク州に領地を与えられる。その後、アングロ・アイリッシュとして同地に定住。

一七七五年
ヘンリー・ボウエン三世によって居城ボウエンズ・コート完成。

＊

一八九九年　〇歳
六月七日エリザベス・ドロシア・コール・ボウエン、ダブリンのハーバート・プレイス十五番地（現存）に生まれる。父ヘンリーはダブリンで法廷弁護士を開業。両親の結婚九年目に生まれた一人娘。

一九〇五年　六歳
父が「無気力症」を自覚して入院。この頃からエリザベスに吃音症が出る。

一九〇六年　七歳
母とともにイギリス在住の親戚を頼って渡英。

一九一二年　一三歳
母が肺癌で死去。エリザベスの吃音が顕著となり、たとえば「マザー」の「M」の音で吃ったという。父、退院。ハートフォドシャー州にあるハーペンデン・ホール校に入学。吃音の各種治療を試みるが、エリザベス自身が治療法に馴染まず。吃音癖は重症ではないが生涯残る。

一九一四年　一五歳
ケント州のダウンズ・ハウス女学校に入学。七月　第一次世界大戦勃発。八月　イギリス宣戦布告。一九一六年徴兵制度施行。アイルランド軍はイギリス軍として参戦。

一九一七年　一八歳
ダウンズ・ハウス女学校卒業。

一九一八年　一九歳
十一月　第一次世界大戦終結。この戦争でシェル・ショックを発症した帰還兵の看護に当たる。

一九一九年　二〇歳
ロンドンのアート・スクールに通う。二学期だけで退学。短篇を書き始める。

一九二一年　二二歳
父、再婚。イギリス軍将校のジョン・アンダソン中尉と婚約、すぐ解消。

一九二三年　二四歳
最初の短篇集 *Encounters* 出版。八月　ノーサンプトン州の教育局補佐官だったアラン・キャメロン（当時三〇歳）と結婚。アランはオクスフォード大学出身、読書家で高い知性の持ち主。エリザベスの最大最善の理解者。第一次世界大戦で塹壕戦を体験、毒ガス後遺症の眼病に長く苦しむ。戦功十字章授与。ただし飲酒癖あり。

一九二五年　二六歳
アランがオクスフォード市教育長に就任。同市郊外のオールド・ヘディントンにあるウォールデンコート荘（現存）に住む。夫の人脈や本人の才気煥発と愛すべき吃音癖などで知的なオクスフォード社会に迎えられる。

一九二六年　二七歳
短篇集 *Ann Lee's*（『アン・リーの店』）出版。

一九二七年　二八歳
長篇第一作 *The Hotel* 出版。

一九二九年　三〇歳
短篇集 *Joining Charles*（『そしてチャールズと暮らした』）出版。長篇第二作 *The Last September* 出版。これはボウエンズ・コートをモデルとし、「アイルランド問題」を背景にした小説。二〇〇〇年に映画化、本邦未公開。

一九三〇年　三一歳
父、他界。一族初の女性相続人としてボウエンズ・コートの当主となる。アランが財政面などで全面的に支援。

一九三一年　三二歳
長篇 *Friends and Relations* 出版。翌年、長篇 *To the North* 出版。

一九三三年　三四歳
ハンフリー・ハウス、モーリス・バウラなどと恋愛。

一九三四年　三五歳
短篇集 *The Cat Jumps*（『猫が跳ぶとき』）出版。アランが大の猫好き。ここに収められた「相続ならず（Disinherited）」はボウエンが最も愛した短篇。

一九三五年　三六歳
長篇 *The House in Paris*（『パリの家』）出版。最高傑作とする批評家もいる。アランがBBC直属の学校教育中央情報局長となり、ロンドンに移動。リージェント・パークのクラレンス・テラス二番（現存）に一九五二年まで、猫のローレンスとともに居住。ヴァジニア・ウルフら多くの文人の知己を得るが、ブルームズベリー・グループには属さなかった。新進のアメリカ作家だったメイ・サートンの訪問を受ける。のちにボウエンから断交。

一九三七年　三八歳
ショーン・オフェイロンと恋愛。

一九三八年　三九歳
長篇 *The Death of the Heart* 出版。最高傑作という読者も多く、作家自身が最も好んだとされる作品。

一九三九年　四〇歳
イギリス徴兵制度導入。九月　対独宣戦布告。第二次世界大戦突入。

一九四〇年　四一歳
チャーチル首相就任。空襲監視人および情報局調査官として活動。大戦中、第二次世界大戦では中立国を宣言したアイルランド情報を収集。アランは国防軍に参入。

一九四一年　四二歳
短篇集 *Look at All Those Roses*（『あの薔薇を見てよ』）

出版。カナダのイギリス駐在大使チャールズ・リッチーと知り合い恋愛関係に。のちに生涯の友。

一九四二年　四三歳
ボウエン一族の年代記、*Bowen's Court* 出版。七歳まで暮らしたダブリンの回顧録、*Seven Winters* 出版。

一九四四年　四五歳
クラレンス・テラスが空襲で損壊。チャーチル家所有のフラットに仮住まい。

一九四五年　四六歳
第二次世界大戦終結。リッチーは帰国後カナダ国連大使などを歴任。短篇集 *The Demon Lover*（『悪魔の恋人』）出版。

一九四八年　四九歳
ＣＢＥに叙勲。王立文学協会叙勲士。

一九四九年　五〇歳
長篇 *The Heat of the Day*（『日ざかり』）出版。リッチーに献呈。戦争小説の傑作とされる。ダブリン大学より名誉博士号。死刑問題検討協議会のメンバーなど公的業務にも従事。講演などで渡米。

一九五〇年　五一歳
随筆集 *Collected Impression* 出版。

一九五二年　五三歳
アラン、病気療養中のボウエンズ・コートで死去。

一九五五年　五六歳
長篇 *A World of Love*（『愛の世界』）出版。

一九五七年　五八歳
オクスフォード大学より名誉博士号。

一九五九年　六〇歳
近隣の農場主、コーネリアス・オキーフにボウエンズ・コート売却。家具調度類は競売に付される。

一九六〇年　六一歳
ボウエンズ・コート、取り壊し。オクスフォードに居住。

一九六四年　六五歳
長篇 *The Little Girls*（『リトル・ガールズ』）出版。母と二人で少女期を過ごしたケント州のハイズに住居を購入、母方の先祖伝来の屋敷にちなみ、カーベリー荘と命名。

一九六五年　六六歳
短篇集 *A Day in the Dark*（『あの一日が闇の中に』）出版。

一九六九年　七〇歳
長篇 *Eva Trout, or Changing Scenes*（『エヴァ・トラウト——移りゆく風景』）出版。チャールズ・リッチーに献呈。完成した最後の小説。

一九七〇年　七一歳
『エヴァ・トラウト』、第二回ブッカー賞のショート・リストに残る。受賞は逸す。自叙伝 *Pictures and Conversations* に取り掛かる。未完。死後出版。

一九七一年　七二歳
第三回ブッカー賞審査委員。肺炎で入院治療。

一九七二年　七三歳
声が出なくなる。長年にわたるチェイン・スモーカー。カナダから急遽飛んできたリッチーの配慮でロンドンの病院に入院。

一九七三年（七三歳）
二月二十二日早朝、リッチーに見守られロンドンのユニヴァーシティ・カレッジ病院で死去。コーク州、ファラヒ教区、セント・コールマン教会の墓地に両親と夫のかたわらに埋葬される。最後の長篇小説 *The Move-In* の第一章のみが遺稿となった。

＊

一九九九年
生誕百年を記念して *Elizabeth Bowen Remembered The Farahy Addresses* 出版。

作品解題

ブッカー賞候補作

『エヴァ・トラウト』（原題は先の年譜にあるように、*Eva Trout, or Changing Scenes* だが、邦訳にあたってはは考えた上で『エヴァ・トラウト』とした。"Changing scenes" は「詩篇」三十四章二節にある聖句で、これにもとづいて作られた賛美歌一三九番は、教会によく出席していたボウエンの愛唱歌だった。）はボウエンが完成させた最後の長篇小説で、一九六八年にアメリカ版が、翌六九年に英国版が出版された。ボウエン自身、この出来栄えには満足しており、毎年一回すぐれた文学作品に与えられるジェイムズ・テイト・ブラック賞を受賞、さらに、本番で受賞は逸したものの、一九七〇年の第二回ブッカー賞では候補作としてショート・リストに残った。ちなみにブッカー賞は受賞作よりもショート・リストに残った数冊のほうが面白くて売れると言われている文学賞である。現在はブッカー一社だったスポンサーにもう一社が加わってマン・ブッカー賞となり、英語で小説を書く世界中の作家にとって、ノーベル文学賞以上に、喉から手が出るほど欲しい文学賞であることはよく知られている。賞金五万ポンドもさることながら、受賞作もショート・リストに残った小説も世界的な売れ行きが約束されているからである。

しかし『エヴァ・トラウト』は出版当初、批評家からも読者からもあまり歓迎されなかった。『パリの家』や『日ざかり』を書いた作家にしては期待はずれ、ヒロインのどこがいいのかわからない、人物造型にもプロットにも一貫性が見られない、というのが不人気のおもな理由だった。しかしいままでは、人物の輪郭はほぼんやりしている、人生は一方向に向かって整然と進むものではない、という認識を深めた作家がそれを創作で実験しようとして生まれたのが本作だという研究が進み、『エヴァ・トラウト』のみならず、ボウエンの作家としての真価がようやく明らかになってきた。つまり、主人公を前面に押し出して、予定された大団円へと展開する従来の形から脱皮して、小説の今後のありかたを探った作家として、さらにアングロ・アイリッシュという今は消滅した文学史上に特筆すべき位置を占めるボウエンの出自と、二度の世界大戦の重要な記録者としての関連でボウエンを再読し、二十世紀の文学におけるボウエンの重要性はベケットのそれに匹敵するとする研究者も出ている。(Neil Corcoran, *Elizabeth Bowen : The Enforced Return*, Clarendon Press, Oxford, 2004)

ボウエンとエヴァ

翻訳を終えた今、私もまた『エヴァ・トラウト』こそは、書かれるべくして書かれた小説、ボウエンの集大成としてのマグナム・オーパスだと考えている。『エヴァ・トラウト』を書いたときのボウエンは六十九歳、それまでに書いた長篇小説や短篇に共通するボウエンのテーマは、アイルランド、戦争、少女、孤児、裏切り、成熟、ゴースト、などに絞ることができるが、これらのテーマが互いにからみ合って『エヴァ・トラウト』に集約されている。また、先の年譜にもあるように、ボウエンの吃音癖、母と二人きりでイギリスに渡り、親戚宅を転々としたこと、最愛の母を癌で失ったのが十三歳のとき、アイルランド人でもないしイギリス人でもない微妙な身分など、エヴァ・トラウトの設定にはボウエン自身の経験が幾重にも重なっている。エヴァの恋人のヘンリーは、ボウエン一族の父祖および彼女の父と同名である。ちなみに、立て板に水のようなしゃべり方はむしろ軽蔑され、とつとつとしたしゃべり方を好む階層がイギリスにはあって、ボウエンの吃音癖は周囲にむしろ好印象を残している。『不思議の国のアリス』のルイス・キャロルの吃音癖も有名。『日ざかり』を訳した吉田健一は英語の達人で、場合に応じてとつとつとした英語でしゃべることもできたという。

先にも言ったように、この小説の登場人物はすべて伝統的な人物造型方法では説明されない。金髪は聖女、黒髪は悪女、といった二分法も今は昔、タイトル・ヒロインのエヴァ・トラウトについては、体が並みはずれて大柄であること、天文学的な額の遺産の相続人であることだけがわかっている。顔は人物を判断する大事なラベルなのに、目は母親似で、顔立ちは父親譲りとエヴァ本人が考えているだけ、何がどう似ているのかはわからない。髪の毛の色も瞳の色も不明、美人なのかどうかもわからない。しかし、エリックが二十四歳のエヴァを「ハンサム・ガール」と呼び、三十二歳になったエヴァを見て「年齢が君に合ってきた」とヘンリーが言う。「ビタ」という愛称で呼ばれていたボウエンが上品で愛くるしい少女だったことを立証する写真が一枚あるが、そのほかに公表されている写真が本当に少なく、それもあまりいいのがない。結婚後に田舎臭いファッションを夫に直してもらうなど、エヴァもヘンリーにもっとましな服を着るように注意されている。作家になって肖像写真が必要になっても同じような写真ばかり使いたがった。しかし、一九五〇年にセシル・ビートンが撮影したオフィシャル・ポートレートは、イアリングとネックレスを重厚な真珠の粒でそろえたブラックドレス姿のボウエンを真横から写したもので、豊かな髪を結い上げ、額から高い鼻、唇からしっかりとした顎の線まで間然とするところがなく、まさに「ハンサム・ウーマン」の典型を見るようだ。エヴァはボウエンに似ているのだと私は思う。

エヴァの嘘

さて、『エヴァ・トラウト』のエヴァについて最も重要な情報は、生後二ヵ月で母親を失ったあと、多くの場合外国人の子守や家庭教師に育てられ、グローバルなビジネスを展開している父親について世界各国のホテルに滞在するうちに母国語が身につかず、二十四歳の今も人と十分な対話をすることができないという設定である。ジェイムズ・ジョイスの息子も作家の祖国脱出によって海外に連れ出された結果、数ヶ国語をしゃべったが、母国語といえる言語は終生身につかなかったという。エヴァは自分の考えが対話によって相手に伝わるとも、伝えたいとも思っていない。十六歳で入学してきたエヴァに会ったイズー・スミスが、「コンクリートで固めたような硬い言葉が、エヴァの会話のスタイルになっていた」と言う一方で、「言えないことで言いたいことなど一つもない」というのがエヴァの言い分である。

　エヴァは生後二ヵ月で母親を失ったが、これを言い換えれば母親は生まれて間もない赤ん坊を捨てて男に会いに行ったということ。父親はホモセクシャルだが、卓越したビジネス感覚と一流のポロ選手という見事な外観が、それと知らないものの目をあざむいてきた。エヴァはこうして家族を知らず愛情を知らず、ただし愛情を見た印象だけはあると言い、本物の愛情の中に身を置くことにいわば命をかけている。エヴァは母親の絶叫を聞いたことがあると言い張っている。そして自分は「嘘つき」だと何度も繰り返して言う。小説の冒頭でエヴァが語る新婚旅行はエヴァが勝手にでっち上げた架空のもの、湖畔の城を前に新婚旅行の話をしたのは「一月」だったのに、八年後にまたここを訪れたときに、エヴァは「深く考えて」から、「あれは秋だった」とヘンリーに言う。なぜ架空の新婚旅行をでっち上げたのか、一月だったのに秋だったというのはなぜか。大きな嘘や小さな嘘、エヴァの嘘は経験不足に代わる少女の想像力であり、未知の現実に対抗する手段であるという了解はあるものの、エヴァはもはやそれだけで許される「少女」ではない。

　エヴァは母親がどんな女性だったのか、父親がなぜ自殺したのか、コンスタンティンが自殺にどこまで関わっていたか、イズーがなぜ自分に目をつけたのか、そしてなぜ見捨てたのか、ケンブリッジ大学で勉強していたら自分はどんな人間になっていたかなど、人生の多くの真実を知りたがっている。その一方で父から受け継いだ経済感覚を利用して莫大な財産を管理し、慈善事業に携わって父親の罪をあがないたいと望んでいる。エヴァが五歳のときに第二次世界大戦が始まった。ウィリーはコンスタンティンと強固なタッグを組んで莫大な財を成したが、クレイヴァリン-ヘイト牧師の言葉は、彼らが戦争を利用して大金をせしめたことを暗示している。グレート・ギャッツビーの富の背景に暗黒街がうごめいていたように。エヴァを取り巻く世界は汚辱に満ちた生き馬の目を抜く世の中、それは今現在の世界のことである。

エヴァを取り巻く人々はエヴァの言動のうち、どれが嘘でどれが嘘でないか、莫大な金とのからみから、無口なエヴァの短い言葉に振り回される。エヴァが何かするたびに電話したり、面談したり、会食したり、手紙を書いたりして、エヴァの言動の真意を探ろうとする。しかし電話も面談も手紙も電報も、当事者の計算と思惑がそこにからみ、何かを探り出すために何かを隠そうとする。このようにまとめてくると、エヴァの嘘というのは小説をリードしたり、ゆがめたり、途中で断ち切ったりする。エヴァの嘘が推進力として働いていることがわかってくる。会食や面談の舞台となるレストランや牧師館の的確な情景描写が入る。渡米してシカゴに到着したのが、ときあたかも待降節の夜、ミシガン湖から吹き降ろす北風に激しく揺れ動く金ぴかのクリスマス飾りは、受難の前兆でなくて何であろう。処女エヴァが、不法な手段で養子をしようというのだから。エヴァというヒロインにおいて問われているのは、「小説が倫理なしにどこまで行けるか、しかも真理探究の志向を捨てないでどこまで行けるか」(Maud Ellmann, *Elizabeth Bowen: The Shadow A cross the Page*, Edinburgh University Press, Edinburgh, 2003) とエルマンが分析するとおりだと思う。

エヴァ・トラウトの略年譜

エヴァは十六歳でイズーと出会い、小説はその八年後、高級車ジャガーに乗った二十四歳のエヴァの登場によって、第一部「起源」が始まっている。第二部は「八年後」、となると、この小説はやはりエヴァとイズーの関係を縦糸とする精緻なタペストリーであると考えられる。とりあえずエヴァ・トラウトの生涯を略年譜で整理してみた。

一九三四年　四月二十一日、エヴァ・トラウト誕生。父ウィリー・トラウト、母シシー（通常は、セシリアの愛称）。

一九四八年　六月、生後二ヵ月。母、飛行機事故で死亡。遺体なし。

一九五〇年　十四歳。九月、湖畔に立つ城を校舎にした男女共学校に入学。生徒数二十一名。女子学生のエルシノアと同室になる。一学期のみで閉校。以後父の世界各地への出張先に同行。

一九五七年　十六歳。イギリスの女学校、ラムレイ校に入学。英語教師イズー・スミスと出会う。イズーはエヴァの言葉の改良に取り組む。二年後に卒業。

一九五九年　二十三歳。父、自殺。父の愛人コンスタンティンがエヴァの後見人に。エヴァの希望により、エリックとイズー（旧姓スミス）のアーブル夫妻の家「ラーキンズ荘」に住む。近隣の教区牧師のダンシー一家と知り合う。

（1）二十四歳。小説の第一部「起源」が始まる。一月、ミセス・ダンシーと子供四人をジャガーに乗せて、元学校だった湖畔の城まで遠出。ダンシー家の長男ヘンリーは十二歳。

（2）二月、ラーキンズ荘を出て、ノース・フォーランドにあるキャセイ邸を借りる。近所に文豪ディケンズゆかりの館がある。

（3）三月、エリック、コンスタンティンが同じ日のうちに相次いで訪ねてくる。

（4）四月二十一日、満二十五歳、父親の莫大な遺産を相続。キャセイ邸を購入、屋敷の改装に着手。オーディオ製品を大量に購入。

（5）六月、イズー、ディケンズ記念館でエヴァと再会。その後キャセイ邸に行く。十二月には子供を持つとイズーに言う。

（6）十月、渡米。機中でアメリカの大学教授と知り合う。到着後、空港で彼をまく。

（7）十一月末、シカゴでエルシノアと再会。非合法手段で生後三ヵ月の男児を得る。ジェレミーと命名。のちに聾唖児と判明。その後八年間、治療のためアメリカの大都市を転々。ジェレミーは治療を拒否。

一九六七年　（1）小説の第二部「八年後」に入る。四月、エヴァ、三十二歳、八歳になったジェレミーとともに帰国。ロンドン南部のペイリーズ・ホテルを定宿に。
（2）四月、エリックより手紙、夫婦は別居、イズーはフランスに行き、小説を書くが、すべて「死産」。エヴァはキャセイ邸の売却を不動産会社のミスタ・デンジに依頼。ラーキンズ荘には別人が居住。ダンシー家を訪問、二十歳の青年になったヘンリーと再会。
（3）再会したコンスタンティンから「社会的な目的がない」と言われる。今後の相談役として、彼の目下の「友人」、クレイヴァリン-ヘイト牧師を紹介される。
（4）五月、ケンブリッジ大学にヘンリーを訪ね、「社会的な目的」に言及。まずロンドンに豪壮な屋敷を構えろとヘンリーに示唆される。ロンドンで不動産探しを開始、ジェレミーを女彫刻師アプルスウェイトの粘土教室に通わせる。
（5）ジェレミーが粘土教室から連れ去られ、夕方一人でペイリーズに帰ってくる。翌朝ジェレミーとともにフランスへ。矯正治療師ボナール夫妻と知り合い、ジェレミーの治療が始まる。ジェレミーは初めて治療を受け入れる。
（6）六月、ヘンリーに会うために一時帰国、ともに湖畔の城へ、エヴァの求愛とヘンリーの非公式な求婚。新婚旅行に発つ芝居をするので、その花婿役をヘンリーに依頼。
（7）学会のためマダム・ボナールがジェレミーを連れてイギリスに。新婚旅行をジェレミーに見せたいとエヴァ。
（8）ロンドンのヴィクトリア駅頭に登場人物のほぼ全員が集合、思いがけない幕切れ。

エヴァとイズー

エヴァはもちろん「イヴ」であり、イズーは『トリスタン・イズー物語』（ベディエ編、佐藤輝夫訳、岩波文庫。その他）を連想させる。「イヴ」については暗喩であれ明喩であれ、文中に聖書を連想させる箇所はいくらでもあって、批評家もそれなりに言及しているが、イズーをこのロマンスの古典に結びつけてエヴァと対比させる論考は、右に上げた二つの研究書にはなかった。しかし、エヴァとイズーの出会いの場面に使われている言葉 manifestation は、「［霊魂の］顕示、顕現」の意味である。したがってここは、ファウストと悪魔の取引に等しい場面と見ることができ、エヴァはここでイズーが見せたものを愛情と信じて、自分の将来を託したのだ。時間は夕方の五時十分、「協定」が交わされたとあるとおりである。『トリスタン・イズー物語』を分析して『エヴァ・トラウト』に関連させる力は私にはないけれども、ボウエンはエヴァという自分のヒロインの相手役に、究極の愛の象徴であり、哀しみのデアドラに始まるアイルランドにゆかりの深い伝説の女性の名を与えたのではないか。イズーもまたアングロ・アイリッシュの末裔の一人だったのかもしれない。ボウエンのイズーは「美しい白い額のイズー」として登場し、イズー伝説に新しい一頁を加えている。

エヴァがイズーと交わした「協定」がこの二人をどんな運命に導いたか。エヴァの父ウィリーのゲイの関係は、セックスと金がからんだ挙句、ウィリーを自殺に追いやる苦しいものだった。その陰に隠れながら、性的なレズビアンの関係にはないというエヴァの明確な返答はあるものの、エヴァとイズーは小説に不可欠な女性の登場人物の特異な形として注目すべき関係にある。同性同士のホモジニアスな関係は男女間のヘテロジニアスな関係以上に人の人生を大きく左右することがある。ジェイン・オースティンもボウエンも、もとよりそれを知って小説を書いた。ボウエンが関心を寄せ、何度となく小説の中に組み込んできたホモセクシャルな人間関係は、ゲイの問題はさておくとして、同性同士の関係が人の一生に及ぼす影響の深さに心を惹かれたからではないか。ボウエンはそれを母と娘や姉妹や叔母と姪という関係ではなく、一種の言語障害のあるエヴァに、英語教師で小説家志望のイズーを配置して小説の骨子とし、さらに小説に不可欠な要素である台詞の扱いに一石を投じた。言葉で何が伝わるか、言葉はそれを発する人間を語っているか。エヴァは言葉に不信感があり、イズーは言葉しかないと考えている。母親がいないことと母国語の習得には無視できない関係があるだろうし、十六歳という年齢は言語を習得するには遅すぎる。ボウエンは人間と言葉（ロゴス）のこうした相互関係を念頭においてエヴァを創造し、エヴァの台詞に工夫を凝らしたのだろう。エヴァとイズーの関係から目をそらさないことは、多くの謎を秘めているばかりに、「プロットが一貫していない」とされてきたこの小説を読み解くための一つの道だと思う。だが、小説はいつもミステリーである。『エヴァ・トラウト』にはもっとたくさんの謎があり、もっと複雑な仕掛けが解読を拒んでじっと潜んでいるかもしれない。

笑い、謎、その他

堂々たる体格をしたエヴァの舌足らずな物言いは、コミカルな要素としての意味も大いにある。「具合でも悪いの？」と訊くときに、「あなたは劣化しているの？」と言うのもその一例。それがイズーに伝染しているところが可笑しい。コンスタンティンは日本語に訳せば「貞男」か「貫一」なのに、彼が何を考えているのか誰にもつかめない。ケネスをはじめ多くの「友人」と浮気を繰り返してウィリーを苦しめ、ナイツブリッジにある「オフィス」に人が訪ねてくると、いまからランチに出るところだといつも言い、イズーと会食したときは、出てくる料理に夢中なふりをして肝心の話をそらす。

エヴァがラーキンズ荘を出て見つけた屋敷がキャセイ邸だが、これを仲介したデンジ&ダンウェル社のミスタ・デンジは出色の人物、売れ残りのこの不良物件を褒め上げてエヴァを逃すまいとする言葉のひと言ひと言がじつに可笑しい。ワイアナ大学のホルマン教授の手紙は、大学教授の誰も読まない論文のパロディだろうか。ヘンリーの父親である牧師のミスタ・アラリック・ダンシーは、まかり間違えばウィリーの目に留まったかもしれないほどの美男子、なのに彼は花粉症に悩まされ、目も鼻も赤くただれ、毎日大量のクリーネックスを消費して長女のカトリーナにバカにされている。不感症みたいな妻はもとより夫に何の同情も見せない。ところでダンシー家の末娘のルイーズの死因はやはり自殺だろうか。どうしてルイーズは死ななければならなかったのか。

エヴァが見聞するアメリカ社会は恐ろしい様相を呈している。湖では溺死できなかったエルシノアは、いまアメリカ文明の暗黒の中で溺死している。そういえば、エルシノアを湖から引き上げた男子生徒は、生き残って昏睡状態になったエルシノアを見て、助けたことを悔やんでいた。「元気にしてる、マイ・ダーリン?」というのは、昏睡状態のエルシノアを隔離しようとしてやってきた母親が発した言葉、"How is my darling?"を訳したもので、本来は日常的な常套語として"How are you, my darling?"となるはずのもの、エルシノアと母の関係が「私」と「あなた」という関係にはない断絶がこの台詞の裏にある。だから、「母親」が「娘」にかけた言葉としてエヴァが最初に耳にしたこの台詞は、母のない娘エヴァにとってさまざまな意味を持ち、耳から離れない言葉になっている。

ミスタ・アナポポリスはギリシャ系のアメリカ人、引退したいまはヒキガエルのような図体で株の売買に熱中し、エヴァの父親の自殺を報じた二年前の新聞記事を憶えていて、エヴァの顔が写真で見た彼にそっくりだと言う。エヴァが不法な養子をするときの暗号は向こうが「ドブの中の犬」、こちらが「壁の上の猫」。恐ろしいのに笑ってしまう。ボウエンによく登場してくる孤児の問題は、ここではついに養子問題に発展している。最近では歌手のマドンナや女優のアンジェリナ・ジョリーをはじめ、欧米では従来から関心の高い問題だが、貧困問題や人身売買、そしてゲイや不妊のカップルの問題ともからんで最近ではとくに大きな社会問題となっている。エヴァがお城の学校に入ったのは、コンスタンティンの愛情をつなぎとめたい父が命じたから。日本人の執事の息子と寝たという理由で母親に追い出されたエルシノアをはじめ、お城の学校に集まってきた親にも見捨てられた非行児童たち(彼らはそこがゲイの男たちのたまり場であることを知っている)、治療や矯正を受け付けないジェレミーのような子供たち、そして自分の快楽のために子供を捨てる父と母。ボウエンの集大成となったこの『エヴァ・トラウト』が、家族や教育を巡る今日の絶望的な社会問題を先取りしていたと考えると、小説家とは特殊なアンテナを張り巡らして人間の根源を洞察している人たちなのだと改めて思う。

訳者あとがき

最近読んだ本でボウエンの描く世界をこれ以上簡潔に解説している文章はないと思うものに出会った。内田樹の『村上春樹にご用心』（アルテスパブリッシング、二〇〇七）にこうある。

村上文学には「父」が登場しない。だから、村上文学は世界的になった。……「父」とは「聖なる天蓋」のことである。……「父」はさまざまな様態を取る。「神」と呼ばれることもあるし、「預言者」と呼ばれることもあるし、「王」と呼ばれることもあるし、「資本主義経済体制」とか「父権制」とか「革命的前衛党」と呼ばれることもある。……「父」は世界のどこにもおり、どこでも同じ機能を果たしているが、それぞれの場所ごとに「違う形」を取り、「違う臭気」を発している。ドメスティックな文学の本道は「父」との確執を描くことである。……私たちが現実に出会えるのは「無能な神」「傷ついた預言者」「首を斬られた王」「機能しない『神の見えざる手』」「弱い父」「抑圧的な革命党派」といった「父のパロディ」だけである。それでも、私たちはそれにすがりつく。（三十七―四十頁）

紙数の制限もあり、多くを割愛して最重要な部分だけに絞ったが、世界文学について、個人と社会について、現実とフィクションについて、そして『エヴァ・トラウト』について、余人にはない洞察力が解読できることが、ここに的確な表現を得て開示されている。現実であれフィクションであれ、いまここに存在するのは「無能な神」「傷ついた預言者」「弱い父」「抑圧的な革命党派」、なるほど「父のパロディ」ばかりではないか。そして「首を斬られた王」。エヴァは「チャールズ一世は首を斬られたあとも一時間ほど話したり歩いたりした」という幻影にときどき襲われるが、これはボウエンの女学校時代にはお馴染のジョークだったのだろうか。ボウエンの傑作とされる短篇「幸せな秋の野原」のヒロインのサラもエヴァと同じくこの幻影を見ている。国王チャールズ一世の首を斬ったのは清教徒のオリヴァー・クロムウェル、ボウエンの祖先はクロムウェルの部下としてアイルランドに攻め入り、カトリックの修道院を襲い民家を焼き略奪し、その軍功によってアイルランドに土地を持った。ボウエンにはこういう歴史がある。ボウエン本人が、斬られた首を持って歩くチャールズ一世の幻影をしばしば見たのだろうか。アングロ・アイリッシュの末裔であるボウエンにとって「首を斬られた王」がつねに創作の源泉にあったのかもしれない。内田樹のこの文章は、ボウエンの小説にも通底する、まるで霊感のような豊かな示唆に満ちている。ボウエンを知らなくても内田樹がボウエンを読み解くことに何の不思議もない。人間と世界をよく見る力があれば「文学の本道」がわかり、小説のよしあしがわかり、「根源的な物語」が読めるに違いないのだから。

こうして「ボウエン・コレクション」の出版が始まったいま、私の目に渾大防三恵さんの笑顔が浮かぶ。渾大防さんは私の勤務先の大学の生涯学習センター講座「ジェイン・オースティン・クラブ」の受講生だった。いつも窓際の前から二番目の座席に座り、予習も怠りなく、楽しそうに授業を受けていた。フツーの人ではないなと思っていたら、以前は朝日選書の編集長をしていたことなどが間接的にわかってきた。私はボウエンを出版したい願いをそれとなく持ちかけてみた。彼女はすでに編集の現役は引いたのでと言いながらも、ある日、国書刊行会の礒崎純一編集長の名刺のコピーを手渡してくれた。名刺の本体は自分で持っていたかったのだろう。装丁家の中島かほるさんを通して編集長に話が通ったとのこと。私はいずれ中島さんにもご紹介いただき、できたら三人で一緒にご飯を食べましょうと言って、忙しい渾大防さんにお願いしていた。ところがそんな約束も果たさないうちに、ある晩渾大防さんは交通事故に遭い、逝ってしまった。この訳書はそういうわけで渾大防三恵さんに献呈します。遅ればせながら中島かほるさん、ありがとうございました。渾大防さん、おかげさまで美しい本になりました。ありがとうございました。ただクラスでじかにお渡しできないのが残念です。

次にお礼を言いたいのは、国書刊行会の礒崎純一編集長と編集者の姫嶋由布子さんである。礒崎編集長は一冊などとけち臭いことは言わず、「ボウエン・コレクション」の刊行を決断され、おかげでボウエン後期の長篇小説三冊が本邦初訳で一挙に出ることになった。姫嶋さんは原文を隅々まで読み、辞書を引き、検索し、訳稿の初めから校正が終わるまで付き合って下さった。しかも「私は編集業務の修行中ですから」と言って、私がそのお手伝いをしているような気分にさせてくれた。彼女のおかげで名久井直子さんデザインによる勝本みつるさんの素晴らしい装丁も実現した。お二人とも、今後ともよろしくお願いいたします。

ボウエンの小説は、ヘンリー・ジェイムズやプルーストの影響もあり、そこに作家が好む韜晦癖もからんでいるのか、閉口するほど難しい英文で書かれている。そこで友人の北條文緒さんの助言をあおぎ、東京女子大学名誉教授のリー・コールグローヴ博士にお願いしたところ、三十箇所ほどに厳選した超難解箇所に示唆に富む的確な解説が返ってきて、本当に助かりました。これからも教えていただけると思うと、心強いかぎりである。ただし解釈の不足や誤訳があれば、それは私の責任である。どうかご指摘、ご教示下さるようお願いいします。なお、文中にある「僕なんか」は、代名詞 one の訳語に当たる。ことにコンスタンティンが I と one を使い分けているので、それを区別する必要から one にはこの訳語を当てた。

私の元生徒が始めたエリザベス会でいま読んでいるのが『リトル・ガールズ』。これはボウエン・コレクションの二冊目の小説なので、彼女たちの解釈や質問が大いに役立っている。とくに幹事役の佐藤美穂さんには検索できる資料をすべてお願いしている。そして、高橋哲雄先生、小池滋先生、それから小川洋子さん、恩田陸さん、おかげさまで『エヴァ・トラウト』がボウエン・コレクションの先陣を切って出ることになりました。内田樹先生、はじめまして。よいご本をこれからも書き続けて下さいね。最後になりましたが、拙訳書『あの薔薇を見てよ』に忘れがたい書評を寄せて下さり、このたびもまたボウエンの小説に鋭く美しい言葉を書いて下さった小池昌代さん、本当にありがとうございます。今後ともどうぞよろしくお願いいたします。

さて、アイルランドとイングランドの間を何度も船で渡り、ハイズやブロードステアーズなど海辺の町が好きだったボウエンを思うと、『エヴァ・トラウト』はようやく船出した帆船のようだ。『エヴァ・トラウト』号が、面白い小説の到着を待っている多くの読者の期待にこたえ、波頭を越えてよい航海を続けていきますように。

二〇〇七年　降誕節　　　太田良子

著者　エリザベス・ボウエン　Elizabeth Bowen
エリザベス・ボウエン（1899～1973）は、『ガリヴァー旅行記』のＪ・スウィフトや『ゴドーを待ちながら』のＳ・ベケットと同じように、文学史上に残る偉大な作家を輩出してきたアングロ・アイリッシュの作家である。アイルランドにある一族の居城ボウエンズ・コートを維持しながら、イギリスを本拠地として二度の世界大戦の戦火をくぐり、生涯で長篇小説10篇と約90の短篇小説を書いた。アングロ・アイリッシュ特有の映像感覚と言語感覚にすぐれ、イギリスとアイルランドの数世紀にわたる対立の歴史や二度の世界大戦を招いた20世紀という激動の歴史が、ボウエンの一見上品なお茶会や少女やゴーストの世界に色濃く反映していることもあって、20世紀を代表する作家としての評価が高まっている。代表作『パリの家』（1935）はイギリスで20世紀の世界文藝ベスト50の一冊に選ばれ、『エヴァ・トラウト』（1969）は1970年のブッカー賞の候補になった。

訳者　太田良子（おおた　りょうこ）
東京生まれ。東京女子大学文学部英米文学科卒。学位論文はT. S. エリオット。71～75年ロンドン在住。79年東京女子大学大学院英米文学研究科修士課程修了。修士論文はヘンリー・ジェイムズ。81年東洋英和女学院短期大学英文科に奉職。94～95年ケンブリッジ大学訪問研究員。98年より東洋英和女学院大学国際社会学部教授。日本文藝家協会会員。三代目のクリスチャン。著書に『ギッシングを通してみる後期ヴィクトリア朝の社会と文化』（共著、渓水社）ほか、訳書にＡ・カーター『ワイズ・チルドレン』（ハヤカワ epi 文庫）、Ｅ・ボウエン『あの薔薇を見てよ―ボウエン・ミステリー短編集』『幸せな秋の野原―ボウエン・ミステリー短編集２』（ミネルヴァ書房）などがある。

ボウエン・コレクション

エヴァ・トラウト

2008年２月15日初版第１刷印刷
2008年２月20日初版第１刷発行

著者　エリザベス・ボウエン
訳者　太田良子
発行者　佐藤今朝夫
発行所　株式会社国書刊行会
〒174-0056　東京都板橋区志村1-13-15
TEL. 03-5970-7421　FAX. 03-5970-7427
http://www.kokusho.co.jp

印刷所　株式会社シーフォース
製本所　株式会社ブックアート

ISBN978-4-336-04985-8
落丁・乱丁本はお取り替えいたします。

ボウエン・コレクション

全3巻

エリザベス・ボウエン
太田良子訳

ウルフ、マードック、レッシングに並び、20世紀イギリスを代表する
女性作家ボウエンによる傑作長篇3作、精選のコレクション。

エヴァ・トラウト

無口で大柄、ジャガーを乗り回すヒロイン、エヴァ・トラウト。母親はエヴァを産むとすぐ、恋人と駆け落ちして飛行機事故で亡くなり、男の愛人を連れていた父親はのちに自殺し、莫大な遺産をエヴァに残す。巨万の富を手にしたエヴァは、イギリスを飛び出して渡米し、一人の少年を連れてホテルのスイートを転々とする。8年後、少年とともにイギリスに帰ってきた彼女に起きたこととは。

リトル・ガールズ

イギリス・ケント州、セント・アガサ女学校に通う三人の少女たち、ダイアナ、シーラ、クレア。好きな詩を暗唱し、水泳とダンスにはげみ、先生は無視してブランコを揺らす。しかし、女学校という楽園は、1914年7月に勃発した第一次大戦とともに終わりをつげ、少女たちは三者三様の人生を歩みはじめねばならなかった。〈リトル・ガールズ〉が〈オールド・ガールズ〉になり、かつての女学校時代に埋めたタイム・カプセルを掘り出したとき、その箱からでてきたものは何だったのか。

愛の世界

第一次大戦で引き裂かれた恋人たちの物語。リリアは第一次大戦の出征で婚約者のガイを亡くす。彼女はのちにほかの男と結婚し、娘のジェインを産む。時は流れ、第二次大戦も終わり、物語のヒロインはリリアからジェインへ。ジェインは訪れた母の生まれ故郷で、古い手紙の束を発見する。手紙に書かれたイニシャルはG、ガイの手紙だった。その手紙から、過去のある真実が明らかになり——。